죽음이 알려주었다
어떻게 살아갈 것인지

죽음이 알려주었다
어떻게 살아갈 것인지

죽음을 통해 진정한 내 삶을 바라보는 법

알루아 아서 지음 | 정미진 옮김

한스미디어

버거워하는 사람들에게

충분하지 않은 사람들에게

방랑자들에게

고통받는 몽상가들에게

발견되지 않는 것을 끊임없이 찾는 사람들에게

피터 세인트 존, 샨테 머피,

안젤리나 아라바 에님, 린제이 펄먼,

제이슨 포드, 다메인 리브스,

조안 마리, 마고 매지,

조부모님인 아울래 블래이 6세와 보조마 엘리마,

외조부모님인 조 에반스 에님과 케이트 아쿠아,

기억 속 조상들, 많은 고객,

이전에 왔다가 이미 죽은 모든 사람들, 사랑으로 기억하리.

이 책은 내가 알루아의 일에서 존경하는 모든 것을 담고 있다. 그녀는 죽음의 신을 반짝이는 빛과 일몰로 감싸 죽음의 가장 가혹한 진실을 편안하게, 즐겁게, 또 흔들림 없이 솔직하게 바라볼 수 있게 한다.

케이틀린 도티 • 『잘해봐야 시체가 되겠지만

(유쾌하고 신랄한 여자 장의사의 좋은 죽음 안내서)』 저자

『죽음이 알려주었다 어떻게 살아갈 것인지』는 아름답고, 원초적이고, 깨달음을 주는 경험이다. 알루아의 목소리는 유머, 취약함, 통찰력, 신선한 솔직함이 섞인 독특한 광채로 빛난다. 모든 페이지에서 저자의 진심이 느껴진다. 이 책은 여러분을 사로잡고, 단단히 붙들 것이며, 인간적 연결의 힘에 대한 인식을 고양할 것이다.

템비 록 • 『From Scratch: A Memoir of Love, Sicily, and Finding Home

(처음부터: 사랑, 시칠리아, 그리고 고향 찾기에 대한 회고록)』 저자

인간 경험에는 두 가지 보편적인 진실이 있다. 첫째는 모든 사람이 죽

는다는 것이고, 둘째는 우리가 그 진실을 외면하려 하면 결코 충만한 삶을 살 수 없으리란 것이다. 알루아는 몸소 경험으로 이 사실을 알게 되었다. 그리고 모든 페이지에 활기가 넘치는 이 책을 통해 우리와 공유한다.

로리 고틀립 · 〈뉴욕타임스〉 선정 베스트셀러 『마음을 치료하는 법』 저자

알루아 아서는 우리가 한 가지 단순한 진실, 즉 죽음을 받아들이는 것이 실제로 더 의미 있는 삶을 사는 데 도움이 된다는 것을 이해하도록 도와주는 야생의 보석이자 길잡이이다. 『죽음이 알려주었다 어떻게 살아갈 것인지』는 웃음과 사랑, 그리고 세상에서 사람으로 살아가는 데 따르는 온갖 복잡성을 아우른다. 사랑하고, 애도하고, 궁금해하고, 두려워한 적이 있는 사람이라면 누구나 이 책을 읽고 영감과 용기를 얻을 수 있을 것이다.

클레어 비드웰 스미스 · 『Conscious Grieving(의식적 애도)』 저자

죽음을 받아들이는 것이 어떻게 우리의 가장 깊은 자아를 찾아내고 다른 사람들과 진정으로 연결될 수 있게 해주는지에 대한 시적이고 고무적인 책. 아서의 강력한 메시지는 모든 삶의 가치를 강조한다.

〈커커스 리뷰〉 - 주목할 만한 책

이 책은 신성한 영감을 받은 매우 설득력 있는 회고록으로, 죽음을 아름다운 인간 경험의 피할 수 없는 일부로 이해하도록 안내한다. 알루아 아서의 삶과 수많은 개인적 상실, 임종 도우미로서의 돌봄은 선물과도 같다. 어떻게 진정한 삶을 살 수 있을 것인가에 대한 그녀의 놀라운 통찰력은 가히 고무적이다. 의사로서 나는 우리 모두가 사람들의 안녕을 진심으로 지원하고 때가 되면 평화로운 죽음을 맞이할 수 있는 미래를 고대한다. 그 이름도 적합한 『죽음이 알려주었다 어떻게 살아갈 것인지』는 의료가 어떤 것이 될 수 있는지에 대한 긍정적인 모델이다.

미셸 하퍼 · 『부서져도 살아갈 우리는』 저자

알루아 아서는 임종 도우미로 일하면서 우리가 가진 시간에 대해, 또 그 시간을 어떻게 사용하는지에 대해, 이 세상을 어떻게 놓아주는지에 대해 아주 특별하고 고무적인 관점을 갖게 되었고, 마침내 이 책을 통해 우리 모두에게 제공한다. 이제 때가 되었다. 죽음에 대한 이해와 그것이 우리의 삶에 어떤 영향을 미치는지에 대한 안내를 해줄 사람으로 그녀보다 더 신뢰할 사람은 없다.

조디 피코 • 〈뉴욕타임스〉 선정 베스트셀러
『Mad Honey(매드 허니)』, 『The Book of Two Ways(갈림길의 책)』 저자

알루아 아서와 이 책에 깊이 감사한다. 죽음을 준비하기 위해 우리가 할 수 있는 가장 심오한 일은 진실하고 의도적인 삶을 사는 것이라는 그녀의 메시지는 친절하고 단순하며 절박하고 필연적이다. 이것은 우리의 숙제이다. 알루아가 이 감동적인 책에서 증명하고 공유하는 모든 것을 통해 보여주듯이, 최고의 삶을 산다는 것은 그저 눈을 크게 뜨고 가능하다면 열린 마음으로 실제로 우리가 가진 삶을 사는 것이다.

B.J. 밀러 • 『A Beginner's Guide to the End(초보자를 위한 죽음 안내서)』 저자

유쾌하고 따뜻한 회고록. 아서의 감동적인 이야기들은 죽음의 고통에 대한 숙고가 보다 의도적이고 아름다운 삶을 사는 데 왜 그처럼 중요한지를 다정히 일깨워준다.

로리 산토스 • 예일대학교 심리학과 교수, 팟캐스트 〈해피니스 랩〉의 진행자

아서는 임종 도우미가 되기까지의 여정을 변호사로서의 경력, 연애, 우울증과의 싸움, 1980년대에 가족과 함께 가나를 탈출했던 기억 등과 매끄럽게 엮어내면서 고객들이 인간으로서의 경험에 감사하며 어떻게 죽음을 준비했는지(조용히 프라이버시를 지키면서든 음악과 예술, 친구들에게 둘러싸여서든)를 가슴 아프게 회상한다. 종합해보면 이 이야기들은 죽음을

개인적이고 보편적이며 알 수 없는 것으로 그리는데, 아서는 이 복잡성을 깊이 존중한다. 독자들은 이 책에 깊이 매료될 것이다.

〈퍼블리셔스 위클리〉

경쾌하고, 재미있으며, 삶을 긍정하는 이야기로 가득하다. 아서는 위트 있는 각각의 장들을 통해 자신을 임종 도우미의 길로 이끌었고 자기 발전, 관점, 개인적 성장에 영향을 준 이야기들을 풀어낸다. 과거 사례에 대한 설명은 그녀의 전문성과 훌륭한 공감 능력을 모두 보여준다. 아서가 전하는 중요한 교훈은 우리가 매일 전보다 하루씩 더 늙고 하루씩 더 죽음에 가까워진다는 것이다. 이제는 끊임없이 진화하는 우리 자신을 사랑하고 하루하루를 최대한 활용해야 할 때이다. 아서의 조언은 현명하고 사려 깊으며 깊은 안도감을 준다. 〈북리스트〉

알루아의 독특한 직업에 대한 회고록이자 정직함과 감사, 그리고 어쩌면 기쁨으로 죽음을 받아들이고 마지막을 맞이하자는 설득력 있는 주장이기도 하다. 〈AARP 매거진〉

차례

프롤로그

임종 도우미로서의 내 직업에서 가장 중요한 것은 신뢰다. 고객들은 나를 그들의 집과 삶으로 초대하여 인생에서 가장 기뻤던 일과 슬펐던 일, 가장 자랑스러웠던 순간에 관한 이야기를 들려주고, 또 아주 사적이면서 은밀한 비밀을 털어놓기도 한다. 이러한 신뢰를 가능하게 하기 위해 나는 도덕적으로 고객의 기밀을 철저히 지켜야 할 의무가 있으며, 지금까지 이를 잘 지키고 있다. 이 책에 실린 이야기들은 내가 일하면서 만난 가장 인상적인 사람들에게서 기인한 것으로, 그들이 남긴 교훈은 아직도 내 안에 생생히 살아있다. 고객들의 경험을 공유하는 것에 대해 서면으로 허락을 구하진 못했다. 그들 대부분이 지금은 이 세상에 존재하지 않기 때문이다. 하지만 우리가 함께한 시간과 그 끈끈한 유대는 내 기억 속에 여전히 또렷하게 남아 있다.

나는 이 책 전반에서 모두 가명을 사용했으며, 등장인물들의 신원을 더욱 보호하기 위해 이야기의 세부적인 사항을 바꾸고 편집했다. 이 책에는 내가 옆에서 도왔던 많은 사람들(죽음을 앞둔 사람들, 그리고 임종 계획 상담과 죽음 명상 과정에 참여한 사람들)의 경험담뿐만 아니라, 커피숍, 비행기, 파티 등에서 그들 자신의 죽음에 관해 내게 스스럼없이 공유해준 사람들의 이야기가 담겨있다. 내 의도는 누구나 공감할 수 있는 이야기를 들려주는 것이다. 죽음의 여정은 누구나 경험하는 것이지만, 우리는 그 여정에서 크나큰 외로움을 느낀다. 이 이야기들을 통해 삶의 마지막 순간에도 우리는 목격된다는 것을 알게 되길 바란다. 여러분은 다른 사람들에게 보이고, 들린다. 여러분의 삶은 소중하다. 죽음 역시 마찬가지다.

1장

삶의 끝자락에서
만난 친구

자동차 경적이 요란하게 울려 퍼졌다. 나는 자동차 보닛 위에 손을 털썩 얹고 빨간색과 노란색이 뒤섞인 택시에서 본능적으로 몸을 뒤로 뺐다. 정신이 번쩍 들었다. 택시는 나를 덮치기 직전에 끽하는 소리를 내며 멈춰 섰다. 충격파가 전류처럼 몸을 관통했고 숨이 턱 하니 막혔다. 거의 일어날 뻔한 심각한 사고가 갑자기 나를 현실 세계로 소환했다. 아드레날린이 솟구쳤고 내 몸의 모든 털이 곤두섰다. 영화 〈매트릭스〉에서 네오가 총알을 피할 때처럼 모든 것이 슬로모션으로 움직였다. 죽을 뻔했다. 분명히 사고는 부주의했던 나 때문이었다.

'정신 좀 차려, 알루아!' 나는 익숙한 방식으로 자신을 꾸짖었다. 지난 1년간 나는 내가 아무것도 제대로 할 줄 모른다는 결론을 내리며 살아왔다. 더는 법률 지원 변호사로 행복하게 사는 방법을 알지 못했고, 기쁨을 느끼는 방법도 알 수 없었다. 어떻게 해야 인생을 제대로 사는 것인지는 물론 심지어 아침 8시에 붐비는 거리를 어떻게 건너야 하는지도 잊어 버렸다.

사고가 나던 순간까지 나는 내 죽음에 대해 깊이 생각해본 적이 없었다. 하지만 바로 그 순간, 나는 지난밤의 화장도 지우지 않은 얼굴로 반쯤 술에 취한 채 쿠바의 트리니다드Trinidad 거리에서 죽을 순 없다는 사실을 분명히 깨달았다. 그랬다가는 부모님이 나를 먼저 죽일지도 모른다. 가나 출신의 착한 딸인 내가 순전히 부주의로 붐비는 거리에서 나자빠졌을 때 가문에 안겨줄 수치심이 생각났다. 또 데님 반바지 안에 입은 끈 팬티도 생각났다. 끈 팬티를 보면 엄마가 당황할 것이다. 많은 엄마들이 그렇듯, 엄마는 늘 사고가 났을 때 어떤 속옷이 발견되어야 하는지에 대한 설명을 길게 늘어놓으시곤 했다. 끈 팬티는 분명히 엄마가 허락하는 종류의 속옷이 아니었다.

아이들을 등교시키는 엄마들, 사람들을 일터로 데려다주는 자전거 택시 등 거리는 일상적인 풍경으로 활기가 넘쳤다. 택시의 경적, 말들이 자갈길을 따라 밀과 다른 물건들을 실어 나르며 내는 덜커덕거리는 소리가 공기를 가득 채웠다. 나는 파스텔톤의 집들에서 벗어나 거리 한복판으로 내려가면서 그들 모두를 따돌릴 수 있을 것으로 생각했다. 하지만 잘못된 생각이었다. 그 모든 혼돈 속에서 내가 다가오는 택시를 보지 못한 것은 놀랄 일도 아니었다.

아찔했던 상황을 그럭저럭 넘기고 난 뒤 정신을 차리고 인도로 올라섰다. 사람들이 내가 일으킨 상황을 구경하기 위해 멈춰 서 있었다. 나는 속도를 늦추고 의식적으로 좀 더 느리게 움직였지만, 여전히 너무 빨랐다. 약속에 늦은 상태였기 때문이다. 어제 처음 만났을 뿐인 예세니아^{Yesenia}가 나를 기다리고 있었다. 우리는 전날 밤 석회암 동굴에서 무릎 연골이 영원히 닳지 않을 것처럼 춤을 췄다. 온몸이 습기로 미끄덩거렸다.

처음 만났을 때 예세니아는 집 현관에 서서 눈을 가늘게 뜨고 지나가는 나를 향해 손을 흔들고 있었다. 나는 10㎞ 남짓한 조깅을 마치고 임대한 게스트하우스로 돌아가는 중이었다. "저기요! 저기요!" 그녀가 소리쳤다.

내가 고개를 돌리자 그녀는 더욱더 열심히 손을 흔들기 시작했다. "잠깐만요!"

나는 속도를 늦췄다. 내 쪽으로 온 그녀는 얼핏 30대 중반으로 보였고 눈 화장이 짙었다. 그녀는 전에 나를 본 적이 있다며 이곳엔 어쩐 일로 왔느냐고 물었다. 나는 어눌한 스페인어로 쿠바를 여행 중이라고 설명했다. 그리고 혼자 여행을 많이 다니는 여자답게 다음에 나올 질문을 알고 있었다. "남편은 어디 있나요?"

"남편 없어요." 내가 대답했다. 남자친구도 없었다. 그렇다. 나는 혼자 오는 쪽을 택했다. 내게는 아무 문제가 없었다. 의사 결정 능력이 형편없고, 목적의식이 없고, 탁한 래커 칠을 한 듯 우울증이 나의 뇌를 덮고 있었던 것만 빼면 말이다. 자유에 대한 열망, 아이 같은 면이 있는 남자 뮤지션에 대한 나의 미심쩍은 취향, 헌신 공포증을 내가 어떻게 설명할 수 있었겠는가? 영어로도 제대로 설명하기 힘든 4년 전에 끝난 6개월간의 짧은 결혼 생활을 어떻게 스페인어로 설명할 수 있었겠는가? 극심한 방랑벽, 내 피부와 나를 옥죄는 삶에서 하루라도 빨리 탈출하고 싶은 욕망을 어떻게 설명할 수 있었겠는가? 쿠바에서 내가 무엇을 하고 있는지 시원한 답을 찾을 수 없었던 나는 어깨만 으쓱할 뿐이었다.

예세니아는 고개를 옆으로 기울이며 나의 남자 문제를 해결할 것인지 아닌지 고민했다. 그리고는 곧 내게 남자를 소개해 주겠다며 아름답고 역사적인 도시 트리니다드의 잘 알려진 명소에 그날 밤 함께 갈 것을 제안했다. 호기심이 생겼지만 별 기대는 하지 않았다. 쿠바 남자들과 시시덕거리며 보낸 지난 3주 동안 그들이 얼마나 쉽게 여자들을 기만하는지 알았기 때문이다. 게다가 나는 인생에서 처음으로 남자를 멀리하려 노력하는 중이었다.

그날 밤 약속한 시각에 금방이라도 무너질 듯한 콘크리트 계단 두 개를 올라 예세니아의 아파트로 들어갔다. 나무로 된 문이 열려 있었고 집으로 이어지는 입구는 천 커튼으로 덮여 있었다. 라디오에서 어느새 익숙해진 쿠바 음악이 흘러나왔다. 예세니아는 보라색 꽃무늬의 낡은 비닐 테이블보가 깔린 작은 탁자 앞에 나를 앉히고 내게 소개해 줄 남자를 위해 나를 치장하기 시작했다. 그녀는 그 남자가 젊고 잘생겼으며 내가 다시는 혼자 여행하지 않아도 될 만큼 나를 사랑해 줄 것이라고 했다. 또 쿠바는 연인들을 위한 곳이라고도 했다. 그녀는 내 머리 타래를 하나로 높게 묶은 다음 선홍색 헤어밴드로 머리 위쪽을 고정시켰다. 1990년대 영화 〈포이틱 저스티스Poetic Justice〉에 나오는 자넷 잭슨의 스타일이었다. 예세니아는 특정 세대들이 '창녀의 빨강'으로 부르는 립스틱 색과 1980년대를 질투하게 할 만큼 반짝거리는 청회색 아이섀도를 택했다.

우리는 어둠 속에서 가파른 바위투성이의 흙길을 오르며 클럽으로 출발했다. 내가 낮에 헤맸던, 언덕 꼭대기에 있는 '에르미타 데 라 포타Ermita de la Popa' 교회로 이어지는 길이었다. 칠흑같이 어두웠고 사람은 단 한 명도 보이지 않았다. 이거 큰 실수를 한 건 아닐까 하는 생각이 들자마자 곧 커다란 구덩이 옆에서 담배를 피우며 이야기를 나누는 작은 무리가 보였다. 가까이 다가가서 보니 그 구덩이에는 땅속으로 내려가는 계단이 있었다.

"여기서 기다려요." 예세니아가 말했다.

나는 그녀를 따라 땅속으로 내려가지 않고 기꺼이 위에서 기다렸다. 예세니아는 먼저 문제의 장소가 문을 열었는지 확인한 다음, 곧이어 내게 팔을 흔들며 내려오라고 했다. 남자를 찾기 위해 지옥으로 내려가야 한다는 말은 하지 않았었는데 말이다. 울퉁불퉁한 돌계단을 한참 내려가 미로 같은 터널로 들어가자 마침내 우리 앞에 댄스홀이 나타났다. 약 30m 깊이의 석회암 동굴 깊숙한 곳에 자리 잡은 디스코 클럽이라니. 곧 눈이 어둠에 익숙해지자 줄줄이 설치된 조명과 좌석들, 중앙의 댄스홀이 선명하게 윤곽을 드러냈다. 오래된 담배 냄새와 땀 냄새, 젖은 돌 냄새가 났다. 한밤중의 파티가 이제 막 시작된 참이었다. 표백 처리된 청바지를 입은 나이든 유럽 남성 관광객들과 그들 주위에서 외로이 춤을 추는 쿠바의 젊은 성 노동자들을 보면서 나는 내가 좋아하는 방식으로 기이하고 새로운 경험을 하고 있다는 것을 깨달았다.

그날 밤은 실망스럽지 않았다. 하지만 예세니아가 소개해준 놀랄 만큼 덩치가 큰 남자는 실망스러웠다. 그는 얼굴은 앳되었지만 키가 아주 크고 근육질이어서 마치 몸이 얼굴보다 훨씬 빠르게 성장한 것처럼 보였다. 그는 잘생겼지만, 그것은 이모가 조카에게 잘 생겼다고 할 때의 잘생김이었다. 카를로스와 나는 영원한 사랑을 찾을 운명은 아니었으나, 쿠바 음악과 유로 테크노를 들으며 웃통을 벗은 쿠바 남자들이 유리 조각 위에 누워 칼과 불로 묘기를 부리는 모습을 함께 재미있게 구경했다.

이른 아침의 밝은 하늘에 깜짝 놀라서야 우리는 비로소 비틀거리며 밖으로 나왔다. 땀이 흐르고 모공에서 알코올이 새어 나왔다. 우리는 가파른 언덕을 꾸불꾸불 내려오면서 웃고, 노래하고, 서툰 스페인어와 영어로 지난밤을 절대 잊지 않겠노라 약속하며 마을로 돌아왔다. 민가의 렌트한 숙소로 혼자 돌아가는 길에 나는 내가 아직 예세니아의 빨간 헤어밴드를 하고 있다는 사실을 깨달았다. 하지만 일단은 숙소에서 잠깐 잠을 청했다. 두 시간 후에는 산티아고데쿠바(Santiago de Cuba, 활기 넘치는 예술과 음악이 가득하고 쿠바에서 어두운 피부색의 사람들이 가장 많이 모여 사는 도시)로 향하는 버스를 타기 위해 일어나야 했다.

작은 여행용 알람 시계가 요란하게 울리며 나를 깨웠을 때, 시계를 보자 탄식이 나왔다. 나는 허둥대기 시작했다. 버스 시간에 늦을 것이 뻔했다. 하지만 일단은 예세니아를 만나 고맙다는 인사를 하고 헤어밴드를 돌려줘야 했다. 금수 조치 때문에 쿠바에는 새로운 물건이 많지 않기 때문이다. 최대한 빨리 움직여 방 여기저기에 어지럽게 흩어져 있던 물건들을 한데 집어넣었다. 서둘러 짐을 챙긴 탓에 배낭이 간신히 닫혔다. 집주인이 남긴 부드럽고 잘 익은 파파야 하나를 집어 든 다음 예세니아의 집으로 향했다. 20분 안에 헤어밴드를 돌려주고, 그녀의 사진을 찍고, 버스를 타야 했다. 택시에 치일 뻔한 때가 바로 이때였다. 그 모든 혼돈 속에서 나는 반사적으로 손에 쥐고 있던 파파야를 자동차 보닛에 뭉갰고 손가락 사이로 파파야즙이 빠져나오는 것을 느꼈다. 욕이 절로 나왔다.

이 아찔한 일이 있고 난 뒤, 나는 마침내 내 남은 인생에 큰 영향을 미치게 될 그 경험으로 인해 정신이 번쩍 든 상태에서 예세니아의 집에 도착했다. 그녀는 아침을 먹으며 카를로스와 한 번 더 만날 것을 권했다. 나는 웃으면서 그녀의 사진을 찍고 고맙다는 인사를 건넨 다음, 문을 나서며 또 연락하겠다고 약속했다.

출발 시각을 몇 분 앞두고 숨을 헐떡거리며 사람들로 붐비는 비아술(Viazul, 쿠바의 여행자 버스-옮긴이) 정류장에 도착했다. 공회전하는 버스가 내뿜는 매연이 문 없는 매표소로 스며들었다. 매표소에는 창구가 두 개 있었는데, 한 곳은 줄이 길었고 다른 한 곳은 짧았다. 두 창구 사이에는 '승차권'이라고 쓰인 표지판이 걸려 있었다. 나는 30대 중반의 한 백인 여성 뒤에 줄을 섰다. 터질 듯한 배낭과 무릎에 지퍼가 달린 짙은 초록색의 바람막이용 바지, 실용적인 신발이 그녀가 여행 중임을 여실히 보여주고 있었다. 오른 팔뚝에 새겨진 빨간 깃펜 모양의 문신이 내 눈길을 사로잡았다.

"멋진 문신이네요." 내가 말했다.

"글 쓰는 걸 좋아하거든요." 그녀가 웃으며 답했다. '단지 좋아한다는 이유만으로 문신을 새기는 사람은 어떤 사람일까?' 나는 생각했다.

우리는 대화를 시작했다. 그녀의 이름은 제시카였다.

제시카는 억양이 강한 영어(독일에서 왔나? 아니면 프랑스? 괜한 추측은 금물이다)로 쿠바에서 세 번째로 큰 도시인 카마구에이Camaguey에 간다고 말했다. 그녀는 나와 같은 버스를 탈 예정이었는데, 내가 아직 표가 없다는 사실에 깜짝 놀랐다. 버스는 쿠바 여행 시 가장 저렴하게 이용할 수 있는 교통수단으로, 비아술 버스의 좌석은 금방 매진된다. 그녀는 내가 줄을 잘못 섰다고 알려주었다. 내가 자신과 이야기하느라 귀한 시간을 낭비했다는 것을 깨달은 제시카는 내게 윙크하며 표를 사는 동안 짐을 맡아주고 버스도 잡아주겠다고 약속했다. 나는 그 윙크와 제시카를 믿었다. 예세니아를 믿고 그녀를 따라 땅속으로 들어갔던 것처럼 말이다.

스페인어와 영어를 섞어가며 한참 표 가격을 흥정할 때, 먼지

긴 창밖으로 제시카가 커다란 여행 배낭 두 개를 메고 버스에
타려고 하는 모습이 보였다. 운전사는 제시카에게 가방을 버스
밑 짐칸에 넣으라고 손짓했다. 제시카는 들은 척도 하지 않았
다. 밖에서 다른 사람들이 맞장구치는 소리가 들렸다. 그녀는
그들도 무시했다. 나는 그녀가 시간을 끌기로 한 약속을 잘 지
키고 있다는 것을 알아차리고 웃었다.

마침내 표 판매상과 47쿡CUC에 요금을 합의했다. 원래 표 가
격은 36쿡 수준이어야 했지만, 나는 재빨리 포기했다. 급하게
표를 구하는 데 치르는 대가치고 11쿡 정도 손해 보는 것은 나
쁘지 않은 선택이었다.

나는 날카로운 눈초리를 피해가며 사람들 사이를 빠져나왔
다. 버스표를 구하지 못한 쿠바인을 보자 부끄러운 마음이 들
었다. 내가 표를 구할 수 있었던 것은 오로지 더 높은 요금을 낼
수 있었기 때문이다. 그 사실이 나를 불편하게 했지만, 버스가
천천히 출발하기 시작하자 나는 내 특권의 부당함에 대한 죄책
감을 금세 털어버렸다. 특권을 가진 많은 사람이 그러하듯 나
도 그 특권을 즐길 뿐이었다.

버스를 향해 달려가자 내가 올라탈 수 있도록 운전기사가 차
를 멈추고 문을 열어주었다. 내가 마지막 남은 좌석인 제시카
의 옆자리에 앉자 그녀가 환호성을 질렀다.

"당신을 위해 제가 애 좀 썼지요." 제시카가 자세를 고쳐 앉으
며 낄낄 웃었다. 그녀는 버스를 잡기 위해 주저리주저리 헛소
리를 늘어놓았고, 우리가 나란히 앉을 수 있도록 다른 사람과

자리까지 바꿨다.

"그러니까요! 왜 그런 거예요?" 나는 여전히 숨을 헐떡거리며 물었다. 버스 엔진이 아래쪽에서 우르르하는 소리를 내며 되살아났다. 크리스마스 조명이 켜진 객실에 스페인어로 된 사랑 노래가 울려 퍼졌다. 우리는 무사히 여행길에 올랐고, 혼자 낯선 나라를 여행하는 사람들만의 특별하고 묘한 친밀감으로 뭉쳤다.

들뜬 제시카가 어깨를 으쓱했다. "어쨌든 성공했잖아요?" 그녀는 내가 쿠바에 온 이유를 물었다. 나는 여전히 썩 그럴듯한 대답을 내놓을 수 없었다. "버킷리스트를 실천하는 중이거든요."라거나 "저는 미국의 쿠바 여행 금지령에도 불구하고 기꺼이 모험을 즐기는 대담하고 멋진 탐험가죠."라는 대답은 진실과는 거리가 멀었다. 보다 진실에 가까운 답은 이런 것이었다. "우울증이라는 큰 배를 타고 표류하는데 배에 물이 차기 시작했어요. 그래서 저는 제가 찾을 수 있는 첫 번째 부유물에 몸을 싣고 제 생명을 구할 수 있을지 알아보기로 했죠." 나는 쿠바 각지를 돌아다니며 말을 타고, 오랫동안 달리고, 럼주를 마시고, 스페인어를 연습하면서 나 자신에게로, 내 삶으로, 내 몸으로 돌아가는 길을 찾기를 바랐다.

그때까지의 삶을 돌아보면 나는 짙은 밤색 피부에도 불구하고 비교적 쉽게 삶을 살아왔었다. 내게는 가나에서 미국으로 이민 온, 서로에게 힘이 되는 화목한 가족이 있었다. 최고의 정규 교육을 받았고, 몸도 건강했으며, 멋진 연인이 있었다. 대부분의 사람들이 부러워하는 해외여행도 많이 다녔다. 또 직업적으로는 어떤 상황에서든 내 주장을 펼치고 문제를 해결할 수 있어야 하는 법률 지원 변호사로 일하고 있었다. 하지만 제시카를 만났을 때의 나는 특별한 목적 없이 떠난 여행에서 막막한 기분과 깊은 불만을 느끼고 있었다.

중대한 결정을 내려야 할 시기인 대학교 4학년 때 나는 내가 어떻게 사회에 이바지할 수 있을지 깊이 고민했다. 정치인이 되기에는 외교적 수완이 부족했다. 10대 때 아버지의 정치꾼 친구들과 국제 인권 정책을 토론하며 '마담 프레지던트'라는 별명을 얻긴 했지만 말이다. 선생님이 되기에는 인내심도 부족했다. 아이를 갖고 싶지 않았고, 다른 사람들의 아이를 책임지고 돌보는 일도 내 바람과는 거리가 멀었다.

법은 나에게 가장 많은 선택지를 주었다. 그래서 로스쿨에 진학했다. 하나뿐인 짧은 인생에서 달리 무엇을 해야 할지 몰랐기 때문이다. 법조인이 된 지 거의 9년이 지난 당시, 나는 조금씩 내가 경멸했던 삶으로 빠져들어 가고 있었다. 우울증이 심했고, 내 몸은 내 몸 같지 않았으며, 지금 죽는다면 후회만 남을 것 같았다.

제시카가 놀랄 수 있었으므로 나는 성급하게 너무 많은 말을 하는 대신, 이렇게 대답했다. "최대한 많은 것을 경험해보려고요." 그리고는 그녀가 쿠바에 온 이유를 물었다.

"세계 일주를 하는 중이에요." 그녀가 말했다. "미국부터 시작해 지금은 여기 쿠바에 있네요. 아르헨티나, 브라질, 남아프리카를 거쳐 독일로 돌아갈 예정이랍니다."

"단지 그 이유뿐인가요?"

제시카의 말투가 바뀌고 눈빛이 어두워졌다. "그쪽처럼 저도 최대한 많은 것을 경험해보려고요." 그녀는 잠시 시선을 피하다가 다시 말을 이었다. "자궁암에 걸렸거든요. 죽기 전에 이 나라들을 꼭 한번 구경해보고 싶어요."

"이런 젠장!" 나는 곧바로 그런 말을 내뱉은 것을 후회했지만, 제시카는 낄낄 웃었다. 그런 갑작스러운 고백에 사회적으로 허용되는 반응은 대체 무엇일까?

나는 세심할진 몰라도, 눈치가 있는 편은 아니다. 사실 눈치가 있던 적이 없었다. 순진함, 호기심, 지루함의 힘으로(이 경우에는 아직 덜 깬 술기운의 힘으로) 나는 자주 해당 주제가 대화 삼기에 부적절하다는 사회적 신호를 놓치곤 한다. 그래서 계속 밀고 나갔다. "그 병에 걸리면 죽나요?"

제시카의 얼굴이 부드러워졌다. 그녀는 내 머리 너머, 통로 건너편의 창밖을 바라봤다. "아마도요."

"그럼 어떻게 하려고요?" 내가 물었다. 그리고는 입술 안쪽을 깨물며 순간적으로 내가 너무 큰 말실수를 한 건 아닌지 생각했다. 하지만 나도 어쩔 수 없었다.

그녀가 놀라지 않고 대답했다. "음, 아마 죽겠죠." 우리는 삶의 덧없음에 몸서리치며 함께 웃었다.

제시카는 나보다 겨우 두 살 많은 서른여섯이었다. 우리는 모두 치료하지 않으면 죽을 수도 있을 병을 앓고 있었다.

나는 우울증으로 죽을 수도 있겠다고 생각했다. 우울증을 앓기 전까지, 그리고 차에 치일 뻔한 사고가 있기 전까지 나는 나 자신의 죽음에 대해 제대로 생각해본 적이 없었다. 죽음에 대해 가장 깊이 생각해본 적은 열한 살이었던 1990년, 십 대 에이즈 운동가 라이언 화이트Ryan White가 사망했을 때였다. 당시 그 소식은 전국적인 뉴스거리였다. 하지만 이번에는 느낌이 사뭇 달랐다.

바로 얼마 전의 죽을 뻔한 경험 때문이었는지, 즐거운 분위기 때문이었는지, 아니면 내 안의 다른 무언가가 나를 자극하고 있었는지 모르겠지만, 나는 제시카에게 그녀의 삶에 관한 정말로 날카롭고 개인적인 질문을 던지기 시작했다. 암으로 이 세상을 떠난다면 못 이루고 가는 일에는 뭐가 있을까요? 또 가정을 꾸리고 싶진 않은지 물었다. 지금까지 그 일에 방해가 된 것은 무엇인가요? 이어 그녀의 일과 연인, 꿈, 슬픔에 관해서도 물었다. 마지막으로는 죽음에 관해 물었다. "죽음은 어떨 것 같나요?"

제시카는 누군가 자신에게 이런 질문을 하거나 죽음에 관한 그녀의 이야기를 듣고 싶어 한 적은 처음이라고 말했다. 그녀는 종양 치료 프로그램을 통해 정신과 의사를 만나긴 했지만, 그는 제시카가 어떻게 병을 견디고 있는지에만 관심이 있었다. 의사는 그녀에게 죽음에 관해 묻지 않았다. 제시카의 가족과 친구들도 이 근본적이고 실존적인 질문에 대해 말할 기회를 주지 않았다. 그녀가 죽음에 관해 말할 때마다 그들은 희망을 품고, 밝은 면을 보고, 치료에만 집중하라고 말했다.

왜 우리는 사람들의 마음을 가장 무겁게 억누르고 있는 문제에 대해 말할 기회를 주지 않는 걸까? 아마도 그 대답이 듣기에 너무나 고통스럽기 때문일 것이다. 나는 나와 가장 가까운 사람들에게 내 정신적 고통의 깊이를 알리지 않는다. 그들에게 부담을 주고 싶지 않기 때문이다. 그래서 내 삶은 겉치레로 가득하다. 고통이 더 심해져도 그 고통에서 그들을 보호하고 싶어 한다. 우리는 모두 무슨 일이 벌어지고 있는지 알지만, 아무도 말을 하지 않는다. 이 이상한 순환의 고리는 특히 불치병을 앓는 환자에게는 더욱 고통스러울 것이다. 이들에게는 실제로 일어나고 있는 일을 아닌 척할 여유가 없기 때문이다. 누군가가 죽어갈 때, 이러한 회피는 일종의 실존적 가스라이팅이라고 할 수 있다.

제시카가 홀로 죽음과 춤추고 있다는 사실이 내 마음을 아프게 했다. 나는 그 외로운 곳에서 그녀와 함께 춤을 춰야 한다고, 함께 돌고 돌며 삶의 기묘한 아름다움과 신비함을 공유해야 한다고 느꼈다. 그 사명은 분명하고 확실했다. 그 순간의 내가 아닌 다른 어떤 것도 될 필요가 없었다. 생각하거나 알 필요도 없었다. 단지 느끼는 것만으로도 충분했다. 이 모든 생각이 머릿속을 맴도는 가운데, 나는 제시카에게 순전히 무의식적으로 물었다. "죽음을 앞둔 자신의 모습을 상상하면, 어떤 것이 보이나요?"

제시카는 눈을 감고 내 질문에 대해 생각했다. "수술 자국이 보여요. 하얗게 센 머리카락도 보이고요. 그리고 문신, 검버섯…. 하고 싶었던 일을 하지 못한 한 여자가 보이네요." 제시카는 눈을 뜨더니 늘 책을 출판하고 자신에 대한 글을 쓰고 싶었다고 말했다. 그녀의 눈이 빛났다. 아이디어가 떠오른 것이다. 그녀는 이 여행에 관한 블로그를 쓸 것이다. 어쩌면 그것으로 책도 낼 수 있을지 모를 일이다!

나도 덩달아 너무 신이 나서 소리를 질렀다. 그녀의 깃펜 문신이 갑자기 더 잘 이해되기 시작했다. 제시카는 노트를 꺼냈다. 무척 흥분한 그녀는 빠르게 글을 쏟아내기 시작했다. 나는 정확히 뭐라고 말할 수는 없지만 무언가 특별한 일이 벌어지고 있다는 기쁨에 겨워 그녀를 바라봤다. 제시카가 처음에는 격렬하게, 그러다 점점 천천히 글을 써 내려가는 동안 우리는 자연스럽게 침묵 속으로 빠져들었다.

제시카가 마지막 한 문장을 쓴 후 흐뭇해하며 창문에 기댔다. 눈꺼풀이 실룩거렸고 어깨의 긴장이 풀렸다. 펜을 쥐고 있던 손목의 힘이 풀리면서 펜이 손에서 떨어졌다. 잠든 그녀는 무척이나 평화로워 보였다.

나는 즐거운 기분으로 헤드폰을 꼈다. 우리는 그녀의 삶을 더 의미 있게 만들 수 있는 것, 즉 그녀가 늘 꿈꿔왔던 삶에 조금 더 가까이 다가가기 위해 잡을 수 있는 손잡이를 우연히 함께 발견했다.

창밖으로 시골 하늘을 뒤덮은 권적운(양털이나 비늘같이 보이는 구름-옮긴이)을 바라보면서 나는 인생에서 무엇을 원하는지, 죽을 때 어떤 사람이 되고 싶은지 생각했다. 스스로 이런 질문을 한 적은 처음이었다. 나는 서른네 살이었다.

죽음을 앞두었을 때 내가 원하는 알루아는 인생의 잔을 끝까지 채우고 이만하면 편하게 떠날 수 있겠다고 느끼는 삶을 구축한 여성이었다. 하지만 쿠바의 그 버스에서 제시카 옆에 앉은 나는 그 알루아와는 거리가 먼 것 같았다. 나는 껍데기뿐인 인간이었고, 내 몸 안에는 거의 한 줄기의 빛도 남아 있지 않았다. 오랫동안 산 주검으로 살았다는 것도 몰랐다는 사실에 엄청난 자괴감이 느껴졌다. 가슴이 답답했다. 하지만 제시카와 죽음에 관한 이야기를 나누던 그 순간, 나는 죽음을 앞두었을 때 내가 되고 싶은 사람에 조금 더 가까워진 기분이 들었다.

아이팟에서 빌 위더스Bill Withers의 〈유스 미Use me〉가 흘러나왔다. 나는 이 노래가 내가 추구하는 삶에 얼마나 완벽하게 들어맞는지를 생각했다. 늘 쓸모 있고, 유용하고, 완전히 활용되는 사람이 되고 싶었다. 그 소명감은 내가 법조계에 진출해 저소득층 지역사회에 필요한 사람이 될 수 있도록 이끌었다. 하지만 나의 일부, 즉 감정적 세심함, 비논리적인 일에 대한 애호, 불완전한 인간에 대한 사랑은 아직 활용되지 않고 있었다. 변호사는 무엇이 합법이고 무엇이 불법인지 명확한 관점에서 세상을 바라봐야 한다. 하지만 나는 그 대신 삶의 입체적인 모습, 즉 혼란, 단단한 사랑과 의리, 그 모든 인지적 부조화를 온전히 목격하고 싶었다. 이분법적인 관점에서가 아니라 다양한 관점에서 세상을 바라보고 싶었다.

삶의 마지막 순간에 완전히 활용되었다고 느끼려면 무엇이 필요할까? 내가 행복하게 죽는다면, 죽을 때의 나는 어떤 모습을 하고 있을까? 나는 미래의 내 모습을 머릿속에 그려보았다. 고통을 견디고 기쁨을 만들어낸 생기 없는 손, 입가에는 팔자주름과 눈가에는 잔주름이 진 힘 없는 얼굴, 몸에서 가족과 친구들의 마음으로 발산되는 평생의 사랑.

버스에 탄 사람들을 둘러보니 문득 그들은 어떤 죽음을 맞이하게 될지 궁금해졌다. 전방을 주시하며 버스를 모는 운전기사, 제시카가 나와 같이 앉기 위해 자리를 바꿔 달라고 했을 때 투덜대던 여성, 판지로 부채질을 하는 노인, 아이에게 모유를 먹이는 엄마, 그리고 그 아이.

사람들은 일상을 살아가느라 바빴다. 언젠가 그들은 죽을 것이다. 지금 이 순간에도 진행 중인 삶의 즉시성, 삶의 소중함과 덧없음을 인식한다면, 그들은 당장 어떻게 다르게 행동할까? 여기 있는 이 육체들에는 쓰이지 않은 책, 고백하지 못한 사랑, 이루지 못한 꿈들이 얼마나 많이 잠들어있을까? 그들은 삶에 만족하며 죽음을 맞이할까 아니면 더 많은 시간을 갈망할까?

사람들이 죽음에 대한 생각을 어떻게 피하는지 궁금했다. 이들도 내가 제시카와 한 것처럼 새로운 친구와 함께 편하게 앉아 죽음을 인정하며 유머, 사랑, 호기심을 가지고 죽음에 관한 이야기를 나눠 본 적이 있을까? 이런 경험이 내 인생을 바꾼 것처럼 그들의 삶도 바꿀 수 있을까?

나는 그런 친구가 될 수 있을 것 같았다.

나는 많은 사람에게 그런 친구가 될 수 있을 것 같았다.

우울증이 뿌리를 내린 후 처음으로 내 몸 안에서 분명한 생명의 기운이 느껴졌다. 제시카와 나는 죽음에 관한 대화가 내 안의 무언가를 깨웠다. 눈이 떠지고, 마음이 열리고, 정신이 깨어났다. 맥박이 들리고, 호흡이 느껴지고, 온 신경이 집중되었다. 나의 모든 것이 이 순간에 존재했다. 내 몸을 살펴보았지만, 내 안에서는 아무런 저항도 발견되지 않았다. 나의 타고난 호기심과 연민, 어려운 감정에 대한 편안함은 제시카가 자기 죽음과 결과적으로 자신의 삶에서 작은 평화를 찾는 데 도움이 되었다. 정확히 내가 되는 것 외에 필요한 것은 아무것도 없었다. 죽음이라. 나는 믿기지 않는 기분으로 방금 떠올린 생각을 뾰족한 테니스공처럼 머릿속에서 이리저리 던져보았다. 지난 몇 년을 통틀어 이처럼 살아있는 기분은 처음이었다. 죽음에 관한 이야기가 나를 다시 살리기 시작했다.

숙취가 마침내 나를 덮쳐 토막잠을 잤을 때를 제외하고, 몇 시간 동안 더 끊임없이 대화를 나눈 후 우리는 제시카가 내려야 하는 카마구에이에 도착했다. 나는 내내 그녀가 떠나는 순간과 이후 혼자 산티아고로 향하는 7시간을 두려워하고 있던 참이었다. 내가 느끼는 흥분이 그녀 때문인지 아니면 새로운 깨달음 때문인지 알 수 없었다. 제시카가 일어나 천천히 자기 물건을 챙기기 시작했다. 나는 그녀의 눈을 피했다. 우리는 더듬거리며 작별 인사를 했다. 하지만 제시카가 몇 걸음 걷더니 갑자기 돌아서며 말했다. "산티아고에 같이 가도 괜찮을까요?" 내가 온몸으로 "물론!"이라고 말하자 그녀는 자신의 짐이 카마구에이역에 하차되지 않도록 서둘러 버스 밖으로 나갔다. 그리고 잠시 후 내 옆자리로 돌아왔다.

제시카와 나는 계획이 없었다. 하지만 우리에게는 서로가 있었다. 제시카의 신랄한 유머 감각은 나와 아주 잘 맞았다. 우리는 통로 건너편에 있는 아이의 간식을 탐했고, 연애와 섹스를 둘러싼 끔찍한 이야기를 주고받았으며, 밤에는 버스에서 틀어주는 스페인 발라드 가수 카밀로 세스토Camilo Sesto의 비디오를 보며 함께 웃었다. 쿠바의 습도, 버스 매연, 배고픔, 자주 나타나지 않는 화장실은 우리의 희망찬 꿈에서 중요하지 않았다.

산티아고에 도착하자마자 우리는 하바나 클럽 럼주와 망고주스를 산 후(아직 내 간은 술이 고픈 것처럼), 그날 밤 묵을 게스트하우스로 향했다. 중년의 남자가 현관에서 우리를 맞이하여 안으로 안내했다. 빛바랜 분홍 단층집은 한 나이든 여인의 사진과 레이스 깔개로 장식되어 있었고, 벨벳 소재의 초록색 가구에는 노란 비닐이 덮여 있었다. 집주인은 마치 박물관 투어를 하듯 집을 천천히 구경시켜주었다.

그는 우리를 침대 두 개와 서랍장이 딸린 방으로 안내했다. 서랍장 위에는 사각 선풍기가 놓여 있었고 침대에는 할머니네에서 볼 수 있을 법한 꽃무늬 이불이 깔려있었다. 외국돈의 이점 덕분에 한 명이 아닌 두 명분의 숙박비를 흥정하기는 쉬웠다. 나의 새 친구와 함께 럼주를 들이켜고 아이팟에서 흘러나

오는 백스트리트 보이즈Backstreet Boys의 음악을 들으며 편안한 저녁을 보내는 동안, 바닥에는 쥐만 한 바퀴벌레들이 돌아다녔다. 우리는 그 종종거리는 새로운 친구들을 피하기 위해 서랍장 위의 짐은 풀지 않았다.

제시카와 나는 내일 묵을 새로운 숙소를 재빨리 찾아보기로 했다. 그리고는 벌레 친구들이 나타날 때마다 침대 위로 뛰어오르며 한동안 호들갑을 떨었다. 밤이 깊어지자 제시카의 병세가 뚜렷해졌다. 움직임이 느려졌고, 장시간 버스를 타고 온 탓에 다리와 복부에 체액이 차올랐다. 그녀가 내게 림프 마사지하는 방법을 가르쳐 주는 동안 우리는 베를린 장벽이 무너질 때 어디에 있었는지, 몇 살에 월경을 시작했는지, 조부모님이 그녀를 어떻게 키웠는지에 관한 이야기를 나눴다. 제시카의 배낭에는 다양한 크기와 색깔의 약통, 요일이 인쇄된 일일 약 보관함, 포장되지 않은 알약 등 휴대하고 다니는 의약품을 위한 특별한 칸이 있었다. 약이 어마어마했다. 그렇지만 어쨌든 그녀는 병마와 함께 삶을 살아가고 있었다. 죽어가면서 살아갔다.

마침내 우리는 벽에 태양이 그려진 불그스름한 방의 침대에 각각 자리를 잡았다. 불을 끄자 제시카가 침대에서 뒤치락거리는 소리가 들렸다. 우리는 이제 바퀴벌레들이 자기들만의 파티를 열 거라며 웃었다. 이윽고 그녀가 진지하게 속삭이듯 말했다. "놀라지 마세요, 알았죠?" 나는 아무 말도 하지 않았지만, 숨을 참고 촉각을 곤두세우며 내가 정말 겁에 질려야 하는 상황인지를 파악하려 노력했다. 제시카는 독일 정부에 쫓기고 있을까? 아니면 가족들이 나를 감시하라고 보낸 사람일까? 내가 자는 동안 나를 죽이려 들까? 나는 작은 섬나라에서 알게 된 지 겨우 열네 시간밖에 안 된 사람과 한방에 있었다. 어쩌면 걱정해야 할지도 몰랐다.

제시카가 망설이며 말을 꺼냈다. "택시에 치일 뻔했던 일 기억나요?"

"네." 나는 천천히 대답했다. 트리니나드에서 하루를 시작할 때 내가 차에 치일 뻔했던 일을 그녀가 어떻게 아는지 의아했다.

그녀가 말했다. "제가 그 차에 타고 있었어요."

나는 매트릭스의 동시성과 결함을 믿지만, 우연은 믿지 않는다. 그렇다 해도, 제시카를 만난 지 수년이 지나고 새 삶을 얻게 된 지금, 내가 아는 것은 제시카를 '우연히' 만나지 않았다면 죽었을 거란 사실이다. 사회적·문화적 기대로 가득한 진실하지 않은 삶을 살아야 한다는 부담감은 나를 숨 막히게 했다. 나는 실패했다고 느꼈고 삶을 계속 이어 나갈 이유를 찾지 못했다. 그래서 매일 물었다. '삶은 무엇을 위한 것일까?' 부서지고 공허한 사람으로서 삶의 마지막을 마주하게 될 것이라는 생각에 이르고서야 나는 내가 원하는 종류의 삶을 만들고자 마음먹을 수 있었다. 삶의 마지막 순간에 어떤 사람이 되고 싶은지를 상상함으로써 삶을 초대한 것이다. 연인과의 지속적인 다정한 눈 맞춤, 조카의 열 번째 생일 파티를 위해 나와 조카의 롤러스케이트를 반짝이는 것들로 장식하는 즐거운 일상, 다른 사람들

을 돕는 일에서 비롯되는 영감, 눈 깜짝할 사이에 열여덟 살이
된 조카가 주는 놀라움, 탄생에 대한 경외감, 죽음의 신비.

사회적으로 우리는 죽음에 관한 대화를 피한다. 제시카의 친
구와 가족들이 죽음을 생각하는 대신 치유를 위해 희망을 품으
라고 격려한 것처럼 우리는 질병과 삶을 통제할 수 있는 척한
다. 그런 면에서 보면 인간은 우습다. 죽음을 앞둔 인간의 명백
한 무능함과 무력함은 우리의 한계를 상기시킨다. 당연히 죽음
은 무섭다. 하지만 죽음에 대한 생각은 씨앗이다. 그 씨앗을 정
성 들여 가꾸면 생명이 그 자리에서 들꽃처럼 자란다. 우리가
통제할 수 있는 유일한 것은 죽음을 인지했을 때 그것을 어떻게
받아들일 것인가이다. 쿠바에 있을 때 나는 죽음을 인지하게
되었다. 아직 인지하지 못하고 있다면, 대체 뭘 기다리는 건가?

이 글을 쓰는 지금 제시카는 아직 살아있고 차도가 있는 상태
다. 하지만 (스포일러 주의) 그녀는 결국 죽을 것이다. 우리 모두
그럴 것이다.

2장

이기는 쪽은
늘 몸이다

죽음을 준비하는 나의 고객과 그 가족들은 흔히 내가 죽음과 죽어가는 것에 관해서라면 무엇이든 알 것이라고 믿는다. 하지만 그들과 셀 수 없이 많은 시간을 보냈음에도 불구하고 내가 앞으로도 절대 알 수 없는 것들은 많다. 누가 죽음을 완벽히 이해할 수 있을까? 확실히 우리 중 과학자나 철학가, 길거리 전도사는 아니다. 그들은 모두 아직 살아있기 때문이다. 임사 체험을 한 사람들? 죽음의 문턱까지는 갔지만, 곧바로 돌아온 사람들이다. 나와 같은 임종 도우미는 어떨까? 우리 역시 아직 살아있다. 죽음에 관한 모든 책을 섭렵하고 죽음에 수천 번 더 가까이 다가갈 순 있어도, 나 역시 직접 경험하지 않는 이상 어느 산 사람과 마찬가지로 호기심만 많은 무지한 인간일 뿐이다. 다른 사람들의 임종을 지켜보면서 느낀 점이 있다면, 죽어가는 것은 육체가 변화하는 과정이고 죽음은 그 변화의 끝을 나타낸다는 것이다. 이 세상에서의 시간이 다하면, 우리의 몸은 알 수 없는 무언가에 의해 작동되던 활기차고 통합된 생명체에서 단 한 번의 호흡과 함께 생명이 없는 공허한 물질로 변한다.

몸은 우리의 이야기를 들려준다. 생의 끄트머리에서 몸은 우리가 어떤 삶을 살았는지에 대한 단서를 제공한다. 고객들의 얼굴은 그들이 이 세상을 어떻게 살아왔는지를 드러낸다. 가령 조나단의 깊은 미간 주름은 회의적인 태도와 호기심을 나타냈다. 그는 천문학자였는데, 집에서 바닥이 보이는 부분은 거실에서 침실로 가는 길뿐이었다. 나머지 바닥은 모두 광택 나는 과학잡지들로 덮여 있었다. 읽을 때 돋보기 쓰기를 완강히 거부했던 그는 영면에 들어서도 계속해서 눈을 가늘게 떴다.

무용수였던 엘리자베스는 여러 차례의 무릎과 고관절 수술 후 3년이나 침대에 누워있어야 했다. 그녀의 입가에는 깊은 팔자 주름이 있었고, 눈가의 주름은 관자놀이와 태양을 향해 위쪽으로 뻗어 있었다. 엘리자베스의 주름은 그녀의 삶에 기쁨이 넘쳤음을 말해주었다. 생의 마지막 몇 주 동안에도 그녀는 사랑에 빠진 사람처럼 킥킥대며 웃었다.

에른스트의 턱에는 불평과 불만, 슬픔이 가득했다. 키 142㎝의 작달막한 그는 전형적인 심술궂은 노인이었는데, 딸들의 고집으로 겨우 내 방문을 허락했다. 그는 자신처럼 기차에 푹 빠져 있는 손자를 볼 때만 기쁨을 느끼는 것 같았다. 손자가 곁에 없을 때는 언제나 마치 방에 썩어가는 생선이 있는 것 같은 표정을 지었다.

에드워드의 팔 위쪽과 몸통, 허벅지는 문신으로 덮여 있었다. 그는 자신이 사는 교외에서 오토바이 클럽을 이끄는 최고의 기업 변호사였다. 회사 동료들과 골프를 쳐야 했기 때문에 종아리와 팔뚝에는 문신이 없었다.

다음으로 내 몸이 있다. 나는 죽을 때 나의 몸이 내가 춤을 추었고, 얼굴에 쏟아지는 햇빛의 따사로움을 만끽했으며, 스쿼트와 감자튀김을 모두 좋아했다고 말해주길 바란다.

1978년 5월 29일, 나는 4.5kg의 무거운 몸으로 이 세상을 즐기기 위해 태어났다. 어머니의 몸에 신의 축복을. 짧은 아프로 (Afro, 흑인들의 둥근 곱슬머리 모양-옮긴이) 머리를 한 엄마는 당시 스물여섯 살이었고, 내가 엄마의 몸에 자리를 잡았을 때는 언니가 이미 한 번 살다 나간 후였다. 첫 아이가 태어난 지 겨우 6개월밖에 안 된 시점이었으므로, 엄마는 나를 임신한 것을 몰랐다. 엄마는 모유 수유 중에도 임신할 수 있다는 사실을 믿지 않았다. 하지만 틀렸다. 나는 런던에서 생겼지만, 가나에서 태어나기 위해 자궁 속에서 여행했다는 사실을 빼고 그에 관해 너무 많은 것을 알고 싶진 않다. 그 이후로 나는 계속해서 여행 중이다.

나의 탄생은 자궁에서 이 세상으로 나온 나의 첫 번째 죽음이었다. 나는 형태를 바꿨고, 숨 쉬는 방식을 바꿨으며, 내가 아는 유일한 장소인 엄마의 안락한 몸을 떠나며 환경을 바꿨다. 예정일을 3주나 넘긴 시점이었기 때문에 엄마는 무척 기뻤을 것이다. 혹은 내 식대로 말하자면, 나는 과학적 예측에 따르지 않고 제시간에 맞춰 태어났다. 가나의 수도 아크라Accra에서 내가 할 수 있는 유일한 일은 길이 열릴 때까지 참을성 있게 기다리는 것뿐이었다. 유도분만 촉진제도 경막외 마취제도 없었다. 자연의 순리에 맡기고 엄마의 몸이 할 일을 하게 하는 것 외에 다른 선택지는 없었다. 나는 우리 모두의 긴 진통 끝에 태어났다. 엄마는 변기에 다리를 벌리고 앉은 채 투오 자피(Tuo Zaafi, 옥수수 반죽, 채소, 고기 등으로 만든 가나 북부 지방의 음식)를 먹으며 힘을 냈고, 나는 나 나름대로 이 거대한 어깨를 흔들어 대며 산도를 따라 힘겹게 움직였다. 그렇게 나는 태양이 쌍둥이자리에 있고 달이 물고기자리에 있을 때 태어났다. 쌍둥이자리가 동쪽 하늘에서 보이기 시작할 때였다.

몸집이 크고 눈도 컸던 나는 통통한 아이로 자랐다. 가나에서 토실토실한 아이는 가족의 자랑이었다. 사람들은 통통한 아이를 애칭으로 보프티bofti라고 불렀다. 보프티는 부와 건강, 좋은 양육 환경을 뜻했고, 엄마들이 특히 좋아하는 왕성한 식욕을 뜻했다.

어렸을 때 아빠가 정말로 좋아했던 나와 이름이 같은 알루아 아주머니는 내가 다가갈 때마다 "보프티!"라고 반갑게 외치며 나를 들어 올렸다. 그리고는 내가 얼마나 무거운지 기뻐하면서 탄성을 질렀다. 아주머니는 우리 부모님이 그녀의 이름을 따 내 이름을 지은 것에 매우 흐뭇해했다. 아주머니는 내게 비비적거리고 둥근 뺨을 꼬집으며 나를 몰래 집으로 데려가 사탕과 케이크, 파인애플과 진저에일을 섞은 크림소다 같은 맛이 나는 내가 제일 좋아하는 음료수를 건네주었다. 통통했던 어린 시절 나는 인정받고, 가치 있고, 안전하고, 사랑받는다고 느꼈다.

하지만 마침내 열한 살에 미국으로 이주했을 때, 내 몸과 나 사이의 관계에 긴장감이 싹트기 시작했다. 이곳에서는 통통하면 사람을 얕잡아봤다. 흑인이라는 점도 불리하게 작용했다. 별안간 내 몸은 욕을 먹게 되었고, 기적적인 존재로 인정받는 대신 두렵고 물리쳐야 할 적이 되었다. 게다가 사춘기에 접어들고서 내 몸의 곡선은 원치 않는 관심까지 끌게 되었다.

성인이 되고서야 나는 인체의 신비를 받아들이고 그 힘과 우아함을 즐기며 내 몸과의 조화를 찾게 되었다. 지금은 굳이 윗몸 일으키기와 2분 플랭크를 통해 똥배를 없애려고 애쓰지 않는다. 그러는 대신 토르티야 칩을 누텔라와 트러플 맥앤치즈에 푹 찍어 음미한다.

나는 이제 통통하진 않지만, 여전히 크다. 큰 몸집은 내가 선택한 것이 아니다. 나는 균형 잡히고, 활기가 넘치고, 능력 있고, 탄탄한 몸을 가진 키 178㎝의 흑인 여성이다. 지금으로선 그렇다. 바깥세상이 어떤 잣대를 들이밀든, 이 모든 특성은 특전이다. 나는 인상이 강한 편이다. 광대뼈가 도드라졌고, 내 잘못은 아니지만 앞니도 크게 벌어졌다. 쇄골은 물이 담길 정도로 눈에 띄게 튀어나와 있다. 또 튼튼한 이두박근과 커다란 엉덩이, 그 밑으로 유연한 허벅지 근육이 있다. 그 외에도 손가락이 길고 손바닥이 넓어서 화려하게 칠한 연약한 손톱에도 불구하고 한 손으로 위에서 여자 농구공을 잡을 수도 있다.

서툴게 이런저런 경험을 많이 했다는 것을 증명하듯 내 튼튼한 다리에는 크고 작은 흉터들이 있다. 자주 걸려 넘어질 정도로 큰 발도 빼놓을 수 없다. 살면서 지금까지 부러진 뼈가 모두 발에 있는 뼈인데, 덕분에 농담 삼아 '그레이스'라는 별명을 얻게 되었다(공교롭게도 이 별명은 지금 내가 운영하는 임종 도우미 사업인 '고잉 위드 그레이스Going with Grace' 이름의 일부가 되었다).

나를 모르는 사람들은 통화할 때 가끔 나를 남자로 착각하는데, 특히 목소리가 잠긴 아침에는 더욱 그렇다. 나는 's'를 혀 짧은 소리로 발음한다. 하지만 녹음된 내 목소리를 다시 들을 때나 중학교 친구들이 나를 놀렸던 때를 제외하면, 보통은 이를 자각하지 못한다. 언어치료로도 안 되는 혀 내밀기 습관tongue thrust 때문이다. 나는 여기에 무슨 문제가 있는 건지 모르겠다. 이러한 특성은 미국에서는 좀 다르게 들릴지 몰라도, 스페인 같은 다른 나라에서는 아무렇지도 않게 들릴 것이다.

여러 가닥으로 땋은 내 머리는 등 중간까지 내려온다. 몇몇 가닥은 금실, 참 장식, 조개껍데기로 꾸며져 있다. 나는 밝은 옷을 입고, 귀와 코를 많은 피어싱으로 장식하고, 누군가는 과하다고 생각할 수 있을 만큼의 황동과 구리로 손가락과 손목을 치장하는 등 몸을 최대한 단장한다. 그리고 유향과 몰약으로 향을 풍긴다.

나는 가는 곳마다 사람들의 시선을 끈다. 브루클린의 베드

퍼드스타이베선트Bedford-Stuyvesant에서보다 스리랑카의 자프나 Jaffna에서 특히 더 그렇다. 하지만 상관없다. 앞으로도 그들에게 뭔가 볼 만한 것을 보여줄 것이다. 어차피 이곳에 머무는 시간은 짧기 때문이다. 그래서 나는 이 세상과 여러 공간, 나의 삶, 나의 관계에서 존재감을 드러낼 것을 고집한다. 다른 방법은 없다. 나는 여기에 있고, 이것은 내 몸이다. 몸은 내가 사는 곳이기도 하고 내가 죽을 곳이기도 하다.

시간이 흐르면 모든 육체가 그렇듯 내 몸도 시들고 약해질 것이다. 이미 피부의 콜라겐과 모낭의 색소가 빠져나가고 있고, 소변도 예전보다 더 자주 봐야 한다. 세포들은 어제보다 더 힘겹게 음식과 주변 환경을 통해 들어오는 영양소를 보충한다. 가슴이 처지고, 팔에도 셀룰라이트가 가득하다. 마흔이 되고부터는 전에 없던 곳에 지방이 자리 잡기 시작했다는 사실도 알게 되었다. 눈가에 주름이 생기고 미간 주름이 깊어진다. 얼굴 피부는 더 얇아진 것 같은데 팔꿈치와 무릎 주변의 피부는 두꺼워진다. 아무리 노화 방지 크림을 바르고 비타민을 섭취해도 이러한 신체적 변화를 막을 수는 없다. 지금 이 순간, 나는 가장 어리면서도 가장 나이든 상태이기도 하다. 인간으로 태어난 나는 나이를 먹을 것이다. 나이를 먹지 않는다는 것은 내가 죽었다는 뜻이다. 그러니 지금으로서는 관절을 위해 글루코사민을 털어 넣고 탄력을 위해 아이크림을 바를 수밖에.

우리는 우리가 크게 관여하지 않아도 우리 몸이 매일 수십

억 개의 과제를 수행할 것을 믿는다. 여러분은 요 몇 개의 단락을 읽는 동안 심장이 얼마나 뛰었고 호흡을 얼마나 했는지 아는가? (읽는 속도에 따라 다르겠지만, 약 360번의 심장 박동과 60~100번의 호흡이 있었을 것이다.) 또 이 순간 체온을 유지하기 위해 얼마나 많은 감각 정보가 추가로 수신되고 있는지 아는가? 종이에 베었을 때도 우리 대부분은 작지만 고통스러운 그 상처가 저절로 아물 것이라고 쉽게 믿는다. 우리 몸은 땀을 흘리고, 미네랄을 변환하고, 음식물을 처리하고, 노폐물을 생성하고, 눈을 깜박이고, 기름을 방출하고, 적혈구를 만들고…. 이쯤 되면 알 것이다. 딱히 고마워하지 않아도 인체는 우리가 살 수 있도록 이 모든 일을 해낸다. 우리는 본질적으로 우리의 몸을 신뢰한다.

우리는 성적 자극을 경험할 때 몸이 우리를 흥분시키고 자려고 할 때 우리를 잠들게 할 것이라고 믿는다. 아주 잠깐 어떤 생각을 떠올릴 때도 수백만 개의 뉴런이 활성화되며, 우리는 수천 개의 미뢰에 의지해 단맛과 쓴맛을 구분한다. 인체는 고통을 통해 우리에게 주의가 필요하다는 것을 경고하고, 백혈구를 조직으로 보내 침입한 박테리아와 바이러스가 우리를 죽이기 전에 그것들을 처치한다. 의식하지 못하는 사이에 우리 몸은 목 뒤의 털을 곤두세워 근처에 위험 요인이 있음을 알린다. 강렬한 감정(또는 초감각적 지각)이 느껴질 때 우리 몸은 각 모낭에 붙어있는 근육을 수축시켜 피부를 일으키는데, 우리는 이를 소름goosebump이라고 부른다(소름이 돋을 때는 보통 어떤 액체가 나오기 때문에 나는 이를 주스범프juicebump라고 부른다).

몸은 우리가 가장 신뢰할 만한 동반자다. 우리는 대부분 표면 적이긴 하지만 다양한 방법으로 몸을 돌본다. 옷을 입고, 머리 를 자르고, 질 좋은 물을 마시며, 음식을 먹고, 샤워를 하고, 보 습제를 바른다(보습제를 바르지 않는다면 지금부터라도 바르길. 짧은 생애 동안 피부를 건조하게 방치하지 말자). 그리고 마지막으로 피곤 하면 쉰다. 과학과 의학이 모든 것을 해결할 순 없다. 노화 방지 와 냉동보존 전문가들이 방법을 찾을 때까지 이기는 쪽은 늘 우 리의 몸이다. 그걸 어떻게 아느냐고?

30대 후반에 나는 9주 동안 800m, 1,500m 등의 중거리 달리 기 선수로 훈련을 한 적이 있다. 공원에서 가벼운 달리기를 하 다 스트레칭을 하던 중 한 남자를 만났는데, 그는 내 체격과 체 형이 아주 훌륭하다고 칭찬했다. 처음에는 그저 수작을 거는 줄로만 알았는데, 근육의 정확한 이름을 언급하는 모습에 나는 멈칫했다. 그는 내가 중거리 달리기 선수로 가능성이 있다고 생각했고, 나도 어쨌든 달리기를 좋아했기 때문에 한 번 시도해 보기로 했다. 그는 전직 달리기 코치였던 자신의 영광을 얼마 간 되찾기 위해 나를 무료로 훈련해주고 싶어 했고, 나는 기꺼 이 그의 록키가 되어주기로 했다. 우리는 매주 화요일에 10마 일(약 16㎞) 달리기, 목요일에는 근육 운동, 토요일에는 그의 전 달리기 동료들이 훈련했던 트랙이자 그가 내게 과시하고 싶어 하는 트랙에서 단거리 연습을 하기로 했다.

훈련하는 몇 주 동안은 배가 고파 죽을 것 같았다. 매일 밤 거 의 열 시간씩 잤다. 내 몸은 점점 더 근육질이 되었고 탄탄해졌다. 정신과 피부가 맑아졌다. 심지어 계산대에서 떨어지는 병을 중간에 잡을 수도 있었다. 마치 기계가 된 기분이었다. 엉덩이도 점점 더 둥글어지고 올라붙었다. 모든 면에서 좋아졌지만, 특히 뒷모습은 더욱더 만족스러웠다.

나는 9주 동안 달렸다. 매주 달리는 거리를 늘렸고 기록을 단축하길 바라며 단거리와 장거리를 모두 연습했다. 두 차례의 5,000m 경기에서 나는 내 연령대 중 상위권에 올랐다. 화요일, 폐가 타들어 갔지만 목표한 거리를 완주할 수 있었다. 목요일, 근육이 타들어 갔지만 어떻게든 무게를 견딜 수 있었다. 하지만 토요일이 되고 400m 단거리 훈련을 할 때마다 나는 실패한 기분을 느꼈다. 250m 지점을 지나면 내 몸은 현저하게 느려졌다. 계속 달릴 수 있도록 나를 달래기도 하고 소리도 질러보았다. 계속해, 계속 달려, 좀 더, 더, 더 알루아! 심지어 크록스 하이힐을 신으라고 강요하는 누군가에게 쫓기는 상상을 하기도 했지만, 모두 소용없었다. 우수한 아마추어 선수와 프로 선수 몇 명이 뒤섞여 함께 뛰는 트랙에서 나는 기진맥진해 레인 한가운데 주저앉곤 했다. 코치는 실망했다. 플로 조(Flo-Jo, 미국의 유명 육상 선수-옮긴이)와 록키의 꿈, 타고난 운동 능력과 강인한 의지에도 불구하고 나는 끝까지 질주할 수 없었다.

우리는 근육 운동 일정을 변경했다. 식단에 탄수화물을 추가했고, 내가 좋아하는 장거리 달리기를 중단했다. 단거리 훈련으로 방향을 바꾸려고 한 것인데, 단거리는 도무지 흥미롭지가 않았다. 나는 내 몸에게 무엇이든 할 수 있다고 말하곤 했다. 그러나 내 몸은 250m를 넘어가면 전력 질주하지 못했고, 300m 정도에서 멈췄다. 정신력이 항상 의도한 결과를 낳는 것은 아니었다. 내 몸이 이겼다.

마음은 강력하지만, 모든 것을 할 수는 없다. 분명히 마음은 그것이 뿌리내리고 있는 몸이 한계에 다다랐을 때 사람들이 죽는 것을 막을 수 없다. 나는 정말 살고 싶어도 몸이 더는 따라주지 않아 죽음을 맞이하는 많은 사람을 알고 지냈다. 어느 시점에 우리가 할 수 있는 최선은 우리 몸에 귀를 기울이고, 열심히 일한 일꾼이 지쳐 이제 죽을 준비가 되었다고 믿는 것이다.

특권을 가진 사람들은 더 비싼 치료를 받거나 비보험 의료 기관을 통해 피할 수 없는 운명을 조금 더 미룰 수 있다. 비슷하게 집중적인 영양 섭취, 고압 산소실, 달리기 패턴 분석이 병행되었다면, 나는 더 오래 달렸을지 모른다. 하지만 궁극적으로 우리는 자신이 속한 몸에서 달아날 수 없으며, 병들어 죽어가는 몸에서 벗어날 수 없다.

하지만 우리의 몸을 감옥으로 생각하진 말자. 우리에게는 이 몸을 통해 지구라는 마법의 놀이터를 경험할 수 있는 특권이 있다. 몸 덕분에 우리는 도넛을 먹고, 물웅덩이에 뛰어들고, 희귀한 향신료 냄새를 맡고, 아이들의 웃음소리를 듣고, 껌으로 풍선을 불고, 예술품을 만들고, 파이를 만들고, 사랑을 나눌 수 있다. 우리는 살기 때문에 죽을 수밖에 없다. 죽음은 우리에게 일어나는 일이 아니라, 우리가 취하는 행동이다. '죽다'는 동작 동사다.

나는 내 몸이 내가 이끄는 삶만큼 충만하길 바란다. 이 회전하는 파란 구체를 탈 수 있는 한 이 몸으로 집에 머물기를 바란다. 지금은 내가 전에 앓았던 우울증이 텅 빈 몸을 채우라는 몸의 권고였다는 것을 안다. 끊임없이 얻으려고 애썼지만 결코 만족하는 법이 없었던 나는 평생 배고픈 유령이었다. 먹을 것에 대한 평생의 갈구(나는 괜히 통통한 것이 아니었다)는 관계, 기쁨, 의미, 사랑에 대한 갈구이기도 했다. 요즘은 원한다고 내 몸을 작게 만들 수도 없다. 나는 더 조용해질 수도 있지만, 큰 소리를 내며 사는 쪽을 택했다. 그리고 사람들의 마지막 순간을 함께함으로써 최대한 죽음에 가까이 서는 쪽을 택했다. 이 심오한 과정에서 나는 매번 삶의 축복과 우리라는 기적적 존재의 위대함을 상기한다. 모두 우리가 속한 이 놀라운 몸 덕분이다.

우리의 몸을 사랑하려면 무엇이 필요할까? 육체를 믿고, 존중하고, 죽음이 다가왔을 때 놓아주기 위해서는 어떻게 해야 할까? 삶의 끝에 다다랐을 무렵, 몸은 세상을 한껏 즐긴 우리에게 항복을 요구할 것이다. 모든 생명은 결국 복잡한 삶으로부터의 해방이 필요하다. 자연은 자연이 할 일을 한다. 아주 옛날부터 그랬다. 살아서 나가는 사람은 아무도 없다.

3장

우리 곁에 다가온 죽음

내 인생 최초의 기억은 죽음에서 탈출할 때의 기억이다. 1981년 12월 31일, 나는 세 살, 언니인 보조마Bozoma는 네 살, 동생인 아호바Ahoba는 한 살이다. 아빠가 커다란 손으로 내 손을 꼭 잡고 아크라에서 우리가 살고 있던 정부 청사 뒤쪽의 계단을 급히 내려간다. 평소 차갑고, 부드럽고, 침착하고, 건조했던 아빠의 손이 뜨겁고 땀에 젖어 있다. 아빠는 나를 놓치기라도 할 듯 내 손을 꼭 쥔다. 어린 내가 계단을 빨리 내려가지 못하자 아빠는 결국 나를 안는다. 아빠의 어깨너머, 유리창 안쪽으로 안뜰이 보인다.

가나 정부가 군사 쿠데타로 전복되고 있다. 정부를 전복하려는 음모가 실패하면 쿠데타 공모자들이 반역죄로 사형당할 것이고, 쿠데타가 성공하면 이들을 방해하는 기존의 모든 정부 관료와 반대자들이 죽임을 당할 것이다. 어느 쪽이든 폭동과 혼란, 무정부 상태 속에서 수백 명의 사람이 무고하게 목숨을 잃는다. 나는 너무 어려서 이러한 상황을 이해하지 못하지만, 오늘 아침 죽음의 공포가 아크라를 뒤덮고 있다.

지금도 눈을 감으면 그 운명적인 아침의 이미지가 떠오른다. 열어젖힌 차 문 안으로 급히 채워지는 짐, 조급함이 실린 자동차 경적, 겁에 질려 어쩔 줄 모르는 사람들. 마치 다른 사람의 가족 앨범에 있는 사진처럼 내 머릿속 그림은 생생하면서도 낯설게 느껴진다. 나는 몇 년이 지나서야 이 장면들이 어떻게 내 머릿속에 남게 되었는지 알게 될 터였다.

이런 단편적인 기억들 외에 그날에 대해 내가 아는 것은 이 끔찍한 사건에 대해 부모님과 나눈 대화를 통해 간접적으로 알게 된 것이 전부다. 그러한 대화를 할 무렵 나는 성인이었다. 탈출에 관한 이야기를 들으면서 나를 그 이야기 안에 대입시키려 하니 기분이 이상했다. 분명히 나는 현장에 있었지만, 앞으로도 내가 경험했던 모든 것을 정확하게 기억할 수는 없을 것이다. 아마도 그때의 나는 너무 어려서 상황 파악을 제대로 할 수 없었던 것으로 보인다. 아니면 이 기억의 공백은 어린 시절 트라우마의 보호막일지도 모른다. 나는 결코 그 공백을 채울 수 없을 것이다. 하지만 무엇보다 아버지의 따뜻했던 손은 기억난다. 죽음의 공포가 불러온 혼돈 속에서도 나는 내 손을 잡고 있던 아버지 덕분에 차분할 수 있었고 안전하다고 느꼈다.

쿠데타가 내게 어떤 영향을 미쳤든, 쿠데타는 결국 부모님의 이야기이다. 부모님은 쿠데타의 무게를 온몸으로 직접 지탱하셨다. 다음부터의 내용은 그분들의 이야기(적어도 그분들이 나와 공유하기로 한)로, 시간, 거리, 그리고 그들 자신의 고뇌를 통해 걸러진 이야기이다.

나의 아버지인 아피안다 아서Appianda Arthur 박사는 힐라 리만Hilla Limann 대통령 밑에서 중요한 관리로 일했다. 그러던 어느 날 대통령은 더 이상 대통령이 아니게 되었다. 청사에 그대로 머물면 아버지는 죽게 될 것이 뻔했고, 우리도 마찬가지였다. 우리는 안전한 곳을 찾아 서둘러 계단으로 내려갔다. 엘리베이터는 도망치려는 정부의 다른 관료들과 그 가족들로 가득했기 때문이다. 36세의 아빠는 그 무렵 가나 정치계에서 떠오르는 스타였다. 그는 (나도 나중에 다니게 될) 미국의 웨슬리언Wesleyan 대학교에서 민족음악학과 인류학 박사 학위를 받은 후, (아빠 딸답게 나 역시 결국 다니게 되는) 가나대학교에서 강사로 훌륭한 경력을 쌓았다.

아버지는 가나 서부 지역의 네마 이스트Nzema East를 대표하는 국회의원으로 재직했고, 대통령실을 감독하는 위원회에 있었으며, 힐라 리만 대통령의 수행원으로 함께 움직이기도 했다. 리만 정부는 집권한 지 겨우 2년이 넘은 시점에 당시 가나 정치사에서 가장 악명 높은 J. J. 롤링스Rawlings에 의해 전복되고 있었다. 우리 가족에게 매우 위태로운 시기였다.

아빠와 결혼하기 전 런던에서 패션모델로 일했던, 아바 에님Aba Enim이라는 이름의 판테(Fante, 가나의 부족 이름 중 하나-옮긴이)족 여성인 엄마는 아빠의 이 모든 일을 맘에 들지 않아 했다.

나는 엄마의 숨겨진 출산 전 사진을 딱 한 번 본적이 있었는데, 사진 속에서 짧게 자른 아프로 머리에 엉덩이가 얼핏 보이는 데님 반바지와 크로셰 비키니 탑을 입고 통굽 구두를 신은 엄마는 1970년대의 누구 못지않게 매력적이고 당당했다. 엄마는 한 손에는 담배를, 다른 한 손에는 알 수 없는 음료가 담긴 텀블러를 들고 있었고, 뒤쪽에는 레코드플레이어가 놓여 있었다. 하지만 그런 엄마의 삶은 달라졌다. 엄마는 가구 회사에서 쿠션 커버를 재봉하는 일을 했는데, 우리에게 더 많은 돈이 필요했기 때문이다. 가나에서 정치가는 특별히 돈이 되는 직업이 아니었다.

아빠에게 결혼은 현명한 결정이었다. 엄마의 모델과 패션 디자인 경력이 꽃을 피우기 시작할 때 아빠는 엄마를 낚아채 미국으로 데려갔고 그곳에서 박사 학위를 마쳤다. 엄마는 다섯 살도 안 된 세 딸을 키우는 워킹맘이 되고 싶진 않았다. 물론 죽을 힘을 다해 아이들을 안고 잠옷 차림으로 무장반란군을 피해 도망치고 싶지도 않았다.

오전 7시, 라디오를 통해 정부가 전복되었고, 정부에서 일했던 모든 사람이 즉시 항복해야 하며, 그렇지 않으면 체포되어 처형될 것이라는 공식 발표가 나오자 부모님은 우리를 삼촌인 파 쿼시Paa Kwesi의 집으로 급히 데리고 갔다. 엄마는 동생의 아침 죽을 챙기는 것을 깜빡했다. 처음에는 별일 아닌 것 같았지만, 죽을 다시 가지러 가려 하는 순간 말할 수 없는 공포가 찾아왔다. 몇 년 후 이 끔찍한 여정에 관해 내게 설명할 때 엄마는 그 강철 같은 의지력에도 불구하고 자세한 이야기를 하기 힘겨워했다. 엄마는 단편적으로만 그 이야기를 전할 수 있었다. 엄마가 견뎌야 했던 일이 내 가슴을 아프게 했다. 이 조용한 고통을 우아하게 이겨내는 그녀의 모습이 내게는 강인함의 전형처럼 보였다.

쿠데타가 있고 며칠 후, 아버지는 잡힐 위험을 감수하기보다 자수하는 쪽을 택했다. 아버지와 동료들은 그들을 아크라 외곽의 은사왐Nsawam교도소로 데려가는 밴에 순순히 올라탔다. 최근에 아버지가 이 순간에 대해 내게 전화로 설명할 때, 아버지의 감정이 북받쳐 목이 메는 소리를 듣고 나는 가슴이 찡했다. "보조마가 3주 후면 자기 생일인데, 그땐 올 수 있냐고 묻더구나." 아버지가 말씀하셨다. "이제 다섯 살이 되는 거였거든. 차마 다신 볼 수 없을지 모른다고 말할 수가 없었어. 나는 울고 말았지." 아버지는 눈물을 흘리시는 분이 아니었다. 그 상처가 얼마나 깊었으면 40년이 지난 후에도 당시의 이야기를 전하는 것이 그렇게 힘드셨을까.

아버지의 말에 따르면, 오만방자한 반란군들은 발길질과 조롱, 뺨 때리기 그리고 개머리판으로 그를 맞이했다. 이후 다섯 달간 아버지는 아직 운명이 결정되지 않은 사람들을 위한 감옥에서 한쪽 구석을 차지하고 앉아 있었다. 그러면서 그 시기에 기드온 성경 한 권을 발견하고는 자신의 삶을 하느님을 섬기는 데 바치기로 결심했다. 마음이 충만해졌고, 한 가지 목적만을 생각하게 되었다. 두려움, 분노, 불안, 지루함, 혼란스러움 등 감옥에서 품은 감정이 무엇이었건 간에, 나는 아버지의 변화가 전적이었고 진심이었다는 것을 안다.

'위법 행위'로 군사 재판을 받게 되었을 때 아버지는 판사들에게 새로 발견한 하나님에 대한 헌신을 설명하고 석방되면 하나님의 사랑을 전파할 것이라고 약속했다. 그들은 비웃었다. 이미 아버지의 동료들에게 '부패' 혐의로 30~40년 형이 선고된 뒤였다.

아버지가 감옥에 있는 동안 엄마도 예수를 발견했다. 엄마는 아크라에서 열린 부흥회에서 신앙을 얻었다. 엄마의 변화는 아빠의 변화보다 훨씬 더 놀라웠다. 그전까지 대개 엄마의 믿음이란 일 년에 두어 번, 결혼식이나 장례식 때 확인되는 것일 뿐이었다. 하지만 남편이 감옥에 있고 애 셋을 혼자 키워야 하는 상황이라면 누구라도 더 큰 힘을 갈구하게 될 것이다. 절망은 종종 신앙을 위한 비옥한 토양이 된다.

이 시기에 한 가지 다행이었던 점은 부모님이 미국에서 살다 오신 후 가나 주재 미국 대사관의 미국인들과 친분을 쌓아왔다는 것이었다. 그러한 관계 덕분에 어머니는 대사관 친구들에게 아버지의 상황을 계속 주의 깊게 봐 달라고 부탁하기가 수월했다. 미국은 가나의 정치적 불안을 주시하고 있었다. 몇 주간 또 몇 주간 어머니는 남편과 다시 만날 수 있을지 없을지 모르는 마음으로 불안하게 하루하루를 보내셨다.

6개월 후 놀랍게도 교도관들은 아버지의 뜻을 진지하게 받아들였고, 마침 나의 네 번째 생일이 있는 5월 초에 아버지를 석방하기로 했다. 부모님의 기독교 신앙과 기도가 증명된 것이다. 부모님은 매우 기쁘게 재회했고 그 결과 네 번째 아이가 생겼다. 나와 자매들은 남몰래 남동생을 바랐다.

아버지가 석방된 후, 아버지의 옛 동창인 크리스 위버^{Chris} Weaver는 미국 대사관과 협력해 우리가 미국으로 안전하게 건너갈 수 있도록 도와주었다. 아버지는 여권을 압수당한 상태였으므로 우선 엄마와 나와 나의 자매들이 먼저 '크리스 삼촌'과 함께 지내기 위해 메릴랜드주 베데스다^{Bethesda}로 향했고, 그동안 아버지는 가나에 남아 탈출할 방법을 모색했다. 임신한 엄마는 어린 자녀 셋과 함께 비행기에 올라 오랜 비행을 위해 자리를 잡았다. 물론 상황의 심각성을 몰랐던 나는 잠시도 가만히 앉아 있질 않았다. 그 옛날 국제선 여객기의 복도를 왔다 갔다 하며 다른 승객들과 친구가 되었던 기억이 난다.

마침내 미국에 도착했을 때 엄마는 고작 몇 년밖에 살지 않은 나라에서 혼자였다. 엄마는 쉽게 무너질 수도 있었다. 그러나 엄마 사전에 좌절이란 없었다. 엄마 말에 따르면 엄마는 별안간 국외 거주자의 아내이자 싱글맘이 되었지만, 사랑에 빠진 전사로서 그 어려움을 수월하게 견뎌냈다. 베데스다에서 엄마는 기독교에 헌신했고, 교리에 정통했으며, 아버지의 귀환을 인내심 있게 기다리며 적극적으로 공동체를 찾았다. 전화번호부에서 베데스다 제일 침례교회를 찾아낸 엄마는 어느 일요일 교회 유치원에 우리를 입학시키고 그곳에 일자리를 얻었다. 나중에 엄마는 나의 끈질긴 재촉 끝에야 나 혹은 우리 자매 중 한 명이 화장실 앞에서 문을 두드릴 때 그 안에서 혼자 자주 울고 있었다고 고백했다.

아버지는 낮에는 농부, 밤에는 어부들의 안내를 받으며 뜻밖의 운 좋은 사건과 험난한 여정을 거친 끝에 가나를 빠져나와 코트디부아르에, 이어서 라이베리아에 도착했다. 그곳에서 정치적 난민으로 분류되어 국제 여권을 발급받은 아버지는 드디어 메릴랜드에 있는 우리 곁으로 올 수 있게 되었다. 우리는 헤어진 지 6개월 만에 무사히 돌아온 아버지와 재회했지만, 여전히 미래는 불확실했다.

메릴랜드는 우리가 미국에서 처음으로 정착한 곳이었다. 메릴랜드에서 보낸 시절에 대해 떠올릴 수 있는 기억은 몇 안 되지만, 모두 안전과 가족에 대한 기억이다. 일례로 언젠가 보모가 내게 마스카라를 발라준 일이 있었다. 나는 속눈썹이 너무 길어졌다고 생각해 가위로 눈썹을 잘라버렸다. 보모는 겁에 질려 왜 자신이 돌보는 어린아이가 눈에 가위를 갖다 대는지 설명해야 했다. 나의 다섯 번째 생일, 그리고 내 생일이 있던 달 초에 세 살이 된 아호바와 마지못해 나눠 먹었던 맛있는 초콜릿 케이크가 기억난다. 생일 때 엄마는 가나의 전통 천으로 우리에게 커플 옷을 만들어주셨다. 우리는 어렸을 때 집에서 만든 똑같은 옷을 많이 입고 다녔다. 나는 그 옷들이 정말로 멋지다고 생각했지만, 반 친구들은 그렇게 생각하지 않았다. 다섯 살 아이다운 넘치는 자신감으로 나는 그들을 무시했다(사춘기 때는 이야기가 달랐다). 어쨌든 우리는 아웃사이더였다. 부모님은 병원에서 또 다른 여자아이, 동생 아바^{Aba}를 집으로 데리고 오셨다. 언니와 나는 몹시 실망했다. 그때 나는 엄마에게 동생을 다시 데려가라고 했지만, 지금은 아바를 대신할 다른 사람은 상상조차 할 수 없다. 아바는 나를 지탱한다. 아바는 우리 가족을 완성했다.

아빠가 예수의 복음을 설교하고 전파하는 수년간 우리는 이곳저곳을 옮겨 다니면서 선교사이자 정치 난민으로 살았다. 어딜 가든 우리 여섯 식구(방문 목사인 아버지와 그의 아름다운 아내, 똑같은 옷을 맞춰 입은 네 명의 딸)는 무대에 올랐다. 우리는 웃으면서 사진을 찍고, 손을 흔들고, 다음 주일에 다음 교회로 향하곤 했다. 아빠가 풀러 신학교^{Fuller Theological Seminary}에 있는 동안에는 캘리포니아의 패서디나^{Pasadena}에서 더 오랜 시간을 보냈다. 우리는 나이로비에서도 살았다. 심지어 몇 년간 가나로 돌아가 산 적도 있다. 첫 형기를 마친 후 아빠의 전과가 지워졌기 때문에 무사히 가나에 입국할 수 있었다. 그곳에서 아버지는 국제교도협회^{Prison Fellowship International}의 아프리카 지역 사무소를 이끌며 아프리카 전역의 교도소에 구원받은 그의 이야기를 전파하셨다. 일 때문에 해외 출장이 잦았던 아빠 덕분에 엄마는 우리를 남겨두고 다른 나라를 둘러보면서 아빠와 단둘이 시간을 보낼 수 있었다. 동료 선교사와 친구들이 부모님이 없는 동안 나와 소란스러운 자매들을 돌봐주었고, 엄마와 아빠는 선물을 들고 집에 돌아오셨다.

마닐라에서 돌아오는 길에 부모님은 여러 가지 색깔의 젤리

샌들을 가져오셨다. 지금까지도 내 마음속에서 필리핀은 반짝이는 고무신이 가득한 나라다. 호주에서는 금속으로 된 트렁크에 재미있는 물건들을 가득 채워오셨는데, 그중에는 부메랑도 있었다. 아빠가 집안에서 부메랑을 던질 때 엄마가 아빠를 보고 소리쳤던 기억이 난다. 엄마는 집안에서 내가 그것을 쫓아 뛰어다닐 것을 알고 있었다. 실제로 나는 부메랑을 쫓아 뛰어다니다 금속 트렁크 모서리에 오른쪽 종아리를 긁히고 말았다. 약 13㎝에 달하는 이 흉터는 그 혼란스러운 상황에서 우리 가족이 이룬 모든 일을 지금까지도 끊임없이 상기시켜준다.

나는 오랫동안 화가 나 있었다. 청소년기와 성인 초기의 대부분 시간 동안 나는 J. J. 롤링스Rawlings와 그의 군대가 새해 전야에 가나를 훔쳐갔다고 믿었다. 그와 그의 군대가 정부를 전복시키지 않았다면, 나는 나와 비슷한 사람들이 사는 나라에서 내 음식을 먹고 내 언어를 말하면서 자랄 수 있었다. 문화적 차이를 극복할 필요가 없는 사람들과 데이트할 수 있었다. 매년 아빠의 고향에서 열리는 축제를 즐기거나 아크라의 시장에서 흥정하는 법을 배울 수 있었다. 후추, 생강, 소금으로 양념한 플랜틴(바나나의 일종으로 많은 아프리카인에게 문화적 중요성을 지닌 주식-옮긴이)을 튀겨 만든 내가 제일 좋아하는 간식인 켈레웰레kelewele를 먹으면서 자랄 수 있었다.

쿠데타로 인해 나는 어딜 가든 이방인의 삶을 살아야 했다. 가나에서 자라지 않은 탓에 결코 완전한 가나인이 될 수 없었고, 가나가 내게 남긴 유산 탓에 완전한 미국인이 될 수도 없었다. 나는 "어디에서 오셨어요?"라는 질문에 어떻게 대답해야 할지 몰랐다. 내가 어디에서 태어났냐고 묻는 걸까? 아니면 부모님이 어디 출신인지 묻는 걸까? 그것도 아니면 내가 자란 곳? 내가 사는 곳? 내가 지금 머무는 곳? '집'은 나에게 늘 순간적인 개념이었기 때문에 나는 몸소 집에 대한 감각을 키워야 했다.

가끔은 쿠데타와 그로 인한 모든 결과가 어쩌면 내가 결코 완전히 이해할 수 없는 방식으로 나를 형성한 것은 아닐까 궁금했다. 나의 가장 어릴 적 기억은 목숨을 건 스릴 넘치는 탈출이었다. 이 기억이 내 영혼에 드리운 끊임없는 불안과 모험에 대한 끝없는 갈망을 설명할 수 있지 않을까? 어쩌면 뒷계단을 통한 가나에서의 그 운명적인 탈출이 내 작은 두뇌를 다시 구성한 이후, 나는 절정의 경험에 영원히 이끌리게 되었는지 모른다.

확실히 그런 것 같다. 나는 평생 거의 병적일 정도로 지루함을 못 견뎌 했다. 일부러 위험한 상황을 즐기진 않지만, 경험 중독자인 것은 분명하다. 사랑에 빠지기, 음악 페스티벌, 도취, 실연, 모험, 도파민, 옥시토신. 내 몸에 살아있음을 느낄 수 있는 화학 물질을 가득 채워달라.

어렸을 때는 한시도 쉬지 않고 심심하다고 불평해댔다. 화가 난 부모님이 "가서 책 읽어."라고 말씀하시면 나는 "다 읽었어요."라고 대답하곤 했다(실제로 다 읽었다). 또 실로 짠 담요를 풀고 리모컨을 뜯는 등 모든 것을 분해했다. 나는 왜 물건들이 그런 모양을 하고 있는지 알아내고 싶은 끝없는 욕구에 사로잡혔다. 기계적으로 반복되는 수업과 비판적 탐구가 없는 학교는 고문에 가까웠다. 그러다 곧 기독교의 의심할 여지 없는 본질에 대해서도 같은 좌절감을 느끼게 되었다. 가만히 앉아 있는 것은 마치 벌을 받는 것처럼 느껴졌다. 나는 옆에 앉은 사람들에게 끊임없이 말을 걸고 계속 움직이면서 안달했다. 지루함은 나를 속박하는 힘이었지만, 나는 그 힘에 굴하지 않았다.

트라우마, 상실감, 공포, 슬픔보다 더 무서운 감정은 늘 지루함이었다. 어쩌면 나의 이러한 성향은 가족과 함께 지구를 가로지른 그 비행경로와 관련이 있을 수도 있다. 아니면 태어난 곳과 상관없이 그저 참견하기 좋아하고, 밝고, 호기심 많고, 다루기 힘들고, 가만히 못 있고, 예민한 아이가 될 운명이었는지도 모르겠다.

뭐 어쨌든 쿠데타는 예기치 않게 우리 삶에 찾아왔다. 예상치 못한 일이 우리가 소중히 여기는 것을 빼앗아 갈 때, 그것은 또한 놀라운 기회를 가져다주기도 한다. 죽음도 마찬가지다.

진실은 쿠데타와 그로 인한 모든 죽음이 우리 가족에게 기회를 만들어주었다는 것이다. 우리 가족은 매우 가깝다. 내가 어디로 가고 어디에 있든 내 자매들은 여전히 나의 가장 친한 친구이다. 하지만 우리에게도 어려움은 있었다. 6년 사이에 네 아이가 태어나는 바람에 우리는 정어리처럼 꽉 끼어 살았다. 그래서 자연스럽게 서로를 죽이고 싶을 때도 있었지만, 누구라도 우리 중 한 명을 건드리는 사람이 있으면 그 사람도 그에 못지않게 죽이고 싶어 했다. 나는 그들과 함께했다. 성인이 된 지금, 깊은 자매애는 어린 시절 우리의 환경이 끊임없이 변화하지 않았다면 불가능했을 방식으로 나를 먹이고 보살피고 있다. 게다가 모두 키와 발이 크고 스타일이 다양해서 내게는 쓸 수 있는 옷장과 신발장이 세 개나 더 있는 셈이다. 가나에서 계속 살았다면 우리는 결코 지금의 여성으로 성장하지 못했을 것이다. 밤새도록 이어지는 부흥회, 계속되는 여행, 가나 음식으로 싼 도시락, 기독교에 대한 청소년기의 은밀한 반항 등 나의 자매들 외에 또 누가 우리의 어린 시절을 이해할 수 있을까?

죽음은 도둑이 될 수 있다. 하지만 죽음은 생명을 불러오기도 한다. 죽은 잎은 나무에서 떨어져 토양을 비옥하게 한다. 사람은 죽어서 새로운 사람이 태어나 지구에 살 공간을 만든다. 우리의 노화된 세포는 끊임없이 죽어서 새로운 세포가 번성할 수 있게 한다. 지금까지의 삶을 돌아보면, 이 모든 것의 동시성을 인식할 수 있을 것이다.

나와 자매들은 부모님이 그 변화무쌍한 시기에 선교 활동을 계속하면서 우리를 부양하기 위해 얼마나 고생하셨는지 알지 못했다. 부모님은 그러한 상황에도 불구하고 커가는 딸들에게 안정이 필요하다는 결단을 내렸다. 그래서 1989년 우리는 가족으로서는 마지막으로 콜로라도스프링스Colorado Springs로 이사해 정착했다. 복음주의 기독교 운동의 중심지인 그곳은 백인과 군인이 많은 매우 보수적인 성향의 지역이었다. 2006년, 결국 부모님은 딸들과 그 친구들을 위해 만든 지하실이 딸린 집을 팔고 이혼하셨다. 우리는 뿔뿔이 흩어졌지만, 여전히 피와 죽음과 경험으로 맺어진 유대로 똘똘 뭉쳐있다.

집(주소는 평생 잊지 못할 것이다), 친구들(이름은 대부분 잊었다), 관습, 의식, 친숙한 것들과 헤어질 때마다 작은 죽음들이 생겨났다. 우리는 각각의 경험으로 변화했지만, 새로운 장소, 새로운 사람, 새로운 음식, 새로운 방식을 빠르게 익혔다. 오늘날의 우리는 우리가 가보았던 모든 장소의 모자이크이자, 우리가 만났던 사람들의 반영이며, 우리 삶에 영향을 준 사람들의 태피스트리(여러 가지 색실로 그림을 짜 넣은 직물-옮긴이)이다.

우리는 사려 깊고 회복력이 뛰어나며 세상 경험이 많고 카리스마 넘치는 부모님과 똑같이 빛나지만 다른 반짝임을 지닌 밝고 대담한 네 딸로 이루어진 끈끈한 팀이다. 우리는 살아남았다. 우리는 그 어떤 것도 우리 안으로 침투할 수 없는 단단한 묶음으로 세상을 누볐다. 그러다 보조마가 피터를 만났고 그 역시 우리 가족이 되었다.

4장

피터

그가 피곤하다고 말했을 때, 그 말이 삶에 지쳤다는 뜻이었음을 알았다면 좋았을 것이다. 아픈 몸으로 사는 것에 지친 그는 죽을 준비가 되어 있었다. 나는 이해하지 못했다. 피터가 무슨 말인가를 중얼거렸지만 잘 들리지 않아서 그에게 다가가 몸을 숙였다. 몇 달 동안 목과 성대에서 자라고 있던 종양 때문에 목소리가 약했다.

"뭐라고요?"

"피곤해." 그가 끙 앓는 소리를 냈다. 그의 오른쪽 눈은 나를 찾고 있었고, 왼쪽 눈은 안대로 덮여 있었다. 진행 중인 암이 왼쪽 눈을 조절하는 근육을 공격하면서 눈이 비자발적으로 움직이기 시작했기 때문이다.

"그럼 좀 쉬어요, 알았죠? 쉬세요." 나는 웃으면서 그의 다리를 아주 약하게 토닥였다. 그는 너무 지친 나머지 입꼬리조차 거의 올리지 못했다. 그는 웃는 척할 수 없었다. 나는 그의 기름진 이마에 가벼운 키스를 하고, 짐을 챙긴 다음, 언니인 보조마, 엄마, 그리고 피터의 부모님과 인사를 나누었다. 나의 네 살짜리 조카 라엘Lael도 작별 인사를 했다. 라엘과 나는 한 번 더 돌아보지 않고 병실을 나섰다. 그것이 형부가 내게 남긴 마지막 말이었다. 그는 그날 밤 의식을 잃었고 3일 후 사망했다. 피터는 내가 임종 도우미가 될 수 있도록 안내했을 뿐만 아니라, 상실의 고통은 결코 완전히 치유되지 않는다는 것 또한 가르쳐주었다. 우리는 그저 그 고통과 함께 살아가는 법을 배울 뿐이다.

2001년, 언니인 보조마가 사내 식당에서 만난 한 남자에 관해 이야기하기 시작했다. 보조마는 스파이크 리Spike Lee가 이끄는 DDB 광고 대행사의 자회사인 스파이크Spike DDB에서 회계부 대리로 일했고, 피터는 DDB의 크리에이티브 부문에서 일했다. 언니는 전화로 이 남자가 자신에게 와인과 저녁 식사를 대접하고 꽃을 한 아름 안겨주었다고 이야기했다. 몇 주가 몇 달이 되었을 때 피터 세인트 존Peter Saint John이 언니 옆에 계속 남아 있을 것은 분명했다.

피터는 사교적이고, 야심만만했으며, 재미있고, 유치했다. 키 193㎝의 사회적으로 보수적인, 보스턴 출신의 아일랜드계 이탈리아인이었던 그는 내가 어울리는 어떤 사람들과도 달랐다. 가죽 재킷에 대한 취향을 제외하면 그의 패션 감각은 완전히 꽝이었다. 그는 맙소사, 로퍼에 거의 무릎까지 오는 양말을 신고 다

넀다. 우리는 사형 제도, 좋아하는 일을 직업으로 삼는 것, 채식주의 등 모든 것을 두고 싸웠다. 보조마가 심판을 봤다. 내 안의 사회 정의를 추구하는 전사는 그를 나의 실패했지만 포기하지 않은 일종의 프로젝트로 만들었다. 사람으로 프로젝트를 만들 순 없다지만(피터가 내게 가르쳐준 또 다른 교훈). 7남매 중 막내였던 피터는 자기 뜻대로 할 수 있는 동생이 없었다. 하지만 곧 내가 그 동생 역할을 하게 되었다. 그는 나를 무자비하게 놀리면서도 끊임없이 나를 격려해주었다. 나는 피터에게 내가 만나는 남자들을 소개해주곤 했는데, 그에게는 늘 할 말이 있었다. 그는 그들이 문을 나설 때까지도 기다리지 못했다. "진지한 면이라곤 없군." "처제 정도면 더 나은 사람을 만날 수도 있을 텐데." 혹은 이렇게 말하기를 좋아했다. "세상에, 처제는 그 남자와는 비교가 안 될 정도로 똑똑하다고." 그는 낮게 탄성을 지르고 눈을 굴리면서 마치 내가 감을 모두 잃기라도 한 듯 나를 바라봤다. 그리고는 내게 절대 안주하지 말라고 했다. 내가 최근 택한 몇몇 남자들에 대해 그가 뭐라고 말할지 눈에 선하다. 죽은 자들은 이런 식으로 우리 곁에 머문다.

1년 후 보조마와 피터는 약혼했다. 나는 뛸 듯이 기뻤다. 나는 그를 큰 오빠 삼기로 했고, 두 사람의 결혼식에서 들러리를 서게 되었다. 예비신부로서 언니는 내게 원하는 특정한 머리 모양이 있다며 결혼식 전에 레게머리를 하지 말라고 했다. 하지만 나는 그렇게 했고, 언니는 화를 냈다. 언니가 고른 그릇은 내 취향이 아니었다. 어느 날 밤 언니가 전화로 내 의견을 물었을 때 나는 본의 아니게 그 사실을 있는 그대로 말했다. 피터에게 언니에 대한 불만을 토로하자 그는 웃으면서 언니가 하고 싶은 대로 하게 두라고 말했다. 그는 언니에 대해 알고 있었고 정확히 있는 그대로의 언니를 사랑했다. 피터는 더 바랄 것이 없는 사람이었다. 추가로 가족이 될 사람을 선택한 사람은 내가 아니었지만, 나는 대박을 터뜨렸다.

2008년, 임신 23주에 태어난 언니 부부의 첫 딸 이브가 끝내 첫 숨을 쉬지 못했을 때, 나는 그들과 함께하기 위해 로스앤젤레스에서 뉴욕으로 가는 첫 비행기에 올랐다. 깊은 슬픔이 어퍼이스트사이드에 있는 작은 방 하나짜리 아파트를 가득 채웠다. 피터와 나는 언니가 그의 걱정스럽고 조심스러운 시선에서 잠시 벗어날 수 있도록 긴 산책을 하곤 했다. 환영받든 아니든, 나는 그해 자주 그들을 방문했다. 언니가 상상조차 할 수 없는 고통을 건디는 동안 언니를 지켜보면서 돕고 싶었다.

그 집에 머무는 동안 나는 보통 소파나 에어 매트에서 잠을 잤는데, 피터의 배려로 가끔은 언니와 함께 잘 수 있었다. 그럴 때면 우리는 늦게까지 자지 않고 이야기를 나누거나 전혀 말을 하지 않았다. 언니의 고통을 해결해줄 수 없다는 사실이 나를 좌절시켰다. 피터와 나는 그런 감정을 함께 나누는 한편, 피터 자신의 슬픔을 위한 시간을 내기도 했다. 그는 언니를 위해 자신의 슬픔은 제쳐 두고 있었다. 피터는 다른 사람의 감정을 깊이 신경 쓰는 사람이었다.

2009년 그들의 둘째 딸인 라엘이 예정보다 9주 일찍 내 생일에 태어났다. 밤 비행기를 타고 뉴욕에 있는 병원에 도착하자 로비에서 나를 기다리며 서성이는 피터가 눈에 들어왔다. 가슴이 터질 것 같았다. 그는 흥분한 래브라도 강아지처럼 완전히 들떠 있었다. "아이가 태어났어. 아이는 완벽해. 아이가 여기 있다니! 오늘은 처제 생일이기도 하지!" 그가 분만실로 가는 엘리베이터 안에서 끊임없이 말했다. 밤을 꼬박 새운 참이었고 새벽 6시였는데도 가만히 있질 못했다. 라엘은 일찍 태어날 수 있는 수많은 날 중 나의 특별한 날을 택했다. 방에 도착하자마자 피터는 간식을 사러, 그리고 언니와 내가 엄마와 함께 시간을 보낼 수 있도록 자리를 비켜주었다. 분만실에 들어서자 언니가 말했다. "생일 선물 맘에 드니?" 라엘은 앞으로 한동안 머물게 될 신생아집중치료실에 있었다. 빨리 라엘이 보고 싶었다.

간호사들이 언니에게 주사를 놓는 동안 나는 엄마와 함께 침대 발치에 있는 소파에 편히 자리를 잡았다. 엄마는 곧바로 내게 낮잠이라도 자야 하는 게 아닌지, 먹고 싶은 것이 있는지 물었다. 나는 순간 열세 살로 돌아간 기분이 들어 엄마가 내게 그만 좀 관심을 쏟았으면 하고 바랐다. 하지만 정확히 31년 전 나를 낳기 위해 분만실에 있었을 엄마의 모습이 떠오르자 곧 마음이 누그러졌다.

피터가 산책을 마치고 돌아왔을 때 그의 손에는 각각 숫자 0과 31이 표시된 컵케이크 두 개가 들려 있었다. 바로 라엘과 나를 위한 것이었다. 우리는 사진을 찍기 위해 포즈를 취했다. 언니가 라엘의 컵케이크를 들었고 나는 내 컵케이크를 들었다. 찰칵하는 소리와 동시에 피터가 내 컵케이크를 집어 들어 내 얼굴에 던졌다. 나중에 나는 장례식에서 사용할 사진을 찾아 그의 디지털 이미지를 뒤지던 중 그 사진을 발견했다. 그리고 그의 컴퓨터 앞에서 조용히 뜨거운 눈물을 흘렸다.

죽음으로 가는 피터의 여정은 처음에는 느렸지만, 우리 가족의 또 다른 위기 속에서 갑자기 속도를 내는 것처럼 보였다. 언니와 피터를 돕기 위해 뉴저지 북부로 이사한 엄마는 내가 쿠바에서 돌아오고 몇 개월 후 자궁암 2기 진단을 받았다. 엄마는 그 소식을 내가 한창 남아프리카를 여행하고 있을 때까지 기다렸다가 알렸는데, 그 사실을 알았다간 내가 엄마와 함께 있기 위해 여행을 취소할 것임을 알고 있었기 때문이다. 엄마는 내가 여행을 즐기기를 바랐다. 나는 더 빨리 말하지 않은 것에 화를 냈고, 엄마의 항암 치료를 위해 뉴저지로 돌아오는 일정을 바꿨다. 그리고 6주 동안 남아프리카의 시골을 돌아다니며 패트릭(Patrick, 초콜릿 수영장처럼 깊은 갈색 눈과 갈색 머리를 가진 드러머)이라는 독일인 여행자와 사랑에 빠진 후 뉴저지에 도착했다.

엄마와 나는 나의 35번째 생일 아침을 '주입 바infusion bar'에서 보냈다. 독성 약물치료 센터치고는 꽤 자극적인 이름이다. 어쨌든 그때가 두 번째였다. 몇 년 전에도 엄마는 유방암 진단을 받고 종양 절제술과 항암 치료를 받은 적이 있었다. 엄마는 대체로 힘든 환자였지만 항암 포트, 메스꺼움, 그리고 석류 주스가 암세포의 번식을 늦추는 데 도움이 될 수 있다는 것 등 알 건다 알았다. 친구들은 화학 요법 대신 푸에르토리코 알로에 베라 주스를 마셔라, 다리를 벌리고 누워서 암이 밖으로 나오게 하라 등 끝도 없이 당황스러운 제안들을 내놓았다. 터무니없는 소리였다. 엄마는 강인한 분이었기 때문에 치료 과정에서 약해지는 엄마의 모습을 보는 것은 무척이나 힘든 일이었다. 죽음에 대해 늘 생각하는데도 불구하고, 엄마의 죽음에 대한 생각은 여전히 나를 불안하게 했다. 엄마가 나를 돌볼 때 했던 것과 같은 방식으로 섭취한 음식, 수면 일정, 배변 상황까지 물으면서 요란하게 엄마를 돌보는 것은 내게 큰 영광 중 하나였다.

그렇게 엄마와 함께 지내면서 나는 처음으로 라엘의 생일 파티를 놓쳤다. 사심 없이 언니와 피터는 라엘의 생일 파티가 있을 때마다 나를 꼭 초대해왔다. 그래서 라엘과 나는 지난 몇 년간 튀튀 드레스와 액세서리와 색상을 서로 맞추고 진정한 생일 쌍둥이 행세를 할 수 있었다. 그해 라엘의 네 번째 생일이자 나의 서른다섯 번째 생일 오후에 라엘은 공원에서 물총을 쏘고 풍선을 가지고 놀았다. 언니와 피터는 파티가 끝난 후 우리가 함께 시간을 보낼 수 있도록 라엘을 엄마 집으로 데려가겠다고 약속했다.

언니가 피터 없이 라엘과 함께 엄마 집으로 왔다. 언니는 형부가 파티 도중에 쓰러져서 집에서 쉬고 있다고 했다. 그는 언니에게 별일 아니라고 말했다. 몇 주 동안 목이 아팠는데, 아마도 탈수가 온 것 같고 감기나 뭔가에 걸린 것 같다고 말이다.

그 뭔가는 알고 보니 4기 버킷림프종Burkitt's lymphoma이었다.

갑자기 별똥별이 우리 쪽으로 향하는 듯했다. 세상은 우리가 사랑하는 형부, 아버지, 남편, 아들, 친구, 사람들이 계속 살아 있는 곳, 그들 없는 삶은 상상할 수 없는 정의로운 곳이라는 모든 믿음이 산산이 부서졌다.

이후 넉 달은 눈 깜짝할 사이에 지나갔다. 나는 L.A에서 일을 처리하고 재빨리 다시 짐을 꾸려 유럽을 여행 중이던 패트릭과 함께하거나, 죽음과 죽어가는 것에 관한 책을 탐독하거나, 뉴저지와 뉴욕으로 건너가 투병 중인 엄마와 피터를 방문했다. 엄마의 몸은 치료에 반응하고 있었지만, 피터는 별 차도가 없었다.

어느 날 오후 피터를 병원으로 데려가 뇌척수액에 직접 항암제를 전달하기 위해 머리에 심은 오마야Ommaya 포트의 상태를 확인했다. 피터는 극심한 두통을 호소했다. "사이보그가 된 것 같아." 그가 의사를 기다리며 말했다. 머리를 민 상태여서 두개골에 장치가 동그랗게 박힌 자국과 장치를 삽입할 때 두피를 열었다 꿰맨 자국이 보였다. 뭔가에 물린 자국처럼 보이기도 했다. 그의 정맥이 한 번도 해를 본 적 없는 얇고 하얀 두피 아래에서 지도를 그리고 있었다.

"그래도 사람처럼 보여요." 나는 약하게 쏘아붙였다. 그러고는 눈을 안쪽으로 모으고 어깨를 구부리고는 B급 영화에 나오는 좀비처럼 침을 꿀꺽 삼키는 시늉을 했다. 그는 머리를 움켜쥐고는 낄낄거리며 웃더니 코를 들이마셨다. 그 순간 웃음이 터지고 말았다. 우리는 서로 웃음을 불러일으키며 몹시 즐거워했다. 때마침 의사가 우리의 시끌벅적한 웃음소리에 맞춰 들어왔다. 나는 그날 오후 눈물이 나올 정도로 웃었다. 기뻐서 웃는 건지, 기쁨에 대한 절박함 때문에 웃는 건지 알 수 없었다. 피터의 상황은 좋지 않았다. 암이 억제할 수 없을 정도로 빨리 퍼지고 있었다.

그해 10월, 패트릭이 나를 만나기 위해 처음으로 미국에 들어왔다. 우리는 멕시코로 차를 몰고 가 로사리토Rosarito에서 화려한 랍스터 요리를 즐겼고, 마가리타를 너무 많이 마시는 바람에 그날 밤 L.A로 돌아가지 못했다. 지프를 타고 퍼시픽 코스트 하이웨이Pacific Coast Highway를 따라 북쪽으로 올라가는 길에 우리는 캄브리아Cambria같은 작은 마을에 들러 농산물 시장에서 팝콘을 사 먹고 피스모Pismo 해변의 표지판 앞에서 사진을 찍었다. 주인공 셰어Cher가 피스모 해변 재난구호기금의 책임자가 되는 영화 〈클루리스Clueless〉의 열렬한 팬이었기 때문에 그 사진은 꼭 찍어야 했다. 3주에 걸쳐 해안을 따라 구불구불하게 이어진 여행은 베이 지역Bay Area에서 절정에 달했다. 서로 다른 대륙에 살았던 우리에게 함께 보내는 시간은 매우 소중했다. 우리는 시간을 최대한 활용하고 싶었다.

여행 중에 우리는 빅서Big Sur에 있는 네펜테Nepenthe라는 식당에 들렀다. 해안을 향한 나무들 사이에 자리 잡은 그곳은 웅장한 해안 전망으로 유명했다. 식당의 이름은 호머의 〈오딧세이〉에 나오는 슬픔을 잊게 해주는 가상의 약에서 따온 것이었는데,

결국 내게는 잔인한 우스갯소리일 뿐이었다. 나는 로제 와인 한 잔과 감자튀김을 주문했고 독일인인 패트릭은 물론 맥주를 주문했다. 그가 화장실에 갔을 때 신호가 잡히는지 보려고 핸드폰을 켜봤지만, 신호는 전혀 잡히지 않았다. 우리는 술과 경치를 즐기며 한 시간 동안 주변을 돌아다녔다.

그러다 기념품 가게에 들어서자 주머니에서 갑자기 전화기가 윙윙대기 시작했다. 핸드폰을 보니 영화가 끝난 뒤의 크레딧처럼 알림이 마구 쏟아져 들어왔다. 언니가 전화를 세 번 했고, 아빠는 두 번 전화를 한 후 최대한 빨리 전화해달라는 문자를 남겼다. 음성 메시지에 담긴 엄마의 목소리는 절박했다. 엄마는 여전히 자동 응답기처럼 음성 메시지를 사용했다. 마치 내가 엄마의 말소리를 듣고 금방이라도 전화기를 들 것처럼 말이다. "알루아. 거기 없니? 최대한 빨리 전화해줘, 알았지?" 동생들도 전화했다. 하지만 처음 전화를 건 사람은 피터였다. 중요한 소식이 있을 때 서로에게 전화하는 것은 우리에게 익숙한 일이었지만, 수다스러운 우리 가족에게조차 이는 지나쳤다.

놀라고 걱정이 되어 패트릭이 기념품 값을 치르는 동안 차로 급히 돌아갔다. 음성 메시지를 남긴 사람은 엄마가 유일했고, 또 그중 가장 침착한 성격의 소유자였기 때문에 나는 엄마에게 전화를 걸었다.

엄마는 음성 메시지 속 절박한 목소리와 달리 평온했다. "여행은 어때, 알루아?"

"엄마, 대체 뭐예요?" 엄마의 침착함에 나는 한층 더 마음이

급해졌다.

"왜 그러는 거니?" 엄마가 천연덕스럽게 말했다.

"핸드폰이 난리가 났으니까요! 엄마예요? 형부예요? 아니면 아빠예요? 대체 무슨 일이에요?" 흥분을 가라앉힐 수가 없었다. 패트릭이 걱정스러운 표정으로 차로 다가와 조수석 문을 열어 주었다. 나는 한 손으로 전화기를 들고 다른 한 손으로는 안전 띠를 맸다.

"음, 그게… 너한테 말하는 게 중요하다고 생각했어…. 알다시피 요새 피터의 상태가 안 좋았잖니… 그래서… 음, 너도 알아야 할 것 같아서…." 이쯤 되니 엄마의 차분한 목소리를 듣고 있기가 괴로울 지경이었다. 뜸 들이지 말고 누가 내게 바로 말 좀 해줬으면 싶었다.

"엄마! 무슨 일이냐고요??!!" 나는 너무 무서웠다.

"의사들이 더 이상 암을 치료할 수 있을지 모르겠다고 하더구나…."

나무 사이로 부는 바람, 거리의 차들, 주변의 공기가 섬뜩하게 정지한 가운데, 차 안의 햇살에 비친 작은 먼지 하나가 내 눈에 들어왔다. 그 먼지는 천천히 떨어지다 마침내 햇살을 벗어나 모습을 감췄다. 그제야 나는 내 숨이 가빠지고 심장이 빨리 뛰고 있다는 것을 또렷이 의식하게 되었다. 곧 피터는 숨을 쉬지도, 심장이 뛰지도 않게 될 것이다. 엄마가 내 침묵을 틈타 말을 이었다.

"얼마 정도인지는 모르겠지만, 시간이 얼마 안 남았다고 했다. 여행 중이니 천천히 올 수 있을 때 오렴."

"아뇨, 바로 갈게요." 나는 서둘러 전화를 끊었다. 빨리 출발해서 상황을 자세히 알아보고 싶었다. 하지만 고개를 들고 나서야 나는 차가 멈춰 있고 패트릭도 안에 없다는 것을 깨달았다. 그를 찾으러 가기 위해 안전띠를 풀려고 몸부림을 치는 동안 분노가 쌓여갔다. 안전띠는 오히려 몸을 더 강하게 옥죄었고 그 바람에 목이 조이는 느낌마저 들었다. 띠를 잡아당기고 소리를 지르고 이 멍청한 물건에 공포와 슬픔을 표출하고 있을 때 패트릭이 나타나 운전석에 올라탔다.

"출발해야 해. 지금 당장!"

"무슨 일이야? 괜찮아? 아무래도 심각한 일인 것 같아서 혼자 있게 뒀어."

"심각한 일인 것 같아서 나를 혼자 남겨뒀다고? 심각하기 때문에 당신이 필요할 거라는 생각은 안 해봤어? 대체 어디 있었던 거야??" 평소답지 않게 나는 그에게 소리를 질렀다. 내 경우 보통은 슬픔이 앞서고 그다음으로 분노가 나타났지만, 이때는 분노가 앞섰다. 잘못된 순서였다.

신에게 화가 났고 신이 있는지조차 의심스러웠다. 버킷림프종에 화가 났고, 아픈 피터에게 화가 났으며, 안전띠에 화가 났다. 의사들에게 화가 났고, 그 소식을 전한 엄마에게도 화가 났다. 나는 그냥 화가 났다. 깜짝 놀란 패트릭이 그런 나를 망연히 바라봤다. 그는 내가 소리 지르는 모습을 한 번도 본 적이 없었다. 그는 별다른 반응을 보이는 대신 참을성 있게 내가 진정되기를 기다렸고, 자신보다 더 중요한 무슨 일이 벌어지고 있음을 감지했다.

"피터." 나는 중얼거리다 무슨 말을 해야 할지 몰라 멈칫했다. 일단 입 밖으로 말을 꺼내면 그 말은 진실이 될 것 같았다. 마음속에 말을 담아두는 것이 나를 비롯한 모두에게 안전하다고 느꼈다. 어쩌면 의료진이 누군가가 죽어가고 있다고 말하기 어려워하는 것은 그 때문일지 몰랐다. 일단 입 밖으로 나오면 말은 현실이 된다. 내가 용기를 내는 동안 패트릭이 센터 콘솔 위로 손을 뻗어 내 손을 잡고 나를 북돋워 주었다.

"그가 죽어가고 있어."

나는 샌프란시스코에 도착할 때까지 조용히 울었고, 실제로 우리 가족을 향해 날아오는 별똥별이 있는지 보기 위해 창문 너머 하늘을 바라봤다.

밤을 꼬박 새운 후, 패트릭과 나는 샌프란시스코를 거닐며 캘리포니아를 떠날 계획(나는 피터를 만나러 뉴욕으로, 패트릭은 고향인 독일로)을 세웠다. 복음주의 기독교인으로 자랐지만 나는 기도하는 여자가 아니다. 하지만 부모님은 여전히 믿음이 있으시고 앞으로도 쭉 그러실 것 같다. 부모님은 늘 내게 희망을 품어오셨다. 나는 부모님이 일요일에 교회에 다녀왔는지 물을 때면 짜증을 내곤 했지만, 딸이 예수 그리스도를 구세주로 영접하지 않아 지옥에 갈지 모른다고 느꼈을 부모님의 고통을 이해하지 못하는 것도 아니었다. 내게 딸이 있다면, 나 역시 이 운명에서 딸을 구하려 노력할 것 같다. 뻔뻔하게도 나는 부모님이 교회에 다녀왔느냐고 물으면 다녀왔다고 대답하기 시작했다. 내 생각으로는 정말로 그랬기 때문이다. 나는 하이킹 중에 교회를 경험하고 벌과 나무에서 신성을 발견한다. 친구들과 브런치를 즐기는 자리에서 예배를 드린다. 또는 침대에서 그렇게 한다. 웃음은 기도의 한 형태다. 섹스도 마찬가지다.

그럼에도 불구하고 나는 그날 미션 돌로레스 대성당Mission Dolores Basilica에서 피터와 언니, 라엘을 위해 간절히 기도했다. 삶이 마음대로 안 되는 것처럼 느껴질 때 우리가 어떻게 더 큰 힘에 의지하게 되는가는 참으로 흥미롭다.

다음 날 패트릭과 나는 기록적인 시간 내에 L.A로 돌아왔다. 나는 뉴욕에 잠깐만 있을 것으로 생각하고 작은 기내용 가방 하나만 챙겼다. 그날 밤 출국 게이트에서 우리는 언제 다시 서로를 안을 수 있을지 모르는 채 눈물을 흘리고 머뭇거리며 작별 인사를 나눴다. 작별 인사는 보통 우리 사이의 거리 때문에 슬펐지만, 이번 인사는 특별했고 더 무거웠다. 공항 게이트에서 그가 입고 있던 회색 가디건의 단춧구멍을 만지작거리며 눈물이 글썽한 눈을 들지 못할 때 내가 탈 비행기의 탑승이 시작되었다는 방송이 나왔다. 우리는 앞으로 벌어질 일을 정확히 알고 있었지만, 결국 나는 그 속으로 걸어 들어가는 쪽을 택했다.

두 달 후, 나는 여전히 뉴욕에 있었다. 피터의 상태가 계속 안 좋아짐에 따라 피터, 언니, 그리고 라엘에게는 내가 더욱더 필요하게 되었다. 나는 떠날 수 없었고, 그리고 싶지도 않았다. 이브가 사산되고 슬픔이 그들을 압도했을 때와 마찬가지로 나는 밤에는 불편한 질문들에 대한 답을 찾으며 소파에서 잤고, 낮에는 분위기를 띄우고 그들의 이야기를 들어주고 긴장을 풀어주었다. 잠들기가 어려웠고, 잠이 들어도 편치 않았다. 폭우를 만나고, 까마귀 떼에 둘러싸이고, 땅이 갈라져 그 틈으로 떨어지는 꿈을 꾸었다. 깨어있는 것보다 잠을 자는 것이 더 힘든 나날이었지만, 그 와중에도 매일 나쁜 소식이 새롭게 우리를 찾아왔다. 어느 날에는 피터의 칼륨 수치가 급격하게 떨어졌고, 어느 날에는 신장이 망가지고 있었다. 왼쪽 눈이 약해진 근육 때문에 눈구멍에서 비자발적으로 움직이기 시작했고, 의도한 효과를 기대했던 약물은 여러 가지 부작용을 일으켜 새로운 약물이 필요하게 되었다. 피터는 병원을 들락날락했지만, 정신은 대부분 멀쩡했다. 언젠가 그의 건조한 피부에 바를 더 진한 로션을 사러 약국에 가는데, 그가 너무 큰 용기에 든 로션은 사지 않는 것이 좋을 거라고 충고했다. "그렇게 많이 필요하진 않을 거야." 피터가 킥킥대며 말했다. 그리고 그 말은 견디기 힘든 냉혹한 진실이 되었다.

암울한 시기였음에도 우리는 유머와 유쾌함을 잃지 않았다. 내 눈에 웨이터로 보였던 주방의 도자기 이쑤시개 통은 피터의 약통이 되었다. 나는 냉장고에 붙여 놓은 색깔별로 표시된 시간표에 따라 약을 통에 담은 뒤, 약간의 주스와 함께 절하는 시늉을 하며 그에게 건네주었다. "약 드실 시간입니다, 주인님." 그러면 피터는 통을 움켜쥐고 우스꽝스럽게 고개를 쳐들고는 나를 손으로 쫓았다. 하루는 그가 고집해 함께 인테리어 용품

가게에 간 적이 있다. 서 있지도 못할 정도로 몸이 너무 약했지만 평범한 기분을 느끼고 싶었던 그가 전기 카트를 몰았다. 나는 그의 뒤를 따라가면서 머나먼 이국땅의 탐험가가 된 양 아파트에 있는 물건을 포장할 상자들을 찾았다. 그리고 소리쳤다. "전진, 앞으로오오오오오!" 그러면 그는 낄낄거리며 해적의 말투로 대답했다. "네, 선장님!"

그 상자들은 그가 죽은 후에도 몇 달 동안 포장된 상태로 남아 있었다.

플로리다에서 피터의 연로한 부모님이 방문했다. 다행히 언니와 피터는 할렘의 센트럴 파크 웨스트Central Park West에 있는 더 넓은 아파트로 이사한 참이었다. 플로리다와 매사추세츠에 사는 그의 형들과 누나도 그 시기에 왔다. 피터의 형인 닐Neil이 피터가 가장 좋아하는 피칸파이 만드는 법을 가르쳐주었고, 우리는 병원에서 그의 다른 형인 스티브, 그의 부모님, 나의 어머니와 함께 추수감사절을 보냈다. 그의 누나 데비Debbie와 나는 밤에 식탁에서 화이트 와인을 마시며 피터에 관한 이야기를 나누었다. 동생들인 아호바와 아바도 가능할 때 마을로 와서 짐 나르는 일을 도왔다. 아호바 역시 전일제로 일하는 동시에 나의 조카인 자시르Jahcir를 키우느라 바빴다. 아버지는 오셔서 늘 많은 기도를 해주셨지만, 나는 무엇을 위해 기도해야 할지 몰랐다.

감정적으로나 육체적으로 지치는 시간이었다. 하지만 놀랍게도 그 어느 때보다 나는 정신이 말짱했고, 일에 집중했으며,

열정적이었다. 나는 목적이 없는 사람이었고, 바느질, 여행 사진, 장신구 만들기, UV 경화 젤 네일, 태보 수업, 마라톤 등 수십 가지에 새롭게 관심을 가져도 뭐 하나 진득하게 하는 법이 없었다. 한 여행지에 갔다가 그곳에서 살기로 했다가도 다른 여행자의 한마디에 이웃 나라로 훌쩍 떠났다. 가족들은 나의 방랑벽을 흥미로워했다. 몇 년 후 이 시기에 나를 알고만 있던 사람과 친구가 되었다. 그녀는 내가 죽음에 관한 일을 하기 전에 '국제적 떠돌이'인 줄 알았다고 했다. 그럴 만도 하다. 죽음은 우리가 죽음을 허할 때 삶에 목적을 불어넣는다. 나는 죽음이 덤벼들도록 내버려 두었다. 죽음은 매일 내게 '이유'를 제공함으로써 나를 안정시켰다.

피터는 내가 임종 도우미가 무엇인지, 무슨 일을 해야 하는지 알기 전에 내가 도운 최초의 사람이었다. 본능적으로 나는 이 일이 내가 앞으로 계속하게 될 일임을 깨달았다. 임종 도우미로 일한다는 것은 나무줄기의 나이테처럼 바깥으로 퍼져나가는 '지지'라는 원 안에 고리를 하나 제공하는 것이다. 중앙에서 피터는 언니와 그의 부모님의 지지를 받으며 죽음을 향해 나아갔다. 그리고 나는 다음 고리를 맡아 모두가 현재 일어나고 있는 일에 집중할 수 있도록 필요한 일을 처리했다.

물론 나 또한 오빠 삼은 형부를 잃어가고 있었고 슬픔과 책임의 균형을 맞추는 데 노력이 필요했지만, 내게는 친구들과 패트릭이 있었다. 그들은 지지 원의 또 다른 고리가 되어 지칠 대로 지친 나를 도와주었다. 슬픔의 충격파가 널리 퍼졌지만, 도움의 손길을 내미는 사람도 많았다.

나는 이 시기에 많은 일을 처리하면서 공항, 병원, 집, 학교, 식당 등으로 이리저리 사람들을 실어 날랐다. 의사가 피터의 병실에 들렀다 가면 피터와 언니에게 의사가 한 말을 이해했는지 물어본 후 나중에 할 질문들을 메모해두었다. 피터가 마지막으로 입원해 언니가 병원에 머물게 되었을 때는 언니의 짐을 싸고 이 모든 것이 끝났을 때 버릴 수 있는 잠옷을 샀다. 다시는 그 옷을 보고 싶지 않을 것이 뻔했기 때문이다. 또 스파클링 와인을 병원으로 몰래 가져가 대부분의 밤을 언니와 함께 가족실에서 보냈다. 이러한 시간은 언니가 피터 앞에서는 말할 수 없었던 것들, 가령 피로감, 두려움, 궁금한 것에 관해 이야기할 수 있는 여유를 만들어주었다. 우리는 라엘이 커서 편지를 열어볼 수 있도록 피터에게 편지지를 사주었다. 하지만 그런 기회는 오지 않았다. 피터의 상태가 빠르게 악화하는 바람에 펜조차도 잡을 수 없게 되었기 때문이다. 언니가 피터의 곁을 지키는 동안 언니의 딸 라엘을 돌보는 일은 대부분 이모인 나에게 맡겨졌다.

바쁜 시간이었다. 나는 아침에 라엘을 할렘에 있는 어린이집에 데려다줬다가 일과가 끝나면 미드타운에 있는 병원으로 데리고 왔다. 그러면 라엘은 부모님과 얼마간 시간을 보낸 후 네 살짜리만의 '숙제'를 했다. 그러다 라엘이 좁은 병실 안의 그 모든 기계, 버튼, 신호음, 불빛 때문에 불안해하면 나는 라엘을 데리고 작별 인사를 한 다음 집으로 가 저녁을 먹이고 잠자리를 봐주었다. 어떤 날은 같이 라엘의 부모님을 위한 공예품을 만들기도 했다. 라엘이 잠들면 함께 밤을 보낼 언니의 친구가 와줘서 나는 다시 병원으로 돌아가 모두의 상태를 확인할 수 있었다.

너무 지쳤거나 피터의 상태가 특히 위태로워 보일 때는 병실 의자에서 밤을 보냈다. 그리고 아침이 되면 라엘이 일어나기 전에 일어나 집으로 가서 라엘의 등원 준비를 했다. 피터가 삶을 마감하기 전 마지막 몇 주는 잠깐의 낮잠을 자고, 주차할 곳을 찾아 뉴욕시를 돌아다니고, 간식으로 식사를 때우고, 의사를 만나고, 잘못된 정보를 처리하고, 끊임없이 병원 엘리베이터를 타고, 임박한 운명을 감지하는 믿을 수 없는 긴 하루와 같았다.

이미 가까웠던 라엘과 나는 그 몇 달간 더 자주 친밀한 시간을 보냈다. 어린아이들은 특히 죽음에 대한 호기심이 많다. 스위스 발달 심리학자 장 피아제Jean Piaget에 따르면, 4세의 아이들은 발달 단계에서 '왜'라고 묻는 단계에 있을 뿐만 아니라, 대상 비영속성의 개념과 씨름하기 시작한다. 물건이나 사람이 영원히 사라질 수 있을까? 졸린 토요일 아침, 팬케이크를 만들고 만화를 보기 전 라엘이 던진 질문은 충분히 예상 가능한 것이었다. "죽으면 우리는 어디로 가?" 나는 먼저 라엘의 생각을 물어본 후, 엄마가 그에 대해 뭐라고 했는지 물었다. 메시지를 일관되게 유지하는 것은 중요했다. 나는 내 아이가 아닌 아이와 부모 사이의 중요한 대화에 끼어들 정도로 어리석진 않았다. 지금도 나는 라엘이 크면서 하기 시작하는 대답하기 까다로운 질문들(왜 사람들은 음모를 손질하는지와 같은)을 계속 그녀의 엄마에게 미루고 있다. 라엘은 늘 호기심이 많았는데, 같은 쌍둥이자리인 내게서 그 특성을 물려받은 것 같다.

라엘은 피터의 귀가 아주 크게 자랄 것인지 물었다. 누군가 라엘에게 아빠가 돌아가시면 천국에서 그녀의 목소리를 들으실 거라고 말해줬는데, 라엘은 천국에 갈 수 없었으므로 천국이 아주 먼 곳에 있다고 생각했다. 라엘은 피터가 태어나기 전에 있던 곳, 그러니까 라엘이 최근에 있었던 곳으로 돌아가는 것인지 물었다. 아이들은 생각보다 죽음에 대해 많은 것을 안다. 라엘의 질문은 까다로웠고, 라엘의 마음을 편안하게 해주면서 나도 잘 모른다고 말하기가 힘겹게 느껴졌다. 라엘은 이모도 죽는 거냐고 물었다. 나는 오랫동안 라엘 곁에 있을 거라고 대답했다. 죽음에 관한 아이들의 질문을 피할 때 우리는 무심코 아이들에게 무서운 생각을 밀어내야 한다는 메시지를 전한다. 하지만 이는 궁극적으로 죽음 공포증 문화를 강화할 뿐이다. 아이들에게 죽음에 관해 이야기할 때 섬세한 균형이 필요한 것은 맞지만, 최소한 우리는 "나도 잘 모르지만 내가 아는 것은⋯."이라고 솔직하게 말할 수 있어야 한다. 라엘을 위해 더 많은 답을 알았으면 싶었다. 그리고 특히 피터의 죽음이 임박했을 때는 나를 위해서도 더 많은 답을 알고 싶었다. 우리는 전혀 준비되어 있지 않았다.

전반적으로 우리에게 더 많은 정보가 있었으면 좋겠다는 생각이 들었다. 아이들에게 죽음을 어떻게 설명해야 하는지 물어볼 사람이 있었다면 좋았을 것이다. 또는 피터를 땅에 묻을 것인지 화장할 것인지에 대한 주제에 어떻게 접근해야 하는지, 죽음의 징후에는 어떤 것들이 있는지를 말이다. 아니면 그냥 '이건 정상이에요. 지금 잘하고 있는 겁니다. 진짜 엿 같죠. 제가 도와드릴게요.'라는 말도 크나큰 도움이 되었을 것이다. 지금 나는 이러한 말들을 내 임종 도우미 가방 안에 넣어두고 임종을 앞둔 식구가 있는 가족들에게 핼러윈 사탕처럼 나눠준다. 물론 가족들이 감당할 만한 수준으로 수위를 조절하면서 말이다. 피터가 숨을 거두기 전 마지막 며칠간 누군가 우리에게 계획적으로 행동할 것을 상기시키고 선뜻 작별하는 방법을 가르쳐 주었다면 나는 그 사람에게 억만금이라도 주었을 것이다.

이외에도 우리에게 죽음의 랠리에 관해 설명해줄 사람이 있었다면 좋았을 것이다. '말기 선명성terminal lucidity'으로도 불리는 이 시기는 죽음을 앞둔 사람이 보다 기민하고, 안정적이고, 활기차게 보이는 시기이다. 그들은 계획을 세우고, 농담을 하고, 가족들과 지난날을 회상하기 시작한다. 며칠 동안 음식을 거부하다가 식사를 요구할 수도 있다. 얼핏 보기에 죽어가던 사람의 건강이 회복되는 것처럼 보일 수도 있지만, 실은 그 반대다. 이런 광경을 처음 보는 사람들은 자신들이 바라던 기적을 목격하고 있다고 생각한다. 하지만 그들이 실제로 목격하는 것은 죽음이 가까워졌다는 일반적이고 정상적인 신호다. 꽃이 시들기 직전에 가장 아름다운 향을 풍기듯, 죽음의 랠리도 죽기 전 마지막 남은 작디작은 생명의 불꽃으로 강렬하게 타오른다.

2013년 12월 8일 일요일, 피터가 원기를 되찾았다. 프로미식 축구팀 뉴잉글랜드 패트리어츠New England Patriots와 클리블랜드 브라운스Cleveland Browns가 경기를 펼치고 있던 때였다. 피터는 패트리어츠의 열렬한 팬이었지만, 이때쯤 그는 거의 껍데기밖에 남아 있지 않다고 할 만큼 쇠약했고, 우울했으며, 무기력했다. 며칠 동안 거의 한마디도 하지 않았다. 그래서 그가 수화기 건너편에서 라엘에게 그녀의 앙증맞은 패트리어츠 유니폼을 입혀 병원으로 데려와달라고 내게 부탁했을 때, 나는 놀랍고도 기쁜 마음을 감출 수 없었다.

전화기에 대고 '부우우우'라고 외치고도 싶었다. 내 여동생과 나는 브롱코스Broncos팬이었고, 피터도 이 사실을 알고 있었다. 그에게 패트리어츠에 대한 험담을 늘어놓는 것은 내가 특히 즐기는 취미 중 하나였다. 하지만 그는 죽어가고 있었다. 내가 할 수 있는 최소한의 일은 그가 마음 편히 좋아하는 팀을 응원하게 두는 것이었다. 그렇지 않겠는가? 오 이런, 피터는 그런 나의 마음을 알고 있었다. 그는 자신의 처지를 이용했다. 빌어먹을 패트리어츠. 나는 이 정도의 자기희생이면 노벨 평화상 후보에 오를 수도 있지 않을까 생각했다. 고심 끝에 라엘의 브롱코스 유니폼을 패트리어츠 유니폼 안에 몰래 입힐까도 잠깐 생각했지만(그렇다, 내가 그렇게 졸렬하다), 그러면 라엘이 너무 더워할 것 같았다.

라엘과 내가 병원에 도착했을 때 피터가 침대에 앉아 있는 모습이 보였다. 여전히 죽어가는 사람처럼 보이긴 했지만 그는 작은 파티 분위기 속에서 친구들과 아내, 장모님, 아직 마을을 떠나지 않은 그의 부모님에게 농담을 건네고 이런저런 당부를 하고 있었다. 지난 몇 주 동안의 그는 어디로 간 걸까? 피터는 다시 예전의 피터로 돌아간 것 같았다. 비록 믿을 수 없을 정도로 마르고, 못 움직이고, 머리카락은 한 올도 없고, 성대에 자란 종양 때문에 말도 잘하지 못했지만 말이다. 이 아픈 버전의 피터 역시 피터라는 사실을 받아들이는 것이 내게는 어려웠다. 그는 가장 친한 친구인 메카Mecca에게 자신이 죽으면 센트럴 파크에 자신을 기리는 벤치를 마련해달라고 부탁했다. 다른 사람들에게도 사적인 부탁을 속삭였다. 나는 그의 말을 적어두었다. 내 안에서 꽃피고 있던 임종 도우미가 그의 유언을 열심히 기록하고 있었다. 그러던 중 피터가 마치 우리가 허약하고 아프고 병약한 사람의 침대 옆이 아니라 스포츠 바에 있기라도 한 듯 내게 위스키를 달라고 했다. 어리둥절해진 나는 언니를 쳐다봤다. 언니는 어깨를 으쓱했다.

'대체 무슨 일이람?'

경기가 끝나기도 전에 기운을 다 소진한 피터는 이제 좀 조용히 시간을 보내고 싶다고 말했다. 친구들은 하나둘씩 '나중에 보자, 친구' 식의 인사를 하고 떠났다. 라엘의 취침 시간이 가까워지면서 나도 다음 날 등원 준비를 위해 라엘을 데리고 집으로 가야 했다. 피터의 상태가 꽤 괜찮아 보였기 때문에 나는 피터와 언니, 그의 부모님이 좀 더 여유롭게 있을 수 있도록 집에서 밤을 보냈다. 병실에 있는 의자는 인기가 많았는데, 사람이 한 명 줄었다는 것은 다른 사람이 내 의자에 발을 올려놓고 잘 수 있다는 것을 의미했다.

그것이 피터와 나누는 마지막 작별 인사가 될 줄도 모르는 채, 나는 피곤하다는 그의 말을 무심히 넘기고 말았다. 피터는 그날 활기가 넘쳤다. 그 모든 징후에도 불구하고 피터는 죽음을 앞둔 사람 같지 않게 거의 예전 모습으로 돌아간 듯했다. 우리에게 기적이 일어난 것이길 바랐지만, 나의 직감은 내게 조심할 것을 권했다. 작별 인사를 하고 난 후 라엘을 집으로 데려가 재우고 와인을 한 잔 따랐다. 그리고 맨 먼저 패트릭에게 전화를 걸었다. 나는 우리 관계에서 평범함을 좀 되찾기 위해 그의 하루에 대해 말해달라고 부탁했다. 그런 다음에는 아빠, 아호바, 아바에게 전화를 걸어 소식을 전했다. 그들은 모두 여러 시점에 병마와 싸우는 피터를 방문했지만, 나처럼 오랫동안 사는 곳을 떠날 순 없었다. 가족 중 떠돌이로 사는 것에도 장점은 있었다. 통화 후 완전히 지친 나는 와인이 반쯤 찬 잔을 손에 쥔 채 소파에서 잠이 들었고(나머지는 바지에 쏟았다), 해가 뜰 무렵 잠에서 깨어났다. 목이 뻣뻣했다.

라엘을 어린이집에 데려다준 후 사진관에 들러 라엘이 수업에서 쓸 가족사진을 인화했다. 그리고 피터의 아버지를 위해 안약을 챙긴 다음 병실에 도착했는데, 분위기가 침울했다. 엄마는 피터의 병실과 옆 병실 사이의 틈에 앉아 누군가와 통화 중이었고, 언니는 눈이 붓고 머리가 헝클어진 채 피터의 오른편에 앉아 피터의 손을 꼭 쥐고 있었다. 그의 어머니가 왼편에 앉아 피터의 손을 뚫어져라 보고 있었고, 그의 아버지는 멍하니 창밖을 바라보고 있었다. 오전 10시가 지난 시각이었는데도 피터는 아직 잠에서 깨지 않은 상태였다. 그는 다시는 깨어나지 않을 것이었다.

피터가 이 세상과 이별하는 동안 우리는 사흘 밤낮으로 그의 병상을 지켰다. 2주 앞으로 다가온 크리스마스는 그가 가장 좋아하는 휴일이었다. 우리는 크리스마스 노래를 틀고 산타 모자를 썼다. 심각해 보이는 관 한 세트를 들고 온 간호사도 그에게 캐럴 몇 곡을 불러 주었다. 고통 완화 처치를 하는 의사들이 조심스럽게 들어와 그의 상태를 확인했다. 그들은 말 한마디 없었고 그들의 움직임과 목소리에만 안타까움이 묻어날 뿐이었다. 무슨 일이 벌어지고 있다는 것이 분명했지만, 아무도 감히 이 혼란스러운 경계의 상태를 일컬을 말을 찾지 못했다. 피터의 죽음이 임박해 있었다.

2013년 12월 11일, 수요일 새벽 3시경 병실에서 약간의 소동이 느껴졌다. 일어나 보니 피터의 어머니가 남편을 깨우고 있었다. 언니는 이미 일어나 피터의 가슴에 시선을 고정하고 깊었다 얕았다 하는 그의 불규칙한 호흡 패턴을 관찰하고 있었다. 우리는 그가 며칠 동안 다물지 못하고 있는 입을 통해 다시 한번 힘겹게 숨을 쉴 때마다 기뻐했다. 우리가 무엇을 기뻐했는지 모르겠다. 또 한 번의 숨은 피터가 아직 살아있음을 의미하기도 했지만, 그가 아직 고통받고 있으며 죽음으로 가는 과정이 더 길어질 것을 의미하기도 했다. 그러나 더 이상 숨을 쉬지 않는다는 것은 피터가 영영 우리 곁을 떠났다는 것을 의미했다. 두 경우 모두 두려움을 불러일으켰고 우리를 불안하게 했다. 숨을 쉴 때마다 그야말로 가혹한 고통이 찾아왔다.

언니가 피터의 오른편에서, 그의 어머니가 왼편에서 자리를 지켰다. 피터의 아버지는 아내의 손을 잡고 아들의 왼쪽 다리를 어루만지며 막내아들의 죽음을 지켜봤다. 엄마는 언니의 어깨에 손을 얹고 언니 뒤에 서 있었다. 나는 전에 수없이 했던 것처럼 피터의 발치에 자리를 잡고 수분이 풍부한 로션으로 그의 발이 갈라지지 않도록 마사지했다. 발은 차가웠고 황달 때문에 노랗게 변해 있었다. 일부 전통 신앙에 따르면 영혼은 먼저 발에서 분리되어 머리를 통해 빠져나갔다. 나는 그의 발을 잡고 조용히 눈물을 흘리면서 그가 이 땅으로, 내 삶으로 걸어와 준 것을 고마워했고, 다음에 어디로 떠나든 잘 가기를 기원했다.

44번째 생일을 나흘 앞둔 새벽 4시 직전 나의 사랑하는 형부 피터 세인트 존은 마지막 숨을 거두었다.

정적만이 가득하던 방에 언니의 적막하고 고통스러운 울음소리가 울려 퍼졌다. 언니의 남편이자 아이들(이브와 라엘)의 아버지인 피터가 사망했다. 마지막 숨결과 함께 생명의 불꽃이 피터의 몸을 떠났다. 이제 더 이상 그와의 새로운 추억은 생겨나지 않을 것이다. 그는 아무런 말이 없을 것이며, 다시는 우리를 만지지 못할 것이다. 우리는 그의 목소리를 다시는 듣지 못할 것이다. 인간으로서의 삶 전부와 우리의 깊은 사랑을 담고 있던 피터의 커다란 몸이 원래의 물질로 되돌아갔다. 그의 몸은 곧 불길 속에서 분해될 것이다. 재는 재로. 피터는 떠났지만, 우리가 기억하는 한 그의 삶이 남긴 선물은 그의 손길이 닿은 모든 생명과 우리가 만지는 모든 생명 속에 계속 남아 있을 것이다.

나흘 후, 눈이 펑펑 쏟아지던 일요일에 우리는 가톨릭 성당에서 피터의 장례식을 치렀다. 그리고 얼마 후에는 그의 44번째 생일 파티를 열었다. 파티 모자와 풍선, 위스키, 담배가 있었다. 나는 나타나지 않을 걸 알면서도 식당 구석구석에서 그의 모습을 찾았다. 어쩔 수가 없었다. 피터는 그 파티를 맘에 들어 했을 것이다. 그는 그 자리에 있어야 마땅했다. 하지만 없었다. 피터가 영원히 우리 곁을 떠났다는 사실이 실감 나지 않았고, 그러한 감정은 그 후로도 수년간 계속되었다. 아직도 그가 이곳에 없다는 것, 십 대가 된 라엘을 보지 못한다는 것, 그가 죽음을 맞이할 때의 나이가 된 나를 보지 못한다는 것, 그가 세상을 떠난 후 우리가 만들어낸 것을 보지 못한다는 사실을 믿을 수가 없다. 나는 여전히 그를 찾는다.

그는 딱 한 번, 슬픈 꿈속에서 내 앞에 나타났다.

꿈속에서 나는 대규모의 거리 행진을 우연히 목격한다. 뉴올리언스의 마르디 그라Mardi Gras 축제와 비슷하게 다양한 인종과 체형, 체구, 연령대의 사람들이 형형색색의 모자, 의상, 장신구를 걸치고 함께 어울려 춤을 추고 있다. 축제 의상을 마치 일상복처럼 입은 그들은 활기가 넘쳐 보인다. 초음파로 듣는 심장소리처럼 멀리서 들려오는 희미한 북소리가 일관된 리듬을 만들어낸다. 반짝이가 공중에 가득 떠다닌다. 나는 대담한 색상의 옷을 입고 산소 대신 반짝이를 마시는 사람들이 사는 이 마법 같은 곳에 압도되는 기분을 느끼지만, 조심스럽게 그들에게 다가간다. 나는 이방인이고 다른 사람들은 모두 이 공간에 속해있는 듯하다.

오른쪽으로 테니스공만 한 암청색과 황록색 스팽글로 장식된 금붕어 모양의 대형 퍼레이드 수레가 보인다. 물고기의 반짝이는 짙푸른 등지느러미가 좌우로 자연스럽게 흔들리자 마치 거대한 물고기가 반짝이는 물속 거리를 헤엄치는 것 같다. 그런데 물고기의 형광빛 지느러미 위에 내가 사랑하는 피터가 한껏 위용을 뽐내며 선장처럼 홀로 서 있다. 나는 낯익은 사람이 있다는 사실에 안도하다가 그의 복장에 충격을 받는다. 셔츠도 없이 밝은 청록색 새틴 넥타이를 맨 그는 보라색과 청록색이 뒤섞인 반짝이 모자를 쓰고, 자홍색 라텍스 바지를 입고, 은색 통굽 부츠를 신고 있다. 나는 피터가 상의도 입지 않은 채 밖에 나와 있다는 것이 당황스러우면서도 몹시 자유로워 보이는 그의 모습에 기분이 좋아진다. 복장만 빼면 그는 아프지 않을 때의 그 자신처럼 보인다. 키가 크고, 생기가 넘치고, 튼튼하다. 두 눈도 모두 앞을 향하고 있다. 약한 근육 때문에 한쪽 눈이 비자발적으로 움직이는 일은 없다.

피터가 군중 속에 있는 나를 발견하고는 신이 난 표정으로 수레에서 내려와 사람들을 뚫고 내게 다가온다. 나는 그에게 안겨 기쁨의 눈물을 흘리며 꿈속의 눈으로 그를 본다. 피터가 내 눈물을 보고 웃는다. 여기 있는 사람들은 행복할 때를 제외하곤 아마도 울지 않는 것 같다. 그가 내게 여기 어떻게 왔냐고 묻자 나는 모르겠다고 답한다. 그냥 오게 되었다. 나는 이곳에 속하지 않지만, 온갖 색깔과 열광적인 사랑으로 가득한 이곳에 머물고 싶어 한다. 버닝 맨Burning Man 축제가 생각난다. 나는 늘 그와 함께 그곳에 가고 싶었다. 피터는 내가 여기에 있으면 안 된다고 단언하는 한편, 내가 규칙을 어긴 것이 놀랍지도 않다고 농담한다. 우리는 다시 웃고, 이렇게 함께하게 된 것을 기뻐한다. 피터는 나를 방해꾼으로 알고 있다. 꿈속에서도 그는 틀리는 법이 없다.

나는 여기가 어디인지 알고 싶어 한다. 하지만 그는 대답하지 않고 누가 나를 볼까 걱정하며 초조하게 주위를 둘러보기 시작한다. 나 역시 주위를 둘러보지만 보이는 것은 환희뿐이다. 위협은 티끌만큼도 느껴지지 않는다.

내 곁에 머무는 시간이 길어질수록 피터는 더욱더 불안해한다. 그리고 결국은 그가 없는 채로 헤엄치고 있는 커다란 사이키델릭 물고기에 다시 올라타야 한다고 말한다. 나는 피터에게 가지 말라고 애원하지만, 수레에서 매우 행복해하던 그가 지금은 이렇게 나를 걱정하고 있으니 어쩔 줄을 몰라 한다. 피터를 걱정시키는 것이 싫지만, 그와 다시 헤어지는 것은 견딜 수 없다. 그의 죽음으로 극심한 슬픔의 고통을 한번 겪어봤기 때문에 그 고통을 다시 겪고 싶진 않다. 지금 내 곁에 있는 피터는 꼭, 반드시 이대로 있어야 한다. 하지만 그의 뒤에서 파티가 계속되고 있고 나는 그가 떠난다는 사실 때문에 상실감에 빠진다. 피터에게 부탁하고 애원하다가 그 또한 나를 떠나는 것이 고통스럽다는 것을 깨닫는다. 하지만 그는 떠나야 한다. 그래서 나는 단념하고 물러난다. 내 안의 모든 것이 사랑하는 피터에게 조금만 더 함께 있어달라고, 나를 여기 혼자 남겨두지 말라고 외치지만, 그것이 최선이기 때문에 나는 그를 놓아준다. 피터는 이곳에 있어야 한다.

피터가 모자를 벗자 형형색색의 빛줄기가 그의 머리를 비춘다. 머리에 심은 오마야 포트가 여전히 눈에 띄지만, 그 주위로 바랜 빛의 금발 머리가 다시 자라 귀를 덮고 있다. 머리 좀 잘라야겠다. 빌어먹을 셔츠도 필요하다. 그가 내 머리에 모자를 씌워줘서 양손으로 모자를 단단히 잡자 모자에 붙어있는 반짝이 조각들이 느껴진다. 그가 손에서 반짝이가 느껴지냐고 묻기에 나는 고개를 끄덕인다. 주름진 질감과 날카로운 모서리가 느껴진다. 그가 내 손가락과 공중에 있는 반짝이가 보이냐고 묻는다. 나는 그렇다고 대답한다. 반짝이는 보라색과 청록색의 작은 조각들이 나의 시야와 손에서 춤추고 있다. 피터는 주변의 신나는 분위기와는 대조적으로 진지하게 나를 바라본다. 그는 내가 문까지만 같이 오기로 되어 있었을 뿐, 늘 졸졸 따라다니는 여동생처럼 안까지 따라오면 안 되었다고 말한다. 나는 돌아서야 한다. 그는 사랑스럽고, 친절하고, 단호하다. 살아생전 나의 큰 오빠였을 때처럼 말이다.

그 말을 남긴 후 작별 인사도 없이 피터는 은색 부츠를 신은 채 돌아서서 군중 속으로 달려가 물고기 모양의 빛나는 퍼레이드 수레를 쫓는다. 그는 나를 돌아보지 않는다. 나는 이 행복이 넘치는 장소를 붙잡고 싶은 마음으로 뒷걸음치기 시작하고, 마침내 전체 장면이 반짝임으로만 가득하게 된다. 화려한 빛깔의 사람들이 사라졌다. 파티는 끝났다. 그가 탄 퍼레이드 수레도 사라졌다. 피터는 떠났다.

나는 어둡고 습한 베를린에 있는 패트릭의 집에서 퉁퉁 부은 젖은 눈으로 꿈에서 깨어났다. 더없이 생생한 꿈이어서 이제 피터를 가까이에서 느낄 수 없다는 사실이 너무나 슬펐다. 그는 꿈나라에서 사이키델릭 물고기를 타고 모험을 떠났을지 모르지만, 현실 세계에서는 여전히 죽어 있었다. 그리고 우리는 피터 없는 세상을 계속 살아가야 했다.

피터의 장례식이 끝나고 일주일 정도가 지난 후 할 일이 너무 많았지만 어떤 일에도 집중할 수가 없었다. 슬퍼서였을 수도 있고, 경계와 자기 보살핌의 완전한 부재가 나를 고갈시켰기 때문일 수도 있다. 패트릭은 계속 내게 독일로 와서 함께 지내자고 말했다. 나는 그에게 맹세코 모든 것이 괜찮다고 말하곤 했지만, 나의 다정한 남자친구는 자신이 얼마간이라도 나를 보살피게 해달라고 청했다. 며칠 동안 괜찮다고 우겼으나, 나는 바지 입는 방법조차 기억하지 못했다('앉아서 입던가? 단추가 먼저던가 지퍼가 먼저던가? 젠장, 치마나 입어야겠다'). 패트릭이 맞았다. 내가 그렇게 허우적댄 것은 슬퍼서였을 수도 있고, 지쳐서였을 수도 있다. 몇 달 만에 처음으로 언니를 혼자 두고 떠난다고 생각하니 마음이 아팠지만, 나는 이제 그녀에게 별 도움이 되지 않았다. 나는 나 자신도 돌볼 수가 없었다. 지치고 공허했다. 다른 사람들을 죽음으로 인도할 때는 자기 보살핌이 우선이 되어야 한다. 나는 아직 그 사실을 깨닫지 못했다.

어느 날 오후 밝은 색깔의 접착식 메모지 한 팩을 들고 식탁에 앉아 독일로 떠나기 전 마무리해야 할 피터의 일들을 빠르게 정리해봤다. 메모지를 한두 장만 사용하면 될 줄 알았는데, 하나의 작은 일거리는 금세 서른 개로 불어났다.

- 신용 카드 회사와 신용 평가 기관에 연락하기
- 온라인 청구서와 계좌 정리하고 해지하기
- 피터의 이메일 계정에 접속하기
- 피터의 옷을 어떻게 할지 결정하기. 옷장을 지금 정리할까 아니면 좀 미룰까?
- 의료 장비 반납하기
- 피터의 우편물 분류하기
- 사회보장국에 연락하기
- 피터의 출생증명서와 보험 증권 찾기
- 피터가 유언 검인(사망 후 누가 무엇을 상속받을지 법원이 법적으로 결정하는 절차)의 대상인지 확인하기
- 피터의 자동차 소유권 정리하기

이 마지막 메모지의 내용이 생생하게 기억나는 이유는 그것이 촉발한 복잡한 서류작업 때문이다. 피터는 조카에게 자신의 차(밤색 미츠비시 이클립스Mitsubishi Eclipse)를 선물하고 싶어 했다. 나는 순진하게도 조카에게 열쇠만 주면 된다고 생각했다. 그 일이 그렇게 간단할 거라고, 자동차 소유권의 이전 규정이 사랑하는 사람이 사망한 후 애도하는 사람에게 유리할 거로 생각한 나는 참 어리석었다. 유언장, 유서, 신탁과 같은 유언 문서에 차량 소유권의 이전이 제대로 명시되지 않았을 때, 사망 후 소유권을 이전하는 절차는 애도하지 않는 사람들조차도 밟고 싶지 않은 악몽 같은 일이다. 평소에 교통국에 앉아 있고 싶은 사람이 있을까? 하물며 깊은 슬픔에 빠져 있을 때는 어떨까?

이와 같은 비슷한 일들이 너무, 너무 많았다. 피터의 사망 소식을 알리려 신용 카드 회사에 전화했을 때 그들은 내게 그의 계좌를 관리할 권한이 있는지 확인하기 위해 피터와 먼저 통화하겠다고 말했다. '그 사람은 죽었다니까, 멍청한 놈.' 피터가 죽었다는 말을 해야 할 때마다 나는 슬픔의 구렁텅이 속으로 더욱더 깊이 빠져들었고, 그러는 동안 죽음과 관련해 처리해야 할 일들은 쌓여만 갔다. 법학 박사 출신의 씩씩한 내가 형부의 죽음을 마무리하기 위해 해야 할 수많은 일을 처리하는 데 고군분투할 정도라면, 슬픔에 잠겨 허우적대는 언니는 그 일들을 어떻게 할 수 있을까? 아무런 도움도 받지 못하는 사람들은 어떻게 할 수 있을까? 접착식 메모지는 너무나 빨리 채워졌다. 10×10(㎝) 크기의 작은 접착식 메모지 한 팩을 모두 사용했지만 해야 할 일은 여전히 많았다. 언니는 오후 4시에도 잠옷을 입은 채 스카프로 머리를 묶고 소파에 앉아 멍하니 TV를 응시했고, 6시간 동안 같은 채널에 맞춰진 TV에서 공허함을 메우기 위한 의미 없는 소음이 퍼져 나왔다.

그때 우리를 도와줄 누군가가 있었다면 나는 암시장에 신장이라도 내놓았을 것이다. 왜 우리를 도와줄 수 있는 사려 깊고, 인정 많고, 아는 것 많고, 친절한 사람이 없었을까? 어째서 피터의 계좌를 해지하는 순서를 설명해줄 수 있는 사람이 없었을까? 이 일을 하는 데 적어도 메모지 열두 장은 필요했다. 집에 있는 병원 장비를 처리하는 데는 여섯 장이 필요했고, 남은 약을 처리하는 데는 네 장이 필요했으며, 그가 어떤 보험에 가입했는지 확인하는 데는 열네 장이 필요했다. 식탁이 노란색, 초록색, 주황색, 분홍색 메모지들로 어지러웠지만, 더 많은 질문만 같은 곳으로 되돌아올 뿐이었다. 피터는 죽었고, 우리에게는 그의 죽음을 마무리하는 데 필요한 정보가 없었다. 그 정보도 그와 함께 죽었기 때문이다.

나는 수십만 명의 사람들이 나와 비슷한 문제로 어려움을 겪고 있다는 사실을 알게 되었다. 메딘디아Medindia 의료 정보 사이트의 세계 인구 시계에 따르면, 매일 전 세계에서 15만 명 이상의 사람들이 사망한다. 이들은 모두 죽음 이후 어느 정도는 마무리가 필요한 삶을 살고 있다. 피터는 처음 죽은 사람도 아니고 마지막으로 죽은 사람도 아니었다. 그런데 왜 그의 죽음이 그토록 별개의 것처럼 느껴졌을까? 피터의 일을 도울 때 나는 왜 그렇게 외롭다고 느꼈을까? 그리고 도대체 어떤 빌어먹을 사회가 고통스러운 경험의 보편성을 알고 있으면서도 그에 대해 실질적으로 아무런 조치도 하지 않는 걸까? 왜 우리는 고통 속에 서로를 홀로 내버려 두는 걸까? 다시 한번 쿠바의 그 버스에 타고 있던 제시카가 생각났다. 제시카는 자신만 죽음에 대해 생각하는 것이 아님을 알았지만, 그러한 어려움 속에서 홀로 남겨진 기분을 느꼈다. 이제 그 일은 우리 가족에게 일어나고 있었다.

사회 복지사는 내게 인터넷으로 유언 검인 절차를 알아보라고 말했다. 나는 그들 후손의 후손들에게까지 저주를 퍼부었고 나의 모든 분노(슬픔이라 읽는다)를 그들에게 향했다. 병원에서는 장례식장에서 도움을 줄 수 있을 거라고 말했다. 장례식장에서는 우리를 대신해 사회보장국에 연락을 해주겠지만, 피터의 다른 일은 알아서 처리해야 한다고 말했다. 그들은 내게 호스피스에 연락해볼 것을 권했다.

나는 호스피스가 사람들이 죽으러 가는 곳인 줄로만 알았다. 하지만 틀렸다. 호스피스는 장소의 개념이 아니라, 전문 인력의 도움과 함께 질병 치료에서 삶의 질 향상으로 초점을 전환하는 돌봄의 한 접근 방식이다. 사람들은 어디서든 호스피스 서비스를 받을 수 있다. 하지만 피터는 의료진이 너무 늦게까지 치료를 질질 끄는 바람에 죽기 전에 호스피스 서비스를 받지 못했다. 피터가 속은 듯한 기분이 들었다. 호스피스 관계자는 그들의 사별 서비스가 내 좌절감(슬픔이라 읽는다)에는 도움이 될지 몰라도, 내가 줄곧 혼자 부딪치고 있던 관료적 절차에는 도움이 되지 않는다고 말했다. 이럴 때 도움을 주어야 할 사람들은 어디에 있는 걸까? 우리 주변에는 삶의 모든 단계에서 우리를 안내해주는 전문가들이 있다. 개인 교사는 우리가 효과적으로 학습하지 못할 때 학교 공부를 따라갈 수 있도록 돕는다. 웨딩플래너는 결혼식 준비를 돕는다. 부동산 중개인은 집을 팔 수 있도록 돕는다. 상담사는 인간관계에 관해 조언해준다. 출산 도우미는 출산 과정을 통해 사람들을 돕는다. 제길, 심지어 전문적으로 포옹만 해주는 사람도 있다. 그렇다면 왜 인생의 마지막 순간에 도움을 줄 사람은 없는 걸까?

내 행동의 원동력이 된 것은 대체로 사회적 병폐를 치유하려는 나의 열망이었다. 덕분에 나는 어렸을 때 채식주의자가 되었고, 로스쿨 친구들이 기업에 취직해 수십만 달러를 버는 동안 법률 지원 변호사로 일을 시작해 연봉 4만 달러를 벌게 되었다. 임종 도우미 일을 하게 된 동기도 별반 다르지 않다. 내게 있어 이 일은 행동주의가 핵심이며, 분노를 동력으로 하지만 사랑으로 덮여 있다.

죽음을 앞둔 사람들을 위해 일하는 사람들은 대부분 공통된 동기가 있다. 우리는 매우 아름답고 목가적인 죽음을 목격하고서 모두가 비슷한 경험을 했으면 하고 바라거나, 자신 역시 괴로워하며 사랑하는 사람이 고통받는 것을 지켜보면서 다른 사람들은 같은 짐을 지게 하지 않겠다고 다짐한다. 두 경우 모두에서 우리의 목표는 다른 사람들의 경험을 개선하는 것이다. 나는 내가 본 시스템을 '고치는' 데 도움이 되고 싶어서 죽음을 다루는 일을 하게 되었다.

나는 (부족한) 의료 및 사망 관리 시스템 전체에 화염병을 던지고 싶었다.

내 가족이 겪은 고통을 다른 사람이 겪게 하고 싶지 않았다.

누군가 피터가 죽어가고 있다는 사실을 확실하게 말해주길 바랐다.

누군가 죽음의 징후를 설명해주길 바랐다.

고통 완화 의료팀이 조용히 부담을 짊어지기보다 소리 내어 해명해주길 바랐다.

누군가 복잡한 행정적 업무를 처리하는 데 도움을 주기를 바랐다.

큰오빠 샘은 사람이 지독한 암으로 죽어가고 있는데도 그를 도와줄 수 없는 절망적인 상황이었기 때문에, 나는 피터의 죽음이라도 가능한 한 이상적으로 만들고 싶었다. 사랑하는 사람의 죽음은 누구에게나 힘든 일이다. 하지만 어떻게 하면 이러한 아픔이 조금이라도 덜해질 수 있을까? 아이가 아플 때 '아야' 하는 소리로 주의를 집중시키는 것처럼, 우리 역시 누군가 내가 아프다는 사실을 알아주길 바란다.

접착식 메모지에 표출된 나의 분노는 지금까지도 계속되고 있다. 언니, 그리고 사망 후 복잡한 행정 절차로 골머리를 앓는 수많은 사람에 대한 안타까움은 나를 불타오르게 했다. 나는 어차피 도움을 청할 사람이 없다면, 내가 직접 사랑하는 사람을 잃은 이들에게 의지할 수 있는 사람이 되기로 했다. 나는 그들이 잘하고 있다고 상기시켜 줄 수 있었다. 그들 대신 교통국에 앉아 있을 수 있었고, 죽음의 랠리에 대해 알아본 후 설명해줄 수 있었다. 자녀들에게 죽음에 대해 어떻게 이야기해야 하는지 알려줄 수 있었다. 사랑하는 사람을 직접 돌볼 수 있도록 힘을 실어줄 수 있었다. 어려운 시기에 그들의 손과 마음을 붙잡고 함께할 수 있었다. 그리고 그들의 고통을 덜어줄 순 없지만, 누군가가 그 일을 견디는 것이 얼마나 힘든지 마음 쓰고 있다는 것을 알려줄 수 있었다. 나는 그들의 증인이 될 수 있었다. 그러고 싶었다.

5장

말없이
곁에 있어 주기

내가 열두 살이었던 어느 날 새벽 4시, 아빠가 내 어깨를 흔들어 깨웠다. "알루! 알루우우우. 아빠랑 같이 갈래?"

나는 눈을 떴다. 아빠가 어딜 가는지 몰라도, 내 대답은 항상 '네'였다. 아버지는 선교 활동으로 집을 비울 때가 많았고 집에 있다 해도 나와 세 자매, 엄마에게 시간을 나눠 써야 했다. 아빠와 단둘이 있는 시간이 별로 없었기 때문에 나는 아빠가 떠나면 아빠의 옷에 대고 코를 킁킁댈 만큼 아빠를 많이 그리워했다. 아빠는 작은 모험을 좋아했고, 내 어린 마음은 그 모험을 거절할 수 없었다(지금도 그렇다). 나는 결코 아침형 인간이 아니었지만, 뭔지 모를 기회를 놓치지 않기 위해 재빨리 일어나 옷을 입었다.

1990년, 우리는 콜로라도 스프링스에서 1년째 살고 있었다. 아빠와 나는 12월의 추위에 대비해 단단히 옷을 껴입고 밤색

크라이슬러 스테이션 왜건에 올라탔다. 나는 모자와 세트인 두꺼운 흑백 장갑을 벗고 안전띠가 조수석의 안전띠 홀더에 잘 끼워졌는지 확인했다. 약간 답답했다. 안전띠 걸쇠의 차가운 감촉에 손가락이 마비되는 것만 같았다. 재빨리 손에 입김을 불어 넣은 다음, 손을 장갑의 따뜻한 안쪽에 다시 집어넣고 앉았다. 아빠는 라디오를 뉴스 채널에 맞추고 고속도로로 향했다. 몇 주 동안 집을 비우게 된 엄마가 우리가 먹을 만큼의 음식을 준비해놓으셨지만, 아빠는 영양을 보충하기 위한 신선한 고기를 원했다. 아빠는 고기에 진심이었다. 출발과 동시에 하늘이 밝아지기 시작했다. 나는 기대에 잔뜩 부풀었다.

한 시간 반쯤 지났을까. 아빠가 도로를 빠져나와 덴버 외곽 어딘가, 멀리 집 한 채가 내다보이는 울타리 옆에 차를 세웠다. 동물들이 종별로 구분되어 각자의 영역에서 돌아다니고 있었다. 차에서 내리자 한 남자가 우리를 반기며 아버지와 인사를 주고받았다. 염소, 소, 그리고 많은 농기구가 보였다. 공기 중에서 거름 냄새가 났다. 마지막으로 닭장에 도착했을 때 닭들은 이미 꼬끼오 소리를 내며 새로운 하루를 맞이하고 있었다.

열을 내고 코를 찌르는 냄새를 피하기 위해 나는 목도리를 통해 숨을 쉬면서 콜로라도 로키산맥 너머로 해가 떠오르는 모습을 지켜보았다. 그때 저 멀리서 염소의 끔찍한 울음소리가 들려왔다. 그 소리가 너무나 절박해 내 온몸으로 공포와 슬픔이 느껴질 정도였다. 아드레날린이 가슴을 타고 손끝으로 흘러들어 손에 갑작스러운 온기가 돌았다. 숨을 쉴 수가 없었다. 나는 그 소리가 어디서 나는지, 내가 도울 수 있는지 보려고 애썼지만, 마치 진짜 악몽 속에 있는 것처럼 아무것도 할 수 없었다. 아빠가 집에 가져갈 닭을 몇 마리 살펴보는 동안 내 정신은 점점 더 혼미해져 갔다. 소리가 어디서 나는 거지? 염소는 왜 그렇게 겁을 먹은 걸까? 무슨 일이 일어나고 있는 거야?

그때 큰 폭발음이 들리더니 갑자기 울음소리가 멈췄다. 마치 내가 그 총알에 직접 맞은 듯한 기분이 들었다. 나는 곧바로 울음을 터뜨렸다.

아빠가 내 곁으로 달려와 물었다. "왜 그러니, 알루아? 응? 왜 울어? 무슨 일이야?"

나는 충격에 휩싸여 할 말을 찾지 못했다.

걱정이 커진 아빠가 나를 부드럽게 흔들었다.

"염소예요, 아빠." 우느라 목이 멘 내가 간신히 대답했다. "사람들이 염소를 죽인 것 같아요."

가늘어졌던 아빠의 눈이 금세 커졌다. 아버지는 딸들의 눈물이나 불편함을 잘 감당하지 못하셨다. 기침이 나올 정도로 열렬하게 웃는 분이셨지만, 그날 아침까지 내가 목격한 바에 따르면 우신 적은 단 한 번도 없었다. 아버지는 늘 고통으로부터 우리를 보호하길 바라셨고, 그의 쾌활한 성격과 강한 아프리카 남성성은 감상적인 감정이나 극적인 표현을 위한 여지를 남기지 않았다. 내가 이 둘로 가득 차 있었다는 점을 고려하면, 나는 확실히 다루기 힘든 딸이었다.

나의 고삐 풀린 열정은 날에 따라 부모님을 기쁘게도, 당황스럽게도, 짜증 나게도 했다. 콜로라도 스프링스에 살 때 나는 지하실에 있는 내 방을 밝은 노란색으로 칠하고 싶었는데, 놀랍게도 부모님은 이를 허락해주셨다. 단지 적절한 페인트 색을 고르기 위해 페인트 가게를 세 번이나 가야 했을 때도, 부모님은 분명히 화가 솟구쳐 오르셨겠지만, 어쨌든 나를 데리고 가주셨다. 어렸을 때 한 번은 밖에서 잡은 벌레를 부엌으로 가져온 적이 있었다. 나는 부모님도 나처럼 작은 생명체의 무지갯빛에 감탄할 거로 생각했다. 하지만 엄마는 "밖에 다시 풀어놔. 안 그러면 당장 그걸 죽일 거야!"라고 소리치셨다. 동물과 벌레는 집에 있으면 안 되는 존재였지만, 나는 다시 한번 열성적으로 그 선을 넘었다.

그날 아침 농장에서 아버지는 내가 알아들을 수 없는 말을 중얼거리며 목에 걸린 무언가를 빼내듯 내 등을 두드리고는 나를 급히 차로 데려가셨다. 아빠는 당황했고, 나는 슬픔을 가눌 수 없었다. 우리 가족이 가나를 탈출하면서 겪은 모든 위험과 위험 요소에도 불구하고, 나는 이 염소를 통해 살아있는 존재의 죽음을 가장 실감하게 되었다. 어떻게 한순간 울고 한순간 숨 쉬던 생물이 다음 순간 바로 죽을 수가 있었을까? 그리고 왜 나 말고는 아무도 신경 쓰지 않는 것 같았을까?

그 공포의 도살장에서 집으로 돌아오는 길에 아버지는 애써 이것이 인간이 고기를 얻는 방식이라고 설명하셨다. 아버지는 가족이 먹는 동물은 그들 가족이 직접 죽이는 가나 땅에서 태어나고 자랐기 때문에 이 과정은 아버지나 전 세계 대부분의 사람들에게 낯설지 않았다. 그렇다면 나는? 나는 그저 멍하니 차창 밖을 바라보았다. 내 머리로는 이해가 되지 않았다. 나는 염소가 우는 소리를 들었고, 그 고통을 느꼈다. 그러한 동물의 감정을 고스란히 느끼고도 내가 어떻게 다시 동물의 살점을 입에 넣을 수 있었겠는가? 동물이 죽을 때 두려움에 떨고 있었는데 그두려움을 나보고 먹으라고? 말도 안 되는 얘기였다. 그 염소 한 마리를 위해 내가 할 수 있는 일은 없었지만, 적어도 다른 염소를 해치지 않을 수는 있었다.

집에 도착할 무렵 다시는 어떤 고기도 먹지 않겠다고 다짐했다. 아버지는 고집 세고 인정 많은 딸과 말씨름을 계속할 만큼 나를 모르진 않으셨다. 그래서 아버지는 당시 마을에 있던 유일한 건강식품 가게에 나를 데리고 가 육류 대용품을 찾아주겠다고 약속하셨다. 그리고 나에 대한 연대의 표시로 나와 함께 채식주의자가 되기로 하셨다. 점심을 채 넘기지 못했지만.

당시 육류 대용품은 골판지 맛이 났다. 채식주의가 매력을 뽐내려면 아직 20년은 더 기다려야 했다. 베지 버거를 겨우 넘긴 아빠는 찡그린 표정으로 채식을 그만두면 안 되겠냐고 물으셨다. 나는 웃으면서 아빠를 그만 놓아주었다. 아빠가 보여준 관심이 그저 고마웠다.

염소 사건 이후 나의 공감 능력은 더욱더 강하게 발달하기 시작했다. 공감은 미덕으로 여겨지지만, 다른 강렬한 감정적 경험처럼 일종의 중독이 될 수 있다. 내게는 그랬다. 나의 상심은 내가 기억할 수 있는 한 오래전부터 내게 북극성 역할을 해왔다. 열한 살 때 나는 라이언 화이트Ryan White라는 한 십 대 소년의 이야기를 듣고 큰 충격을 받았다. 우리 가족이 가나에서 미국으로 건너왔을 무렵, 라이언 화이트는 이미 유명인이었다. 라이언은 수혈로 HIV/에이즈 바이러스에 감염된, 혈우병을 앓는 백인 아이였다. HIV/에이즈에 대한 이해가 부족했던 당시 교사와 부모, 학교 관계자들은 라이언이 다른 아이들과 함께 수업받는 것을 두려워했다. 라이언은 법적으로 반격에 나섰고, 그렇게 함으로써 에이즈 전염병에 전국적인 관심을 불러일으킨 최초의 사람 중 한 명이 되었다. 그의 젊음과 건전함은 HIV/에이즈가 흑인, 동성애자, 마약 중독자, 또는 질 나쁜 사람들(다시 말해, '그럴 만한' 사람들)에게만 발생한다는 인식을 무너뜨렸다.

라이언이 병 때문에 학교와 사회에서 배척당한다는 소식이 나를 계속해서 신경 쓰이게 했다. 나는 왜 그가 몸에 생긴 무언가 때문에 나처럼 학교에 갈 수 없는 건지 이해할 수 없었다. 보도 기사를 통해 점점 더 많은 현실을 접하게 되면서 나는 가족도 없이 홀로 고통을 겪는, 알려지지 않은 수많은 사람의 죽음을 애도하게 되었다. 너무 어렸기 때문에 동성애자에 대한 악마화와 그 질병에 관해 이야기할 때 늘 수반되는 성적인 비난을 이해할 수는 없었다. 하지만 무언가 심각하게 잘못되었다는 것을 알만큼은 예민했다. 임종 도우미의 싹이 트고 있던 내 가슴이 찢어졌다. 1990년, 나는 TV에 딱 달라붙어 라이언의 장례식을 보면서 흐느꼈다.

거의 1년 뒤에 있을 염소 사건에서와 마찬가지로, 나의 상심은 정의감에 불을 붙였고 이는 결국 적극적 활동으로 이어졌다. 2000년, 웨슬리언대학교를 졸업한 해에 나는 태국 치앙마이에 있는 YMCA에서 HIV/에이즈 교육을 맡아 하며 여름을 보냈다. 성 건강에 관한 수업을 진행하는 동안 태국 학생들은 내 주위에 모여들어 뿌글거리는 머리에 거미가 걸리면 갇혀서 죽을 거라고 농담을 던졌다. 21년을 아프로 머리로 살아왔지만, 그날 이후 나는 내 머리가 거미 무덤이 될까 봐 사흘이 멀다 하고 머리를 감았다.

여러 가지 면에서 깨달음을 얻은 여행이었다. 나는 죽음(혹은 섹스)과 같이 금기시되는 주제에 대해 논할 때는 먼저 해당 문화권의 관습과 가치를 이해하는 것이 중요하다는 것을 배웠다. 성교육 프로그램의 청중을 확대하기 위해 미얀마로 주말여행을 떠났을 때 나와 친구들은 다른 지원 단체의 협조로 지정된 교육 장소에 도착하고도 밖에서 출입을 제재하는 무장한 경비원들과 맞닥뜨려야 했다. 나는 나 자신과 내 신념을 주장하기 전에 먼저 지역사회 구성원들의 의견을 따르는 법을 빠르게 배웠다. 그리고 때로 무지는 지식과 정보에 대한 접근성 부족을 의미한다는 것도 배웠다.

문화적 어려움에도 불구하고 나는 태국에서 그 어느 때보다 나 자신이 된 기분을 느꼈다. 전에도 다른 나라에 가본 적이 있었지만, 이제 나이도 좀 더 든 상태였고 혼자였다. 나를 보호해 줄 부모님도, 함께 음모를 꾸밀 자매도 없었다. 나는 여행자 친구들과 함께 태국의 섬으로 모험을 떠나고, 다른 사람들의 삶을 엿보고, 매일 신선한 망고를 먹으면서 내 영혼이 좋다고 느끼는 일을 하고 있었다. 도저히 떠날 수가 없었다.

태국에서 집으로 돌아가 로스쿨에 입학해야 했지만, 미국행 비행기에 오르는 것을 계속 미루다 급기야 합격한 거의 모든 학교의 등록을 놓쳤다. 아빠는 다음에 또 비행기를 타지 않으면 나를 직접 데리러 오겠다고 하셨다. 나는 바로 다음 비행기를 타고 등록을 위해 콜로라도 주립대학교 볼더 캠퍼스의 로스쿨University of Colorado Boulder School of Law로 향했다. 늦었지만 나를 받아줄 마지막 남은 학교였다. 시차 적응도, 씻지도 못한 상태로 법률 도서관 서가를 걷는데, 아직도 어디서 팟씨유 냄새가 나고 툭툭 소리가 들리는 듯했다.

로스쿨 1학년을 마친 후, 나는 법률 지식을 활용할 수 있는 동시에 어린 시절 나를 가슴 아프게 했던 라이언 화이트를 아로새길 수 있는 사우스 브루클린 법률 사무소의 HIV/에이즈 부서에서 일하게 되었다. 마침내 내게 깊은 영향을 미쳤던 세상의 부조리에 맞서 실질적인 무언가를 할 수 있게 된 것이다.

초기 고객 중 한 명은 목에 해바라기 문신을 한 26세의 날씬한 흑인 여성 나타샤Natasha였다. 브루클린에서 태어나고 자란 그녀는 내가 다녔던 대학과 같은 경쟁력 있는 엘리트 대학('리틀 아이비(Little ivy, 일반적인 아이비리그 대학 대비 규모는 작지만 역사가 오래되고 학문적 전통이 우수한 학부 중심의 대학-옮긴이) 중의 하나')에서 정식 교육을 받았다. 그리고 나처럼 자연스러운 짧은 머리를 하고 있었고, 지적인 어휘와 속어를 섞어 쓰길 좋아했다. 우리의 대화는 메리Mary J. 블라이즈Blige, 무미아 아부-자말Mumia Abu-Jamal, 불교 같은 주제를 쉽게 넘나들었다. 나타샤는 나와 키가 비슷했고, 나만큼은 아니지만 앞니가 벌어져 있었다. 수많은 치과의사의 권유에도 불구하고 끝까지 치아의 틈을 메우려 하지 않았기 때문에 나는 그녀를 벌어진 이 클럽의 일원으로 받아들였다. 우리 중 많은 사람이 치아 사이의 틈을 유지하기 위해 싸워야 했다. 나타샤와 나는 공통점이 많은 것 같았다. 하지만 그녀는 전 남자친구에게서 HIV에 감염되어 에이즈에 걸린 상태였고, 미혼모로 아이를 키우며 정부 보조금을 받고 있었다. 게다가 강제 퇴거 위기에도 처해 있었다.

다시 한번, 나의 공감 능력이 나를 제압했다. 나타샤의 일이 내 일처럼 느껴졌다. 나는 나타샤의 주거 차별 소송 담당 법학도로서 내게 요구되는 것 이상으로 매일 빠짐없이 그녀의 필요를 충족시켜주었다. 처방된 약을 타오고, 식사를 주문하고, 그녀의 아들에게 신발 끈 묶는 법도 가르쳐주었다. 일하느라 피곤할 때가 많았지만, 나타샤가 무서워하고, 외로워하고, 심부름해줄 사람이 필요할 때면 나는 그녀와 이야기를 나누며 저녁 시간을 보내곤 했다.

이중 내 업무에 속하는 것은 아무것도 없었다. 하지만 나는 요구서에 대한 답변을 타이핑할 때보다 이러한 심부름을 할 때 더 살아있다고 느꼈고 내가 제공하는 가치에 대해 더 확신할 수 있었다. 법률 업무에서는 내가 진정으로 도움을 주고 있다고 느낄 기회가 거의 없었다. 아무리 열심히 일해도, 대개 그 일은 해변의 모래를 쓸어내는 것과 같았다. 억압적인 시스템은 계속해서 우리에게 더 많은 모래를 쏟아부었고 즉각적인 만족감은 거의 제공하지 않았다.

나타샤는 나의 관대함을 이용했을 수 있지만 상관없었다. 내가 가까이 있을 때 그녀가 진정으로 안도감을 느낀다는 사실만으로도 충분했다. 하지만 나는 안타깝게도 나타샤의 필요를 충족시키는 만큼 나의 필요를 충족시키지는 못했다. 이것은 공감 능력이 지나친 사람들에게 위험할 수 있다. 우리는 옷을 벗어주는 것으로도 모자라 할 수만 있다면 피부도 내어줄 것이다.

어쩌면 나는 부모님이 내게 주입한 것을 조금 혼란스러운 방식으로 행하고 있었는지도 모른다. 부모님은 평생을 복음과 가족, 지역사회, 우리를 위해 봉사하셨다. 부모님과 같은 종교적 열정을 가진 적은 없었지만, 나의 세계관에 '네 이웃을 네 몸과 같이 사랑하라'와 같은 어떤 예수님의 말씀이 슬며시 침투했었는지도 모른다. '네 몸과 같이'는 잊어버리고 나머지만 기억하게 된 것 같지만. 어쨌든 그 말씀은 거룩하게 느껴졌다.

여름 인턴십이 끝나갈 무렵, 상사인 신시아 슈나이더Cynthia Schneider가 나를 사무실로 불렀다. 나는 내가 나타샤의 일을 잘 처리하고 있다고 칭찬받을 줄 알았다. 하지만 신시아는 내게 평소답지 않은 무뚝뚝한 말투로 그 일에서 손을 떼라고 말했다. 그녀가 내게 나타샤와 왜 그렇게 많은 시간을 보내고 있는 거냐고 물었을 때, 나는 이렇게 대답할 수밖에 없었다. "제가 만약 그 상황에 있다면, 저 역시 이 모든 일에서 도움을 받고 싶을 거예요."

신시아는 침울한 표정으로 고개를 저었다. "흠, 알루아, 당신은 나타샤가 아니에요." 잠시 침묵이 흐르는 동안 나는 이 혁명적인 개념을 이해하려고 노력했다. 나타샤는 내 또래의 흑인이었다. 비슷한 교육 수준에 비슷한 배경을 가진 동등한 사람이었고, 동료였고, 자매였다. 그런데도 나는 그녀가 아니었다. 나는 그녀가 한 경험의 깊이를 이해할 수 없었다. 내게는 그러한 경험이 없었기 때문이다. 정말로 새로운 개념이었다. 나는 나와 나타샤 사이의 공간을 무너뜨리고 우리의 경험과 필요를 뒤섞었다. 극단적 공감. 첫 인터뷰 이후 의뢰 비용 외에 나타샤에게 필요한 것이 무엇인지 제대로 물어본 적도 없었다. 신시아는 다정하게 내가 나타샤의 법적 필요에 다시 집중하지 않으면 번아웃과 과실이 발생할 수 있다고 경고했다. "당신의 마음을 보호해요." 그녀가 말했다.

아마도 신시아의 조언은 내 인생 최고의 직업적 조언이었을 것이다. 심지어 임종 도우미 사업인 '고잉 위드 그레이스^{Going with Grace}'를 시작했을 때 공인회계사 자격증을 따라는 조언보다도 더 훌륭했다. 다른 사람들의 경험과 자신의 경험을 융합하지 않는 것은 중요하다. 그렇게 되면 우리는 그들에게 필요한 것 대신 우리가 원하는 것을 주게 되기 때문이다. 이것은 흔한 실수다. 나는 그러한 실수를 하지 않기 위해 배워야 했다.

신시아가 해준 말은 내가 죽음을 다루는 일을 헤쳐 나갈 수 있게 했고, 이후로도 몇 번이고 계속해서 떠올랐다. 공감 능력이 좋은 사람들은 이 함정에 반복해서 빠지는 경우가 많다. 우리는 다른 사람의 입장이 되어보려 노력한다. 하지만 이는 자신이 죽어가고 있다는 것을 아는 사람들과 죽음을 슬퍼하고 있는 사람들에게는 별 도움이 되지 않는다. 비슷한 경험을 했다 해도 우리가 그들의 입장이 될 방법은 없다.

다른 사람의 입장이 되고자 하는 우리의 욕구 중에는 다른 사람이 겪는 고통을 해결해주고자 하는 욕구가 있다. 하지만 슬픔이나 죽음의 고통은 해결할 수 있는 것이 아니다. 우리는 다른 사람의 고통 앞에서 무력해지는 자신에게 익숙해져야 한다. 그것은 긴 침묵을 의미할 수도 있고, 여러분과 함께 있는 것이나 여러분이 음식을 가져오길 원하지 않는다는 것을 의미할 수도 있다. 우리의 지지는 각기 다른 방식으로 나타나야 한다.

슬픔에 잠긴 사람들이나 죽어가는 사람들을 돕는 데 있어 나의 신조는 '말없이 곁에 있어 주기'이다. 그러한 상황에 놓이는 것이 불편하고 무슨 말을 해야 할지 모른다는 것을 인정하고, 그들이 길을 이끌도록 하라. 상대가 침묵한다면 함께 침묵하고, 가벼운 이야기를 나누고 싶어 한다면 장단을 맞춰주고, 고통에 관해 이야기하고 싶어 한다면 그들의 고통을 이야기하게 하라. 만약 먼저 요청받는 것이 아니라면 여러분의 경험에 관해서는 이야기하지 말라. 그저 함께 참호 속으로 들어가 곁에 있어 줘라.

몇 해 동안 나타샤의 소식이 궁금했다. 그 일을 처음부터 다시 한다면 나는 여전히 그녀의 아들에게 신발 끈 묶는 방법은 가르쳐주겠지만, 그녀의 삶에 개입해 모든 것을 해주려 노력하는 대신 어떤 도움이 필요하고 어떤 도움을 원하는지 물어볼 것이다. 짐작건대 나타샤는 우리가 함께한 지 얼마 지나지 않아 잠행성 질환의 희생양이 되어 사망했을 것이다. 내게 공감과 연민의 차이를 가르쳐준 나타샤에게 여전히 고마울 따름이다.

공감은 "나는 당신이 어떤 일을 겪고 있는지 알아요."라고 말하지만, 연민은 "당신이 겪고 있는 일을 정확히는 모르지만, 저는 당신의 경험이 궁금하고, 그것이 힘들다는 것을 이해해요. 제가 바로 옆에 있어요."라고 말한다. 나는 연민이 지구상에서 가장 치유력이 강한 힘이라고 믿는다. 특히 누군가가 죽어가고 있을 때는 더욱 그러하다. 임종 도우미와 병상을 지키는 사람들은 연민의 관점에서 접근해야 한다. 그렇지 않으면 가르치려드는 것으로, 또는 가부장적으로 보일 수 있다. 아무리 선의라해도 그러한 태도는 우리의 사랑을 강요하는 것과 같다. 예를 들어, 여러분은 친구를 사랑한다고 그들이 중독에서 헤어 나오도록 무작정 밀어붙인 적이 있는가? 혹은 누군가와 헤어지라고 강요한 적은? 혹은 사랑하는 사람에게 그것이 얼마나 이로울지 알기 때문에 체중을 감량하라고 설득한 적은?

별 소용이 없지 않던가? 죽음을 다루는 일도 마찬가지다. 임종 과정을 통해 고객을 지원할 때, "무엇이 고객님에게 더 좋은지 제가 고객님보다 더 잘 압니다."라는 말은 대죄나 다름없다. 이러한 말은 자신의 삶과 죽음을 관장하는 고객의 능력을 신뢰하지도, 존중하지도 않는다는 것을 드러낸다.

그렇다면 가장 애정 어린 행동이 임박한 죽음을 받아들이도록 '돕는 것'일 때, 혹은 사랑하는 사람이 죽어간다는 사실을 받아들이는 것일 때, 어떤 일이 벌어질까?

내가 받는 전화의 약 4분의 3은 사랑하는 사람이 죽음을 받아들이도록 도와달라는 선의의 가족들에게서 오는 전화다. 아픈 사람들은 나를 그들에게 찾아온 죽음의 천사로 생각하니, 정말로 끔찍한 입장이다. 나는 얼간이가 된 기분을 느끼고 당사자들은 배신감을 느낀다. 승자는 없다.

죽음 옆에 앉는 법을 배우는 것은 우리가 겪게 될 가장 중요한 여정 중 하나이며, 그 여정은 매우 개인적이다. 우리는 삶에 접근하는 것처럼 죽음에 접근한다. 어떤 사람들은 진실을 쉽게 받아들이지만, 어떤 사람들은 진실과 거리를 둔다. 어느 쪽이 다른 쪽보다 낫다고는 할 수 없다. 모두가 각자의 시간에 따라 움직인다. 가장 친한 친구도 유독하고 해로운 파트너를 떠나도록 설득할 수 없다면, 어떻게 그럴 생각이 없는 사람에게 가장 심오한 실존적 딜레마를 인정하도록 강요할 수 있을까?

나타샤의 개인적인 구세주가 되려다 실패한 지 몇 년 후, 나는 임종 도우미로 아쿠아Akua를 만났을 때 이 질문에 직면하게 되었다. 그녀의 집 입구에 서서 처음에는 조심스럽게, 다음에는 더 크게 문을 두드렸다. 창문이 닫혀 있었는데도 안에서 라이브 음악 같은 소리가 들려왔다. 그녀의 아들인 레기Reggie와 도착 시각을 조율했지만, 어떤 상태에서 고객을 만나게 될지는 역시나 알 수 없는 일이다. 어쨌거나 나는 콘서트를 기대하진 않았다.

몇 번 더 노크하자 전문 간병인이 문을 열고 아쿠아가 있는 1층 방으로 나를 안내했다. 집 안 구석구석에 놓인 스피커에서 요란한 음악 소리가 흘러나왔는데, 곧바로 펠라 쿠티Fela Kuti의 색소폰 연주와 겹겹이 쌓인 리듬을 알아차릴 수 있었다. 붉은 벽이 거의 남아 있는 공간이 없을 정도로 아프리카 예술품(가면, 그림, 마을의 생활상, 추상적인 인물상)으로 가득 덮여 있었다. 간병인이 바닥에 놓인 책, 목각 장식, 조각품으로 이루어진 미로를 지나 침실로 가는 길을 안내했다. 곧 침대 위에 있는 아쿠아가 눈에 들어왔다. 머리카락이 없는 작은 몸집의 아쿠아는 즐거운 표정으로 마른 팔만 이용해 우아하게 춤을 추고 있었다. 레기가 언급한 병을 앓는 사람에게서는 극히 찾아보기 힘든 모습이었다. 그녀는 죽음의 랠리 중에 있는 걸까?

"어서 와요, 어서 와! 우리 집으로 모시게 되어 영광입니다!" 아쿠아가 약해진 횡격막 상태에도 불구하고 음악 소리를 뚫고 외쳤다. 그녀는 마치 노래하듯 모음을 길게 뺐다. 아쿠아가 간병인에게 볼륨을 줄여달라고 손짓하자 나도 감사의 인사를 외쳤다. 우리는 모두 다양한 방식으로 죽음에 다가가는데, 이 순간 아쿠아의 죽음은 시끌벅적한 파티처럼 들렸다. 당혹스럽고 의심스러웠다. 이 죽음은 어떤 종류의 죽음이 될까? 내게 무엇을 요구할까?

아쿠아의 태어날 때 이름은 헬레나Helena였지만 60년대에 성인이 된 이후부터는 '수요일에 태어난 소녀'를 뜻하는 가나 이름을 대부분 사용했다. 하지만 몸이 아프기 시작하면서 다시 헬레나로 돌아갔다. 그동안 법적으로 이름을 바꾼 적이 없었던 탓에 매번 의사들에게 자신의 이름을 정정해주어야 했는데, 거기에 지쳐버렸기 때문이었다. 나는 그녀를 아쿠아라 부르기로 했다. 우리는 서부 아프리카를 두루 여행한 아프리카계 미국인이 로스앤젤레스에서 가나 출신의 임종 도우미를 발견할 확률이 얼마나 될까 하며 놀라워했다. 아쿠아는 이것이 나를 통해 그녀가 조상들이 빼앗긴 땅으로 돌아간다는 의미라고 생각한다고 말했다. 아직은 때가 아니라고 믿긴 했지만.

"오늘 아침에 기도 모임이 있었어요. 그들은 하느님께서 여전히 저에 대한 계획을 갖고 계시다는 것을 상기시켜주었죠. 제 삶은 끝나지 않았습니다. 아직 죽을 준비가 안 됐거든요. 저는 이 암을 이겨낼 거예요!" 그녀는 각 음절을 강조하며 침대에서 손가락으로 허공을 찔렀다.

나는 깜짝 놀랐지만, 아쿠아의 집에 깃든 유쾌한 기운이 갑자기 더 잘 이해가 되기 시작했다. 예상치 못한 상황이라 나의 놀라움은 호기심으로 바뀌었다. 그녀의 아들 레기에 따르면 내가 그곳에 간 이유는 그녀가 임종을 위한 의식을 만들고 싶어 했기 때문이었다. 아쿠아는 내가 하는 일을 알았고 특별히 나를 원했다. 이미 몇 년째 육종암을 앓고 있었던 그녀는 몇 달 전부터 침대를 벗어나지 못하게 되었고, 그렇게 죽음이 다가오고 있다는 것을 알았다. 레기는 아쿠아가 그 병과 평화를 이루었다고 말했다. 척추의 종양이 빠르게 커져 다리를 움직이게 하는 신경을 차단했고, 암이 뇌로 전이된 상태였다. 그녀는 매우 수척했고 허약했다. 눈썹 뼈가 그녀의 짙은 갈색 눈에 그림자를 드리웠다. 하지만 두 눈만은 반짝였다.

방문 일주일 전, 호스피스를 찾고 있던 레기와 아쿠아는 의사의 권유에 따라 내 의견을 물어왔었다. 죽음의 시간이 다가오고 있었지만 아쿠아는 준비가 되어 있지 않았다. 그녀를 설득하는 것은 내 일이 아니었다. 나는 기적을 믿는 임종 도우미였으나, 그래도 역시 임종 도우미일 뿐이었다. 신이 아니었다. 신은 그녀에게 아직 때가 아니라고 말씀하셨다. 나는 신이 누군가에게 말한 것을 상습적으로 반박하는 사람이 아니다. 그것은 지는 싸움이다. 죽음에 대한 부정은 흔히 두려움에 뿌리를 두기 마련이므로 나는 아쿠아에게 두려운 것이 무엇인지 물었다.

잠시 생각에 잠긴 후 그녀는 조심스럽게 대답했다. "해야 할 일을 다 하지 못하고 죽게 될 것 같다는 것이 두려워요." 이는 죽음에 대한 일반적인 두려움이다. 죽음은 준비가 됐든 안 됐든 언제라도 찾아올 수 있기에 우리는 그 본질에 무력감을 느낀다. 우리는 자신을 단지 교향곡의 한 음표로 인식하기보다는 삶이 오로지 우리의 것이고 우리의 자아가 우리가 세상에 기여해야 하는 일에 둘러싸여 있다고 생각한다. 하지만 때가 되면 죽음은 피할 수 없다.

"보시는 것처럼 저는 무용수이고 연기자예요. 아직 제가 출연해야 할 최고의 작품이 남아 있죠." 그녀의 확신이 너무도 진실해서 나는 그 말을 온전히 믿고 싶었다. 아쿠아는 계속해서 속삭이듯 흘러나오는 펠라의 색소폰 연주에 맞춰 팔을 흔들며 춤을 췄다.

"남은 시간 동안 뭘 하고 싶으세요?" 내가 물었다. 꽤 안전한 질문인 것 같았다. 내가 그녀의 말을 긍정도 부정도 하지 않았다는 사실을 그녀가 눈치채지 못하길 바랐다.

"음악과 예술로 둘러싸이고 싶어요. 다시 춤을 추고 싶고요. 극본을 쓰고 무대 위에서 연기도 하고 싶어요. 내 안엔 여전히 예술이 숨 쉬고 있거든요." 우리는 앞으로 몇 달간 무엇을 할 수 있을지 생각해봤고 척추의 종양 때문에 춤을 추지 못하게 될 경우를 대비해 다른 계획도 세웠다. 나는 그녀가 다시는 춤을 추지 못하게 될 것을 걱정했지만, 그러한 우려는 잠시 혼자만 간직하기로 했다.

결정이 어려웠다. 아쿠아가 결국 다시 무대에 오를 거라고 내가 망상을 키우는 것은 아닐까? 인생의 마지막 순간에 희망은 양날의 검으로 작용한다. 즉 희망은 강력한 동기가 될 수도 있지만, 우리가 준비해야 할 진실을 가릴 수도 있다. 당연히 손주의 졸업식에 참석하는 정도는 바랄 수 있다. 하지만 과학과 죽어가는 우리 몸의 현실이 기대와 다른 말을 할 때, 기적을 바란다? 그것은 참담한 일이다. 암이 퍼졌을 때 아쿠아가 결국 맞닥뜨리게 될 실망감에서 그녀를 지켜주고 싶었다. 암이 빠르게 퍼져나가고 있었다. 하지만 나는 죽음을 받아들이는 데서 오는 깊은 고통으로부터 그녀(혹은 누구라도)를 구할 수가 없었다. 내가 사실이라고 믿는 것을 아쿠아에게 말한다면, 그녀는 그 무게에 짓눌려 무너지거나 세상과 담을 쌓을 수 있었다. 하지만 이는 그녀가 다가오는 일에 더 잘 대처하게 될 것을 뜻할 수도 있었다.

이것은 임종 도우미의 전형적 딜레마지만, 한 가지 해결책이 있다. 바로 고객의 위치에서 고객을 만나는 것이다. 죽음을 향한 여정에서 나는 모든 사람에게 스스로 선택할 권리가 있음을 상기시킨다. 아쿠아는 춤이라는 꿈을 택했다. 그리고 나도 그 순간 그녀와 함께 꿈을 꾸는 쪽을 택했다.

아쿠아에게 출입구를 통과할 수 있는 휠체어와 아파트 입구에 휠체어를 이용할 수 있는 작은 경사로를 만들어줄 시공업체를 찾아주기로 했다. 또 공연에 가고 싶어 하길래 그녀가 가장 좋아하는 장소인 로스앤젤레스의 아만손Ahmanson 극장의 공연 일정을 함께 살펴봤다. 나는 이런 일에 관해서는 아무런 내적 갈등 없이 그녀를 도왔다. 하지만 아쿠아에게 그녀가 완전히 회복할 것이라는 기대를 심어주진 않았다. 단지 아쿠아가 자신의 영혼을 채울 수 있는 방식으로 삶을 계속 이어나갈 수 있도록 그녀를 응원할 뿐이었다. 이는 임종 도우미의 가장 숭고한 신조이다.

이후 2주 동안 아쿠아와 나는 며칠에 한 번씩 대화를 나누었다. 휠체어를 구하기는 쉬웠다. 그러나 아파트 건물 앞에 경사로를 만들기란 쉽지 않았다. 시공업체는 기꺼이 그 일을 하려고 했지만, 건물이 미국 장애인법Americans with Disabilities Act, ADA

을 준수하지 않았다. 우리는 그 문제를 가지고 싸울 시간이 없었다. 아쿠아의 병이 계속 진행 중이었고, 머지않아 척추의 종양이 온몸에 통증을 퍼뜨릴 것이었다. 엄마가 자신은 병을 이겨낼 것이라고 주장하는 것에 충격을 받고 좌절했던 레기가 내게 다시 전화를 걸어 돌아와달라고 부탁했다. 그는 이번에는 확실히 엄마가 자신의 죽음에 관해 이야기하고 싶어 한다고 말했다.

마음이 아팠다. 아들인 레기는 어머니를 잃는다는 사실과 죽음을 받아들이지 못한 채 세상을 떠나게 되는 것이 어머니에게 어떤 의미일지에 대해 걱정했다. 아쿠아가 나의 어머니였다면 나는 그녀의 꿈에 대해 더 안달했을지도 모른다. (수년간의 항암 치료로 머리가 벗겨진 그녀의 부드러운 갈색 두부brown head와 기독교적 신념이 어머니를 떠올리게 했다.) 하지만 아쿠아는 나의 어머니가 아니었다. 나타샤는 내게 그것을 가르쳐 주었다.

다음에 아쿠아를 방문했을 때 색소폰 연주는 들리지 않았지만 아파트 바닥은 여전히 여러 물건과 예술품으로 가득했다. 옷장 문이 열려 있었고 침대는 다채로이 늘어선 옷들을 마주하고 있었다. "원하는 건 뭐든 가져가요." 그녀가 걸려 있는 옷들을 약한 몸짓으로 가리켰다. 내가 마지막으로 그녀 사이즈의 옷을 입었던 때가 여섯 살 때였다는 건 아랑곳하지 않고 말이다. 심지어 그때라 해도 내가 그녀보다 더 둥글둥글하고 건강했을 것이다. 나는 의무적으로 아쿠아의 옷장을 뒤지면서 그녀가 입었던 옷과 그와 관련된 경험에 관해 이야기할 기회를 얻었다. 아쿠아는 의상, 자신이 출연한 작품, 가나의 전통 천으로 그녀에게 옷을 만들어준 가나 재봉사에 관한 이야기를 들려주었다. 이번에는 그녀가 좀 더 삶의 마지막 순간이 가까이 왔다는 것을 아는 여성(사려 깊고, 회고적이며, 사색적이었다. 하지만 여전히 극적이긴 했다)처럼 보였다. 우리는 죽어간다고 해서 자신의 모든 부분을 잃진 않는다. 오히려 진짜 자신의 모습에 더 가까워진다.

아쿠아와 나는 옷 스타일에 이어 아만손 극장에 대한 아쿠아의 꿈에 관해 이야기하기 시작했다. 나는 나 때문에 그녀가 어떤 희망이라도 품게 되었다면 미안하다고 사과했다. 하지만 아쿠아는 자신 외에는 누구도 탓하지 않으면서 자신이 의사, 호스피스 입원, 몸 전반의 통증을 무시했다고 말했다. 그녀는 아직 준비되어 있지 않았다. 하지만 조용히 아쿠아는 종양이 자신에게 가르쳐준 것이 무엇인지 곰곰이 생각하기 시작했다.

죽음이 코앞에 왔다는 사실을 마침내 받아들였을 때 아쿠아는 자신이 삶에서 가장 원했던 것, 즉 춤, 공연, 무대를 다시 인식하게 되었다. 이러한 열정을 더는 추구할 수 없다는 사실을 깨닫고 이를 받아들일 방법을 찾은 것이다. 아쿠아에 따르면 종양은 그녀가 무대에 있든 없든 역동적이고 찬란한 존재임을 상기시켜주었다. 그녀는 태어날 때부터 그러한 존재였으므로 더는 그 사실을 주장하기 위한 무대가 필요하지 않았다. 그녀는 충분히 열정적으로 살아왔다. 이제 그녀는 임종을 생각하고 죽음을 맞을 준비가 되었다.

아쿠아는 생의 마지막 순간에 자주색 장미, 라일락, 백합으로 둘러싸이길 바랐고 자신의 죽어가는 몸이 견딜 수 있는 한 크게 스피커에서 닐스 프람Nils Frahm의 음악이 흘러나오길 바랐으며, 죽음이 임박했을 때 우리가 차크라(신체에서 기가 모이는 일곱 군데의 혈-옮긴이)를 닫아주길 바랐다(이에 우리는 그녀가 마지막 숨을 내쉬고 난 후 수행할 의식을 함께 만들었다). 그녀는 아들과 그의 아내, 손주, 그리고 가장 친한 친구가 함께 있기를 바랐고, 음악, 예술, 경험으로 북적거리는 자신의 집에서 죽음을 맞이하길 바랐다. 하지만 무엇보다도, 화려하고 역동적인 인간으로 살 수 있었던 선물에 감사하며 죽음에 온전히 굴복하길 바랐다. 아쿠아는 내가 처음 그녀를 방문한 지 3주 만에, 그리고 마지막으로 방문한 지 며칠 만에 생을 마감했다.

만약 우리가 아쿠아에게 자신의 죽음을 더 일찍 받아들이도록 강요했다면, 그녀는 이처럼 강력한 자기 발견을 하지 못했을 것이다. 그녀는 자신의 시간에 맞춰 이 일을 해냈다. 때로 우리에게 필요한 것은 시간만 허락한다면 약간의 여유와 있는 그대로의 자신을 사랑으로 지지해주는 사람들이다. 만약 당신이 누군가의 죽음을 받아들이는 데 어려움을 겪는 사람이라면, 그 사실을 마침내 받아들일 준비가 되었을 때 우리는 당신을 응원할 것이다.

6장

임종 도우미가
되는 법

대다수 사람은 삶의 어느 시점에서 임종 도우미의 역할을 맡게 된다. 공동체 안에서 살고 죽는다는 것은 조부모, 이웃, 가장 친한 친구, 반려동물 등 우리 공동체의 구성원이 언젠가는 도움을 필요로 하게 된다는 것을 뜻한다. 죽음에 대한 실질적 이해(죽음의 중요성에 대한 이해, 다른 사람을 도울 수단, 죽음을 어떻게 받아들일 것인가에 관한 통찰력, 수많은 실질적인 기술 등)는 임종 도우미의 역할을 하게 되는 모든 사람에게 중요하다.

연민과 돌봄은 내 일의 근간이다. 하지만 그것만으로는 임종 도우미가 될 수 없다. 임종 도우미가 되는 데는 침대 옆에 앉아 주고, 손을 잡아주고, '쿰바야(Kumbaya, 흑인 영가 중 하나-옮긴이)'를 불러 주는 것 이상이 필요하다.

유능한 임종 도우미는 죽음에 대한 자신의 태도는 물론, 자신의 가치관, 편견, 특권, 한계에 깊은 주의를 기울여야 한다. 우리는 시신을 둘러싼 관료적 절차와 법적 의무를 잘 이해해야 하고, 방대한 정보와 자원을 확보해야 하며, 의료팀과 함께 일할 수 있어야 한다. 의식을 만들어내고, 다양한 관점을 포용하고, 깊은 감정을 읽는 기술만큼이나 죽음에 대비한 실용적 측면에 대해 잘 아는 것이 유용하다. 우리는 이 모든 일을 우리 자신의 필요를 존중해가면서 해야 한다.

이는 본질적으로 정식 학교는 없지만 임종 도우미 훈련 과정에서 배우는 내용으로, 예술이자 기술이라고 할 수 있다. 이 일은 인류만큼이나 오래되었다. 즉 유사 이래 사람들은 죽음을 앞둔 사람들을 도와왔다.

모든 임종 도우미가 훈련 과정을 거치는 것은 아니다. 어떤 사람들은 이 일을 혈육을 통해 배우고 또 어떤 사람들은 누군가 죽어갈 때 부름을 받은 공동체 구성원의 옆에서 배우기도 한다. 하지만 우리 중 대부분은 피터가 죽어갈 때 내가 그랬던 것처럼 무작정 이 일에 던져진다.

피터가 사망한 후 몇 달 동안은 슬픔이 나를 인도하도록 내버려 두었다. 힘든 시간이었다. 깊은 슬픔과 함께 해가 어떻게 계속 떠오를 수 있는지와 같은 궁금증이 생겨났다. 나는 사회적으로 부적절한 타이밍에 울음이나 웃음을 터뜨렸다. 피터의 티셔츠와 가죽 재킷을 입었다. 닥치는 대로 죽음에 관한 책을 읽었다. 베일(veil, 장례식 때 머리에 쓰는 면사포-옮긴이)은 얇았다. 어디를 둘러보아도 삶과 죽음이 어떻게 상호작용하는지 쉽게 알 수 있었다.

나는 이 일에 대한 나의 관심이 단지 슬픔에 대한 반응인지 이전에 수없이 가졌던 것과 같은 일시적인 관심인지 확신할 수 없었다. 하지만 죽어가는 이들에게 더 가까이 다가가고 싶은 마음은 계속되었고, 그러던 중 심리치료사로부터 한 교육 프로그램을 추천받게 되었다.

치료사는 자신이 아는 어떤 여성이 새크리드 크로싱스Sacred Crossings(신성한 도항)라는 흥미로운 이름을 가진 곳에서 '임종 산파 입문'이라는 과정을 이수한 적이 있다고 알려주었다. 그리고는 그녀의 이메일 주소를 접착식 메모지에 적어주었다.

"누가 알아요?" 그녀가 말했다. "한 번 가보세요."

그녀는 아직 내가 얼마나 진지한지 알지 못했다. 나는 일단 접착식 메모지에 대한 안 좋은 기억은 제쳐 두고 마치 백만 달러짜리 지폐라도 되는 양 소중히 메모지를 챙겼다.

새크리드 크로싱스는 대안 장례식장이자 죽음 교육 기관이었다. 곧 있을 입문 과정의 수강 인원이 이미 꽉 찬 상태였지만, 나는 내 몫의 물과 간식, 방석을 가져가겠다고 약속하며 전화로 강사에게 사정하고 애원했다. 간절히 바랐던 대로 마침내 그녀가 내 부탁을 수락했다.

교육이 진행되는 퍼시픽 팰리세이드Pacific Palisades 건물의 문을 두드리자, 어깨쯤 오는 부드러운 갈색 머리에 벨벳 기모노를 입고 올리비아 베어햄Olivia Bareham이라고 쓰인 스카프를 두른 멋진 여성이 나를 반겼다. "상당히 끈질기시네요." 그녀가 단조로운 영국식 억양으로 재미있다는 듯이 웃으면서 말했다.

"상상도 못 하실걸요!" 내가 밝게 웃으며 대답했다. 올리비아는 친절하게 나를 거실로 안내했다. 질감이 느껴지는 베이지색 소파 세 개에 사람들이 꽉 들어앉아 있었고, 나머지 사람들은 갖가지 색깔의 방석이나 명상 의자를 택해 앉아 있거나 나무 바닥에 깔린 러그 위에서 가부좌를 틀고 앉아 있었다.

한 시간 동안 나는 임종 산파들의 경험담을 귀 기울여 들었다. "남편이 죽은 후 직접 시신을 닦고 옷을 입히고 싶었는데, 간호사들은 그 일을 장례식장에서 해야 한다고 했어요." 청록색과 산호색 장신구를 하고 백발을 바싹 자른 한 나이든 백인 여성이 말했다. 또 다른 나이든 백인 여성은 온화한 말투로 남편이 죽은 후 30분 만에 시신이 사라졌다고 말했다. 그녀는 시신을 집에 둘 수 있다는 사실을 몰랐고, 알았더라면 남편과 좀 더 시간을 보낼 수 있었을 것이라고 말했다. 방 안에 있던 다른 참가자들이 고개를 끄덕였다.

방 안의 모든 사람이 이 두 여성의 변형된 버전처럼 보였다. 모두 나이가 많았고, 주로 백인이었으며, 백발이었고, 스카프와 홀치기 염색 옷을 착용했다. 그렇지만 나는 의심의 여지 없이 이들에게 친밀감을 느꼈다. 우리 모두 인간 삶의 그 심오하고 불투명하며 형언할 수 없는 순간, 인생에 의미를 부여하는 종착지를 향한 끌림을 느꼈다. 건물에서 나오는 길에 테이블 위에 놓인 책자를 몇 개 집어 든 후 서둘러 차로 뛰어갔다. 그리고는 차에 올라타 안전띠를 매고 앉아 흐느끼고, 웃고, 울고, 춤을 췄다. 드디어 계속 붙들고 있을 만한 일을 찾은 것이다.

2014년 새크리드 크로싱스 임종 산파 프로그램은 세 차례의 주말에 걸쳐 진행되었는데, 당시는 피터의 죽음 이후 내가 마음을 추스르기 위해 패트릭과 자주 여행을 다니던 때였다. 그래서 프로그램이 진행되는 동안 나는 임시 거처를 마련한 나라가 어디든 비행기를 타고 날아와 며칠 동안 올리비아와 동료 수강생들에게 마음을 열었고, 이후에는 책더미에 둘러싸였다.

소기얼 리폰세Sogyal Rinpoche의 『삶과 죽음을 바라보는 티베트의 지혜(The Tibetan Book of Living and Dying, 민음사, 2020)』는 삶의 덧없는 본질과 피터가 죽을 때 내가 경험한 형언할 수 없는 경외감을 설명해주었다. 모니카 윌리엄스-머피Monica Williams-Murphy와 크리스티안 머피Kristian Murphy의 『It's OK to Die(죽어도 괜찮아)』는 미국의 부당한 의료 시스템으로 인한 재정적 파탄을 특히 강조했는데, 이를 통해 내가 주장하는바 역시 이 세상에서 중요할 수 있다는 것을 알게 되었다. 말리도마 섬Malidoma Some의 『Ritual(의식)』은 성스러운 삶이란 의식화된 삶이며, 이것이 죽음을 대비하는 데 도움이 된다는 사실을 일깨워주었다. 나는 내가 선택한 길에 대한 진실을 배우기 시작했다. 즉 죽음을 다루는 일은 죽음 그 자체와 마찬가지로 헤아릴 수 없을 만큼 광대했다. 끝없이 터널을 파도 그 신비에 더 가까워질 수는 없었다.

피터가 죽은 지 1년 후에 이 과정을 마치고 나서 나는 그의 죽음을 우리 모두에게 더 편안하게 만들어줄 수 있었던 이러한 정보들을 알지 못했다는 사실에 절망했다. 그때 분명히 깨달았다. 내게 선택권이 있다면 나는 모든 사람이 내가 지금 가능하다고 알고 있는 지원을 받을 수 있도록 할 것이다.

처음에는 집에서 시신을 돌보고 장례를 치르는 것 이상의 확장된 시스템을 어떻게 구축할 수 있을지 알고 싶었다. 실무적인 측면도 알고 싶었다. 그래서 나는 지리 리도Ziri Rideaux라는 한 여성과 함께 프렌즈 장례식장 및 화장Friends Funeral Home and Cremations이라는 대안 장례식장에서 시간제 근무를 했다. 호스피스 시설에서 자원봉사를 했고, LA 카운티에서 보기 드문 사회적 모델 호스피스인 아남 카라Anam Cara의 건립을 돕기도 했다(이곳에서는 집에서 죽을 때 도움을 받을 수 없거나 죽을 장소가 필요한 사람들을 수용했다). 또 생명보험이 어떤 식으로 돌아가는지 알기 위해 생명보험 판매 자격증을 취득했으며, 상속 계획 변호사를 비롯해 죽음과 관련된 산업에 종사하는 수많은 사람에게 커피와 케이크를 사 가며 관련 정보를 얻었다. 그들이 다루는 법은 내가 법률 지원 재단을 다닐 때 다루던 것과 달라서 그런 일에 관해 좀 더 잘 알고 싶었기 때문이다. 나는 그들의 명함을 잘 보관해두었다가 관련된 도움이 필요한 고객에게 제공했다. 임종 도우미 사업을 일구는 데 있어 나의 법적 배경이 활용된 것은 그 정도가 전부였다. 일단 변호사 일을 그만둔 후에는 뒤도 돌아보지 않았다.

'고잉 위드 그레이스'는 2015년 내가 그 명칭과 사업 구조를 확정하게 된 열흘간의 명상 수행 후 공식화되었다. 내가 경쟁적인 사업을 시작했다는 것에 가장 놀란 사람은 다름 아닌 나 자신이었다. 사업을 해야겠다는 생각은 평생 해본 적이 없었다. 나는 자본주의를 싫어했고, 늘 이런저런 물건을 나눠줬으며, 물건을 팔아야 하는 직장에서 해고된 전적이 있었다. 하지만 이 일의 경우에는 그 어떤 것에 대해서도 다른 사람을 설득할 필요가 없었다. 그저 내 마음속에 있는 것을 나누기만 하면 되었고, 거기에는 많은 것이 있었다.

호스피스 자원봉사자 훈련에서 만난 에밀리 마르케스Emily Marquez라는 친구에게 내 생각을 들려주었는데, 그 친구도 나만큼이나 열광적인 태도를 보였다. 우리는 함께 무작정 뛰어들었다. 에밀리는 마케팅을 담당했고, 나는 콘텐츠를 담당했다. 우리는 아이디어를 브레인스토밍하고 사업 계획서도 작성해봤다. 6개월 후 결국 우리는 각자의 길을 가기로 했지만, 지금의 '고잉 위드 그레이스'는 에밀리가 없었다면 결코 존재하지 않았을 것이다. 그녀의 축복 속에서 나는 혼자인 것이 두려웠음에도 앞으로 나아갔다. 겁이 났지만 그렇게 해야 했다.

사업 구조가 정해진 후 제시카와 함께 탄 쿠바 버스에서 느꼈던 불꽃은 작은 불로 변했고, 다른 사람들의 경험에 대해 더 많이 알게 될수록 그것은 더 큰 불길이 되어갔다. 피터와 보낸 힘겨운 시간은 그 일을 개인적인 차원의 것으로 만들었다. 나는 여전히 화가 난 상태였지만 의욕적이기도 했다. 지구상의 모든 인간과 사회의 모든 면에 영향을 미치는 종류의 일을 시작하면서 어떻게 지루할 수가 있겠는가?

하지만 임종 도우미로서 사업을 일구기란 지루했다. 아는 것이 전혀 없었으나 선택의 여지가 없었다. 노트북은 내 가장 친한 친구가 되었지만 지나치게 집착하고 힘이 넘치는 흡혈귀 같은 친구였다. '오늘의 사무실 광경'이라는 그 시절의 디지털 사진 앨범이 있는데, 확실히 화려한 모습을 담고 있진 않다. 롱아일랜드 철도 기차에서, 택시에서, 커피숍에서, 정비소에서, 근처의 친구들이 해피아워를 즐기는 바에서 나는 늘 노트북과 함께였다. 영감이 어디서든 떠올랐기 때문에 어디서든 콘텐츠 작업을 하고, 워크숍을 계획하고, 세금 규정을 조사하고, 홍보 자료를 만들고, 신중한 도입부의 이메일을 작성해야 했기 때문이다. 내게는 '끄기' 스위치가 없었다.

사업을 정식으로 승인받고 난 다음에는 간판을 내걸고 고객을 기다렸다.

아무도 오지 않았다.

그래서 직접 고객을 찾아 나섰다. 로스앤젤레스에 있는 여러 호스피스를 찾아갔지만, 대부분의 문이 내가 그들의 영역을 침범한다고 느끼는 사람들에 의해 바로 앞에서 닫혔다. 당시 공통된 의견은 내가 호스피스를 이해하지 못한다거나 곧 소진될 열정만으로 가득한 어린아이 같다는 것이었다. 마치 백과사전 외판원이 된 기분이었다.

감사하게도 다행히 한 호스피스가 내게 호스피스 건물 옆 주차장에서 열리는 죽음의 날 행사에 자리를 하나 내주었다. 나는 흰색 접이식 테이블에 인도에서 산 청록색 사리 천을 깔고 명함과 안내 책자들을 펼쳐놓았다. 그리고는 천과 맞춘 아프리카 패턴의 청록색 스커트를 입은 채 어색하게 서서 개당 2달러에 인쇄한 안내 책자를 사람들에게 나눠 주었다. 그러는 동안 행인 한 명 한 명을 향해 활짝 웃었는데, 아마도 내가 왜 죽음의 날 행사에서 그렇게 즐거워하는지 이상하게 생각했으리라. 누군가가 내 테이블을 떠난 후 안내 책자를 쓰레기통에 버렸을 때는 그것을 다시 가져와서 고르게 편 후 곧바로 테이블 위에 올려 두었다. 자금 사정이 좋지 않았다.

그러던 어느 날 죽음의 날 행사에서 만난 한 커플이 어머니가 임종을 앞두고 있는 한 친구에게 나를 소개해주었다. 나는 침통한 표정을 지으려고 노력했지만, 속으로는 재주를 넘었다. '죽어가는 누군가에게 내 도움이 필요하다니! 야호!' 우리는 상담을 진행했고 그녀는 내가 요구한 금액의 두 배를 지불했다. 그녀는 내가 기대한 것보다 이 서비스에 더 높은 가치를 부여했다. 그때 처음으로 이 일이 성공할 수도 있겠다는 예감이 들었다.

처음에는 친구와 가족을 대상으로 워크숍을 열었는데, 이내 소문이 퍼졌다. 머지않아 나는 2주마다 7~10명의 모르는 사람들을 대상으로 워크숍을 진행하게 되었다. 사람들 앞에서 그들의 죽을 운명에 관해 말하는 법을 배우는 것은 새롭고도 두려운 도전이었다. 평생 부모님이 설교단에서 설교하는 모습을 봐왔기 때문에 자매들과 장난으로 부모님의 잠시 멈추는 기술, 억양, 감정적 리듬을 흉내 낼 수는 있었다. 하지만 입을 열고 단독으로 사람들 앞에서 말을 해야 할 때면, 내 말투에 문제가 있다고 나를 납득시키려는 그 망할 언어 치료사의 목소리가 들려왔

다. 그래서 내 사제 친구인 매기 예노키^{Maggie Yenoki} 목사가 그
녀가 몸담고 있는 유니테리언 유니버설리스트^{Unitarian Universalist}
교회에서 교인들에게 죽음에 관해 이야기해 줄 것을 제의했을
때, 덜컥 겁이 났다. 나는 무슨 말을 해야 할지 몰라 허둥대거
나, 죽음에 집착하는 괴짜처럼 보일 수 있었으며, 주목받을 것
이었고, 감정적으로 취약해질 수도 있었다. 다행히도 한 강연
에서 만난 고통 완화 의사인 B. J. 밀러^{Miller}의 강력한 권유로 나
는 일대일로 사람들을 만나러 다니는 것보다 무대에서 한 번에
더 많은 사람을 만나는 것을 고려하게 되었다. 그가 옳았다. 나
는 나 자신을 극복하고 사람들 앞에서 말하는 데 성공했다. 설
교단에 서서 분노를 터뜨리지도 않았다. 그 후로는 청중이 있
는 곳이라면 어디든 가서 죽음과 죽어가는 것에 관해 이야기했
다. 나와 내 일에 관한 소문이 계속해서 퍼져나갔다.

파티에서 내가 하는 일을 이야기하면 사람들은 나를 이상한
표정으로 쳐다보곤 했다. 그들은 어머니, 큰아버지, 아버지, 시
누이, 키우는 타란툴라가 세상을 떠날 때 내가 곁에 있으면 좋
겠다는 반응을 보이거나, 사후세계에 대해 자기 생각을 말하기
시작하거나, "그거 멋지네요."라고 중얼거리고는 파티 내내 나
와 거리를 두고 방 저쪽에서 나를 의심스럽게 쳐다봤다. 그들
에게 나는 전염병에 걸린 게 아니라고 말해주고 싶었다. 내 열
정은 전염성이 있었을지 모르지만.

친구들과 가족들은 이 일에 관심을 보였지만, 예상했던 대로
멈칫거렸다. 내가 열정적으로 어떤 새로운 모험에 대해 선언한

것은 그때가 처음이 아니었다. 언니가 피터의 밤색 미츠비시 이클립스를 타고 쿠바에서 돌아오는 나를 데리러 왔을 때, 나는 언니에게 제시카를 만난 이야기와 죽음에 더 가까이 다가가고 싶은 나의 열망을 공유했다. 언니가 얼굴을 찡그리며 말했다. "쿠바에서 대체 무슨 일이 있었던 거야?" 나는 킬킬 웃었다. 아빠는 머뭇거리면서 법학 공부를 다시 해보라고 권하셨지만, 도저히 그럴 수는 없었다. 엄마는 늘 그랬듯이 "그래, 알았다."라고만 말씀하셨는데, 이는 전적으로 동의하진 않지만 나를 말리진 않겠다는 것을 뜻했다. 오히려 내가 빈털터리가 되었을 때 엄마는 내가 마침내 방 두 개짜리 아파트를 얻을 수 있을 만큼 돈을 모을 때까지 자신의 방 한 개짜리 아파트에 들어와 살게 해주셨다.

나는 사랑하는 사람들이 내게서 오랫동안 잃어버렸던 열정을 목격했기 때문에 판단을 보류했다고 믿고 싶다. 나 또한 그 열정을 보았고 그 느낌은 정말로 놀라웠다. 그러나 내 설렘의 이면에는 날 것의 두려움이 자리 잡고 있었다. 죽음을 다루는 일에 따라야 할 청사진이 없었기 때문이다. 나는 나와 같은 사업을 하는 기존 업체를 알지 못했다. 그리고 이 기업 활동이 영적인 여정(나 자신에 대한 믿음과 비전에 대한 끊임없는 시험)이 될 것임을 아직 모르고 있었다. 이 사업에 가능성이 있다는 것은 알았지만 증거가 없었다. 매일 질문이 끊이지 않았다. '정말로 성공할 수 있을까? 나만 이 일에 관심이 있는 건가? 이 일을 감당할 수 있을 거로 생각한 나는 누구였지? 나는 자격이 있을까?'

그때 임종 도우미로 일하는 것이 내게 얼마나 많은 것을 요구하는지 알았다면, 겁에 질려 모든 것을 집어치우고 네일 아티스트가 되었을지도 모르겠다. 죽음을 다루는 일은 매우 위험한 형이상학적 줄타기이며, 아직 방문할 준비가 안 되었을 수 있는 내면의 장소로 여러분을 데려간다.

지난 몇 년간 있었던 고객들의 죽음 중에는 나를 날아갈 듯이 빛과 생명으로 가득 채운 죽음도 있었고, 나를 충격에 빠뜨릴 만큼 매우 힘든 죽음도 있었다. 그들은 내게 모든 것을 부탁했고 내가 가진 자원을 모두 활용했다. 그럴 때마다 나는 내가 그들이 필요한 만큼의 일을 하고 있는지 모르겠다는 두려움에 사로잡혔고, 그러다 일이 끝나면 주체할 수 없는 의구심과 함께 남겨지곤 했다. 이런 일은 내가 처음 임종 도우미로 일하게 되었을 때만 있었던 일이 아니다.

사업을 시작한 지 6년째에 접어들었을 무렵, 저스티나^{Justina}를 만났다. 유명 자립 전문가인 그녀는 죽음을 눈앞에 두고 무엇이든 요구할 수 있는 사람이었다. 매력적인 프랑스 남자들에게 둘러싸여 모나리자를 감상하는 것과 같이 아주 터무니없는 일이라 해도 말이다. 죽음이 12일밖에 남지 않은 시점에(물론 그때는 몰랐지만) 나는 영광스럽게도 그녀 곁에 함께 있어달라는 전화를 받았다.

사전 통화에서 그녀는 자신이 루게릭병과 대장암으로 매우 고통받고 있고, 죽음이 가까워졌다는 것을 알고 있으며, 실무적인 일들이 처리되길 원한다고 말했다. 첫 만남을 위해 집으로 들어서자 내 이름을 어떻게 발음해야 하는지 아는 도우미가 나를 반겨주었다(그런 적은 처음이었다). 저스티나의 집은 정확히 들은 대로였다. 현관이 모피로 된 러그와 스와로브스키 크리스털로 꾸며져 있었고, 작은 흰색 포메라니안들이 그들을 뒤쫓는 개 산책 전담 도우미와 함께 돌아다녔다. 구석에는 금색 장식용 압정이 달린 멋진 흰색 왕좌가 놓여 있었고, 수년에 걸쳐 촬영된 그녀의 화려한 사진이 금박 액자에 담겨 벽을 장식하고 있었다. 그녀의 비서가 나를 일련의 프랑스식 문으로 안내했다.

문을 통과하자 낡은 시트로 덮인 안락의자에 앉아 텔레비전을 보고 있는 저스티나가 보였다. 그녀 주위로 최소 15명은 되어 보이는 사람들이 앉아 있었다. 저스티나의 머리는 빗질 되어 말려 있었고, 입술에는 선명한 색깔의 립스틱이 발라져 있었으며, 손톱도 손질되어 있었다. 그녀가 나를 쾌활하게 맞이했다. 사람들이 계속 들락날락하면서 꽃을 가져다주고, 이야기하고, 감사를 전했다. 그녀는 웃으면서 한 사람 한 사람에게 관심을 보였다. 그녀가 왜 그렇게 사랑받는지 알 것 같았다. 저스티나는 사람들이 존재감을 느끼게 했다. 그녀의 시선은 사람들에게 힘을 실어주었다.

우리는 저스티나에게 필요한 것이 무엇인지 이야기하고 기본적으로 내게 바라는 일들을 정리했다. 열성 팬들만 제외하면 전형적인 첫 미팅이었다. 저스티나는 유언장을 업데이트해주길 바랐고(나는 이 일을 사양하고 그녀에게 상속 전문 변호사를 소개해주었다), 유명한 베벌리힐스 호텔에서의 추도식을 포함해 여러 공개 추도식을 계획해주길 바랐다. 나는 그녀에게 실무적인 일 외에 인생에서 아직 못다 한 일이 있는지 물었다. 저스티나는 거만하게 고개를 기울이며 "전혀 없어요."라고 대답하더니 그녀의 네 번째 결혼에 관해 이야기하기 시작했다. 그리고는 평생 원 없이 섹스를 해봤다면서 나의 경우는 어떤지 꼬치꼬치 캐묻고 나도 그렇게 되기를 빌어주었다. 나는 미소를 지으며 그녀와 같은 존경받는 사람의 축복을 기쁘게 받아들였지만, 그녀가 흥미로운 주제로 대화를 전환해 내 질문을 피하는 것은 아닐까 생각했다.

저스티나는 연인과의 관계에 만족해왔다고 주장했지만, 그녀의 밝고 파란 눈에는 실존적 두려움을 넘어선 콕 집어 말할 수 없는 슬픔이 담겨있었고, 그것은 나를 신경 쓰이게 만들었다. 어쨌든 우리는 그녀가 바라는 임종 의식, 그녀가 죽어갈 때 듣고 싶은 음악, 사후세계에 관한 그녀의 생각에 관해 이야기하고 만남을 마무리했다.

일주일 후 저스티나를 두 번째로 방문했을 때는 상황이 완전히 바뀌어 있었다. 립스틱과 방문객이 사라졌고 무거운 공기가 감돌았다. 그녀의 축축하고 파란 눈에 슬픔이 가득했다. 애초 우리는 시신 처리 방법과 반려동물의 돌봄에 관해 이야기할 계획이었지만, 분명히 그녀는 그럴 기분이 아니었다. 저스티나는 간병인이 만족스럽게 긁어주지 못하는 종아리의 가려움증에 화가 나 있었다. 그녀는 작은 목소리로 간병인과 하늘을 욕했다. "아무도 이해 못 해. 아무도." 그녀가 눈물을 흘리며 조용히 반복했다. 저스티나가 옳았다. 우리는 그녀를 이해할 수 없었다. 사람들은 매일 그녀를 둘러싸고 찬양했다. 수많은 사람이 저스티나의 집에 살면서 24시간 그녀를 돌봤지만, 그녀는 여전히 혼자라고 느꼈다. 죽음에 직면한 사람은 다름 아닌 그녀 자신이었다.

호스피스 간호사가 저스티나의 영양 보급관을 만지작거리는 동안 저스티나가 애원하는 눈빛으로 나를 향해 손가락을 움직였다. 나는 그녀의 손을 잡고 가볍게 쥐었다. 저스티나의 눈에 눈물이 차올랐다. 내가 단지 실질적인 임종 준비 때문에 그곳에 있는 것이 아니라는 사실이 분명해졌다. 저스티나는 인생의 마지막 순간에 내가 함께 여행해주길 바랐다. 간호사가 할 일을 끝내자 저스티나는 나를 남기고 모두 나가게 했다. 우리는 위안이 될 때까지 침묵 속에 앉아 있었다.

저스티나는 자신의 감정을 완전히 드러냈다. 내가 아는 한 그녀에게는 드문 일이었다. 이 상태로 그녀는 간병인에게 난폭하고 무시하는 태도를 보이곤 했다. 고개를 숙이고 나를 제외한 모든 사람과 눈을 마주치지 않으려 했다. 연인들에 대한 농담도 하지 않고 나에게 질문을 돌리지도 않았다. 내가 만나게 되어 영광이라고 생각했던 그녀의 또 다른 모습(병으로 인해 금이 가고 취약해진 모습)이었다.

저스티나는 비참한 기분을 느낀다며 얼마나 빨리 죽을 수 있는지 알려달라고 부탁했다. 어떤 답을 준다 해도 그것이 그녀의 괴로움을 덜어줄 순 없었다. 그녀는 더는 이 고통을 견디기 싫다고 말했다. 병을 앓기 시작한 지 2년이 된 시점이었다.

의사소통에 문제가 있었지만 저스티나는 많은 말을 해주었다. 그녀는 자신이 웃어 보여야 한다고 느끼는, 그녀의 집 주위를 빙빙 도는 수십 명의 사람에게 지쳐있었다. 더 이상 약을 먹고 싶지 않았지만, 의사나 간병인에게 터놓고 이야기하지 못했다. 팬들에게 계속 살아가고 계속 싸워야 할 빚이 있다고 느꼈지만, 그 모든 것에 지친 상태였다. 먹으면 죽는 약을 구했지만 먹을 수 있을지 모르겠다고 내게 속삭였다. 더는 방문객도, 배달되는 선물도, 옆에서 우는 반쯤 낯선 사람도 원하지 않았다. 그녀는 자신을 제일 잘 아는, 같이 있으면 자기 방식대로 온전히 자신이 될 수 있는 여섯 명의 사람들에게만 둘러싸여 죽음을 맞이하길 바랐다.

그것은 내게 매우 중요한 정보였다. 그 말은 온전한 존재로서 인정받고, 경청되고, 대우받고 싶어 하는 저스티나의 가장 내밀한 욕구를 파악하는 데 도움이 되었다. 처음에 저스티나를 만났을 때 느꼈던 찜찜함이 해소되었다. 나는 그 만남에서 내가 무엇을 하기 위해 그 자리에 있는지를 분명히 알게 되었다. 나는 저스티나가 세상이 목격하는 죽음이 아니라, 개인적인 죽음을 맞이할 수 있도록 돕기 위해 그 자리에 있었다. 죽음의 과정을 잘 감독하고, 그녀의 취약함을 존중하고, 나나 열광하는 팬들에게 보이는 저스티나가 아닌, 있는 그대로의 그녀를 보듬기 위해 그 자리에 있었다.

머칠 후 저스티나의 죽음이 임박했을 때 그녀가 요청한 여섯 명의 사람들에게 전화를 걸었다. 그러나 저스티나가 죽어가고 있다는 소문이 퍼지자 수십 명의 사람이 나타나 은근슬쩍 거실에서 자신들의 차례를 기다렸다. 마치 저스티나가 죽음의 동물원에 있기라도 한 것 같았다. 구경꾼들은 그녀가 아직 살아있을 때 그 마지막 모습을 조금이라도 엿보려 애썼다. 저스티나의 유언을 존중하는 동시에 슬픔을 위한 공간을 마련하는 것은 곡예와도 같았다. 나는 최선을 다했지만 여전히 실패한 기분을 느꼈다.

 그것은 결코 있어서는 안 될 일이었다. 사람들은 저스티나의 몸에 달라붙어 울거나 그녀의 발을 붙들고 흐느꼈다. 나는 그들에게 당장 물러나라고 말하고 싶었지만, 그들을 잠시 그대로 두었다가 일으켜 세운 후 저스티나가 임종을 맞는 공간을 보호하기 위해 설치한 병풍 뒤로 데려갔다. 하지만 내가 한 사람을 데리고 나가면 곧 다른 사람이 또다시 내 뒤로 몰래 들어왔다.

 상황은 점점 더 악화했다. 누군가 병풍을 치우는 바람에 저스티나의 모습이 훤히 드러나기도 했다. 나는 호스피스 간호사를 경비원처럼 써서 저스티나가 죽음을 향해 가기 시작할 때 사람들이 접근하지 못하도록 막았다. 호스피스 간호사는 이러한 일에서 임종 도우미의 최고 조력자가 될 수 있다. 그 반대의 경우도 마찬가지다. 우리는 서로의 또 다른 손, 눈, 귀가 되어 서로를 돌본다. 저스티나의 호흡이 느려진 것을 눈치챈 호스피스 간호사가 나에게 고개를 끄덕였다. 더는 다른 사람들이 들어오지 못하게 하는 데 신경 쓸 수가 없었다. 나는 오로지 저스티나에게만 집중하기 위해 등받이를 뒤로 넘긴 그녀의 안락의자 옆에 자리를 잡고 그녀의 손을 잡아주었다.

우리는 저스티나의 호흡이 느려지는 것을 지켜보면서 그녀가 부탁한 노래를 불렀고, 그녀의 머리를 쓰다듬었다. 호스피스 간호사가 (저스티나와 그녀가 선택한 여섯 명의 친구들을 멀리 돌아 경계를 유지하며) 가까이 다가와 우리는 함께 그녀의 호흡 간격을 세었다. 그녀가 1분 동안 겨우 네 번 숨을 쉬자 우리는 서로를 바라보았다. 죽음이 임박했다. 마침내 그녀가 마지막 숨을 내쉬었을 때 우리는 잠시 성스러운 마음으로 가만히 있었다. 무언가 중대한 일이 벌어진 것이 분명했지만 방 안은 숨죽인 흐느낌을 제외하면 조용하고 고요했다. 나는 움직이지 않음으로써 경의를 표했다. 사망 직후, 방금 일어난 일을 기리기 위해 앉아 있는 것 외에 다른 할 일은 없었다.

바스락대는 소리가 시작되고 울음소리가 커지자 나는 저스티나의 손을 근처에 있던 친구 중 한 명의 손에 쥐여주고 방의 중앙으로 이동했다. 그리고는 자주 멈칫거리면서 우리가 방금 목격한 엄청난 일을 인정하고, 슬픔에 빠진 자신을 다독이도록 모두를 격려한 다음, 장례식장에서 오기 전 우리가 잠시 저스티나의 시신을 정리할 수 있도록 이 사실을 비밀로 해달라고 요청했다. 나는 따로 전화할 때까지 장례식장에서 오지 않을 것을 알았지만, 그 친구들이 저스티나와 우리에게 시간을 좀 주기를 바랐다. 그들은 약간 놀란 얼굴로 줄지어 나갔다. 쇼는 끝났다.

마침내 우리만 남았다.

문을 닫은 후 우리는 다 같이 한숨을 내쉬었다. 나는 저스티나가 부탁한 대로 그녀의 가장 친한 친구들이 시신을 닦을 수 있도록 따뜻한 물 한 그릇에 라벤더 오일을 몇 방울 떨어뜨렸다. 우리는 그녀의 시신 옆에 앉았다. 저스티나의 친구들이 그녀의 삶과 연인들에 대한 우스꽝스러운 이야기를 들려주었다. 그들은 저스티나의 고집과 커다란 야망에 대해 농담을 섞어가며 이야기했다. 이어 머리를 쓰다듬었고 손에 키스했다. 그리고는 그녀를 가장 잘 아는 사람만이 할 수 있는 방식으로 그들의 친구를 안아주었다.

집으로 돌아오는 길에 어머니와 통화를 하면서 도로가 보이지 않을 정도로 펑펑 울었다. 꼬박 8시간 동안 나는 나를 위한 시간을 내지 못해 물 한 모금도 약간의 음식도 먹지 못하고 오로지 저스티나가 바라던 대로 그녀의 죽음을 사적으로 유지하는 데만 전념했다. 어머니는 내게 잠시 차를 세우고 마음을 추스르라고 말씀하셨지만, 나는 어서 빨리 내 안식처인 집으로 가고 싶었다. 그래서 끝내 택시를 불러 집으로 갔다. LA의 한 골목에 차를 세워둔 채.

그날 나머지 시간은 아파트 창가에 놓인 짙은 주황색의 긴 의자에 멍하니 앉아 아무 생각 없이 감자 칩을 먹고 울면서 보냈다. 특히 죽음의 현장에 다녀온 후엔 어쩐 일인지 그 지방과 소금, 바삭함이 나를 진정시켰다. 지쳤고 후회스러웠다. 자신이 가장 사랑하고 신뢰하는 사람들만 침대 옆에 있게 해달라고 했던 저스티나의 부탁을 들어주지 못한 것 같아 괴로웠다. 나는 그렇게 하지 못했다.

6년을 일했는데도 내가 이 일에 소질이 있긴 한 건지 의심스러웠다.

몇 시간에 걸쳐 내가 겪은 일을 이해하려고 노력한 후, 나는 고객을 만나고 오면 몸을 씻어야 한다는 일상적인 의식을 기억해냈다. 그 의식은 내 몸의 감각을 진정시키고 내 것이 아닌 것을 씻겨냈다. 하지만 물줄기 아래에 서 있는 것조차 극복할 수 없는 일처럼 느껴졌다. 옷을 벗고 욕조에 들어갔지만, 전에 수십 번이나 해봤음에도 불구하고 목욕하려면 배수구를 어떻게 막아야 하는지 생각해낼 수가 없었다. 자신을 돌볼 줄 모른다는 절망감에 울음이 터져 나왔다. 결국엔 만난 지 1년 된 나의 연인 데이비드에게 전화를 걸어 그가 필요하다고 말했다. 나는 내게 필요한 것이 정확히 무엇인지도 몰랐다.

데이비드가 왔다. 그는 욕조에 물을 채우고 사리염과 유칼립투스 오일을 떨어뜨린 다음, 내가 몸을 담그는 동안 차 한잔을 만들어주었다. 그리고는 변기 위에 앉아 내가 쏟아내는 말을 모두 들어주었다. 나는 임종 도우미로서 실패했고 이처럼 중요한 일을 하기엔 부족한 것 같아 두렵다고 했다. 그는 수건으로 나를 닦아주었고, 내가 말하다 울다를 반복하다 마침내 잠이 들때까지 나를 안아주었다. 벌거벗은 채로 콧물 범벅이 된 나는 실패한 기분을 느꼈다.

며칠 후 나는 다시 정신을 차리기 시작했다. 내가 진행하는 임종 도우미 과정을 수강하는 학생들이 내게서 배운 내용을 상기시켜주었다. 학생들은 내가 애도자와 임종자의 서로 다른 경험을 모두 견디고 있음을 일깨워주었다. 나는 혼돈 속에서도 중심을 잃지 않았다. 의료팀과 협력했고, 무엇보다 고객의 요구를 존중했으며, 또한 나 자신의 돌봄에 대한 필요를 존중했다. 그들은 죽음을 목격하는 일의 그 압도적인 정화 능력을 상기시켜주었다.

내가 생각했던 '실패'는 내 무의식 속에서 고개를 들고 있는 또 다른 익숙한 악마일 뿐이었다. 저스티나는 나에게 그러한 경험과 이별할 것을 가르쳤다. 그 경험은 내가 할 수 있는 것과 없는 것에 관한 것이 아니었다. 그녀의 죽음에 관한 것이었다. 저스티나는 원했던 대로 가장 친한 친구들의 품에서 생을 마감했다. 나는 그녀의 손을 잡아주었고, 그녀에게 쓸모가 있었다. 임종을 앞둔 사람들에게 우리가 할 수 있는 일은 그들의 필요에 부응하는 것뿐이다.

7장

흑인으로 죽기

2016년 6월 나는 낸시라는 고객을 돕기 시작했다. 낸시는 96세의 백인 여성(고양이와 다육식물을 좋아하는 전직 사서)으로, 15년 전부터 알츠하이머병을 앓았다. 낸시의 딸은 낸시가 인생의 마지막 시간을 보내는 노인 요양 시설에서 내가 그녀와 함께 시간을 보내주기를 바랐다. 직원들은 대개 따뜻하고 이해심도 많지만, 이런 곳은 죽음의 순간이 가까워진 사람들에게 마지막 나날을 보내는 시설처럼 느껴지기 마련이다. 그리고 대체로 가족이 택할 수 있는 최선의 선택지인 경우가 많다.

낸시의 딸은 직접 방문하진 못해도(이유가 뭐든), 내가 그녀의 어머니에게 선사할 추가적인 사회적 시간이 가치 있다는 것을 깨달았다. 분명 낸시의 딸은 엄마를 사랑했고 엄마에게 위안을 주려고 노력했다.

나는 몇 달에 걸쳐 낸시를 알아갔다. 죽음을 다루는 일에서 이는 특이한 경우가 아니다. 나는 어떤 고객은 몇 달, 어떤 고객은 몇 주, 어떤 고객은 며칠에 걸쳐 만났고, 어떤 고객은 급하게 온 전화 한 통만으로 만나기도 했다.

96세의 낸시는 남에게 의존하지 않길 바랐으나, 그녀의 뇌와 몸은 더 이상 독립적인 삶을 허용하지 않았다. 낸시는 혼자 걷기를 좋아했지만 돌아오는 길을 찾을 수 없었다. 그래도 낸시가 머무는 시설에는 잠금장치가 있어 문밖에서 길을 잃고 헤맬 일은 없었다. 그녀는 집으로 가는 길은커녕 자신의 딸도 잘 기억하지 못했다. 이전에 나를 만난 것도 기억하지 못했기 때문에 나는 그녀를 방문할 때마다 내 소개를 다시 하고 잠시 여기 있어도 괜찮겠냐고 물어야 했다. 그녀는 수줍은 듯 들뜬 미소를 지으며 늘 "그럼요."라고 대답하곤 했다. 그리고는 머리 오른쪽에 꽂힌 머리핀을 매만지며 짧지만 여전히 숱이 많은 백발을 귀 뒤로 넘겼다.

함께하는 동안 낸시의 병은 점점 더 진행되어갔다. 처음에 우리는 책에 대한 공통된 애정을 바탕으로 유대를 형성하고 완전한 대화를 나눌 수 있었다. 낸시는 책을 사랑했다(아가사 크리스티의『그리고 아무도 없었다And Then There Were None』를 가장 좋아했다). 읽는 것뿐만 아니라 책의 모양, 냄새, 물리적 존재감을 아주 좋아했다. 그녀는 나도 그 책에 빠져들 정도로 특정 책의 줄거리를 열광적으로 설명할 수 있었다. 우리는 그녀가 할 수 있는 한 한 가지 주제에 집중했다. 그러다 그녀가 갑자기 대화 주제를 엉뚱한 방향으로 틀면 나는 그녀를 따라가려 노력했다.

6주 정도 지나자 대화하기가 조금 더 어려워졌다. 낸시는 단어를 잊어버려 좌절감을 느끼곤 입을 닫아버렸다. 가끔은 함께 새에 관한 그녀의 책들을 살펴봤는데, 그럴 때 그녀는 내게 책에 나오는 새 이야기를 해주거나 자신의 사진 앨범을 자랑했다. 하지만 이때쯤 낸시는 사람이든 새든 대부분 기억을 하지 못했고, 이는 그녀를 더욱 좌절하게 했다. 그래서 나는 그녀와 함께 노래를 부르거나, 그녀가 식사하는 동안 옆에 앉아 그녀가 지금 사는 현실이 어디든 그 안으로 들어갔다. 우리의 만남은 즐거웠고 그저 흐름을 따라가는 연습처럼 느껴졌다.

낸시를 방문한 지 6개월쯤 되었을 때, 나는 평소 온화했던 그녀가 눈에 띄게 동요된 모습을 발견했다. 구석에 놓인 텔레비전에서 요란한 소리가 흘러나오는 동안 그녀는 공용 공간의 테이블에 홀로 앉아 동그랗게 구긴 신문지를 휠체어 옆 주머니에 채워 넣고 있었다. 다른 노인들은 테이블에 앉아 카드 게임을 하거나, 책을 읽거나, 간식을 먹거나, 아니면 허공을 응시했다. 낸시는 이따금 탁자 위에 놓인 신문 더미에서 신문 한 장을 집어 들어 읽으려 했지만, 내용을 이해할 수 없을 만큼 뇌 상태가 악화한 탓에 멍하니 신문을 응시하다 갑자기 화를 내며 갈기갈기 찢었다. 그리고는 그것들을 휠체어 주머니에 다시 밀어 넣었다. 낸시는 관절염을 앓는 그녀의 손이 허락하는 한 이 일을 반복했는데, 아무도 눈치채는 사람이 없었다. 장기 요양원에서의 생활은 그런 식이었다.

낸시의 어깨너머로 1950년대 초에 인기를 얻었다가 며칠 전에 사망한 배우이자 사교계 명사인 자자 가보$^{Zsa\ Zsa\ Gabor}$의 부고가 보였다. 중등도 단계의 알츠하이머 환자는 가끔 장기 기억에 접근할 수도 있었기 때문에 나는 낸시의 열광적인 에너지를 다시 끌어모으기 위해 자자 가보의 사진을 가리켰다.

"맞아, 맞아, 나 이 여자 알아!" 낸시가 곧바로 말했다.

나는 놀랐다. "누군지 알아요?"

"그럼. 사진에 있잖아. 정말로 아름답고 고와." 낸시가 신문을 보면서 따뜻하게 미소지었다. 그녀의 어깨가 부드럽게 내려앉았다. 낸시의 언짢은 기분에도 불구하고 나는 우리가 그 사진을 통해 다시 연결된 듯한 기분이 들었다. 하지만 얼마 후 낸시는 그 기사를 가만히 보더니 마치 거기에서 어떤 암호를 발견하기라도 한 듯 신문을 들어 얼굴에 갖다 댔다.

그녀가 혐오스럽다는 듯한 표정으로 고개를 들었다. "이 여자 흑인이야?" 비난처럼 들리는 질문이었다.

"어…." 나는 말을 더듬었다. 내가 아는 한 자자 가보는 동유럽 출신이다. 다시 말해, 완전한 백인이다. 부고 사진에 분명히 보이는데 낸시가 헷갈린 것이 놀라웠다. 나는 너무 놀라 할 말을 잇지 못했다. 그녀가 신문을 내팽개치고 나를 노려봤다.

"가만, 당신 흑인인가?" 다시, 흑인이라는 단어가 내게 와 박혔다.

나는 어안이 벙벙해져서 할 말을 잃었다.

물론 나는 흑인이다.

빌어먹을 흑인이다.

내가 나를 소개할 때 가장 처음에 하는 말 중 하나는 흑인이다. 아프리카계 미국인이라는 용어는 엄밀한 의미에서 내게 해당하지 않기 때문에 사용하지 않는다. 내 혈통은 가나계이므로 미국 노예제도의 유산은 내가 주장할 수 있는 것이 아니다. 나의 조상들은 마을이 약탈당하고 불타고, 사랑하는 사람들이 구타당하고 납치당하고, 서아프리카에서 자신들의 운명에 눈물을 흘려야 했던 사람들이었다. 엄밀히 말하자면, 나는 아프리카에서 태어나고 미국에서 자란 제3의 문화권에 속하며, 우리 가족은 이 두 가지를 섞어 우리만의 문화를 만들어냈다.

하지만 모퉁이를 빠르게 돌아 나오는 나를 보고 백인 여성이 자신의 지갑을 꽉 움켜쥘 때, 그녀는 내가 가나계라는 것을 모르고 그 사실에 신경도 쓰지 않는다. 그 순간에는 나도 마찬가지다. 내가 어디 출신이든 그것은 중요하지 않다. 우리는 둘 다 그녀가 나를 위협으로 인식하고 있다는 것을 알고 있다. 가나계이든, 자메이카인이든, 아프리카계 미국인이든, 아프리카계 브라질인이든, 피부색이 짙은 우리는 모두 미국에서 같은 인종차별의 구름 아래에 살고 있다.

제가 흑인이냐고요? 낸시는 알고 싶어 했다. 그렇다마다요, 흑인이죠.

낸시의 질문이 의미하는 바를 생각하니 머릿속이 복잡해졌다. 나는 의사에게 알츠하이머병을 앓으면 사람들을 더 험오스럽게 볼 수도 있는지, 아니면 단지 욕망을 드러내고 억제력을 감소시키는 알코올처럼 그 병이 환자들의 본성을 드러내는지 물어보고 싶었다. 의구심이 들었다. 그때까지 낸시는 내게 매우 다정했지만, 나는 기분과 성격 변화가 알츠하이머병의 증상이라는 것을 알고 있었다. 알츠하이머병이 이 여성에게 일종의 인종 실명을 일으켜 인종이 잘못된 사회적 개념임을 드러내는 것일까 아니면 그녀의 인종차별주의적 신념을 자유롭게 표현할 수 있도록 허락하는 것일까?

낸시의 질문에 어떻게 대답해야 할지 몰라 머뭇거리는 동안 그녀가 다시 신문을 집어 들고 맹렬하게 찢기 시작했다. 머릿속에서 추측과 두려움이 소용돌이쳤다. 1920년생인 낸시는 흑인 차별 정책이 존재했던 시대에 성장기를 보냈다. 어쩌면 그녀는 여전히 흑인이 수영장을 오염시키고 원숭이에서 유래했다고 믿고 있을지도 모른다. 낸시가 자랄 당시에는 인종에 기반한 폭력과 공공연한 차별이 허용되었던 것은 물론, 린치(lynch, 법적 절차 없이 폭력을 가하는 행위, 특히 남북전쟁 이후 흑인들을 대상으로 했던 교수형을 말한다-옮긴이)도 흔했다. 낸시가 어릴 때, 노예 해방은 여전히 비교적 최근의 사건이었다.

그때까지 나의 안전을 위해 의식적인 선택을 해왔던 나는 병이 있고 내 도움이 필요한 낸시에게 유리한 방향으로 그 일을 해석하기로 했다. 정신이 퇴행하고 있었으므로 그녀가 간간이 뜻밖의 헛소리를 하는 것은 그리 놀랄 일이 아니었다. 하지만 임종 도우미 일을 하면서 그와 같은 일을 겪은 적은 그때가 처음이었다.

무엇보다 낸시와의 만남에서 크게 깨달은 점은 평생 겪은 불평등과 평생 본 혜택이 죽을 때까지 이어진다는 것이었다. 많은 사람이 이 사실을 깨닫지 못하는 것 같다. 나는 사람들이 죽음을 극히 평등한 것으로 믿는 것을 보면 화가 치밀어 오른다. 그렇다. 우리는 모두 죽지만, 각기 다른 원인과 다른 비율과 다른 방식으로 죽는다. 모두 죽는다는 점을 제외하면 죽음에 평등한 것은 없다. 죽음과 죽어가는 과정은 사회적 힘의 역학을 반영하는 문화적으로 구성된 과정이며, 불평등하다. 우리가 어떻게 죽는지는 주로 우리 정체성의 교차점에 따라 달라진다.

죽어가는 사람들을 적절히 도우려면 우리는 그들의 복잡한 정체성을 기꺼이 살펴봐야 한다. 백인 여성은 흑인 여성보다 오래 산다. 남성은 여성보다 일찍 죽는다. 이성애자는 동성애자보다 오래 산다. 가난한 사람들은 부유한 사람들보다 일찍 죽는다.

이것은 사실이다. 우리는 모두 똑같이 태어나지 않으며, 똑같이 살거나 죽지 않는다.

평균적으로 미국에서 흑인 아기는 백인 아기와는 다른 환경에서 태어난다. 둘 사이의 격차는 평생 그리고 죽을 때도 계속된다. 흑인의 몸에는 의료 면에서의 인종차별, 조직적인 잔혹함, 대대로 이어지는 트라우마가 깊은 상처로 남아 있다.

또한, 미국에서 흑인으로 살아가는 데는 흑인을 혐오하는 세상에 동화되려고 노력하면서 생기는 근본적인 스트레스가 수반된다. 긴장되는 순간에 나는 나의 존재를 최소화하고, 나를 위협적으로 보이지 않게 하고, 난폭하거나 무섭게 여겨지지 않도록 스스로 조용히 하면 갈등에서 살아남을 확률이 높아진다는 것을 알고 있다.

이런 일은 사적, 공적, 직업적 환경에서 모두 발생한다. 사업을 시작하기 전에 나는 일이 공평하게 분배되지 않아도 화난 것처럼 보이지 않으려고 조용히 있었다. 쌓인 게 많아 가슴이 답답할 때도 행여 내 행동이 주변의 관심을 끌까 봐 밤에 산책하러 나가지 않았다. 지금까지도 나는 경찰에게 연행될까 봐 겁이 난다. 이 피부에 존재하는 크고 작은 지속적인 스트레스 요인은 너무 많아서 일일이 열거할 수 없을 정도다.

그러나 임종 도우미로서 나는 우리 모두가 죽음에 직면할 때 겪는 어려움을 덜어주고 싶다. 이 분야에서 내 역할은 중요하다. 죽음을 다루는 일이 저마다의 다양성, 특권, 편견을 고려하지 않고 이루어진다면, 그것은 삶에서 가장 원초적이고 고통스러운 순간에 소외된 집단과 사람들을 더욱 소외시키는 무기로 사용될 수 있다.

이 사실은 중요하다. 정말로 중요하다. 사람들은 사는 동안 자신의 정체성을 인정받길 원하는데, 죽을 때도 마찬가지다. 남겨진 사람들이 떠나가는 사람을 이해하고, 존중하고, 존경한다는 표시로 그들의 정체성을 인정하는 것은 중요하다.

일종의 가짜 색맹("저는 색이 보이지 않아요." 또는 "당신이 흑인이라는 사실을 잊었군요.")이 건강 증진을 목표로 하는 기관들에 만연해있는데, 이는 안타깝게도 죽음과 관련된 일을 하는 사람들 사이에서도 발견된다. 나는 실제로 시각 장애인이 아닌 한 색이 보이지 않는다고 말하는 사람을 신뢰하거나 믿을 수 없다. 나를 영예롭게 보지 않는 것은 나의 개성과 풍부한 유산을 인정하고 올바르게 인식하기를 거부하는 것과 같다. 이는 무엇보다도 흑인의 힘이 꺾이지 않고 항복할 수 있는 능력으로 입증된다는 사실을 인정하지 않는 억압적인 지우기이다. 나 자신을 인정하지 않으면 백인이 지배적인 분야에서 투명 인간이 된 것처럼 느끼기 쉽고, 어디든 존재하는 특권, 편견, 편향을 고려하지 않는 시스템에 갇히기 쉽다. 누군가 "인종과 어떻게 죽는지가 대체 무슨 상관이 있는지 모르겠다."라고 말할 때마다 내 지갑으로 1달러가 들어온다면, 나는 현금을 주고 끝내주는 G클래스 왜건을 한 대 살 수 있을지도 모른다.

앞에서 밝혔지만 나는 흑인이다. 미치도록 흑인이다. 이는 내 정체성의 핵심이다. 다른 모든 것이 벗겨져 나가도 나는 여전히 자랑스럽고 당당한 흑인일 것이다. 떠날 때가 되었을 때 나는 이 사실을 인정받고 싶다.

어렸을 때는 인종에 대한 개념이 별로 없었다. 일찍이 여행을 많이 다니면서 다양한 피부색을 접했기 때문에 나는 사람들 사이의 시각적 차이를 잘 알고 있었다. 내가 여섯 살 때 우리는 아버지가 신학 공부를 마무리하고 있던 캘리포니아 오렌지에서 나이로비로 이사했다. 아버지는 국제교도협회의 아프리카 책임자로 아프리카 여러 나라에서 교도소 사역을 시작하셨다. 우리가 나이로비에서 처음 살았던 아파트에는 인도인 가족, 아일랜드인 가족, 그리고 다른 동아프리카인들이 살고 있었다. 그곳에서 나는 얼마나 베푸는지로 사람들을 판단하는 법을 배웠다. 인도인 가족들은 쿠키를 아낌없이 나눠주었다. 영국인, 에티오피아인, 우간다인 등 다른 가정에는 나와 내 자매들이 함께 놀곤 했던 내 또래의 아이들이 있었다. 한 미국인 가정에는 다양한 크기의 고무공이 있어서 우리는 어른들이 말씀을 나누시는 동안 밖에서 함께 공을 가지고 놀 수 있었다. 인종은 낯선 개념이었다. 유일한 잣대는 마음과 간식의 관대함이었다.

부모님은 나와 세 자매를 나이로비에서 가장 좋은 학교 중 하나에 입학시켰다. 그곳에는 케냐에 들어온 다양한 선교사의 자녀들이 많이 다니고 있었는데, 압도적으로 백인이 많았다(고국을 떠나 예수의 말씀을 전파할 수 있다는 것은 분명히 특권이었다).

로슬린 아카데미Rosslyn Academy의 학급은 소규모였고 대부분 나이별로 구분되어 있었지만, 음악 수업만큼은 저학년과 고학년 학생들이 섞여 있었다. 음악 선생님이 매주 악기를 배정했는데, 드럼을 차지하려는 경쟁이 아주 치열했다. 아마도 집에선 그렇게 시끄러운 소리를 낼 수 없었기 때문에 대부분 학생이 드럼을 택한 게 아닌가 싶다. 나도 경쟁에 가담했다. 나는 오로지 드럼을 차지하기 위해서만 손을 들었다. 뒷줄에서 선생님의 눈에 띄길 바라며 내 작은 손을 들고 팔짝팔짝 뛰던 어느 날 드디어 선생님이 나를 택하셨다. 마침내 찾아온 행운에 가슴이 뛰었다.

나는 자랑스럽게('뽐내며'라 읽는다) 교실 앞쪽으로 걸어가 내가 정당하게 쟁취한 드럼 자리에 앉았다. 그러자 어디선가 속삭이는 소리가 들려왔다. "왜 쟤야?" "쟤는 흑인인데." "드럼을 연주할 수 있긴 해?" 서서히 흥분이 가라앉고 수치심이 밀려왔다. 나의 존재 자체가 나를 다르게 만든다는 것이 분명해지기 시작했다. 나는 그들과 달랐다. 그들은 나라는 존재를 싫어했고, 내게 뭔가 문제가 있다고 생각했다. 나는 혼란스러워 울고 싶었지만, 대신 드럼을 치며 고통을 이겨냈다.

부모님의 선교 활동으로 인해 우리는 한곳에 오래 머물 수 없었다. 어딜 가든, 나는 흑인이 좀 다른 의미라는 것을 알게 되었다. 우리 가족은 몇 년 후 인종이라는 개념이 존재하지 않는 가나로 잠시 돌아간 적이 있다. 가나에서는 모두가 흑인이었으므로 아무도 흑인이 될 필요가 없었다. 비교할 수 있는 대상은 아무것도 없었다. 나중에 우리 가족이 미국으로 영구 이주하기 전에 이런 경험을 한 것은 다행이었다. 덕분에 나는 극도로 보수적이고, 압도적으로 백인이 많으며, 복음주의적인 콜로라도 스프링스 공동체에서 인종차별의 복잡한 촉수가 내 피부를 찌르기 시작하기 전에 강한 자아를 형성할 수 있었다. 나의 피부, 입술, 광대뼈, 회복력, 대담함에 대한 자부심이 커지는 것을 느꼈다.

콜로라도 스프링스에서 하우버트Howbert 초등학교에 다니던 때, 그러니까 6학년 때 나는 등교를 시작한 지 일주일 만에 정글 버니(jungle bunny, 경멸적 의미에서의 흑인을 말한다-옮긴이), 아프리카 부티 스크래처(African booty scratcher, 주인의 엉덩이를 긁어주는 노예를 가리키던 말에서 유래했다-옮긴이), 원숭이, 퍼지시클 (fudgsicle, 초코바 아이스크림-옮긴이)이라는 별명을 얻었다. 나는 '타자他者'라는 존재로서의 감각이 날카로워졌고, 상처를 감추기 위해 점점 더 거만하게 굴었다. 한 학기 중반에 새로 온 아이로 학교생활을 하는 것만으로도 충분히 힘들었다. 그런데 대다수 또래 친구들이 무시하는 대륙에서 온 소수의 흑인 아이로 지내는 것과 사춘기의 진통까지 겪는 것은 거의 견딜 수 없는 일이었다. 반 친구들은 내게 코끼리를 타고 학교에 오는지, 이번에 처음 옷을 입어본 것인지 물었다. 엄마는 여전히 우리가 입을 옷을 손수 만드셨다. 나는 옷이 마음에 들었고 맵시 있다고 생각했지만, 최신 유행하는 옷을 입지 않는 것이 얼마나 볼품없어 보이는지 아직 깨닫지 못했다. 열한 살의 나이에도 불구하고 그들이 평생 볼 것보다 더 많은 세상을 본 나를 그들은 어떻게 감히 욕할 수 있었을까? 그들은 세계여행은커녕 비행기를 타고 주를 떠나본 적도 없었다. 그들은 고층 빌딩, 유료 도로, 전기, 즐거움, 역사, 아프리카의 위엄에 대해 알지 못했다. 나는 아무 말도 하지 않았지만, 그들이 무지한 자들이란 것을 알았다. 굴욕적이었다.

부모님의 빠른 회복력에 대한 본보기는 내게 위로가 되었다. 상처와 실망에 관한 우리 가족의 무언의 좌우명은 '상처와 실망 때문에 괴로워하지 말 것'이었다. 울어도 됐지만, 계속 슬픔에 빠져 있어서는 안 됐다. 한번은 게임을 하던 중 한 아이가 나를 '뚱뚱하고 못생긴 갈색 소'라고 불러 주체할 수 없이 울었던 적이 있다. 엄마는 그 아이가 나의 아름다움을 이해하지 못한다며 내 등을 가볍게 두드리고는 울지 말라고 하셨다. 눈물이 멈추지 않았다. 엄마는 내가 울도록 내버려 두셨다.

우리가 사는 블록에서, 동네에서, 시에서 우리만이 유일한 흑인 가족인 것 같았다. 그래서 더더욱 우리 집은 오아시스처럼 느껴졌다. 우리는 집에서 가나어를 사용했고 거의 늘 가나 음식을 먹었다. 어디를 가든 토요일 오후가 되면 엄마는 네 딸을 모두 일렬로 앉혀놓고 파란색 통 안에 든 포마드와 온갖 색상의 방울 머리끈과 고무줄을 이용해 머리를 손질해 주셨다. 모든 크기의 빗이 바닥에 흐트러져 있었다. 딸들이 엄마 다리 사이에 한 명씩 앉으면 엄마는 머리를 잡아당기고, 엉킴을 풀고, 오일과 컨디셔너를 바르고, 나누고, 땋아서 우리를 일요일에 교회에 갈 준비가 된 완벽한 흑인 여자아이로 만들어주셨다.

한편 학교에서는 나의 혀 짧은 소리와 내가 대부분의 교육을 받은 대륙을 고려해 나를 유급시키려고 했다. 부모님은 시험을 봐서 내 실력이 얼마나 되는지를 확인해야 한다고 주장하셨다. 시험을 본 후 평가자들은 오히려 내게 두 학년 월반을 제안했다. 나는 줄곧 나를 따라다니며 괴롭힌 '영재'라는 꼬리표를 얻게 되었다. 아프리카 부티 스크래처치곤 굉장하지 않은가?

부모님은 나의 사회적 발달을 우선시했기 때문에 나를 월반시키지 않으셨다. 여호와를 찬양하라. 나는 이미 충분히 아웃사이더로서의 기분을 느끼고 있었다. 다른 많은 아이들이 좋아하는 것에 도통 관심이 가지 않았던 것이다. 다른 아이들처럼 느끼지 못한다는 것은 상처가 되었다. 그 몇 년간 나는 많은 상처를 입었다.

돌이켜 보면 아웃사이더로서의 삶은 졸업앨범의 '아웃오브아프리카Out of Africa' 특집에 실린 소녀가 결코 상상할 수 없는 방식으로 임종 도우미로서의 삶을 대비시켰다. 죽어가는 사람들은 결국 아웃사이더이다. 그들은 우리가 이 삶에 푹 빠져 지내는 동안 이 삶을 떠나는 중이다. 우리는 유리창 너머를 보듯 그들을 바라본다. 나는 너무 섬뜩하고, 너무 다르고, 너무 무서워서 사람들이 등을 돌리는 곳에 끌린다. '고잉 위드 그레이스' 임종 도우미 교육 과정에 백인 시스젠더(cisgender, 생물학적 성과 성 정체성이 일치하는 사람-옮긴이)와 이성애자가 때로 소수에 속하는 것은 우연이 아니다. 수많은 학생 중 내가 기억하는 이성애자 백인 남성은 단 세 명뿐이었던 때가 기억난다. 대부분은 성 소수자로서 다양한 정체성을 지니고 그들의 다름을 받아들이는 사람들이었다. 살면서 가장자리에 앉았던 사람들은 죽음의 가장자리에 더 쉽게 다가갈 수 있다.

그래도 사춘기 시절 늘 나쁜 일만 있었던 것은 아니다. 오로지 나의 피부색만 볼 수 있었던 선생님들은 모두 내게 비서가 될 것을 강력히 권하셨는데(내가 고급 영어 과정을 수강 중이었는데도), 합창단 선생님인 크레이그 램버거Craig Ramberger와 같은 분은 내게 음악적 재능이 많은 것 같다며 음대에 지원해볼 것을 제안하셨다. 나는 친구를 사귀었고, 치어리더팀에 들어갔으며, 홈커밍 축제에서 대표로 뽑혔고, 축구팀의 MVP도 해보았고,

음악 수업도 즐겼다. 어렸을 적 드럼에 얽힌 기억은 지옥이나 가라지.

음악은 내가 바깥세상에서 표현하기엔 좀 '과하다'라고 이미 직감했던 다루기 힘든 감정들을 안전하게 배출할 수 있는 수단이었다. 합창단 활동을 통해 나는 내 감정을 노래로 표현하고 풀어낼 수 있었다. 파헬벨Pachelbel의 캐논은 강렬하게 솟구치는 감정에 당황해 화장실에 숨어서 울어야 할 정도로 나에게 깊은 울림을 주었다.

나는 음악을 정말로 좋아했지만, 이를 직업으로 삼는 것은 불가능한 일이었다. 부모님은 나와 내 자매들에게 우리가 뭐든 될 수 있다는 믿음을 심어주셨다…. 그러니까 의사나 변호사나 엔지니어에 한해 말이다. 다시 말해 명망 있고 성취감이 큰 일은 괜찮았지만, 창의적인 일은 안 됐다. 창의성은 돈이 되지 않았다. 아버지는 클라리넷을 연주하고 우리에게 연습할 리코더도 사주셨지만, 우리가 이런 일을 직업으로 삼을까 늘 걱정이 많으셨다. 아버지는 우리가 어른이 되어서 스스로를 돌보고 아버지가 늙었을 때 그를 돌볼 수 있다는 것을 확실히 하고 싶어하셨다.

여러 명문 대학에 합격한 후 (진로 교사의 도움은 없었다) 나는 아빠가 박사 학위를 받았고 언니가 이미 다니고 있던 웨슬리안 대학교를 택했다. 아직 내 안의 일부는 그때 오벌린 음대Oberlin Conservatory를 선택했다면 지금쯤 어떤 사람이 되었을지 궁금해한다. 어쩌면 마드리드에 살면서 종일 에스프레소를 홀짝이는 마에스트로가 되었을지도 모른다. 빛바랜 스키니 블랙진을 입고 얇은 담배를 피우는 마에스트로. 그럼에도 결국은 죽음을 다루는 일을 하게 되었을까? 경로는 달라도 같은 목적지에 다다랐을까?

　나는 신입생 기숙사로 흑인 기숙사인 말콤 X 하우스를 택했다. 모든 사람이 흑인인 가나에서 느꼈던 그 기분을 다시금 느끼고 싶었다. 나는 수업과 학생들을 통해 백합같이 하얀 콜로라도 스프링스에서 놓쳤던 미국 흑인 문화의 모든 것(벨 훅스bell hooks(본명은 글로리아 진 왓킨스Gloria Jean Watkins이며 미국의 유명 작가, 사회운동가, 페미니스트-옮긴이), 댄스 홀 레게dance hall reggae(1970년대 후반에 발전한 자메이카 대중음악의 한 종류-옮긴이), 카드 게임(나는 게임은 잘하지 못했지만, 옆에서 욕은 잘했다))을 속성 과정으로 배웠다.

　서서히 나는 흑인이 어떤 모습이든 될 수 있고 어떤 표현도 할 수 있다는 것을 알게 되었다. 이는 나의 유쾌한 1학년 룸메이트이자 영원한 최고의 친구이며, 브루클린 출신의 아이티계 미국인 여배우이며, 힙합 그룹 로스트 보이즈Lost Boyz의 미스터 칙스Mr. Cheeks를 사랑하고 그 어떤 무례함도 용납하지 않는 천칭자리 태생인 마그다 라본테Magda Labonté를 의미할 수 있었다. '겁나'라는 단어를 사용하며 유기 화학에 스트레스를 받는 베이 지역의 의예과 학생이 될 수도 있었고, 나이지리아 미대 학생이나 브라질 운동선수가 될 수도 있었다. 나의 경우에는 모두가 아무렇지도 않게 받아들이는 괴짜 흑인 히피가 될 수 있었다. 비요크Björk, 플랜틴, 비기 스몰즈Biggie Smalls, 모든 것이 나의 길이었다.

행동주의도 마찬가지였다. 1998년 나는 여성 간의 유대, 장학금, 봉사에 전념하는 역사적인 흑인 여학생 단체(델타 시그마 세타 인코퍼레이티드 파이 알파 챕터Delta Sigma Theta Incorporated Pi Alpha Chapter)에 가입했으며, 가나로 유학을 떠나 식민주의의 폐해에 새롭게 격분했다. 그곳에서 돌아온 후에는 총학생회장으로 선출되어 졸업 후 대출 부담 줄이기를 목적으로 하는 유색인 전용 재정 지원 프로그램을 운영했다. 우리는 수만 달러의 빚을 지고 졸업한 후 수십 년간 이자만 겨우 감당할 뿐 원금을 갚는 것은 거의 꿈도 꾸지 못했다. 공평한 경쟁의 장을 도모하기 위한 교육을 받고도 집을 사거나 부를 축적할 수 없었다. 우리는 적자로 시작했다. 그 시스템은 우리가 이길 수 있는 시스템이 아니었다. 그것은 우리가 살아가는 방식에서 다양한 양상으로 나타났고, 우리가 죽는 방식에서도 나타났다.

분노는 계속되었고, 내가 받은 정규 교육은 마침내 내게 사람들의 관심을 끌 수 있는 도구를 제공해주었다. 나의 힘을 이해하기 시작한 나는 외모로 그 힘을 보완했다. 나는 검은색 전투화, 전투복 바지, 손수 바느질한 아프리카 패턴의 셔츠를 입고 개오지 조개껍데기로 만든 목걸이를 즐겨 하고 다녔다. 그리고 머리를 잘랐다.

흑인 여성이 염색이나 파마를 통해 화학적으로 처리된 머리를 모두 잘라 없애는 '빅 찹big chop'은 그로부터 20년이 지나서야 대중화되고 주류가 되었다. 하지만 백인의 미의 기준에 맞추려고 노력했던 수년간의 세월은 그야말로 나를 지치게 했다. 미용사는 내 요구에 즉시 반대 의견을 내놓았다. "머리를 그렇게 자르면 못 생겨 보일 거예요." 그녀가 말했다. 뼛속까지 스며든 인종차별은 진짜 개 같다.

미용사는 내게 마음 상하는 일이 있었냐고 물어보았다. 나는 그렇다고 대답했지만, 그녀가 말한 의미에서는 아니었다. 나는 7학년 때 에이미가 던진 말에 마음이 상했다. 그녀는 내 최악의 특징으로 내 입술과 엉덩이와 칠흑같이 검은 피부를 들었다. 그녀 자신도 일광욕하러 선베드에 누워있곤 했으면서 말이다. 나는 세븐틴 잡지의 모델들, 내 피부 때문에 내 지능을 인정하지 않으려 했던 선생님들, 그리고 미국에 마음속 깊이 상처받았다. 나는 미용사에게 다시 한번 머리를 잘라달라고 말했다. 내 머리카락은 생긴 그대로 자라날 것이었다. 꼬불꼬불, 두껍게, 아름답게. 버젓이 흑인답게.

장례 업계에서 흑인 돌봄에 대한 교육은 사실상 찾아보기 힘들지만, 희박하게나마 존재하는 교육은 대개 '흑인 머리 손질'의 형태로 이루어진다. 이 교육은 빽빽한 곱슬머리를 특정한 방식으로 손질하는 데 중점을 둔다. 마치 그런 형태가 '흑인'의 유일한 머리 스타일인 것처럼 말이다. 하지만 나만 해도 평생 시도해본 머리 스타일이 열다섯 가지는 된다.

좋은 죽음을 어떻게 정의하느냐는 주로 우리의 정체성에 따라 달라진다. '고잉 위드 그레이스' 임종 도우미 교육을 듣는 트랜스젠더 학생과의 대화에서 그들은 자신들의 죽음에 대해 상상하는 것조차 두려워 좋은 죽음이 무엇인지 모르겠다고 답했다. 트랜스젠더의 비명횡사율은 충격적일 정도라 이 학생들은 그저 살해당하고 싶지 않을 뿐이었다. 반면 시스젠더, 이성애자, 백인들은 '좋은 죽음'에 대해 쉽게 떠올릴 수 있었다.

우리는 응당 '좋은 죽음'을 평화로운 삶을 산 뒤 노년기에, 집에서, 사랑하는 사람들에게 둘러싸여, 삶의 마지막 순간에 우리의 인간성을 인정받고 존중받는 죽음으로 생각한다. 우리가 생각하는 대부분의 좋은 죽음은 육체가 서서히 멈추는 죽음이다.

그러나 역사적으로 흑인은 수많은 '나쁜' 방식으로 죽었다. 즉 그들을 납치하고 가둔 사람들의 손에, 사람들로 꽉 찬 지하 감옥에서, 대서양 횡단 노예무역에서, 노예 소유주의 손에, 구타·정부 주도 실험·거리 폭력·경찰의 폭력으로, 분만 중에, 감금 시설에서, 신체의 여러 가지 질환으로, 조직적 인종차별의 결과로 죽었다. 이러한 후생적 트라우마는 가계도에 뿌리를 내리고 대대로 이어진다. 하지만 세대를 거쳐 전해지는 기쁨 역시 우리의 정당한 유산이다.

우리가 '좋은 죽음'에서 생각하는 많은 속성이 좋은 삶을 만드는 속성과 다르지 않다. 그러나 사람은 모두 다르다. 살아서든 죽어서든 '흑인은 모두 똑같다'라는 근거 없는 믿음은 우리의 기발함, 유머, 사랑, 집착, 개성, 우리 정체성의 복잡함을 앗아간다. 이러한 지나친 단순화는 흑인을 더 쉽게 이해하고 소화하기 위한 시도처럼 보인다. 하지만 우리를 하나의 덩어리로 축소할 수는 없다. 수 세기에 걸쳐 그 잔혹함을 견디면서도 여전히 기쁨을 억누르길 거부한 종족을 어떻게 일반화할 수 있겠는가?

이 진실을 인정하는 것이 그 어렵다는 좋은 죽음을 맞이하기 위한 가장 좋은 방법이다. 좋은 죽음은 우리가 하나의 동질적인 집단이 아닌 고유한 개인으로서 누구였는지에 기반을 둔다.

우리는 모두 그럴 자격이 있다.

8장

발 찾기

사랑에 빠지는 것은 때로 자신의 발에 걸려 넘어지는 것처럼 느껴진다. 사랑에 빠지는 것은 인생의 크고 복잡한 모험 중 하나이자, 나의 가장 큰 기쁨 중 하나이다. 평생에 걸쳐 연애를 해오는 동안 나는 연애의 여러 단계에 정통하게 되었다. 왠지 느낌이 좋은 낯선 이성과의 교감을 발견했을 때의 그 설레고 짜릿한 기분, 희미한 인사, 솟구치는 화학 물질. '오오, 이 남자 귀여운데.' 그런 다음 서서히 익숙해지는 중독성 있는 향, 입술로 귀를 스치며 속삭이는 은밀한 애칭. 관계는 점점 더 부드러워지고, 초기의 사랑은 오래 지속되는 종류의 사랑으로 확장된다. 몸과 마음, 정신이 영원히 변화해도, 그 사랑은 죽을 때까지 우리 안에 머문다.

사랑에 빠지면 죽음에 대한 극도의 두려움이 생길 수 있다. 사랑에 빠졌을 때 우리는 자신과 사랑하는 사람의 죽음을 훨씬 더 많이 의식하게 된다. 우리는 그들을 잃는 것을 두려워하고 삶이 더 많은 가치와 목적을 지닌 것처럼 느낀다. 두려울 수 있다. 하지만 사랑에 우리 자신을 여는 것 외에 또 무엇이 중요할까? 사랑은 삶의 '이유' 중 하나이다. 사랑은 우리의 가장 충만하고 생생한 기억을 형성한다. 그리고 그 궁극적인 상실감은 고칠 수 없는 파열처럼 느껴진다. 하지만 사랑하는 사람이 죽는다 해도 당신에 대한 그들의 사랑, 그들에 대한 당신의 사랑은 그대로 남아 있다. 단지 형태만 바뀔 뿐이다.

나는 그동안 사귀었던 많은 사람에게, 심지어 테빈 캠벨(Tevin Campbell, 미국의 R&B 가수-옮긴이)과 같은 낯선 사람에게도 영원한 사랑을 선언해왔다. 그럴 때 대부분 친구들과 가족들은 나를 보고 눈을 굴린다. '또 시작이군'. 나는 그들의 놀림을 웃어넘기고 암묵적인 판단을 무시하려 노력한다. 예를 들면 내가 변덕이 심하다는 둥, 바람둥이라는 둥, 경박하다는 둥, 내가 느끼고 표현하는 사랑은 어른들의 '진짜' 사랑보다 덜 심오하거나 덜 의미 있다는 둥 그런 판단들 말이다.

사랑은 한 가지 모습으로 나타나지 않는다. 어떤 사람들은 일련의 만남을 통해 가장 순수한 형태로 사랑을 경험하고, 어떤 사람들은 장기적인 관계를 통해 사랑을 경험한다. 일부일처제는 어떤 사람들에게 신성한 약속인 반면, 어떤 사람들에게는 감옥이 될 수 있다. 그러나 진정한 사랑을 어떤 식으로 찾든, 우리는 그 사랑을 온전히 받아들이고 나눠야 한다. 주변 사람들은 내가 얼마나 열정적으로 사랑을 추구하는지에 대해 놀릴지 몰라도, 내가 선언한 사랑은 매번, 그것이 어떻게 끝나든 진심이었다. 결국은 나의 연인도 나와 마찬가지로 죽을 테니 말이다.

킵Kip이 내 인생으로 걸어들어왔을 때, 나는 콜로라도 볼더 로스쿨에서 받은 법학 박사 학위를 가방에 밀어 넣고 막 서부에 도착한 참이었다. 로스쿨 졸업 후 오클랜드에서 본격적인 '성인'으로서의 생활을 시작하기 전에 며칠간 L.A에 있는 사촌 티나Tina의 집에 머물 생각이었다. 그렇게 콜로라도에서 오는 길에 나는 내 녹색 혼다 어코드Honda Accord에 기름을 넣기 위해 할리우드의 한 주유소에 들렀고, 맞은 편에서 녹색 포드 익스플로러Ford Explorer에 기름을 넣고 있는 그를 발견했다. 우리는 자동차 색상이 비슷했다. 은근한 눈빛과 미소에서 대화로 전환할 방법을 찾던 그가 먼저 그 점을 언급했다.

킵은 키 188㎝에, 검은 피부에, 근육질이었는데, 등까지 오는 얇게 땋은 레게머리와 눈썹과 혀 피어싱이 8학년 영어 교사치고는 흥미로운 인상을 주었다(킵이 나의 8학년 영어 선생님이었다면 나는 그를 쳐다보는 데 몇 번이고 실패했을 것이다). 우리는 그가 정확히 나보다 일주일 전에 태어났다는 사실을 알게 되었다. 그와 나는 서로 마음이 잘 통하는 것 같았다.

킵은 관심사가 많았다. 그는 온갖 색상과 스타일의 조던 운동화를 티 하나 없이 깔끔하게 정리하는 운동화 수집광이었다. 또 젊고 배고픈 래퍼들을 위해 펑키한 비트를 만드는 뮤지션이기도 했는데, 그가 임시변통으로 마련한 음악 스튜디오는 완벽하게 정리된 운동화 컬렉션만큼이나 말끔했다. 첫 데이트 때 그는 나를 선셋 대로에 있는 한 태국 식당에 데려갔다. 나는 여름에 태국에서 살면서 배운 대로 한 손에는 숟가락을, 다른 한 손에는 포크를 들고 현미밥을 곁들인 팟타이를 먹었다. 그는 나의 민첩함에 놀라워했다. 나는 긴장한 탓에 너무 많이 먹었지만, 그는 긴장한 탓에 거의 아무것도 먹지 않았다.

우리는 웨이터와 당시 대통령이었던 조지 W.부시에 관한 대화를 나누었다. 웨이터는 그의 팬이었고, 킵은 아니었다. 나는 공화당에 대한 킵의 지나친 일반화에 불쾌한 내색을 했지만, 그는 나의 비꼼을 이해하지 못했다. 그러다 그 말이 이해되기 시작하자 그는 고개를 뒤로 젖히고 우렁찬 바리톤의 웃음을 터뜨리더니 코를 찡긋거리면서 고개를 흔들었다. 망고 찹쌀 디저트가 나왔을 때쯤 내 눈에는 하트가 켜졌다.

데이트를 끝내기 싫었던 우리는 산타모니카의 해변으로 차를 몰고 가 달빛 아래에서 손을 잡고 걸었다. 우리는 각자 가장 좋아하는 앨범의 순위를 매기고 세상에 대한 우리의 신념을 공유했다. 그리고 그날 밤 앞으로의 관계가 어떻게 되든 서로의 DNA를 결합해 아이를 갖기로 약속했다. 우리는 우리의 유전자가 슈퍼 운동선수를 만들 수 있을 것임을 알았다. 그는 아들이 미식축구리그에서 뛰게 되면 부자가 될 거라고 믿었다. 나는 아이를 원하지 않았지만, 킵과 장난으로 약속하기는 쉬웠다. 그는 바보 같으면서도 귀여웠다. 그가 나와 함께 하는 미래를 상상하는 것도 좋았다. 그는 보통 로맨틱 코미디에서나 볼 수 있는 그런 남자였다.

 거우 몇 번의 달콤한 키스를 나누었을 뿐이지만, 나는 새벽 3시에 티나의 아파트로 돌아와 단잠에 빠져 있던 그녀를 깨우고는 열광적으로 킵과 결혼하겠다고 선언했다. 티나는 앓는 소리를 내며 눈을 굴리더니 전에도 그런 소리를 들어본 적이 있다고 했다(사실이었다). 하지만 L.A에 도착한 지 한 달 만에 나는 킵의 아파트로 이사했다. 그렇게 내가 상상했던 베이 지역에서의 삶은 사라졌다.

 캘리포니아에 오게 된 것은 순전히 동전 던지기의 힘 덕분이었다. 로스쿨 졸업 후 내가 아는 것은 로펌에서 받는 1년 치 연봉으로 학자금 대출을 모두 갚을 수 있다 해도, 겉만 번지르르한 로펌 생활은 하고 싶지 않다는 것뿐이었다. 나는 내가 그 모든 골프, 돈 얘기, 헛소리를 견딜 수 없을 것을 알았다. 그러한 곳들이 소송하는 사건에 관심이 없었고, 아무리 작다 해도 내가 그 소송에서 어떤 역할을 했는지 알면 밤에 잠을 이룰 수 없을 것 같았다. 파산 변호사의 삶이 나를 부르고 있다는 것을 알았으니 이제 결정해야 할 것은 파산 변호사를 뉴욕(친구는 많지만 추운 곳)에서 하느냐, 캘리포니아 어딘가(친구는 없지만 햇빛이 가득한 곳)에서 하느냐 뿐이었다. 선택이 어려웠기 때문에 나는 그 결정을 운에 맡기기로 했다. 앞면이 나오면 뉴욕, 뒷면이 나오면 캘리포니아.

 캘리포니아가 이겼다.

 나는 자유주의자, 히피족, 동성애자, 예술가, 활동가들로 가득한 활기찬 도시 생활을 위해 오클랜드를 택했다. 콜로라도에서의 지루한 생활 이후 흑인의 도시 오클랜드는 약속의 땅처럼 느껴질 터였다.

하지만 나는 오클랜드에서 거의 640㎞가 떨어진 패서디나에 있는 약 60㎡의 아파트에 킵과 함께 있었다. 계획에는 없었지만, 그게 뭐 중요하겠는가? 우리는 더없이 행복했다.

사소한 다툼이 있을 때마다 킵은 내게 귀엽고 간단한 노래를 지어주어 사과하곤 했다. 우리는 밤에 아파트나 옥상에서 데이트를 했는데, 그는 옥상까지 테이블과 의자, 양초, 스피커를 옮기고 장미꽃잎으로 바닥을 덮었다. 또 내가 평소와 달리 이웃 사람이 내 컴퓨터를 훔쳐 부품을 팔아먹을 거로 생각하며 불안해할 때는 웃으면서 내가 처음으로 호르몬 피임약을 복용하고 있다는 사실을 상기시키곤 약이 몸에 맞지 않을 수도 있다고 말해주었다. 결국은 그의 말이 맞았고, 나는 그가 맞았다는 사실에 화가 났다.

이후 우리가 '진짜' 세상을 헤쳐 나갔던 몇 년은 젊은 사랑의 성장통으로 가득했던 시기였다. 킵은 예산이 부족한 공립학교에서 8학년 영어 교사로 돈을 벌었다. 나도 금전적인 도움을 주고 싶었지만, 법과 관련된 직업을 구하는 것은 최대한 미뤘다. 대신 영화 촬영장에서 엑스트라로, 스파에서 프런트 데스크 직원으로, 헬스장에서 접수원으로 일했는데, 남자들은 추근대며 내가 배우나 모델인지 물어보곤 했다.

"아니요!" 나는 밝게 대답했다. "전 변호사예요."

그러다 결국 로스앤젤레스 법률지원재단^{Legal Aid Foundation of} ^{Los Angeles}에 일자리를 구했다. 나는 강한 자부심과 약간의 두려움을 동시에 느꼈다. '드디어 제대로 된 변호사가 됐구나.'

킵의 안식처로 들어갈 때 나는 그에게 혁신적인 개념의 욕실 선반과 행주를 소개했다. 집에는 소파가 없는 대신, 이케아급의 소파베드가 반대편 벽을 집어삼킨 불균형적으로 커다란 평면 TV를 마주 보고 있었다. 그가 침실에 음향 부스를 만들어 내 신발을 놓을 공간이 없어졌을 때, 나는 내 아파트로 다시 이사했다. 결국은 그가 타운하우스를 한 채 샀고, 우리는 그의 아버지와 함께 마룻바닥에 못을 박고 조명 기구를 설치해가며 집을 수리했다. 우리는 서투르게 앞으로 나아가면서 서로를 더할 나위 없이 사랑하기도 했고, 많은 실수를 하기도 했다. 우리는 그렇게 계속 함께했다.

3년이 지나자 가족과 친구들의 성가시고 피할 수 없는 질문들이 시작되었다. 언제 결혼해? 언제 가정을 꾸릴 거지? 똑같이 스물아홉이었던 우리는 결혼하기 딱 '좋은' 나이였고, 밖에서 보면 완벽한 커플이었다. 우리는 젊고 재능있는 흑인 변호사와 선생님이었고, 둘 다 공직에 있었다. 그러나 우리는 둘 모두가 원하는 삶을 함께 만들어나갈 방법이 없다는 것을 깨닫기 시작한 매우 다른 두 사람일 뿐이었다.

독실한 기독교인이었고 집에 있기를 좋아했던 킵은 금요일 밤에 음악 작업을 하고, 저녁을 먹고, 영화 보는 것을 선호했다. 반면 나의 이상적인 금요일 밤은 콘서트에 가고, 괴짜 동료들과 어울리고, 거리에서 춤을 추고, 마음 가는 대로 시간을 보내는 것이었다. 나 역시 기독교인으로 자랐지만, 열여덟 번째 생일에 부모님이 글귀를 새겨 내게 선물해주신 성경은 마야 안젤루Maya Angelou, 하피즈Hafiz, 오쇼Osho, 카를로스 카스타네다Carlos Castañeda, 에크하르트 톨레Eckhart Tolle, 지미 헨드릭스Jimi Hendrix의 전기, 그리고『여성을 위한 탄트라 오르가슴Tantric Orgasm for Women』과 나란히 책꽂이에 꽂혀 있었다. 킵은 우리가 현관에 앉아 레모네이드를 마시는 동안 손주들이 뛰어노는 모습을 꿈꾸었고, 나는 그와 함께 세이셸Seychelles 제도에서 화이트 와인을 마시며 책 읽는 모습을 꿈꾸었다. 첫 데이트 때 슈퍼 운동선수가 될 아이를 낳겠다고 약속했지만, 아이를 키운다는 생각만 해도 불안해진 나는 그 약속을 일찍부터 자주 철회했다. 뭔가 진지한 타협 없이는 화합하는 삶을 이룰 수 없으리라는 것이 분명해졌다. 하지만 어쨌든 우리는 계속 함께했다.

그가 105번 도로 옆에서 청혼했을 때 나는 반지를 움켜쥐고 웃다가, 울다가, 겁에 질린 채 본능적으로 고속도로를 질주했다. 우리는 집에 도착해 침대에서 한동안 껴안고 있다 가족들에게 전화를 걸었다. 나는 기쁨의 눈물을 흘리면서 옐로우 사파이어와 비분쟁지역 원산지의 다이아몬드가 박힌 내 예쁜 반지를 계속 쳐다보았다. 나는 나의 가장 친한 친구와 결혼할 것이다. 하지만 그가 청혼했을 때 나는 내 몸에 귀를 기울여야 했다. 몸은 틀리는 법이 없었다.

생각을 정리하다 보니 문득 혼란스러워졌다. 언젠가는 배즐

리미슈카Badgley Mischka의 핫핑크 크리스털 힐을 신고 멋진 드레스를 입어보고 싶었다. 하지만 결혼식 생각만 하면 몸에서 열이 나는 것 같아 피부를 벗겨버리고 싶었다. 서로에게만 약속한 것을 기념하는데 왜 친구와 가족을 위한 대규모 파티를 열어야 하는지도 이해하기 어려웠다. 타협점은 코스타리카의 리조트로 함께 달아나는 것이었다. 나는 빌린 드레스를 입고 엄마가 고집한 노란색과 주황색 데이지꽃으로 만든 부케를 들고 맨발로 해변에 섰다. 배즐리미슈카는 없었다.

코스타리카에서 돌아온 지 3개월이 지난 어느 일요일 오후, 침대를 정리하던 중 킵이 플랫시트(이불 안쪽에 하나 더 넣어주는 천-옮긴이)를 사용하지 않는다는 사실을 알게 되었다. 킵은 매트리스를 덮는 커버와 이불만 쓰는 것을 선호했다. 그런 경우는 처음이어서 나는 믿을 수 없다는 표정으로 그를 쳐다보았다. 평생 플랫시트 없이 살아야 하는 걸까? 나는 박테리아와 피부세포가 이불로 직접 흡수되는 삶을 살 운명인 걸까? 그것은 어떤 삶일까? 거기서부터 내 생각은 떨어지는 벚꽃잎 속에서 춤을 추고 재스민차를 마시며 일본 시골에서 살고 싶은 꿈으로 뻗어 나갔다. 이 모든 것을 포기해야 하는 걸까? 내 삶과 그의 삶을 합치기 위해 나는 또 어떤 것들을 타협해야 할까? 나의 또 다른 어떤 부분을 포기해야 할까?

이 별것 아닌 정보는 나를 혼란에 빠뜨렸다. 사실 나는 내가 독신생활의 종말을 슬퍼하고 있다는 것을 깨닫지 못하고 있었다. 결혼은 최악의 것이었다. 잠든 남편을 골똘히 바라보며 노인이 된 그의 모습을 상상하려 애썼다. 하지만 상상이 되지 않았다. 나는 조용히 베개에 눈물을 흘렸다. 그를 행복하게 해주고 싶었고 나도 행복해지고 싶었지만, 그 과정에서 나 자신을 잃지 않고 어떻게 그렇게 할 수 있는지를 몰랐다. 말로 표현할 수는 없었지만, 상실의 긴 그림자가 나를 엄습하고 있었다.

부부 상담을 받아봤음에도 불구하고 우리는 여전히 허우적댔다. 킵은 인내심을 발휘했지만, 우리는 결국 끝까지 해낼 수 없었다. 해변에서 서로를 마주 보고 선 지 6개월 만에 우리는 헤어지기로 했다. 혼인 신고를 하기 전이었기 때문에 헤어질 때는 그저 각자 갈 길을 가면 그뿐이었다.

하지만 이별은 몹시 고통스러웠고, 암울했으며, 지저분했다. 때로는 내 필수 기관이 멈추는 것처럼 느껴지기도 했다. 직면해야 할 내면화된 실패가 너무 많았고, 답이 없는 중요한 질문들이 너무 많았다. 내가 원했던 게 바로 그런 것 아니었을까? 나를 열정적으로 사랑하고 나와 함께 오래 살기를 바라는 매력적이고, 성공적이고, 창의적이고, 건강한 신사와 스물아홉에 결혼하는 것? 나는 어떻게 그렇게 행복한 표정을 짓고도 돌아서서 도망칠 수 있었을까?

가족들은 이별의 아픔을 겪은 킵과 나에게 다정했다. 그렇지만 나는 내 잠재의식 속에서 그 옛날부터의 비난들이 솟아 나와 나를 똑바로 바라보는 것을 느낄 수 있었다. '변덕이 죽 끓듯 하는군. 참 경박해. 남자들을 먹었다가 다시 뱉고. 넌 '진정한' 어른의 사랑이 어떤 건지도 몰라.'

킵과 완전히 끝나는 데는 시간이 좀 걸렸다. 우리의 삶은 너무나 많은 곳에서 얽혀 있었기에 우리는 그 매듭을 하나하나 직접 풀어야 했다. 삶이 해체되고 있었다. 공간에 맞게 맞춤 제작한 가구를 어떻게 하는 것이 좋을까? 그가 가졌다. 식당 벽에 콜라주 형태로 걸어 놓은 수십 개의 사진 액자는 누가 처리할까? 내가 했다. 결혼 선물로 받은 믹서기는? 서로 갖겠다고 싸웠다. 우리는 함께 나눠 가졌던 꿈을 무참히 짓밟았다.

마침내 우리의 관계가 끝나고 완전히 기운을 소진한 나는 막내 여동생인 아바의 소파에서 몇 주를 지냈다. 동생이 듣지 못하길 바라며 화장실에서 타월로 입을 막고 밤새도록 울었다. 동생은 내가 우는 소리를 듣지 못한 척하며 나의 감정을 존중해 주었다. 동생 역시 견뎌야 할 슬픔이 있었다. 킵은 그녀에게 오빠 같은 존재이기도 했기 때문이다.

우리가 누려야 했다고 생각하는 삶, 일어나지 않은 사건들, 해피엔딩이 아니었던 이야기들에 대해 우리가 경험하는 슬픔을 표현하는 단어가 분명히 있을 것이다. 우리가 가는 길의 모든 발걸음에서 어떤 가능성은 우리 뒤에서 사라지는 반면, 어떤 가능성은 우리 앞에서 피어난다. 그리고 모든 전환기에는, 심지어 즐거운 전환기에도, 슬픔이 존재한다. 가령 처녀에서 어머니가 될 때, 미혼에서 기혼이 될 때, 실업자에서 기업가가 될 때, 옛사람이 죽고 새로운 사람이 태어날 때가 그것이다. 슬픔은 현재 진행형이며 끝나지 않는다.

우리는 꿈과 펼쳐지지 않은 미래에 대해서도 슬픔을 느낄 수 있다. 사랑하는 형부가 아직 살아있는 미래, 고국을 떠나지 않은 미래, 완벽한 직업을 얻은 미래, 연하장을 위해 해마다 자신이 선택한 파트너 옆에서 웃으며 포즈를 취하는 미래, 머리가 점점 세고 아이들이 크는 미래.

결국 결혼 생활이 내 꿈이 아니라는 것은 문제 될 것이 없었다. 결혼은 〈코스모폴리탄〉 잡지의 꿈이었고, 가부장제와 사회에 속하는 것이었다. 나는 결코 진정한 내 것이 아니었던 삶을 애도하고 있었지만, 그 슬픔은 실재했다. 문화적 규범은 마치 식수의 납과 같아서 그 존재를 안다고 해서 몸이 덜 아프게 되는 것은 아니다.

수년 동안 나는 결혼 생활이 파탄 난 것에 대해 나 자신을 비난했다. 킵은 최고의 배우자였지만, 나는 그 관계를 유지할 만큼 강하지 못했다. 꿈에 그리던 삶을 살 기회가 주어졌을 때, 고속도로에서 방향을 돌려 도망친 사람은 나였다. 실패는 내 탓이었지만, 그 여파는 그에게 깊은 영향을 미쳤다.

하지만 15년이 지난 지금, 킵과 나는 더 이상 실패자처럼 보이지 않는다. 우리는 여전히 좋은 친구로 지내며 미국자동차협회 계정도 공유한다. 이따금 그가 여전히 문자를 통해 자신이 쓴 노래 중 하나의 가사를 보내면 나는 미소를 짓는다. 그는 우리가 처음 만났을 때만큼이나 아름답고, 진실하고, 성실하다. 그리고 레게머리에 흰 머리가 좀 늘었고, 운동화도 더 늘었다. 우리가 헤어진 후, 비록 내 남자는 아니지만, 그가 어떤 사람이 되었는지 보는 것은 기쁜 일이다. 내가 그의 사람이 아니었듯이, 그 역시 결코 내 사람이 아니었다.

무엇이 됐든 사랑하는 것의 위험은 사랑을 잃는 것이다. 사랑이 '죽음이 우리를 갈라놓을 때까지'의 전통적인 낭만적 서사를 따른다 해도, 틀림없이 죽음은 찾아온다. 그 사실은 고통스러울 정도로 명백하고 단순하다. 누군가를 사랑한다면, 언젠가 마음은 아프게 되어 있다. 그러나 인간은 어찌 된 일인지 계속해서 이 일을 반복한다. 관계의 끝, 우리가 관계를 맺고 있는 사람의 죽음, 함께 꿈꾼 미래의 죽음 등 이별은 그 자체로 죽음이다. 죽음이 오면 슬픔도 따라온다. 하지만 슬픔은 또한 우리가 새로워질 수 있는 비옥한 토양이 되기도 한다.

그렇다면 이러한 궁금증이 생긴다. 우리의 마음이 부서졌을 때, 그 영향으로 어떤 자아의 묘목이 더 강하게 자라날 수 있지 않을까? 사람이 상심으로 죽을 수 있다면 나는 지금쯤 백번도 더 죽었을 것이다(차이는 있겠지만). 하지만 나는 사랑의 대가와 보상 모두로부터 영원히 지울 수 없는 영향을 받고 더 강하고 충만하게 나 자신을 재건했다.

킵이 고속도로 불빛 속에서 희망에 차 반짝이는 반지를 들고 있던 그 순간, 내 몸은 내가 진정으로 원하지만 인정할 수 없는 진실이 무엇인지 잘 알 만큼 영리했다. 내 몸은 내게 돌아서서 도망치라고 말했다. 진실을 받아들이고 그 진실과 함께 사는 법을 배우도록 강요받는 것은 시간문제였다. 많은 사람이 진실이라고 알고 있는 것과 맞서 싸우며 평생을 보내지만, 가장 끔찍한 것은 마주할 수밖에 없는 결말, 이를테면 죽음과 같은 것에 맞서 싸우는 것이다.

　열쇠가 필요 없는 입구를 통해 L.A 베벌리힐스 인근에 있는 엘레나와 마이크의 소박한 집으로 들어가 문 옆에 있는 메모장을 집어 들었다. 엘레나가 내가 할 일을 분명하게 정리해 두었다. 처음으로 할 일은 신발을 벗는 것이었다. 다음에는 마이크에게 박테리아나 바이러스를 옮기지 않기 위해 거실 쪽에 있는 화장실에서 손을 씻어야 했다. 루게릭병 때문에 기침으로 가래를 내뱉을 수 있는 능력이 심각하게 손상되면서 그는 감기나 독감과 같은 흔한 바이러스로도 사망에 이를 수 있었다. 손을 씻고 손 세정제까지 사용한 후, 나는 마이크가 나를 알아보고 들어오라고 할 때까지 침실 문 앞에 서서 내 존재를 알려야 했다. 엘레나는 그가 방문객을 맞이할 기분이 아니라면 내가 바로 알아차릴 것이라고 미리 말해주었다.

　나는 마이크가 사망하기 3개월 전에 엘레나를 만났다. 그녀는 친한 대학 친구들과 해마다 여자들만의 여행을 떠났는데, 그 기간에 일시적으로 도움을 받기 위해 내게 연락했다. 엘레나는 사랑하는 사람의 곁을 떠나고 싶지 않았지만, 마이크는 그녀가 여행을 가야 한다고 주장했다. 내 역할은 매일 한 시간씩 마이크를 방문해 그의 상태와 정신을 살피고 간병인이 일을 잘하고 있는지 확인한 후 엘레나에게 알리는 것이었다.

　마이크와 엘레나는 주로 둘이서만 시간을 보냈다. 그들은 자녀가 없었고 마이크가 병을 진단받은 지 1년 6개월 후 로스앤젤레스로 이사했다. 엘레나는 마이크를 돌보기 위해 직장을 그만둔 상태였다. 그들에게는 친구도 거의 없었다. 따라서 그들이 교류하는 사람들은 호스피스 의사, 간호사, 공인 간호조무사가 유일했는데, 이 중 일부가 엘레나가 여행하는 동안 그들의 집에 24시간 상주할 예정이었다. 엘레나는 좀 더 편안한 마음으로 떠나기 위해 TV 끄는 방법을 비롯해 많은 지침을 남겼다. 심지어 달걀껍데기로 퇴비를 만드는 방법(보다 빨리 분해되도록 먼저 달걀껍데기를 간다)까지 써놓았다. 메모장 맨 위에는 이렇게 쓰여 있었다. '마이크에게 어제에 대해서는 묻지 마세요.'

나는 루게릭병에 익숙했다. 친구인 리처드의 아버지가 몇 해전 루게릭병으로 돌아가셨기 때문이었다. 루게릭병은 수의근(의지에 따라 움직일 수 있는 근육-옮긴이)을 제어하는 신경세포가 죽는 병이다. 대부분의 루게릭병 환자는 걷고, 말하고, 팔다리를 사용하고, 삼키고, 숨 쉬는 능력을 서서히 잃게 된다. 즉 몸이 조금씩 침식당하면서 가장 기본적인 생활 기능을 수행하는 것이 점차 더 어려워진다. 루게릭병 환자를 돌보는 일은 새로운 상실이 있을 때마다 감정적 고통과 마주해야 하는 끊임없는 투쟁이며, 이러한 상실은 슬픔과 그에 따른 부수적인 상실의 복잡한 미로를 만들어낸다.

마이크는 침실에서 블라인드를 닫은 채 조절이 가능한 의료용 침대에 누워있었다. 그는 조용한 텔레비전에 시선을 고정한 채 희끗희끗한 턱을 들어 올리는 것으로 나에게 가까이 오라는 뜻을 전했다.

"블라인드를 열까요?" 나는 그를 놀래 켜지 않으면서 그가 내 존재를 알고 있는지 확인하기 위해 낮게 속삭였다.

그가 여전히 내 쪽은 쳐다보지 않은 채 겨우 고개를 저어 그러지 말라는 뜻을 전했다.

나는 안도했다. 블라인드는 내가 할 일의 목록에 없었는데, 행여 마음대로 했다 실수라도 하게 될까 봐 걱정했기 때문이다. 모든 것에 대한 엘레나의 세심한 지시는 그런 효과가 있었다. 나는 문턱을 넘어 침실로 들어갔지만 출입구 근처에 머물렀다.

침실용 탁자 위에는 물약 병, 빈 링거 튜브, 티슈, 약을 갈기 위한 절구와 절구통이 놓여 있었고, 텔레비전 리모컨이 마이크의 손 바로 아래에 언제든 사용할 수 있도록 놓여 있었다. 약해진 후두, 횡격막, 목 근육 때문에 마이크의 말로 표현하고 의사소통하는 능력은 제한적이었다.

그가 작은 목소리로 말했다. "엘레나가 나에 관해 무슨 얘기를 하던가요?"

"전부 다요!" 나는 웃으면서 대답했다.

그가 여전히 나를 보지 않은 채 희미하게 웃더니 곧바로 물었다. "어제에 관해선 묻지 말라고 했죠?"

나는 그렇다고 대답하면 신뢰 위반을 하게 되는 것이 아닌가 하는 생각에(그는 나를 보지 않았지만) 대답 대신 어색하게 웃었다. 사회적 상호 작용 중 불안을 느껴 무엇을 해야 할지, 무엇을 생각해야 할지, 무슨 말을 해야 할지 모르겠을 때 내가 늘 짓는 표정이었다.

마이크가 내 불편한 기색을 눈치채지 못하고 말을 이었다. "그랬다는 거 압니다. 엘레나는 늘 걱정이 많거든요." 그가 분명히 들릴 만큼 힘겹게 숨을 내쉬었다. "엘레나는 매일 내게 손가락을 들어보라고 하고는 어제와 얼마나 차이가 나는지 기록해요. 매년 부엌 벽에 아이의 키를 재는 것처럼 말이죠." 그가 또다시 거친 숨을 내쉬었다. "난 그게 너무 싫어요. 하지만 엘레나도 그저 두려워서 그런다는 걸 나는 압니다." 그가 소리 없는 텔레비전에 시선을 고정한 채 말했다. "엘레나도 없는데 꼭 해야 할까요?"

나는 엘레나를 처음 만날 때 내가 직접 작성한 메모와 함께 엘레나가 네 장에 걸쳐 남긴 지침 사항들을 훑어보았다. 조금도 방심하는 성격이 아니었지만, 엘레나는 이 사적인 측정 의식을 언급하지 않았다. 엘레나가 집에 왔을 때 그녀를 화나게 하고 싶진 않았으나, 그것이 정말로 필요한 일이라면 내가 기억하지 못할 리도 없었다.

나는 망설이며 대답했다. "그래요, 안 해도 될 것 같군요."

"좋아요." 그의 시선이 여전히 조용한 텔레비전에 머물렀다. 뉴스쇼에서는 출연자들이 서로에게 과격한 몸짓을 하며 관심을 끌기 위해 경쟁하고 있었다. 마이크가 어제에 관한 이야기를 먼저 꺼냈기 때문에 나는 조금 가벼운 마음으로 물었다. "그래서 엘레나가 어제에 관해 두려워하는 것이 뭔가요?"

"엘레나는 내가 죽는 날이 매일 전날보다 하루 더 가까워지는 것을 두려워해요." 그가 얼굴이 빨개진 뉴스 진행자를 멍하니 바라보며 말했다. 그리고는 마침내 천천히 고개를 돌려 나를 바라봤다. "우리 모두 그렇죠. 하지만 그녀는 내가 더 이상 예전처럼 할 수 없는 것을 보면서 끝이 가까워지고 있다는 것을 실제로 알 수 있어요. 나는 오래전에 어제보다 못한 오늘에 대해 화를 내는 것을 포기했지만, 아내는 자기 방식을 고집하고 있습니다. 아내에게는 매일이 새로운 날과 같아요." 그러더니 약한 목소리로 덧붙였다. "그리고 매일이 새로운 죽음과 같죠." 어느 쪽이든 틀린 말은 아니었다. 매일 전날의 마이크는 죽었다. 그는 엘레나와는 다른 속도로 죽음을 받아들이고 있었다.

하얗게 세는 중인 어깨 길이의 머리에, 약국에서 산 빨간 테 돋보기를 쓴 전직 경리 엘레나는 처음 만났을 때 내게 마이크의 모든 면을 기록하기 위해 직접 만든 스프레드시트를 보여주었다. 의사, 약사, 반응, 음식, 시간표 등 엘레나에게는 없는 기록이 없었다. 인정하건대, 깔끔하게 정리된 기록에 나도 모르게 몸서리가 쳐질 정도였다. 나는 그때까지 그처럼 맘에 드는 스프레드시트는 한 번도 본 적이 없었다. 엘레나는 많은 면에서 나와 완전히 반대였지만, 나는 그 돋보기 너머에서 무시하기에는 너무 익숙한 것을 발견했다.

나 역시 받아들이기에는 너무 크고 끔찍한 진실 앞에서 소중한 믿음을 하나씩 차례로 붙들고 몇 달 동안 힘거운 시간을 보낸 적이 있었다. 킵과의 결혼 생활이 끝날 때 그 일은 눈 깜짝할 사이에 일어나지 않았다. 작은 상실이 연속적으로 일어났고,

매일 새로운 평가가 내려졌다. 스프레드시트를 사용하진 않았지만, 나는 틀림없이 어제의 진실과 오늘의 진실 사이의 거리를 측정했다. 매일 그리고 각각의 상실은 새로운 슬픔의 경련을 가져왔다.

사실 엘레나의 스프레드시트는 기발한 대처 메커니즘이라고 할 수 있었다. 그녀는 자신이 할 수 있는 것을 통제하고 있었다. 즉 마이크가 매일 손가락을 뻗는 정도는 통제할 수 없어도, 최소한 상세한 기록은 남길 수 있었다. 스프레드시트는 엘레나가 슬픔을 감당하는 방법이었다. 그녀는 표시하고, 측정하고, 기록하며 자신이 잘하는 일에 전념했다. 그러한 기록은 병세의 악화뿐만 아니라 그녀 자신이 느끼는 매일의 상실감을 나타내는 척도였다.

마이크에게 어제에 관해 묻는 것은 그의 질병에 대처하기 위해 현재에 집중하고자 하는 엘레나의 노력을 헛되게 했다. 그래서 그녀는 묻지 않고 측정했다. 완고해 보일지 몰라도, 이는 그녀에게 효과가 있었다. 간병인이 자신에게 효과가 있는 무언가를 찾아서 계속 죽어가는 사람을 돌볼 수 있다면, 그것은 모두에게 좋은 것이다.

알츠하이머병이나 다발성 경화증과 같은 퇴행성 질환 환자들과 그들을 돌보는 사람들은 대체로 의도치 않게 적응 전문가가 된다. 이러한 질환과 다른 많은 질환에서 환자의 신체는 한 번에 한 계통씩 점진적으로 약화하고 퇴화한다. 이들과 이들을 돌보는 사람들은 능수 능란한 적응 전문가가 될 수밖에 없다.

적응은 인간 경험의 핵심이다. 인간은 미지의 세계를 탐색하고 새로운 환경에 적응하는 데 능숙하지만, 보통은 이를 스스로 인정하지 않는다. 변화는 우리가 경배해야 할 신이다.

매일 아침 눈을 뜰 때마다, 우리는 우리의 기대에 반하는 소모전을 벌이는 현실을 맞이한다. 삶은 우리가 원하는 대로 흘러가지 않는다. 그렇다. 계획이 실패한다. 사람들은 마음을 바꾼다. 정부가 전복된다. 아기가 낮잠을 자지 않는다. 환각 여행이 입원 치료의 가능성으로 끝난다. 마음이 무너진다. 저녁을 태운다. 타이어가 펑크 난다. 하지만 우리는 고군분투하고 견디면서 그 순간에 적응하는 법을 배운다. 적응하는 법을 배우면 우리는 몇 번이고 계속해서 새로운 자아를 발견하게 된다. 새로운 자아는 결코 상상도 못 했던 자아, 이전의 모든 것을 흡수한 자아다.

이 새로운 단계에 다다르면 우리는 '오늘, 나는 여기에 있다.'라고 말할 수 있다. 오늘이라는 단어로 문장과 생각을 시작하는 것은 우리가 현재의 사실에 집중하게 한다. "오늘, 제 남편은 더 이상 걸을 수 없어요." "오늘, 커피잔이 쥐어지지 않네요." "오늘, 제 가장 친한 친구는 그녀가 가장 좋아하는 음식을 먹을 수 없어요." "오늘, 헤어졌어요." "오늘, 아버지가 돌아가셨어요." 오늘은 오늘치의 슬픔을 갖고 찾아온다.

나는 마이크가 죽을 때까지 3개월간 마이크와 엘레나를 계속 방문했다. 꽤 까다로웠던 첫 만남 이후, 우리는 점차 더 가까워졌다. 방문 중에 엘레나가 고개를 돌리거나 자리를 비우면 마이크는 나를 위해 몰래 손가락을 들곤 희미하게 미소를 지어 보였다. 그것은 엘레나가 자신의 의식을 계속하고 있다고 알리는 우리만의 언어가 되었다. 엘레나는 이 사적인 관행을 나에게 이야기해준 적이 없었고 나도 내가 알고 있다는 사실을 밝히지 않았다. 하지만 엘레나의 그러한 모습 때문에 나는 그녀가 더욱 사랑스럽게 느껴졌다. 마이크에게도 감동했다. 마이크는 아내의 일부가 그와 함께 죽어가는 동안, 아내가 그의 죽음을 아내의 속도에 맞춰 받아들일 수 있도록 허락했다. 예상했던 대로 그는 결국 손가락을 더는 들어 올릴 수 없게 되었다.

마이크가 폐렴(말기 루게릭병 환자에게 흔한 질환) 진단을 받았다고 엘레나가 내게 전화했을 때, 특히 마이크가 폐렴 치료를 받지 않겠다고 줄곧 말해왔기 때문에, 우리는 둘 다 끝이 가까워졌다는 것을 알았다. 엘레나는 전화로 의사가 말한 내용과 분당 호흡수, 기침수를 포함해 스프레드시트 상의 변화된 내용을 모두 읊었다. 호흡이 크게 느려지고 마이크가 숨을 쉬기 위해 사투를 벌이는 동안 엘레나는 호흡 기능이 완전히 멈출 때까지 그의 곁을 지켰다. 그리고 마이크는 숨을 거두었다.

나는 그날 늦게 그들을 방문했다. 엘레나는 그가 투병하는 동안 무릎에 노트북을 올려 두고 앉아 있곤 했던 의자에 앉아 있었지만, 이번에는 노트북이 닫혀 있었다. TV가 꺼져 있었고, 마이크는 아직 침대에서 장례식장으로 옮겨지길 기다리고 있었다. 눈앞에서 믿지 못할 일이 벌어지고 난 후 그녀는 극심한 슬픔의 충격으로 넋이 나간듯했다. 나는 그녀에게서 노트북을 조심스럽게 치우고 손을 잡아도 될지 물었다. 그녀가 허락했다. 그리고 마침내 울음을 터뜨렸고 나도 함께 울었다.

　마이크가 죽고 난 후 엘레나는 자신 외에는 돌봐야 할 사람이 없는 새로운 일상에 적응하려고 애썼다. 거의 2년 동안 그녀는 오로지 마이크를 돌보는 데만 전념해왔다. 하지만 이제 더는 업데이트할 스프레드시트가 없었고, 자신 외에는 통제할 것이 아무것도 없었다. 우리는 그가 떠난 후 처리해야 할 일 때문에 이따금 이야기를 나눴지만, 대부분의 일은 그가 살아있는 동안 엘레나가 이미 처리해둔 상태였다. 엘레나는 밤에 자신의 곁을 지키던 그를 몹시 그리워하며 마이크의 병상 바로 옆 침대에서 잠을 잤다. 마이크가 사망한 지 1년이 채 안 된 시점에, 그러니까 모든 잡다한 일을 마치고, 병원 침대를 치우고, 그의 옷을 정리하고, 그가 정을 준 물건들을 상자에 모두 넣었을 때, 엘레나는 심장마비로 사망했다. 그녀는 상심하여 죽었다. 그녀에게는 더 이상 살 이유가 없었다.

　임종 도우미로서의 나는 옛 자아에서 새로운 자아로의 여정(새로운 자아가 임종을 앞둔 자아라 해도)을 고객과 함께한다. 당연히 사람들은 자신의 임박한 죽음이나 사랑하는 누군가의 죽음을 받아들이기를 힘들어한다. 이들이 현재에 집중하는 데 실질적인 도움을 주기 위해 나는 고객들에게 '발 찾기'라는 일상적인 행위를 제안한다. 과거에 집착하거나 미래에 대해 걱정하는 사람과 함께 있을 때, 나는 간단히 그들의 발을 상기시키면서 그들이 나와 함께 현재에 머물 수 있도록 격려한다. 마음은 여행할 수 있다. 하지만 몸은 늘 바로 여기에 있다. 따뜻한 족욕을 즐기면서 또는 맨발을 땅에 단단히 대고 발가락을 꼼지락거리면서 발과 몸에 주의를 기울이면, 우리는 삶을 긍정하는 '오늘, 나는 여기에 있다'와 같은 말을 스스로 할 수 있게 된다.

킵은 눈앞에 보이는 진실과 싸우려고 하면 무슨 일이 생기는지 처음 알게 해준 사람이었다. 그럴 때 우리는 자신과의 소모적인 싸움 속에 갇히고 결국 그 싸움에서 질 수밖에 없다. 우리는 매일 자신의 진실을 무시하는 대신, 그 진실에 귀를 기울여야 한다. 이 교훈을 단 한 번만이라도 배울 수 있었다면 좋았을 것이다. 하지만 우리 모두가 그렇듯, 나는 그 사실을 몇 번이고 계속해서 배우게 될 터였다. 그리고 곧 이른바 '커리어'를 통해 이 사실을 배우기 시작했다.

9장

승산 없는 싸움

킵과 함께 살게 된 지 몇 달 후 고용된 로스앤젤레스 법률지원재단에서 '진짜' 변호사로 일하게 된 첫날, 나는 작은 사무실에 걸린 내 이름을 유심히 바라보았다. 반투명 유리문에 '알루아 아서 변호사Alua Arthur Attorney'라는 글자가 적혀 있었다. 글자가 떼어지는지 보려고 Attorney의 'A'를 살살 긁어보았다. 다행히 글자가 조금씩 벗겨져 한도의 한숨을 내쉬었다. 명판은 영구적인 것이 아니었다. 나는 아무도 눈치채지 못하도록 글자를 다시 고르게 붙여 놓고는 변호사가 되고 싶지 않다는 진실을 하루 더 외면하기로 했다. 이 부정은 거의 9년 동안 교묘하게 나를 지치게 했지만, 진실은 계속 그 자리에 있었다. 이제 나는 마주해야 했다. 내 몸은 이미 알고 있었던 그 진실을.

내가 처음 맡은 일은 정부 혜택 부서의 상근 변호사로서 식권, 현금 지원, 건강 보험 등 받을 수 있는 혜택을 받지 못한 사람들을 지원하는 것이었다. 여름 인턴십을 제외하면 처음으로 갖게 된 정규직이었는데, 나는 내가 얼마나 규칙적인 일정에 맞춰 일하는 것을 힘들어하는지 발견하곤 당황했다. 법률 지원 사무소는 대형 로펌과 같이 높은 실적에 대한 압박이나 24시간 근무 문화도 없는 곳이었다. 모두 9시까지 출근해야 했지만 5시 넘어서까지 일하는 사람은 거의 없었다. 간단한 규칙이었고, 이에 불만을 품는 사람은 아무도 없었다.

하지만 이 규칙에 대한 생각만으로도 나는 통제받는 기분을 느꼈고 초조해졌다. 아침에 짜증이 많은 타입이라 사람들과 다시 대화하기까지 시간이 더 필요하다 한들 어쩌겠는가? 아침은 늘 힘들었다. 약 6년 동안 크리스마스 때마다 부모님은 기타를 사달라는 내 부탁을 무시하고 대신 시계를 사주셨는데, 모두 서랍장 위에 새것인 상태로 쌓여만 갔다. 부모님은 내가 시간에 신경을 쓰게 하려고 노력하셨지만, 나는 신경 쓰지 않았다. 그것은 헛수고였다. 시간을 지키는 것은 내 특기가 아니었다. 특히 오전 11시 이전에는 더더욱 그랬다.

정부 혜택 부서에서 일한 지 겨우 1년 만에 마음이 뒤숭숭해졌다. 정부 내부에서 돌아가는 일을 보고 있자면 역겨움이 느껴졌다. 국가의 엄청난 부에도 불구하고, 예산이 삭감되고, 혜택은 줄어들고, 사람들도 계속해서 고통받았다. 의뢰인들은 흑인과 갈색 인종이 대부분이었는데, 어쩌다 허용된 한도보다 조금 더 많은 돈을 벌고 혜택을 못 받게 되어 계속해서 다시 찾아오는 경우가 많았다. 신청자들은 말도 안 되게 긴 줄을 서서 사무소에 서류를 제출해야 했다. 모든 것이 신체 건강한 사람 한 명당 한 달에 221달러라는 쥐꼬리만 한 현금을 지원받기 위해서였다. 하지만 로스앤젤레스에서 이는 턱없이 부족한 돈이었다. 정부는 가난한 사람들을 돌보지 않았고, 나는 그들이 계속 그렇게 살아가도록 설계된 관료적 절차에 맞서는 데 지쳤다.

더 많은 영향력을 발휘할 수 없음에 좌절하고 낙담한 채 나는 가족법 부서로 옮겨 가정폭력 업무를 담당하게 되었다. 일주일에 이틀 정도 법원에서 일하면서 우리는 접근 금지 명령을 받고, 이혼이나 양육권 신청을 하고, 고객을 학대자에게서 분리해 쉼터로 데려가는 일을 했다. 계속되는 활동, 긴박감, 끊임없이 변화하는 법적 상황이 나의 지루함을 조금은 덜어주었다. 나는 태평양아시아가족센터Center for the Pacific Asian Family의 비밀 가족 폭력 쉼터를 운영하는 파티마 코몰라미트Patima Komolamit와 같은 친구들과도 일하게 되었다. 키 160㎝에 보라색 곱슬머리를 보석이 박힌 젓가락으로 고정한 파티마는 나와 함께 산더미 같은 치즈와 탄수화물에 와인을 마시며 시스템에 대한 좌절감을 달래곤 했다.

하지만 좋은 동료들이 생겼음에도 일은 더 나아지는 것이 없었다. 법정에서의 소송을 제외하면 가정 변호사의 일상적인 업무는 놀랍게도 상당히 지루했다. 서류 작업, 고객 미팅, 서류 작업, 법정, 서류 작업. 나는 점점 더 무감각해지다가 그 무감각함에 대해 스스로에게 욕을 퍼부었다. 고객들이 같은 학대자를 피해 계속해서 다시 찾아왔다. 그들은 배우자가 자신을 집 안에 가두거나 집 밖으로 내쫓고, 음식에 표백제를 집어넣고, 강제로 자신의 머리를 자르고, 강간하고, 돈을 주지 않고, 아이들을 힘을 얻기 위한 필사적이고 한심한 계책의 볼모로 이용하고, 자신을 펀치백으로 사용했다는 이야기를 반복해서 들려주었다. 가정폭력에서 벗어나려면 약 7번의 시도가 필요할 수 있다는 것을 알고 있었지만, 내가 보기에 반복되는 폭력은 끝이 날 것 같지 않았다.

나는 무력했고 지쳐갔다. 상황이 절망적일 때는 고객이 없길 바라며 심리 사이에 화장실에서 울기도 했다. 변호사로 4년을 일한 시점이었지만, 이미 내 안의 무언가가 죽어가고 있다는 것을 느낄 수 있었다. 심장이 콘크리트처럼 느껴졌다. 나는 나 자신과 감수성과 인간에 대한 믿음을 잃어가고 있었다.

걱정이 커짐에 따라 (왜 이게 안 될까? 뭐가 잘못된 거지?) 나는 재단 내에서 일을 다시 바꿔 이번에는 지역 경제 개발 부서로 이동했다. 그리고 근무시간을 줄여 시간제로 일하기로 했는데, 변호사로서는 흔치 않은 선택이었다. 고소득 배우자가 있는 것도 아니고 돌봐야 할 아이도 없는 미혼 여성이 시간제 근무를 한다는 것은 거의 전례가 없는 일이었다. 분명히 근무 조건에 대한 자유로운 결정은 집에 돈이 좀 있거나 부유한 남편을 둔 사람들에게나 허용되는 것이었다. 하지만 나는 이미 빈털터리가 되는 것에 익숙했고, 그저 자유로워지고 싶었다.

L.A의 저소득층 지역에서 차터 스쿨(charter school, 공적 자금을 받아 교사, 부모, 지역 단체 등이 설립하고 독자적으로 운영하는 학교-

옮긴이)을 시작하는 지역사회 리더들과 함께 일주일에 21시간을 일하면 나의 영원한 가려움증, 그러니까 내가 기억할 수 있는 한 오래전부터 나와 함께 했던 지루함에 대한 두려움, 안주에 대한 두려움, 내면의 빛이 희미해지고 자연스러운 호기심이 수그러드는 것에 대한 두려움이 해소될 것으로 확신했다. 어렸을 때 나는 지루한 게 싫어 손에 닿는 모든 것을 해체하곤 했다. 그런데 이제는 법률 지원 변호사로서의 내 커리어에도 똑같은 짓을 하지 않을 수가 없을 것 같았다.

그때를 회상하면 눈앞에 이미 전투에서 지고 있는 한 여성의 모습이 보인다. 나는 문에서 내 이름을 완전히 떼고 뒤도 돌아보지 않을 수 있었다. 킵과 결혼했을 때와 마찬가지로 내 발은 도망치고 싶어 이미 안달이 나 있었지만, 나는 도망치고 싶은 충동을 억누르고, 마음을 다잡고, 이것이 내가 해야 할 일이라고 스스로 되뇌면서 몇 번이고 다시 자리로 돌아갔다. 법률지원재단에서 내가 했던 모든 부서 이동은 회피를 위한 묘책이었다. 물론 나는 정의를 향해 달리고 있었다. 하지만 동시에 나 자신으로부터도 도망치고 있었다.

이 서서히 진행되는 정신적 붕괴에 어떻게 맞서야 할지 몰라 나는 헤드폰을 귀에 꽂고 약 14.5㎞에 이르는 거리를 자전거로 통근했다. L.A의 교통 체증을 뚫고, 목청껏 노래를 부르고, 피부에 닿는 햇볕을 느끼면서 말이다. 엔도르핀이 넘치는 활주는 내가 두려움에 맞설 수 있는 유일한 방법이었다. 나는 땀 범벅에 숨이 차는 상태로 항상 늦게 일터에 도착해 화장실에서 몸을 씻고 데님 반바지에서 '변호사 복장'으로 갈아입은 다음 사무실로 향했다. 그리고 시간제로 일했기 때문에 원할 때 휴가를 내고 여행할 수 있도록 몇몇 주간은 더 많은 시간을 일했다.

거의 4년 동안 계속된 이런 일정은 내가 어느 정도 균형을 유지할 수 있을 만큼 실존적 두려움을 막아주었다. 물론 내 일이 만족스럽진 않았지만, 인생에는 다른 것들도 있지 않은가? 내 안의 마비된 구석은 저절로 괜찮아질 것이 분명했다.

방랑 욕구를 충족시키고 창의적인 자아를 계속 살려두기 위해 나는 프리랜서로 사진 일을 시작해 교외 결혼식 사진, 국제 다큐멘터리용 사진, 일반적인 거리 사진을 찍었다. 그러면서 어디든 카메라를 가지고 다녔다. 인류의 아름다움을 발견할 수 있는 무언가를 볼 경우를 대비해 심지어 출근하는 길 자전거 가방에도 넣고 다녔다.

지루함을 달래기 위해 제일 많이 찾았던 또 다른 방법은 지금처럼 당시에도 여행이었다. 지루함은 몸 안의 통증처럼 마음속에서 꿈틀대며 무언가 잘못되었다는 것을 알려주었다. 하지만 나는 모른 척했다. 일이 따분해지거나 이별을 경험할 때마다 나는 가만히 앉아 불편함을 견디고 필요한 변화를 만들기보다 도망치는 쪽을 택했다. 어떤 사람들은 앞머리를 잘랐지만, 나는 혼자 외국으로 떠나는 여행을 예약했다.

여행은 화려함과는 거리가 멀었다. 나는 호스텔에 묵고, 저가 열차를 타고, 여러 번의 경유지를 거치며 긴 여행을 했다. 시간제 법률 지원 변호사의 예산으로 감당할 수 있는 것은 그 정도가 전부였다. 하지만 괜찮았다. 여행은 나를 산만하게 했고, 나의 편치 않은 마음도 계속 바쁘게 했다. 그러는 동안 나는 나 자신으로부터 나를 구해줄 무언가를 찾았지만, 가는 곳마다 나 자신에게서 벗어날 수 없었다. 문제가 커질수록 세상은 축소되는 것만 같았다. 어디를 여행하든, 아무리 흥미진진한 모험이든, 비행기에서 내리면 항상 나의 문제들이 나를 기다리고 있었다.

나는 어쩌면 베네수엘라 카라카스Caracas에서 만난 한 남자와 사랑에 빠져 그가 내게 새 삶을 선물해 줄 수도 있지 않을까 하고 바랐다. 최근 나의 새 삶이 집요하게 예전의 삶으로 되돌아가고 있었기 때문이다. 그래서 한 번 시도해봤다. 하지만 마르코스는 23살이었고 아직 엄마와 함께 살고 있었다. 나는 다시 지루하고 성취감 없는 L.A의 삶으로 돌아가야 했다.

나는 흥미를 끌 수 있는 곳이면 어디든 여행을 다녔는데, 집중할 수 있는 시간이 짧은 나로서는 꽤 힘든 일이었다. 나는 호기심이 생길 때 가장 살아있는 기분을 느꼈고, 여행은 늘 호기심을 불러일으켰다. 지배적인 서구 문화권 밖의 다른 사람들은 어떻게 사는지, 무엇을 좋아하는지, 샤워는 어떻게 하는지, 어떤 신발을 신는지, 그들의 경도와 위도에서 달은 어떻게 보이는지, 그 나라의 동전이 내 주머니에서 얼마나 무거운지 알고 싶었다. 다른 누군가의 나라, 내가 아닌 다른 누군가의 삶을 엿보는 관음증 환자처럼 말이다. 그들은 어떤 음식을 그릇에 담아 먹고 어떤 사회적 예절을 따를까? 어쩌면 그들은 내겐 없는 인생의 중요한 질문에 대한 답을 가지고 있을지도 몰랐다. 그리고 나는 이러한 여행 중 하나를 통해 뭔진 몰라도 내 안에서 서서히 나를 죽이고 있는 것 같은 무언가에 대한 치료법을 기대했던 듯하다.

대부분의 여행은 배낭 하나만 메고 부족한 돈으로 개발 도상국을 돌아다니면서 살모넬라균은 잊은 채 무작위로 낯선 길거리 음식을 맛보는 식이었다. 나는 공항에서 임의로 목적지를 정한 후, 돈을 바꾸고, 부모님께 전화해 내 안부를 전한 다음 며칠 후에 연락하겠다고 약속하곤 했다. 새로운 곳에 확실히 자리를 잡은 뒤에는 술집과 거리에서 낯선 사람들과 이야기를 나누며 무엇을 할지, 다음엔 어디로 갈지를 배웠다. 이 방법을 통해 나는 베네수엘라 마르가리타섬의 프라이빗 비치에서 알몸으로 일광욕을 했고, 미얀마에서 아삼차를 마셨으며, 요하네스버그에서 최고의 재즈 명소를 발견했고, 데이비 존스Davy Jones라는 잘생긴 남자가 모는 오토바이를 타고 바베이도스섬Barbados을 일주했다.

무모한 짓들도 좀 했다. 모두 무언가를, 무엇이든 느끼기 위한 필사적 시도에서 나온 행동들이었다.

가령 나는 온두라스에서 산에 올라간 적이 있는데, 지그재그로 된 급경사 길이 너무 무서워 거의 기어 내려왔다. 고소공포증을 극복할 수 있을지 알아보기 위해 뉴질랜드에서 스카이다이빙도 해봤다. 하지만 결과적으로 공포증은 훨씬 더 심해졌다. 또 전화번호도 성도 모르는 새로운 '친구들'을 만나기 위해 의심스러운 버스를 타고 머물 곳도 없는 낯선 장소로 간 적도 있다. 한 번은 피지에서 리조트 직원과 함께 밤새 환각 효과가 있는 카바 뿌리 음료를 마시고 다음 날 아침 혼자 카약을 타고 블루 라군으로 떠났다. 끊임없이 내리쬐는 태양 아래 몸은 지칠 대로 지쳤다. 기진맥진해 숨을 헐떡거리며 섬에 도착했을 때쯤엔 돌아올 힘이 하나도 남아 있지 않았다. 나는 팔을 늘어뜨린 채 해변으로 비틀거리며 걸어가 잠들었다. 그리고는 정신을 차리고 일어나 어두워지기 전에 돌아왔다.

놀랄 것도 없이 나의 즉흥성은 이따금 나를 곤란한 상황에 놓이게 했다. 예를 들어, 로스앤젤레스로 돌아가는 길에 영주권의 진위를 확인할 수 없다는 이유로 멕시코 당국에 의해 구금당한 적이 있다. 인도에서는 칼리^{Kali} 여신(피부가 검고, 머리카락은 밧줄 같으며, 목에 남자들의 잘린 머리로 만든 화환을 둘렀다)을 따르는 사람들이 떼 지어 나를 향해 몰려들었다. 전적으로 틀린 비교는 아니었지만, 나는 나의 연애사를 그것보다는 더 잘 숨겼다고 생각했다. 그들은 내 머리카락을 만지고 내 옷을 잡아당겼다. 특히 흑인이 많지 않은 곳을 여행할 때는 끊임없이 매혹과 의심의 대상이 되는 것에 점차 더 익숙해졌다(키가 큰 흑인 여성이 홀로 여행하는 것은 흔한 광경이 아니었다). 하지만 인도 암리차르^{Amritsar}의 황금 사원에서 나는 잠깐 상상해보았다. '브리트니 스피어스가 된다는 건 이런 게 아닐까.' 대중의 관심에 갇혀 모든 행동을 감시받고 대중의 오락거리가 되는 것. 잔인하다. 하지만 그래도 집에 있는 것보다는 나았다.

또 한 번은 카이로의 번잡하고 다채로운 칸 엘 칼릴리^{Khan el-}

Khalili 시장에서 골목 깊숙한 곳에 갇힌 적이 있었다. ATM 근처에 있던 기분 나쁜 표정의 남자들이 나를 둘러쌌다. 그들은 마치 네 코스짜리 요리를 본 것처럼 나를 빤히 쳐다보면서 서로 눈빛을 주고받았다. 나는 직감적으로 그들이 내 돈이 아니라 내 몸에 관심이 있다는 것을 알아챘다. 그들 중 한 명이 나를 붙잡았지만, 나는 있는 힘을 다해 골목을 빠져나가 다시 환한 시장으로 돌아왔다.

골목에서 겁을 먹고 나니 빨리 안전한 호텔로 돌아가 다음 날 집으로 돌아가는 비행기에 오르고 싶었다. 이집트의 역사에 매료되었던 나는 클레오파트라가 수천 년 전에 쓴 가발을 보고서 서른두 살의 내 인생에 절실히 필요한 새로운 관점을 얻은 참이었다. 이미 수십억 명의 사람들이 저마다의 어려움과 사연을 갖고 살다 죽었는데, 내가 내 일이 싫어 일어나서 옷조차도 입을 수 없다 한들 그게 얼마나 중요할 것인가? 그래서 나는 정신을 차리고 택시 기사와 요금을 흥정한 뒤 비교적 안전한 택시에 올라탔다. 그리고는 호텔로 돌아가는 길에 운전기사와 주차장처럼 꽉 막힌 도로에서 매연을 들이마시며 잡담을 나누었다.

"아프리카에서 오셨어요?" 그가 백미러로 나를 보며 물었다. 이 질문은 항상 나를 짜증 나게 했는데, 특히 자신들을 아프리카인이라 부르지 않는 이집트인들과 몇 번이나 격한 대화를 나눈 후에는 더욱 그랬다. 그들은 자신들이 중동 사람이라고 주장했다. 내가 지도를 통해 아는 한, 이집트는 거대한 아프리카 대륙에 자리 잡고 있다.

"네, 가나 출신이죠." 나는 같은 대화를 반복하지 않길 바라며 대답했다.

"말투는 미국인 같은데요."

"미국에서 주로 자랐거든요. 전 캘리포니아에 살아요." 그가 노력하는 것 같길래 나도 부드럽게 대꾸했다. 하지만 그것은 착각이었다.

불길한 침묵이 이어진 후, 그는 크게 한숨을 쉬더니 창문 밖으로 침을 뱉고 아랍어로 몇 마디 중얼거렸다. "잘 들어요, 아가씨. 지금 차가 너무 막혀서 돈을 더 내야 합니다. 알겠죠?" 그가 짜증을 내며 어깨너머로 나를 바라보았다.

'아, 젠장. 지금은 안 돼.'

그가 말을 이었다. "돈 있잖아요. 아프리카를 떠나 미국에 갔으니, 돈 있을 거 아녜요." 흔한 수법이었고, 나는 이런 수법에 익숙했다. 가격 흥정을 마친 뒤 기사는 막히는 곳으로 차를 몰고 가 예상보다 '멀다'라며 돈을 추가로 요구했다. 그날 오후 시장에서 알루미늄 물담뱃대를 놋쇠로 알고 바가지를 썼기 때문에 나는 더 이상 이용당하고 싶지 않았다. 운전기사가 서아프리카인 얼굴에 미국식 억양을 지닌 내게서 돈을 뜯어내려 하는 것 같았다. 나는 거절했다.

그가 앞에 있는 차들을 향해 거칠게 손짓하며 아랍어로 뭐라 뭐라 하더니 다시 창밖으로 침을 뱉었다. "당신들은 아무것도 몰라. 멍청해. 당신 아프리카인들은 진짜 멍청해. 왜 당신들이 노예가 되었는지 알겠어! 당신들은 어리석으니까! 바보! 멍청이!" 그가 힘주어 말하며 사나운 손짓을 하는 바람에 손에서 떨어진 재가 차 안에 날렸다. 증오에 찬 말을 할 때마다 그의 분노가 더욱 커졌다. 깜짝 놀란 나는 점점 더 고조되는 그의 분노에 겁이 나 서둘러 시장에서 산 물건들이 담긴 가방을 챙긴 후 택시에서 내려 문을 쾅 닫았다. 그는 내가 인도로 가기 위해 여러 차선을 가로질러 걸어가는 동안에도 창밖을 향해 계속 소리를 질렀다. 땅거미가 깔리고 거리에서 여성들이 서서히 사라지기 시작한 때였다. 나는 카이로 한가운데 홀로 남겨졌다.

매점에서 일하던 한 남성이 이 떠들썩한 소리를 듣고 나에게 가게 안으로 들어오라는 시늉을 했다. 어린 아들을 통역 삼아 그는 택시 기사를 대신해 내게 사과하고 호텔까지의 거리가 한 블록밖에 되지 않는다고 설명해주었다. 택시 기사가 요금을 더 받으려고 길을 빙 돈 것이다. 길에 여자들이 없었기 때문에 가게 주인은 아들을 시켜 나를 호텔까지 데려다주게 했다. 그를 안아주고 싶었지만, 사회적 규범에 어긋나는 일이라 대신 감사의 눈물만 흘렸다. 나는 공항으로 가는 차에 탈 때까지 다시는 호텔을 떠나지 않았다.

하지만 이러한 진짜 위험과의 조우조차도 여행을 그만두기에는 충분치 않았다. 위험이 사라졌을 때 나는 공포 자체에도 중독성이 있다는 것을 알게 되었다. 버림받고, 공격을 피해 도망치고, 마약에 손을 댔지만 적어도 지루하진 않았다.

나는 다음 모험, 다음 기이한 만남, 다음 웃음을 찾아 계속 나아갔다. 캄보디아에서 야크를 탔고, 브라질의 살바도르 카니발에 네 번 다녀왔으며, 라오스에서는 너무 익은 망고스틴을 맛보았고, 스리랑카에서는 애덤스산Adam's Peak까지 부서진 계단을 오르며 새벽 하이킹을 즐겼다. 낯설면 낯설수록 좋았다.

집으로 돌아오면 나는 천천히 짐을 풀고 구입한 물건이 담긴 검은 비닐봉지를 코에 대고 킁킁대며 그것들이 나를 아파트에서 방금 왔던 곳으로 데려가 주기를 바랐다. 하지만 곧 모험의 흥분과 함께 냄새는 사라졌고, 브런치를 먹으며 들려주는 여행 이야기도 진부해졌다. 일단 흥분이 식으면, 아무것도 바뀌지 않았다는 것이 분명해졌다. 남은 것은 여권에 찍힌 도장과 그리움뿐이었다.

나는 계속해서 주의를 딴 데로 돌렸다. 내가 이 일을 왜 하고 있는지 모르겠다는 고통에서 벗어나 기분 좋은 삶을 만들어보려 애썼다. 나는 스스로 구축한 삶에 붙어있기 위해 왜 그렇게 애를 써야 했을까? 왜 내 주변에는 나처럼 힘들어하는 사람이 아무도 없는 것 같았을까? 다른 사람들은 삶을 헤쳐 나가는 방법을 어떻게 알아낸 것일까?

조던은 그 방법을 알아낸 것 같았다. 로맨스 영화 주연급의 외모와 액션 영웅의 체격을 갖춘 스물일곱 살의 생계형 배우인 그는 인생의 끝이 가까워졌다고 믿을 이유가 없었다. 조던은 아프지 않았다. 하지만 그는 죽음에 대한 극도의 두려움을 갖고 있었다. 그 두려움은 재앙에 대한 불안을 통해 나타났는데, 그중 대부분이 쓰나미, 흑사병, 원자폭탄, 심지어 하늘에서 떨어지는 칼과 같이 매우 가능성이 낮은 것들이었다. 하지만 이러한 생각은 느닷없이 그를 찾아와 신체에 스트레스 반응을 일으켰고, 정신적으로도 장애를 가져왔다. 그의 삶이 방해받기 시작했다. 조던은 액션 연기를 요구하는 일자리 기회를 잃었고, 해변에 가기를 좋아했던 여자친구도 잃었다. 쓰나미에 대한 두려움이 그를 물에서 멀어지게 했기 때문이다.

조던은 대부분의 불안을 말하기 요법을 통해 해결했는데, 여기에는 '모든 정지 신호에서 정확히 6초 동안 멈추면 교통사고가 나지 않는다', '불을 켜기 전에 눈을 세 번 깜박이면 동맥류에 걸리지 않는다'와 같은 신기한 사고가 많이 수반되었다. 그는 아야와스카(ayahuasca, 환각성 액체 음료-옮긴이)를 포함한 환각제들도 사용했고, 매일 항불안제를 복용했다. 이러한 노력에도 두려움의 흔적은 그의 몸속에 여전히 남아 있었다. 그는 두려움의 진짜 이유를 알아내거나 적어도 그 근원에 더 익숙해지고 싶어 했다. 나는 대체로 많은 불안과 공포가 죽음에 대한 근본적인 두려움에서 비롯된다고 믿었다. 조던이 느끼는 것과 같은 두려움을 느껴본 적은 없었지만, 나 역시 벗어나려고 할수록 더 커질 뿐인 걱정에서 벗어나기 위해 많은 시간을 보낸 적이 있었다. 그 기분이 얼마나 끔찍한지 알기에 나는 그를 돕기로 했다.

조던은 자신의 죽음을 직접 마주하는 것이 도움이 될지 모른다고 느꼈다. 나는 그에게 내가 제공하는 죽음 명상이라는 서비스에 대해 그의 정신과 의사와 먼저 상담해 달라고 요청했다. 정신과 의사는 죽음 명상 과정에 대해 나와 직접 논의

하기를 원했다. 나는 11세기 불교학자인 아티샤Atisha가 쓰고 후에 로시 조앤 핼리팩스Roshi Joan Halifax와 래리 로젠버그Larry Rosenberg가 발전시켰으며 내가 추가로 해석한 '죽음에 관한 아홉 가지 묵상Nine Contemplations on Death'이라는 명상을 내가 지켜보는 가운데 조던과 함께 진행할 것이라고 설명했다. 우리는 이러한 명상을 통해 죽음의 필연성을 더듬어 보고 인간의 필멸성에 비추어 중요한 것이 무엇인지 의식한다. 다음 단계는 신체의 궁극적인 결말을 상상하는 것이다. 나는 명상하는 사람들에게 어떤 묵상이나 생각이 자신을 불편하게 하는지에 주의를 기울일 것을 요청한다.

정신과 의사는 이 경험에 호기심을 보이며 이 명상을 노출 치료(exposure therapy, 환자를 두려움의 대상이나 사건, 상황에 노출함으로써 장애를 치료하는 방법-옮긴이)와 비교했다. 나는 의사와 의견이 달랐지만, 이것이 내가 뉴질랜드에서 한 것처럼 고소공포증을 극복하기 위해 약 6㎞ 상공의 비행기에서 뛰어내리는 것보다는 훨씬 온화한 방법이라고 생각했다. 개인 및 그룹을 대상으로 이 과정을 수십 차례 진행한 결과, 이 명상이 조던에게 도움이 될 것은 확실했다. 우리는 정신과 의사의 승인 아래 조던의 죽음 명상 일정을 잡았다.

본격적인 명상에 앞서 조던과 나는 죽음과 관련된 그의 가장 큰 두려움에 관해 이야기를 나누었다. 그리고 조던이 고통스럽지 않은 식으로 자기 죽음을 상상할 수 있도록 그의 가장 이상적인 죽음에 관해 이야기했는데, 조던은 놀랍게도 그 죽음을 쉽게 상상할 수 있었다. 그가 상상한 죽음은 침대에서 잠이 든 후 다시는 깨어나지 않는 죽음이었다. 하늘에서 떨어지는 칼 또한 그의 머릿속 선택지에 있었다는 점을 고려하면, 꽤 단순하고 이상적인 죽음이었다.

에코 파크Echo Park에 있는 조던의 아파트에서 나는 명상 프로그램을 위해 침실을 세팅하고 그의 이상적인 죽음을 재현하려 노력했다. 리넨 전등갓을 쓴 등이 이미 침실을 은은히 밝히고 있어서 침대 주위 바닥에 작은 양초만 몇 개 더 두었다. 조던은 불 또한 두려워했기 때문에 나는 그에게 불을 붙여도 되는지 허락을 구한 다음, 나를 믿고 양초로 둘러싸인 침대에 누워달라고 부탁했다. 그를 죽음으로 이끌려면 그의 마음속에서만이라도 신뢰는 중요했다.

조던은 침대 옆 탁자 위에 놓인 잔을 들어 물을 한 모금 마셨다. 그 물은 화재에 대한 그의 두려움을 진정시키기도 했다. 자는 동안 죽는 척을 하기 위해 잠옷을 입은 그가 조심스럽게 침대 중앙에 누워 눈을 감았다. 나는 그가 불안을 잠재울 때 아직 사용하는, 그의 할머니가 만든 파란색과 갈색이 섞인 누비이불을 그에게 덮어주었다. 이불은 그의 무릎을 겨우 덮었다. 나는 그를 좀 더 진정시키기 위해 이불 위로 무게가 있는 담요를 하나 더 덮었다. 명상은 위험하지 않고, 내가 전 과정을 지켜볼 것이었다. 하지만 나는 조던이 안전하다고 느끼길 바랐다. 나는 그에게 안전하다고 말해주었다.

우리는 함께 심호흡하는 것으로 시작해 근육의 긴장을 풀고 몸을 차분한 상태로 이끄는 연습을 했다. 나는 천천히 조던을 명상으로 안내하기 시작했다. 먼저, 죽음에 대한 첫 번째 묵상인 '죽음은 피할 수 없다'로 시작했다. 나는 그에게 들숨에는 '죽음은 피할 수 없다'를 반복하고 날숨에는 '나도 죽을 것이다'를 반복하라고 말했다. 두 번째 묵상에서는 들숨에 수명이 계속 감소하고 있음을, 날숨에 다시 숨을 쉬지 못하게 되면 어떻게 될까를 생각해보라고 말했다. 세 번째 묵상은 '내가 준비됐든 안 됐든 죽음은 온다'였다. 조던은 들숨에 아직 완성하지 못한 모든 것을 자각했고, 날숨에는 그중 어떤 것이라도 완성하려는 집착을 내려놓았다. 네 번째 명상에서는 우리의 수명이 정해져 있지 않다는 것에 대해 헤아려보았다. 나는 조던에게 들숨에 삶의 끝이라는 심오한 신비에 집중하고, 날숨에 앎에 대한 집착을 내려놓으라고 말했다.

다섯 번째 묵상(죽음에는 여러 가지 원인이 있다)에 이르자, 고요히 가라앉아있던 조던의 몸이 꿈틀거리기 시작했다. 조금 걱정이 되어 잠시 명상을 멈추고 그에게 괜찮은지 물었다. 조던은 눈을 부릅뜨고 일어나 앉았지만 계속 명상을 진행하고 싶다고 말했다. 긴장되고 불편해 보이긴 해도 열성적이었다. 나는 치유에 관해서는 사람들의 능력을 믿었기 때문에 계속 진행하는 데 동의했다. 조던은 겁이 났지만 계속 앞으로 나아가고 싶어 했다. 그의 용기가 무척이나 인상적이었다.

조던이 다시 누워 나는 그에게 할머니의 이불과 무게감 있는 담요를 다시 덮어주었다. 가장 어려운 부분은 아직 시작도 하지 않은 상태였다. 우리는 몇 번 심호흡을 하고 남은 묵상(내 몸은 연약하고 취약하다. 물질적 자원은 내게 아무 소용이 없어질 것이다. 사랑하는 사람도 나를 구할 수 없다. 죽음이 찾아왔을 때 내 몸은 나를 도울 수 없다)을 통해 다시 마음을 진정시켰다. 아홉 번째 묵상을 마무리하고 조던을 다시 살피자, 그가 담요에서 손을 빼내 내게 엄지손가락을 치켜세웠다. 그리고는 한쪽 눈을 뜨고 침대에 불이 붙진 않았는지 확인했다.

명상의 다음 단계에서는 조던에게 신체 기관이 하나씩 차례로 정지하는 것을 시각화해보도록 안내했다. 우리는 각 기관이 산소가 풍부한 혈액과 영양분을 잃고 결국 죽어가는 모습을 상상했다. 조던의 눈이 살짝 떨렸지만, 그는 눈을 감은 채로 계속 고르게 숨을 쉬었다. 나는 계속했다.

조던은 화장보다 매장을 원했으므로(그는 자신의 몸이 불타는 것을 상상할 수 없었다), 우리는 그의 몸이 부패하고 뼈가 썩어 끝내 먼지가 되는 것을 상상했다. 조던은 숨을 부드럽게 들이마시고 내쉬면서 호흡을 일정하고 가볍게 유지했다. 명상이 잘 진행되고 있었다.

다음으로 조던은 가족, 친구, 사랑하는 사람, 그 밖의 낯선 이들이 자신이 없는 세상에서 계속 삶을 이어가는 모습을 상상했다. 호흡이 더 깊어졌지만 안정적으로 유지되었다. 명상이 끝난 후 나는 조던을 다시 그의 몸과 방으로 불러 그에게 팔을 움직이고, 근육을 수축했다가 이완하고, 다리를 벽 쪽으로 뻗고, 팔을 머리 위로 뻗으라고 말했다. 힘찬 생명력이 그의 몸속에서 소용돌이쳤다. 그는 아직 죽지 않았다.

조던의 눈이 젖어 있었다. 그는 깊은 잠에서 이제 막 깨어난 것처럼 보였다. 나는 그에게 발목과 손목을 돌리고, 다시 한번 팔과 다리의 근육을 수축했다가 이완하고, 기름에 빠진 새우처럼 몸을 이리저리 움직여보라고 말했다. 그는 싱긋 웃으면서 배가 고파 당장이라도 새우를 먹으러 갈 수 있을 것 같다고 말했다. 그가 완전히 돌아왔다는 신호였다.

조던은 자신의 임종을 상상하는 동안 평화로웠다고 말했다. 그는 자신이 더 이상 존재하지 않는다는 사실에 슬펐지만 저항 없이 죽음을 받아들였다. 그를 가장 불안하게 한 부분은 죽음에 대한 부분, 즉 몸은 취약하며 죽음에는 많은 원인이 있다는 현실이었다. 그의 두려움은 죽는 과정과 고통의 가능성에 뿌리를 두고 있었다. 고통에 대한 조던의 두려움은 고통스러운 죽음을 일으킬 수 있는 모든 사건에 대한 두려움으로 확대되어 노화나 질병이 아닌 쓰나미처럼 자신이 통제할 수 없는 재난에 대한 집착으로 이어졌다. 이는 특이한 경우가 아니었다. 조던이 두려워한 것은 죽음 자체가 아니라, 죽어가는 과정이었다.

조던이 우리가 어떻게 죽는지에 대한 정보가 도움이 될 것이라고 말해 나는 그에 관한 정보를 제공했다. 수년 동안 조던은 죽음을 초래할 수 있는 상황을 피해왔다. 그는 롤러코스터에서 떨어질까 봐 놀이공원을 피했고, 다리가 무너질까 봐 차를 타고 다리를 건너는 것도 불안해했다. 그는 늘 오토바이를 사서 여자친구를 뒤에 태우고 퍼시픽 코스트 하이웨이Pacific Coast

Highway를 달리고 싶었지만, 사지 못했다. 그는 여자친구를 잃었고 결국 오토바이를 살 엄두도 내지 못했다.

오토바이 사고는 가끔 일어나지만, 오토바이를 모는 사람의 대다수는 질병으로 사망한다. 우리 대부분은 질병으로 사망한다. 미국질병통제예방센터Centers for Disease Control and Prevention의 사망률에 관한 국가 인구 동태 통계 보고서National Vital Statistics Report에 따르면, 의도치 않은 부상이나 사고로 사망하는 사람은 미국 인구의 약 6%에 불과하다.

고통을 피하는 것은 조던의 삶에서 주요 원동력이었다. 그는 그것을 삶의 주제로 인식했다. 우리가 죽음에 대해 갖는 두려움은 흔히 우리의 삶에도 존재한다. 무의식적으로 그는 즐거움을 향하기보다 고통과 죽음의 가능성에서 도망쳐왔다. 죽음을 피하려고 이 모든 대처를 하면서 스턴트를 하고, 모험을 떠나고, 사랑에 빠지는 성공적인 액션 배우로서의 삶을 미뤄온 것이다. '스턴트는 안 돼, 다쳐서 죽을 거야. 마음을 열지 마, 마음이 부서질 테니까. 사랑하지 마, 슬픔이 찾아올 거야. 재미나게 살지 마, 어차피 죽을 거니까.'

피하고 또 피하는 것은 죽음에 대한 뿌리 깊은 두려움에서 벗어나기 위한 흔한 전략이다. 그러나 이 지구에서 살아간다는 것은 죽음을 불러올 수 있는 수백만 가지의 원인과 조건에 속박된다는 것이다. 신체 질환이 가장 흔한 경우이긴 하지만, 우리는 사고, 질병, 지진이나 폭풍과 같은 천재지변 등 하늘의 무수한 별들만큼이나 다양한 방법으로 죽을 수 있다. 다른 사람의 손에 죽거나 계단에서 미끄러져 죽을 수도 있다. 그래서 누군가 사망했다는 소식을 들었을 때 우리가 가장 먼저 하는 질문 중 하나는 "어떻게?"이다. 우리 안에는 그들이 죽음에 이르게 된 상황을 알고 싶은 마음, 그들의 부주의를 탓하거나 불행을 동정하고 싶은 마음이 깊이 뿌리박혀 있다. 우리는 종종 죽음을 통제할 수 없는(자신이 죽음을 선택한 경우는 제외하고) 정상적이고 자연스러운 삶의 순환으로 받아들이기보다 죽은 사람을 탓한다. 이는 아마도 우리가 '죽는 방법'은 어느 정도 통제할 수 있지만(부주의하지 않았다면 죽지 않았을 것이다), '본질'은 통제할 수 없는 것(어쨌든 죽을 것이다)처럼 느끼기 때문일 것이다.

그렇다 해도 여전히 회피는 해결책이 아니다. 죽거나 다칠 수 있다는 두려움 때문에 하고 싶은 일을 하지 않는다면, 삶이라는 선물을 스스로 빼앗는 것이나 다름없다. 회피가 나타나는 방식은 사람마다 다르다. 회피는 교활하게 나타날 수 있다. 심지어 완벽주의, 일 중독, 강박적인 청소, 위험천만한 여행과 같은 것으로 위장도 할 수 있다. 죽음에 대한 부정, 모든 형태의 중독, 심신을 약화하는 지속적인 미루기와 같이 더 파괴적인 예들도 있다. 이 모든 경우에서 우리는 문제를 직면하는 대신 다른 무언가로 억누른다. 하지만 내가 일하면서 목격하고 경험한 바에 따르면, 회피는 오래가지 않았고 피하는 것이 무엇이든 결국은 그것과 직면해야만 했다. 직면하지 않는다고 해서 문제가 사라지는 것은 아니다. 어떤 형태로든 그 문제는 여러분을 기다리고 있을 것이다.

10장

육각형 못

때로 우리는 인생에서 예상치 못한 수호신을 만나는 축복을 누리기도 한다. 저항하기 힘든 진실에서 도망칠 때, 인생은 당신을 향해 눈을 가늘게 뜨고 당신이 피해온 것을 정확히 지적하는 누군가를 당신 앞에 데려다 놓는다. 대체로 엄하지만 자비로운 그들은 우리를 비난하기 위해서가 아니라 인도하기 위해 우리에게 다가온다. 그들은 조언자로서, 자기 부정의 황무지를 순찰하며 부드럽지만 단호하게 우리를 진실된 자아의 길로 안내한다.

나에게는 실비아 아르구에타Silvia Argueta가 바로 그런 사람이었다.

실비아를 처음 만났을 때가 생생하게 기억난다. 로스앤젤레스 법률지원재단의 선임변호사이자 1세대 과테말라계 미국인인 그녀는 가족 중 처음으로 대학에 진학했고 변호사가 된 것은 더더욱 처음이었다. 그녀는 그 자체로 강력한 존재였다. 나는 즉시 그녀에게 끌렸다. 이민자는 이민자를 알아봤다. 키가 4피트 11인치(그녀는 자신의 키를 5피트(약 152㎝)로 올림하지 않고 항상 정확하게 말하곤 했다)에 불과해 정수리만 보일 때가 많았지만 말이다. 힘든 시기를 보내는 동안 그녀는 내 멘토이자 절친한 친구가 되었다.

실비아의 아버지가 돌아가셨을 때 나는 그의 장례식에 참석했다. 후에 실비아는 아버지와 소통할 수 있길 바라며 영매에게 연락했는데, 그 영매가 사무실에 있는 키 크고 상냥한 흑인 여성과 이야기를 나누고 싶다는 뜻을 전했다. 나를 말하는 것이었다. 다음 날, 실비아는 내 문을 두드리고 마치 샌드위치 주문을 전달하듯 영매의 요청에 관해 이야기했다. 나는 겁이 났지만, 어쨌든 영매와 이야기를 나누었다(듣자 하니, 한 번도 만난 적이 없는 나의 할머니가 내게 인사를 하고 싶어 한다고 했다).

부당한 정부 혜택 프로그램에 반복해서 답답함을 느끼고 있을 때, 실비아는 이 모든 것의 부당함에 관한 내 불평을 참을성 있게 들어주었다. 하지만 첫 만남에서 그녀는 내게 단도직입적으로 물었다.

"왜 변호사가 되셨어요?"

그 질문은 나를 불안하게 했다. 일단 너무 직설적이었다. 그 상황에서 나올 법한 아주 당연한 질문이긴 했지만, 나는 로스쿨 지원서를 작성할 때(그때도 헛소리를 하긴 했지만)를 빼곤 그 이유를 생각해 본 적이 없었다. "음, 그게….." 나는 괜히 코를 쿵쿵

거리고 손에 낀 반지를 만지작거리며 이 날벼락 같은 질문에 대한 답을 떠올리려 애썼다. "어떻게든 정의에 영향을 미치고 싶었고, 사람들을 돕고 싶었고, 사람들이 누군가를 정말로 필요로 할 때 그곳에 있고 싶어서…." 그녀를 설득할 수 있길 바랐지만 내 목소리는 점점 잦아들었다. 정말이지 나는 거짓말을 너무 못했다. 모두 사실이었지만, 이는 왜 내가 변호사가 되기로 했는지는 설명하지 못했다.

나는 인생에서 큰일을 할 것으로 기대되는 '재능있는' 아이였고, 변호사가 되는 것이 좋아 보였고, 가족을 자랑스럽게 만들고 싶었기 때문에 변호사가 되었다고 말하기가 부끄러웠다.

잠시 멈춰서 내가 진정으로 원하는 것이 무엇인지 알아낼 용기가 없었다고, 로스쿨과 변호사 시험에 엄청난 노력을 들였으면서도 그냥 저항이 가장 적은 길을 택했다고 말할 수가 없었다. 나한테조차도 그 말은 터무니없는 소리로 들렸다. '저항이 가장 적은 길'이 로스쿨과 합격률이 약 34%에 불과한 캘리포니아 변호사 시험의 고문을 견뎌내는 것을 의미한다면, 나는 무언가로부터 도망치고 있다는 것이 분명했다.

나는 실비아에게 다른 삶을 동경한다고 말할 수 없었다. 그 삶은 상상하는 것조차 두려웠고 매일 나에게서 멀어지는 것 같았다. 그러니 말할 필요가 없었다. 실비아는 나의 깊은 감수성, 변호사 일에 맞지 않는 적성, 별난 스타일을 알아보았다. 나는 육각형 모양의 못을 변호사 크기의 구멍에 끼우려고 했고, 실비아는 그런 나를 꿰뚫어 보았다.

아마도 실비아만 그랬던 것 같다. 사무실 안의 다른 사람들은 모두 내 변호사 연기를 믿어줬는데, 그들을 설득하기 위해 들인 많은 시간과 돈을 생각하면 참 다행스러운 일이었다. 법률지원 재단에서 일하는 9년 동안 나는 가게를 통째로 살 듯 물건을 사들였다. 여행 중이거나 연애 중이 아닌 몇 달 동안 절망감이 쌓이고 긴 주말 연휴에도 떠날 수 없다는 것을 알았을 때, 내게 남은 유일한 방법은 새 옷을 사는 것이었다.

그러나 이는 특히 암울한 형태의 쇼핑 치료였다. 함께 일하는 사람들과 조화를 이루기 위해 칙칙한 '변호사' 옷만 샀기 때문이다. 가령 알렉산더 맥퀸의 드레시한 주황색 스커트나 아크라의 머드 천(원단을 염색하는 과정에서 말 그대로 진흙이 사용되는 직물-옮긴이)으로 만든 케이프 대신, 나는 회색 울 정장과 가는 세로줄무늬의 바지 정장, 펜슬 스커트(엉덩이가 드러날 정도로 너무 타이트하지 않은 것), 하늘색 버튼다운 셔츠(초기 미국 정착민처럼 보일 정도로 단추가 너무 높지 않은 것)를 샀다. 그리고 약간의 디테일을 위해 장식이 달린 벨트, 유색 신발, 머리띠, 액세서리를 추가했다.

매일 나는 옷을 입고 거울을 보며 고객의 관점에서 내 모습을 보려고 노력했다. 젊은 흑인 여성(높은 광대뼈와 멜라닌 때문에 실제보다 더 어려 보였다)이었던 까닭에 나는 고객, 동료, 상대 변호인, 판사에게 진지하게 보이기 위해 더 열심히 애써야 했다. 이 옷을 입고 존중받을 수 있을까? 눈에 보이는 모든 구멍에 금 보석을 주렁주렁 매단 변호사처럼 보이진 않을까? 안경을 쓰면 어떨까? 법조계는 여전히 백인 남성들의 오래된 클럽이었고,

나는 고객들에게 방해가 될 수 있는 식으로 나 자신을 드러내고 싶지 않았다. 이 정도면 내가 연기하려는 역에 걸맞아 보이지 않을까?

분명히 실비아에게는 통하지 않았다.

자전거 통근과 줄어든 식욕 덕분에 체중이 줄어 옷은 잘 맞았다. 하지만 그 옷들은 내게 어울리지 않았다. 외모는 내가 누구인지에 대한 메시지를 전달한다. 모델 겸 디자이너의 딸로서 내 패션 감각은 DNA에 새겨져 있다. 엄마는 허영을 부추기며 옷을 잘 입으면 기분도 좋아진다고 주장했다. "옷을 잘 입으면, 기분도 좋아지는 법이야." 나는 밝은 색깔, 부드러운 원단, 흐르는 듯한 실루엣을 통해 도파민을 온몸에 가득 채웠다. 드레스를 입으면 본능적으로 빙그르르 돌았다. 그러지 말라는 충고에도 불구하고 사람들은 늘 표지로 책을 판단했다. 나는 최대한 내 외모가 완벽해 보이기를 바랐다.

하루하루가 나의 내면을 반영하는 겉모습을 구성할 기회였는데 외모가 더는 내면을 반영하지 않는다고 느껴지니, 좀이 쑤시고 강요받는 기분이 들기 시작했다. 원한다면 패션의 중요성을 무시할 수도 있을 것이다. 하지만 내게 옷은 자유였고, 표현이었고, 예술이었다. 무엇보다도 나는 내 생각, 마음, 옷, 직업, 선택 등 모든 것을 내 마음대로 바꿀 수 있는 자유를 바랐다. 스타일이 제약받는다고 느끼면 거울을 보고 바꾸기만 하면 되도록 말이다.

어느 날 아침, 내가 정말로 좋아하는 노란색 쉬폰 튀튀 스커트가 내 눈길을 사로잡았지만, 나는 일하러 갈 땐 이런 옷을 입으면 안 된다고 자신을 다독였다. 그 옷은 충분히 '프로'답지 않았다. 나는 화려하게 색칠한 매니큐어를 지우고 이사회에 참석했으며, 레게머리를 낮은 포니테일로 묶고 법정에 출석했다. 행여 내 역할에 어울리지 않을까 봐 옷을 갈아입을 때마다 나는 내가 원하는 것이라고 스스로 확신한 삶에 순응하기 위해 내 진정성의 작은 조각을 희생했다. 얼룩말에게 말의 옷을 입히려고 한 것이다.

나는 어디에서든 늘 얼룩말이 된 기분을 느꼈다. 미국에서는 흑인, 흑인들 사이에서는 아프리카인, 가나에서는 미국인이었다. 지역 전문대학 수학 수업에서는 최연소 학생이었고, 뚱뚱한 치어리더였으며, 가족 중 유일한 채식주의자였고, 모두가 긴 머리를 하고 있을 때 짧은 머리를 한 소녀였으며, 남들이 이해하지 못하는 말을 불쑥 내뱉고 부적절한 타이밍에서 내 머릿속 농담 때문에 웃음을 터뜨리는 사람이었다. 나는 이 세상 어디를 가도 어울리지 않았다. 심지어 더 열심히 노력할수록 더 눈에 띄었다.

언젠가 법률지원재단에서 회의를 하던 중 나는 트위터 사용자를 트윗(twat, '멍청이'의 뜻이 있고, 여자의 음부를 가리키는 비어로 쓰인다-옮긴이)이라고 불렀다. 무례하게 굴 뜻은 없었지만, 운율이 맞았기 때문에 그것이 맞는 이름인 것 같았다. 트윗하는 사람들은 트윗이다. 맞지 않나? 틀렸다. 다른 변호사들이 내 실수를 설명하는 동안 회의는 자연스럽게 끝나지 못하고 어색하게 중단되었다. 얼굴이 화끈거렸고, 회의록에서 내가 한 말은 삭제되었다. 나는 그것이 '나쁜 단어'인 줄 몰랐다. 영어는 내 모국어가 아니었다!

이후 8년에 걸쳐 일하는 곳을 옮기고, 자신을 억누르고, 계속 불만을 키워가는 동안 실비아는 끈질기게 내게 다시 묻곤 했다. "왜 변호사가 됐어요?" 그럴 때마다 나는 똑같은 대답의 새로운 버전으로 헛소리를 늘어놓았지만, 대답에 설득력이 없었다. 또 고객들과는 잘 지낼지 몰라도 일의 실질적인 세부사항을 처리하는 데는 젬병이었다. 나는 정리정돈을 잘하지 못했다. 서류가 책상 위에 제멋대로 흩어져 있었고 중요한 서식이 산더미 같은 서류 속에 묻혀 있기 일쑤였다. 나는 기질적으로 보다 세밀한 법적 포인트를 검토하는 데 적합하지 않았다. 법적인 것보다 옳은 것에 관심이 더 많았던 나는 훌륭한 철학자는 될 수 있어도 법조인으로서는 형편없었다.

고객의 손을 잡고, 그들이 처한 상황을 알려주고, 함께 울어주고, 그들 스스로 더 나은 상황을 만들어갈 수 있도록 해주고 싶었다. 삶과 치유, 예술에 관해 이야기하고 싶었다. 법이 얼마나 비효율적인가에 곧잘 화가 났던 나는 일이 끝나면 와인 한 병을 비우곤 멍해졌다. 실비아는 계속 내 곁에 머무르며 내가 법률지원재단에서 적합한 자리를 찾을 수 있게 도와주었다. 그녀는 잔소리하지 않고 내 인생을 믿어주었다.

그렇지만 나는 나 자신을 믿지 못했다. 사실 무언가 잘못되었다는 것은 알고 있었다. 다른 사람의 옷을 입고 다른 사람의 껍데기를 쓴 기분이었으니 말이다. 나는 내게 어울리지 않는 옷장을 가지고 있었다. 그 옷장은 내가 스스로에게 강요한 커리어, 스스로에게 한 거짓말들, 내 것으로 느껴지지 않는 삶으로 가득 차 있었다.

이 일의 한 가지 장점은 곁에서 보면 좋아 보인다는 것이었다. 그리고 또 다른 장점은 파트타임으로만 가면을 쓰면 된다는 것이었다. 나머지 시간에는 자유롭게 내가 될 수 있었다. 한동안은 내 진정성을 일주일에 21시간과 맞바꾸는 것이 가치가 있었다. 하지만 수년에 걸쳐 진짜 나를 억누르다 보니 떨쳐낼 수 없는 끈질긴 고통이 나를 찾아왔고, 끝내 내 존재에 스며들었다.

거울 속에 비친 내 모습에서 나 자신을 찾아보기가 힘들었다. 레게머리를 뒤로 넘기거나 버튼다운 셔츠를 고쳐 입을 때마다 내 눈 뒤에 도사리고 있는 공허함이 보였다. 그 공허함은 내가 일터에서 목소리를 조절하거나 스타일을 억누를 때마다 내 몸 전체에 퍼지는 듯했다. 그것은 내 골수, 내 본질을 빨아들이기 시작했다.

머지않아 내 옷장은 자연스럽게 바뀌기 시작했다. 회색과 검은색 옷이 주류가 되었고, 색이 점점 희미해져 갔다. 내 노력도, 내 안에 있던 삶의 불꽃도 마찬가지였다. 생존을 위해 필요한 일을 하고 있다고 생각했지만, 사실 나는 서서히 나 자신을 죽이고 있었다. 내 기쁨을 줄이고, 내 빛을 죽이고 있었다. 무엇을 위해? 내가 원하지 않는 삶을 위해. 마치 내가 내 얼굴을 베개로 누르면서 그만 몸부림치기를 기다리는 것 같았다.

켄을 만난 것은 임종 도우미 간판을 내건 지 얼마 지나지 않아서였다. 켄이 병원에서 죽어가는 동안 그의 가족은 그가 운영하던 소규모 사업을 대신 관리할 수 있도록 위임장을 받고 싶어 했다. 나는 죽음을 다루는 일에서 가능하면 법적인 업무를 배제하고 싶었기 때문에 이 일을 맡기를 약간 주저했지만, 내게는 고객이 필요했다. 게다가 나에게는 능력이 있었다. 죽음을 다루는 일은 우리에게 갖고 있는 모든 능력을 병상으로 가져오게 하므로, 이번에도 나는 나의 법적인 능력을 멀리하고 싶지만 가져왔다.

켄은 L.A에서 빈티지 가게를 운영했는데, 57세의 나이에 췌장암으로 인해 몸이 급속도로 쇠약해졌다. 병실에서 처음 켄을 만났을 때 그에게는 활기랄 것이 없었다. 항암 치료 때문에 머리는 솜털로 덮여 있었고, 부드러운 푸른 눈은 두개골 깊숙이 꺼져 있었으며, 손목에 뼈가 드러났다. 건강했을 때 켄(백인이었고, 태어날 때 남성으로 지정되었으며, 'ㄱhe/him' 대명사를 사용했다)은 자주 치마와 블라우스, 스타킹을 착용했고, 힐을 신었고, 화장을 했고, 티아라를 썼다. 하지만 이제 그는 흰색과 파란색이 어우러진 빛바랜 일반 환자복을 입고 있었다. 아이섀도나 아이라이너, 블러셔, 티아라, 립스틱은 없었다. 가족들은 그의 복장을 단 한 번도 인정한 적이 없었다. 몸이 아프기 시작하면서 그 또한 그런 시도를 멈췄다. 아무리 멋진 사람이라도 몸이 아프면 운동복 바지와 파자마 차림으로 돌아간다.

병원 침대에 누워 공중인 앞에서 위임장에 서명할 때 켄은 패배한 사람처럼 보였다. 나는 그의 손에서 초록색 반짝이 매니큐어가 희미해진 것을 발견하고 그의 누이가 병실을 나갔을 때 그것에 관해 물어보았다.

"매니큐어를 칠하고 싶은데 '그들'은 그걸 좋아하지 않아요." 그가 마치 방이 청중으로 가득 찬 듯 텅 빈 방을 향해 넓게, 하지만 약하게 손짓했다. 나는 주위를 둘러보았다. 가끔 고객들은 삶의 마지막 순간에 내가 볼 수 없는 사람들과 이야기를 나누는데, 그것이 죽은 사람과 죽어가는 사람이 만나는 것인지, 정신이 죽음을 준비할 때 무의식 속에서 떠오르는 환각인지는 불분명하다. "구체적으로 누구를 말씀하시는 걸까요?" 나는 조심스럽게 물었다.

"내 누이, 이모, 아버지, 조카."

"그렇군요." 나는 안도의 한숨을 내쉬며 말했다. 적어도 죽은 사람들은 아니었다. "마지막으로 매니큐어를 칠한 게 언젠가요?" 내가 물었다.

"두어 달 됐죠. 그들이 그만두라고 하더군요. 도우러 오거나 병문안을 온 다른 생물학적 가족들에게 혼란을 줄 수 있다면서요. 내내 이곳을 지키는 내가 택한 가족들은 괜찮다고 그랬는데 말입니다."

"손톱을 그대로 둬도 괜찮으시겠어요?"

"살아있는 동안에는 그들 말을 들어주려고요. 하지만 내 맘대로 할 수 있다면, 소각로에 들어갈 때 보라색 반짝이가 있는 파란 매니큐어를 칠하고 싶어요."

켄의 고백은 내 안의 무언가를 자극했다. 나는 수년간 판사, 상대 변호사 등 다른 사람들을 위해, 또 여름 법률 인턴십을 위해 손톱 색깔을 연하게 유지했었다. 누군가 죽어서든 살아서든 네일아트를 통해 자신을 표현할 권리를 옹호해줄 사람이 필요하다면, 그 사람은 바로 나였다.

"그렇게 하면 되죠!" 내가 활짝 웃으며 말했다.

켄은 자신이 잘못 들은 게 아닌가 하는 놀란 표정으로 나를 쳐다보았다. "화장될 때 반짝이 네일을 하고 싶다는 거 진심이셨죠?"

"아니요. 하지만 당신이 해줄 수 있다면 할 겁니다." 그의 태도가 위임장에 관해 이야기할 때와는 딴판으로 바뀌고 있었다.

"원하신다면 그렇게 되도록 최선을 다할게요. 옷은 어떻게 입고 싶으세요?"

"빈티지한 금색 플리츠 스커트에 분홍색 레오타드를 입고 싶지만, 검은색만 아니라면 정장을 입으려고 해요. 화장될 때 그 아름다운 치마가 불탈 것을 생각하면 마음이 아프거든요."

"확실해요?" 옷 이야기에 그가 다시 살아나는 것을 보고 내가 재차 물었다. "그 스커트를 입고 싶으시다면, 그렇게도 해드릴 수 있어요."

켄은 병상에서 달걀 껍데기 색깔의 벽 창가에 걸려 있는 흔한 바다 그림을 지나, 8층 창문 밖을 내다보며 이 문제를 곰곰이 생각했다. 침묵의 길이로 보아 그가 내 말을 진지하게 고려하고 있음이 분명했다.

켄이 한숨을 내쉬었다. "그냥 아무도 화나게 하지 않고 요 며칠이나 몇 주, 혹은 몇 달을 보내고 싶어요. 하고 싶은 것을 위해 싸울 힘이 없네요."

"음, 전 있어요!" 내게는 정의로운 일을 위해, 특히 죽어가는 사람들의 소원을 위해 싸울 수 있는 무한한 에너지가 있었다. 나는 켄이 방금 서명한 위임장을 재빨리 살펴보고 그의 사업과 재정적 결정에 위임을 국한한 것에 안도했다. 그러나 현실적으로 켄의 가장 가까운 친족은 가족이었기 때문에 장례식과 화장 시 그가 입을 옷을 결정할 권리는 가족에게 있었다. 그가 직접 확실한 계획을 세우거나 다른 누군가에게 그 권리를 부여하지 않는 한은 말이다.

이런 경우는 늘 있었다. 사후 시신 처리에 관한 서류에 서명할 때도 사람들은 보통 자신이 원하는 바를 구체적으로 밝히지 않아 슬픔에 잠긴 유가족에게 혼란을 안긴다. 그 이유는 어차피 죽을 것이라는 데 있지만, 그렇게 되면 의사 결정의 부담은 망연자실한 유가족에게로 돌아간다. 켄은 이 모든 사실을 알고 있었지만 당연하게도 그런 일은 신경 쓸 수가 없었다. 그는 가족이 장례식을 계획하고 장례식이 교회에서 치러진다 해도 상관없었다. "교회 안으로 들어가는 순간 저는 순식간에 불에 타 없어져 버릴지도 몰라요." 그가 하늘을 향해 손짓하며 아무렇지도 않게 농담했다. "그러면 뭐 화장 비용은 절약되겠죠."

하지만 나는 단지 켄이 무엇을 받아들일 것인지 뿐만 아니라 무엇을 원하는지를 더 알고 싶었다.

켄이 옷을 좋아하고 자기 죽음을 편하게 이야기하는 것 같아서 우리는 장례식 복장에 관한 이야기를 나눴다. 나처럼 그도 가슴이 있는 사람들은 보통 브래지어를 착용한 채 묻히고 '매장용 신발'이 존재한다는 사실을 재미있어했다. 우리는 고인에게 기대되는 단정함에 대해 웃음을 터뜨렸다. 나는 켄에게 중요한 일이라면 그를 대신해 가족들을 설득할 수 있다고 말했다. 그리고 가족 중 가장 공감할 수 있는 사람이 누구인지 물어보았다. 그 사람이 흔들리면 나머지 가족들도 따라갈 수 있었기 때문이다.

"아마 제 조카일 겁니다. 하지만 관 안에서 금색 스커트를 입는 건 중요하지 않아요. 그냥 매니큐어면 됩니다." 그가 다시 풀이 죽은 목소리로 말했다. 나는 잠시 머뭇거렸다. 억압된 자기표현에서 오는 좌절감은 이해한다 해도, 몸을 통해 온전히 자신을 표현할 수 없는 타인의 고통을 내가 완전히 헤아릴 수는 없었다. 나는 내가 할 일을 위해 계속 싸우기보다 한발 물러나 고객의 말에 귀를 기울이기로 했다. 변호사 일을 할 때 나타샤를 도우면서 고객의 삶을 대신 살 수 없다는 것을 배웠던 것처럼 이제는 고객의 죽음도 대신할 수 없다는 것을 알았다.

"좋아요." 내가 말했다. "그러면 관 안에 들어갈 때 보라색과 파란색이 어우러진 글리터 매니큐어를 손톱에 칠할 수 있도록 최선을 다할게요. 그럼 되겠죠?"

켄이 피곤한 미소를 지어 보였다. "그러면 기쁠 거예요. 당신은 돈을 벌러 여기 온 줄 알았는데. 손톱 때문이 아니라."

켄을 떠날 때쯤 그의 생물학적 가족과 손톱을 두고 한판 벌일 것 같은 예감이 들었다. 임종 도우미로 일하기 시작한 지 얼마 안 된 시점이었지만, 나는 내 역할이 죽어가는 사람을 우선 옹호하는 것임을 분명히 알고 있었다.

다행히도 이 문제는 몇 번의 전화 통화만으로 해결되었다. 삼촌의 요청에 마음이 움직인 켄의 조카는 내 조언을 바탕으로 가족들에게 이 이야기를 전했다. 나는 조카에게 삼촌이 가족들의 행복을 위해 타협할 의향은 있다는 것을 가족들에게 말해보라고 제안했다. 그들은 켄의 손을 가슴 위에서 교차시키지 않고 옆구리에 두어 관이 공개되는 동안 손톱이 보이지 않게 하는 조건으로 그의 요청을 수락했다. 그 자신을 완전히 드러내는 데 있어 또 한 번 약간 무시당하는 기분이 들긴 했지만 켄은 만족했고, 나 역시 만족했다. 나는 장례식장에 연락해 매니큐어를 발라도 되는지 물어보았고 괜찮다는 답을 들었다.

손톱에 관한 대화를 나눈 지 약 2주 만에 켄은 세상을 떠났다. 켄은 자신의 농담대로 교회에서 불타지 않았고, 대신 파란색과 보라색이 어우러진 글리터 매니큐어를 바른 채 당당히 화장터의 불길 속으로 들어갔다.

켄이 원하는 바를 얻었다는 것을 알게 되자 마음의 평화가 찾아왔다. 법률지원재단에서와 마찬가지로 나는 내가 여전히 누군가의 옹호자 역할을 할 수 있다는 것을 알게 되었다. 켄을 위해 한 일이 다른 사람들에게는 사소해 보였을지 몰라도, 내게 그것은 엄청난 일이었다. 나는 그가 진정한 자기 자신이 된 기분을 느끼도록 도울 수 있었다. 내가 오랫동안 염원해오던 일이었다. 이제 나는 가장 중대한 순간에, 즉 인생에서 더는 방향을 바꾸거나 자기 방식대로 흔적을 남길 시간이 없을 때 다른 사람들이 원하는 일을 하도록 도울 수 있었다.

임종 도우미는 우리가 공감하거나 이해할 수 있는 사람들뿐만 아니라, 다양한 정체성을 가진 사람들의 모든 인간 경험을 존중한다. 특히 소외된 집단에 속하는 사람들은 삶의 마지막 순간에 옹호자의 도움이 필요하다. 멀어진 가족에게 자신의 정체성을 주장할 기회와 같이 죽어가는 사람에게 원하는 것을 제공할 수 없는 때도 있다. 그러나 문자 그대로의 요청이 아닌 요청의 정신에 주목할 필요가 있다. 장례식에 특정한 종류의 꽃을 사용할 수 없을 때, 우리는 조정을 거쳐 같은 계열이나 같은 색의 꽃을 선택한다. 하지만 죽을 때 잘못된 성별이 붙여지거나 개명 전의 이름이 사용되는 문제에 관해서라면, 나는 고객이 원하는 한 그들의 바람을 강력히 옹호할 것이다. 결국은 그들의 죽음이기 때문이다.

죽음으로 한 사람의 일부가 지워지는 경우가 너무 많다. 생물학적 가족이 그러한 면을 묵인하거나 지지하지 않았기 때문에, 또는 그러한 면이 비밀로 유지되었기 때문이다. 우리 정체성의 모든 부분이 우리와 함께 죽는다. 우리는 그 사람 전체를 묻는다. 하지만 누군가가 죽음에 이르렀을 때 우리가 생전의 모습 그대로 그들을 존중할 수 있다면, 우리는 우리를 서로 갈라놓고 우리의 복잡한 인간성을 보이지 않게 막아놓은 장벽을 허물기 시작할 수 있다. 마찬가지로 살아있는 동안 우리가 우리의 정체성을 당당하게 받아들이고 표현할 수 있다면, 우리는 다른 사람들이 증오하기로 택한 부분을 밝게 비추고 사랑할 수 있을 것이다. 증오하는 사람들은 무시하고, 진정한 자신을 받아들여라.

11장

자유의 불빛

내 인생이 바닥을 치기 약 6개월 전, 나는 모하비 사막으로 긴 주말여행을 다녀온 후 어느 화요일에 출근했다. 솔직히 여행이 어땠는지는 잘 기억나지 않는다. 기억나는 것은 사무실 전화기의 깜박이는 빨간 음성 메시지 버튼 앞에 앉았을 때 치솟았던 공포감뿐이다. 전화를 걸어달라는 오랜 친구 실비아의 목소리를 듣자마자 급하게 요동치는 내 맥박이 느껴졌다. 당시 법률지원재단의 전무 이사로 재직 중이었던 실비아는 잔혹한 예산 삭감의 길을 헤쳐 나가고 있었다. 나는 동료들이 체스판의 말처럼 움직이고 나이든 변호사들이 은퇴를 택하는 것을 벌벌 떨며 지켜보았다. 그래서 곧 내 차례가 올 것이라는 생각은 하고 있었다. 나는 문을 닫고 재빨리 자전거를 타던 복장에서 어울리지 않는 변호사 복장으로 갈아입었다. 그리고는 마음을 진정시키기 위해 심호흡을 몇 번 한 다음, 그녀에게 전화를 걸었다.

"알루아." 실비아의 목소리에 이미 미안한 기색이 역력했다.

심장이 '쿵'하고 내려앉았다. 나는 즉시 말했다. "안 돼. 그러지 마, 실비아." 그녀는 내 친구였기 때문에 나는 심술을 부리는 아이처럼 상사에게 편하게 말할 수 있었다.

실비아는 해야 할 일을 했다. "예산이 많이 삭감되었고, 기금모금도 시원찮은 걸 알 거야. 네가 그 자리에서 계속 일할 방법을 찾으려고 정말 열심히 노력했는데, 더는 안 돼. 회사는 안 나가도 되지만, 잉글우드 법원Inglewood Courthouse에 있는 자립센터Self-Help Center에서 일을 시작해야 해. 6개월이면 되는데, 전일제야. 그 후에 다시 지금 자리로 돌아올 수 있는지 검토할 거고."

전화 한 통으로 내가 건딜 수 있었던 삶의 마지막 조각들이 산산이 부서졌다. 학자금 대출이 있었기 때문에 다른 일도 못 구한 상태에서 회사를 그만두는 것은 선택지가 아니었지만, 그 순간 나는 퇴사 생각을 안 할 수가 없었다. 회갈색 카펫을 바라보는데, 눈물이 앞을 가렸다. 카펫이 마치 내가 빠져들어 가고 있는 모래처럼 보였다. '그래도 여섯 달은 버틸 수 있을 거야, 그렇지? 그럴까?'

내게 조금이라도 희망을 심어주려 애쓰며 실비아가 말을 이었다. "원하는 게 이런 게 아니란 걸 알아. 미안해. 하지만 누가 알아? 이번 일은 네게 일어난 최고의 일이 될 수도 있어!"

실비아가 옳았다. 하지만 그녀가 의도한 식으로는 아니었다. 때로 삶이 펼쳐지면서 실제로 무엇이 가장 좋은지가 드러나기 전까지 최고의 일은 최악의 일처럼 보이기도 한다. 하지만 그

때는 그런 사실을 몰랐다. 나는 이미 막막한 상황에 놓여 있었는데, 더 막막해지려 하고 있었다.

내가 맡은 새로운 역할은 자원봉사 변호사와 로스쿨 학생들을 감독하는 일이었다. 더 이상 고객과 직접 접촉할 일은 없었는데, 이것이 유일하게 만족스러운 부분이었다. 융통성 없는 일정과 교류의 부재는 잘해야 견디기 힘든 수준의 고통을 줄 것이었고, 최악의 경우에는 내 정신 건강에 치명타가 될 수 있었다. 전화를 끊자마자 나는 흐느껴 울었다.

당시 나는 전보다 더 자주 울곤 했다. 나는 모든 강렬한 감정을 느낄 때, 심지어 기쁠 때도 눈물을 흘리는 편인데, 그때는 아무 이유 없이 울었다. 실비아와 통화하기 몇 달 전 어느 날에는 출근길에 자전거 타이어가 펑크 나 울었다. 마음을 굳게 먹고 아무 문제도 없는 척했지만, 상황은 더욱 심각해지기만 했다. 늘 짜증이 났고, 친구들 사이에 둘러싸여 있을 때도 외롭다고 느꼈다.

이민자의 딸이자 강한 흑인 여성으로서 심리상담을 극도로 혐오해왔지만 나는 어쩔 수 없이 '전문적 도움'을 좀 받아보기로 했다. 어쩌면 내게 필요한 것은 배출일지도 몰랐다. 불평을 늘어놓고 내 몸에서 모든 것을 나가게 하는 것.

진료 세 번 만에 심리치료사는 내게 기분 저하증(지속적인 가벼운 우울증) 진단을 내렸다. 별일 아닌 것 같았다. 나는 10만 달러의 학자금 대출이 있었고, 미국에서 흑인으로 연간 3만 달러를 벌면서 교묘한 억압의 인프라에 맞서고 있었다. 누가 우울하지 않을 수 있을까? 그 무렵 연인과 이별한 나는 그녀의 진단을 실연과 오해로 치부했다. 분명히 그녀는 나를 이해하지 못했지만, 그녀 외에도 나를 이해하는 사람은 아무도 없는 것 같았다. 어쨌든 나는 심리치료에 대한 필요가 일시적인 것이고 내 병이 단지 상황에 따른 것인 척하면서 상담을 계속 진행했다.

3개월 만에 그녀는 내게 주요우울병삽화major depressive episode 진단을 내렸다.

나는 여전히 그녀가 자신이 무슨 말을 하는지 모른다고 생각했다.

순전히 자기 부정만을 연료로 삼아 6개월간의 자립센터 근무를 가까스로 마쳤다. 나는 내 사무실에 던전Dungeon이라는 애칭을 붙였는데, 던전에서 보내는 낮은 소파에 누워 혼자서 카베르네 소비뇽을 마시고 마리화나를 피우는 밤으로 바뀌었다. 그 조합은 내 두뇌와 감정을 꺼버리고 내가 인생에 대한 생각을 피할 만큼 오랫동안 나를 무감각하게 만들었다.

매일 아침 나는 알람이 울리는 동시에 울면서 깨어났다. 그리고는 마리화나를 피워도 계속되는 불면증과 눈물을 저주하며 숙취 상태로 침대에서 일어나 샤워실로 몸을 끌고 들어갔다. 청결의 유무야 아무래도 괜찮았지만 냄새를 풍기고 싶진 않았다. 우울증의 심연에 빠진 와중에도 냄새를 견디기엔 내 허영이 너무 강했다. 나는 나더러 기뻐할 자격이 없는 완전한 실패자라고 말하는 마음을 제어할 순 없어도, 최소한 체취는 제어할 수 있었다. 눈물이 물줄기와 섞였다. 어떻게 옷을 입어야 할지 모르는 채 옷장 앞에 서 있었다. 더는 내가 맡은 역할에 맞게 보이려고 노력할 힘이 없었다.

아니, 아무것도 할 힘이 없었다. 설거지하지 않은 더러운 그릇들이 싱크대에서 넘쳐 조리대를 어지럽혔고 침실 바닥에서도 발견되었다. 손톱이 깨지고 들쭉날쭉했다. 냉장고 안의 썩어가는 채소들은 내 마음속에서 일어나는 일들을 그대로 반영했다. 채소들을 버린 건 오로지 그것들이 나를 조롱하고 나의 무능함을 상기시켰기 때문이다. 창문을 몇 주 동안 열지 않아 들어오는 빛이라고는 집주인에게 말하지 않은 망가진 블라인드를 통해 들어오는 빛이 유일했다. 나는 바닥에 쌓인 옷더미에서 찾을 수 있는 가장 단순한 옷을 집어 입고, 레게머리를 뒤로 묶고, 조리대에서 과하게 익은 바나나를 하나 집어 든 채 '던전'으로 향했다. 차 안에는 음악 대신 나의 흐느낌과 차 소리만 가득했다. 주변의 수많은 사람이 차를 타고 일하러 가고 있었다. 그들은 어떻게든 출근할 준비를 하고, 운전하고, 사무실에 가고, 먹고 살고, 자신의 삶을 증오하지 않는 것 같았다. 그렇다면 나는 왜 인간으로서의 이 단순한 행동을 하기가 힘든 걸까?

오전 8시경 나는 콘크리트 주차장에 도착해 걸어서 콘크리트 건물의 금속 탐지기를 통과한 다음, 지하로 직행해 작은 사무실의 책상 뒤에 앉았다. 그리고는 환한 미소를 장착했다. 그곳에는 바깥을 볼 수 있는 창문이 없었다. 햇빛도, 영양분도 없었다. 가져간 모든 식물이 죽었다. 내가 어떻게 잘 살 수 있었겠는가? 나는 달력을 생명줄로 삼아 그곳을 떠날 수 있는 날을 세었다.

하루하루 살아남을 때마다 떠날 날이 하루씩 가까워졌다.

　새로운 근무 일정을 핑계 삼아 친구들에게서 멀어졌다. 하지만 사실은 누구도 만날 기운이 없었고, 이런 내 모습을 친구들에게 보여주고 싶지도 않았다. 나는 망가졌고, 슬펐으며, 낙담했고, 창피했다. 동시에 사람들, 내 앞에 펼쳐지는 장면, 소리에 압도당했고 무감각해졌다. 대화가 로켓 과학처럼 어렵게 느껴졌다. 열심히 집중해도 중간에 사람들이 하는 말을 놓쳤고, 사회적 신호를 잘못 해석했으며, 적절하게 반응하기 위해 말을 더 듬거렸다. 던질 만한 재미있는 이야깃거리가 없었고, 기여할 만한 기쁨도 없었다. 내 생각에 나는 더러운 젖은 행주와 같은 존재여서 아무도 나와 어울리고 싶어 하지 않는 것 같았다. 나는 집에만 있었다. 하지만 영화나 TV는 언제나 내게 지루한 것이었기 때문에 그저 허공을 응시하며 더 많은 마리화나를 피웠고 울었다. 슬퍼서가 아니라, 절박함과 절망감 때문에 울었다.

　그전까지만 해도 내 삶은 적어도 겉에서 보기엔 꽤 훌륭해 보였다. 의미 있는 일, 유연한 업무 일정, 해외여행, 멋진 옷, 괜찮은 건강, 나무랄 데 없는 사회생활, 재미있는 남자친구. 나는 사진 촬영에서 창의적인 출구를 찾았고 자전거 타기에서 육체적 해방을 찾았다. 로스앤젤레스 한복판에 있는 복층 건물 2층, 내가 사는 아파트에는 오렌지와 목련 나무가 그늘을 드리우고 있었다. 마치 나무 위의 오두막집 같았다. 내 친구들은 다양했고, 재치 있었으며, 소란스러웠고, 매력적이었다. 하지만 뭔가 커다란 것이 빠져 있었다. 나는 그것이 무엇인지 콕 집어낼 수 없었다.

서른넷이 되어서도 나는 여전히 내 삶이 시작되길 기다리면서 내가 지금 그 삶을 살고 있다는 사실을 부정했다. 그리고는 이것이 내 삶이라는 사실을 깨닫고 충격과 슬픔에 빠졌다. 어쩌다 이렇게 되었을까? 나는 인생을 즐길 수 있는 미래의 어느 먼 날을 기다리는 껍데기뿐인 인간이었다. 늘 나 자신을 기쁨에 넘치고, 소통하고, 활기차고, 열심인 사람으로 생각했다. 신나는 삶을 원했다. 사랑과 마법으로 넘치는 삶, 포도나무를 타고 내려가는 애벌레의 아름다움을 황홀하게 바라볼 수 있는 그런 삶을 말이다. 하지만 내 삶은 그 반대였다. 나는 내가 왜 살아있는지도 확신할 수 없었다. 이게 다 무슨 의미일까?

나는 봉사하는 삶이 중요하다고 생각했었다. 예수 그리스도를 섬기는 데 평생을 바치신 부모님은 어린 자녀들과 계속해서 살던 곳을 떠나 복음을 전파하라는 부름을 받은 곳으로 옮겨 다니셨다. 봉사는 부모님이 나와 내 자매들에게 본보기로 전해주신 핵심 가치 중 하나였다. 법률지원재단에서 일하기로 했을 때 나는 그 사명을 이어나가는 내 모습을 상상했다. 내 삶의 의미를 봉사와 연결해도 날마다 종일 울게 될 줄 알았다면, 적어도 무너지는 삶을 선택하진 않았을 것이다. 모든 것이 공허했다. 너무나 공허했다.

던전에서의 근무 마지막 주에 나는 휴가와 조금이나마 남아있던 힘을 탈탈 털어 버닝맨 축제에 다녀왔다. 내게는 한 번도 가본 적이 없는 그 축제가 절실히 필요했다. 몇 달을 반사회적

폐인으로 지낸 나였지만 나를 포기하지 않은 친구들이 차량 넉 대에 캠핑 장비, 그늘막, 텐트, 철근, 물, 음식, 그리고 우리가 가장 좋아하는 멋진 옷들을 실었다.

'버닝맨'은 네바다주의 메마른 호수 바닥 한가운데에 매년 9일간 세워지는 임시 도시로, 거대한 예술 작품과 도로, 표지판, 주택, 롤러스케이트장, 우체국, 그리고 자체 순찰단과 응급 의료단이 매년 처음부터 새로 만들어진다. 축제가 끝나면 이 모든 것은 사라진다. 버닝맨 축제는 인간성, 예술적 표현, 공동체, 순수한 자유를 기념하는 고무적인 행사다. 말하자면, 이는 당신이 찾던 바로 그것을 찾을 수 있는(기대했던 방식은 아닐 수 있어도), 아무것도 자라지 않는 사막 내의 소우주라고 할 수 있다.

내가 참석한 일곱 해 중 첫 번째 해인 2012년, 급진적 포용, 급진적 자립, 급진적 자기표현, 흔적 남기지 않기, 즉시성의 원칙을 공유하는 7만 5,000명 이상의 사람들이 블랙록사막에 모여들었다. 개인의 자유와 공동체로서의 기쁨 역시 동등하게 중시하는 다른 사람들과 함께하는 것에는 독특한 마법이 있었다. 매일 복용하는 MSM 영양제를 깜박하고 챙기지 않은 나는 캠프 첫날 밤에 이웃들이 가져온 여분의 영양제에 관해 이야기하는 것을 우연히 들었다. 그들은 내게 영양제를 나눠주었다. 또 하루는 눈에 띄게 살이 빠진 후였는데도 여전히 남아 있는 체중에 대한 콤플렉스를 잠시 제쳐 둔 채, 트와일라잇Twilight이라는 이름의 작은 남자가 자유형 아크로 요가를 통해 다리로만 내 몸을 들어 올려 상상하지도 못했던 모양으로 내 몸을 비틀게 놔두었다. 매일 밤 도시는 자전거에, 아트 카(art car, 그림 등으로 한껏 꾸민 자동차-옮긴이)에, 그리고 순전히 즐거움을 위해 엉뚱한 의상을 입은 사람들에게 장착된 수천 개의 대담하고 밝은 색상의 조명으로 환해졌다. 머릿수건과 보석을 두른 부츠, 조명으로 장식된 외투가 추운 밤으로부터 그들을 지켜주었다. 나는 매일 새벽까지 춤을 추었고, 애도를 위해 마련된 사원에서 웃었으며, 해먹에서 울었고, 2012년이었지만 1999년인 것처럼 파티를 즐겼다.

버닝맨에는 불안으로부터 해방될 방법이 너무 많아서 나는 휴식을 우선시해야 했다. 그렇지 않으면 내게 온 모든 제안을 수락하고 밤낮으로 모험을 떠났을 것이다. 무엇보다도 버닝맨의 아름다움 중 하나는 일시성에 있었다. 거대한 예술 작품을 보고 싶다면 가서 봐야 했다. 사람들은 금요일에 커다란 구조물을 태우기 시작했고, 마지막에는 아무것도 남지 않을 터였다. 나가서, 보고, 즐겨라. 당신 바로 앞에 놓인 즐거움을 놓치지 마라. 그것은 곧 영원히 사라질 테니.

어느 날 밤 3시쯤, 광란의 파티를 잠시 빠져나와 자전거 옆에서 담배를 피우던 중 나는 파스카Pascha라는 한 흑인 자전거 배달원을 만나 사랑에 빠졌다. 우리는 해가 뜰 때까지 사막의 플라야(playa, 사막의 오목한 저지대-옮긴이)를 돌아다녔다. 다음 날 그는 나와 함께 또 다른 모험을 떠나기 위해 돌아왔고, 우리는 저녁을 먹기 전에 옷을 좀 입기 위해 (그는 종일 공구 벨트만 빼곤 아무것도 걸치지 않았다) 잠시 헤어졌다. 나중에 그가 나를 데리러 오기로 했지만, 먼지 폭풍이 몰아치면서 시야를 가리는 바람에 팔 길이 이상의 거리에 있는 것은 아무것도 보이지 않게 되었다. 그는 결국 나타나지 않았고, 나는 비탄에 빠졌다.

그렇지만 나는 수년 만에 처음으로 살아있는 기분을 느꼈다. 위험할 정도로 희미해져 가던 나의 호기심 불꽃이 밝게 타올랐다. 무엇을 봐도 궁금증이 생겼다. 이 거대하고 아름다운 건축물을 어떻게 만들었을까? 저 사람은 대체 뭘 입고 있는 거지? 저 큰 예술 작품에 올라갈 수 있을까? '포르노&도넛'이라는 캠프 이름은 무슨 뜻일까? (알고 보니 이 캠프는 자정부터 새벽 2시 사이에 따뜻한 도넛을 제공하고 옛날식 무성 포르노를 상영했다. 나는 도넛을 좋아했기 때문에 이 캠프에 참여했다.)

하지만 무엇보다 궁금했던 것은 '이 사람들은 누구였을까'였다. 그들은 자신에게 만족하는 듯했고 삶이 매우 편안해 보였다. 바깥 세계에서 저들은 어디에 있었을까? 나는 많은 사람이 이곳을 찾는 이유가 이곳이 정확히 있는 그대로의 자신이 될 수 있을 만큼 편안하게 느껴지는 유일한 곳이기 때문이 아닐까 생각했다. 그들은 괴짜의 깃발을 휘날리러 온 것이 아니었다. 우리 중 누구도 이곳에서 괴짜가 아니었기 때문이다. 이곳에서 우리는 평범했고 우리 중 누구도 아무런 문제가 없었다. 우리는 단지 우리의 이상과 맞지 않는 사회에서 살았을 뿐이었다.

버닝맨에서 나는 스스로에게 물었던 질문(나는 뭐가 문제일까?)이 잘못되었다는 것을 깨닫기 시작했다. 문제는 내가 아니라, 사회였다. 사회의 이상에 기초한 삶을 살지 못해도 괜찮았다.

그런 삶은 내 것이 아니었다. 불타고 무너져 내리지만 내년에 다시 태어나는 영광스러운 구조물들처럼 나는 처음부터 다시 시작할 수 있었다.

축제가 끝난 후 16시간에 걸쳐 L.A로 차를 몰고 돌아오는 길에 일주일 만에 처음으로 핸드폰을 켰다. 법률지원재단의 인사과에서 음성 메시지가 와 있었다.

나는 '딘전'에서 3~6개월을 더 일해야 했다.

시간이 멈췄고, 입이 말랐다. 아드레날린이 솟구쳤다. 가슴에 쇳덩이가 내려앉은 듯했다. 나는 마비되었다. 그러자 내면의 목소리가 들려왔다. '안돼'. 동의할 수 있는 방법이 없었다. 사실, 돌아갈 수 있는 방법이 전혀 없었다.

두 번 생각하지 않고 나는 차 안에서 비몽사몽인 친구들에게 큰 소리로 말했다. "다시는 그곳에 발을 들여놓지 않을 거야. 만약 그러면 아주 죽어 버려야지."

진심이었다. 인생이 어떤 모습이 될 수 있는지 엿본 이상은 다시 돌아갈 수 없었다. 아직 내가 가야 할 길을 몰랐지만, 삶이 나를 붙들어줄 것이라고 믿었다. 선택의 여지가 없었다. 나의 삶은 변호사로 법률지원재단에 돌아가지 않는 데 달려 있었다.

우리가 처음 만났을 때 도라는 60대 후반이었고 머리가 벗어져 있었다. 멕시코계 미국인 6세대로, 몸집이 크고, 귀갑무늬의 두꺼운 안경을 쓴 그녀는 로스앤젤레스의 고급 고층 빌딩에 있는 침대에 누워 가망 없는 말기 방광암과 싸우고 있었다. 침실

벽은 매끈한 검은색 액자에 넣은 고가의 미술품으로 장식되어 미니멀리스트의 낙원을 만들어냈다. 깔끔한 선과 대비되는 색상, 거울, 유리로 가득한 집의 나머지 부분도 마찬가지였다. 말하자면, "아이들을 다룰 일은 없으니까."라고 말하는 그런 유형의 집이었다.

도라의 임종 계획은 완벽했다. 그녀는 장성한 자녀들에게 재정적 정보는 물론 유언장의 위치와 내용도 공유했다. 도라는 연명 치료를 거부했고, 자녀들은 치료에 관한 결정에서 양보다 삶의 질을 우선시하는 것이 중요하다는 것을 알고 있었다. 그녀는 방광암이 허락하는 한 집에서 평화롭게 죽음을 맞이하고 싶다는 뜻을 분명히 밝혔다. 시신 처리 계획은 물론 장례식 때 입을 옷도 정해두었다. 즉 그녀가 만든 임종 계획 목록의 거의 모든 항목이 이미 처리된 상태였다. 그녀가 아직 못다 한 일과 나를 부른 이유가 궁금해졌다. 이에 대해 도라에게 묻자 그녀는 '죽음을 준비하는 동안 내가 간과하는 것이 있다면 그게 무엇이든 도와달라'고 부탁했다.

나는 웅장한 발코니가 마주 보이는, 그녀의 침대에 가장 가까운 의자에 앉았다. 중견 광고 대행사의 첫 여성 임원이었던 그녀는 자녀들(1980년대 맞벌이 부부의 아이들)과 함께 시간을 보내기보다 사무실에서 일하며 인생의 대부분을 보냈다. 그녀는 이 모든 이야기를 들려주면서 상반된 감정을 느끼는 듯했고, 시간을 설명할 때 '낭비', '소비'와 같은 단어를 반복적으로 사용했다. 이는 그녀가 곧 남기고 갈 세계관의 증거였다.

영어는 시간과 돈을 언급할 때 '쓰다', '낭비하다', '절약하다'라는 동사를 사용한다. 하지만 우리가 가진 유일한 진짜 화폐는 시간이다. 모든 것의 진정한 비용은 그 대가로 우리가 얼마나 많은 삶을 제공하는가이다. 우리는 직장에 가서 일할 때 시간을 돈과 교환한다. 옥시토신을 분비하게 하는 사람들과 함께 있을 때는 시간을 사랑과 교환하며, 옷장 속에 앉아 퍼즐을 완성할 때는 성취감과 교환한다. 시간은 유한한 자원이지만, 우리는 우리에게 시간이 얼마나 남아 있는지 알지 못한다. 인생의 끝자락에서 도라는 자신이 시간을 잘못된 것과 교환한 것은 아닌지 궁금했다.

"저는 아이를 원한 적이 없었어요." 도라가 한숨을 쉬며 내게 털어놓았다. "누구에게도 이 사실을 말한 적이 없었죠." 아는 사람은 우리 둘뿐이었다. 나는 도라의 사전 계획 문서를 살펴보면서 좀 더 분명히 할 부분이 있는지 확인하고 있었다.

불쑥 튀어나온 고백에 나는 표정을 신경 썼다. 도라가 아이를 원치 않았다는 것은 놀랍지 않았지만, 그녀가 그 사실을 인정한 것은 놀라웠다. 다른 금기시되는 주제 중에서도 아이를 원치 않았음을 인정하는 것은 특히 중요하게 여겨진다.

"분명히 아이들을 사랑하고 아이들이 이 세상에 있어서 기쁘지만, 아이를 낳은 건 그냥 그래야 할 것 같아서였어요. 선택의 여지가 없었죠." 도라가 잠시 말을 멈췄다. "미안합니다. 이런 말을 해선 안 됐는데."

도라는 미안해 보이지 않았다. 오히려 그녀의 표정은 눈에 띠게 밝아져 있었다. "괜찮아요." 나는 그녀를 안심시켰다. "그런 생각이 든다면 아예 말하지 않는 것보단 지금 털어놓는 것이 좋습니다. 그런 이야기를 해주실 만큼 저를 편안하게 느껴주시니 정말 감사하네요. 말하기 힘드셨을 텐데." 나는 그녀의 선택을 인간으로서 판단하지 않았다. 자녀를 둔 많은 사람이 실제로 이런 생각을 하면서도 말하지 않는 것일 뿐이리라.

우리는 몇 시간 더 이야기를 나누었다. 도라는 아이를 낳으면 집에 머물면서 아이들을 키울 생각이었다고 말했다. 그녀는 1940년대 후반에 태어났는데, 그때는 그녀 세대 대부분의 여성들이 그렇게 했다. 하지만 집에 들어오지 않는 알코올 중독자인 전 남편 때문에 이는 불가능한 일이 돼버렸다. 도라는 아이들이 충실하고 성공적인 사회 구성원으로 성장할 기회를 얻길 원했다. 또 아이들에게 자신만의 길을 갈 기회를 주고 싶었다. 그래서 그녀는 자신이 어린 시절에 동경했던 여성, 즉 매일 바지를 입고 사무실에 출근하는 여성이 되기로 했다. 당시는 여성들이 임원급 역할을 맡기 시작한 때라, 도라는 그 가능성에 흥분했다.

그리고 결국은 경이로운 결과를 이뤄냈다.

도라는 자녀들의 어린 시절 대부분을 함께하지 못했다. 그 시기에 거의 존재하지 않았던, 높은 성과를 내는 싱글 워킹맘의 초기 모델로서 일에 집중했기 때문이다. 그녀는 좋은 동네의 넓은 집에서 끝없는 방과 후 활동과 개인 교습 등을 통해 아이들을 키웠는데, 모두 그녀의 고소득 직업 덕분에 가능한 일이었다. 도라는 이를 자랑스럽게 여겼다. 그녀의 집과 깔끔하고 상세하게 정리된 임종 계획을 보면서 나는 그녀가 자신의 커리어에 어떤 식으로 기여했는지, 또 커리어가 그녀에게 보답으로 제공한 것이 무엇인지를 짐작할 수 있었다. 하지만 그녀는 자신의 커리어에 대해 단순히 자부심을 가질 의향이 없거나 심지어 가질 수 없는 것처럼 보였고, 아이들과 더 많은 시간을 보내지 못한 것에 대해 죄책감을 표현했다.

도라와 나는 여성과 자궁이 있는 사람들이 아이를 낳아야 한다는 사회적 기대에 관해 이야기했다. 우리 사회에는 아이가 없거나 아이를 중심에 두지 않는 사람들에 대한 불신과 의심이 내재해 있다. 우리가 잘못된 것일까? 이기적인 것일까? 욕심쟁이일까? 연쇄 살인범일까? 자궁이 있는 사람들은 마땅히 자궁을 이용해 더 많은 생명을 만들어내야 한다고 기대된다. 하지만 자궁이 있는 사람의 삶의 목적이 오로지 출산에만 있는 것이 아니라면 어떨까? 어쩌면 나는 혈액을 통해 달의 주기를 표시하는 내 몸의 설계에 경탄하고 매료되어 40년 이상 매달 출혈하는 것 자체에 만족할 수도 있을 것이다.

조심스럽게 나는 도라에게 아이를 낳은 이유와 아이들이 그녀에게 가져다준 것을 물었다. 솔직히 말해도 된다는 허락을 받았지만, 여전히 민감한 주제였다. 나 같은 경우에는 누군가 왜 아직 아이를 낳지 않았느냐고 물어볼 때마다 그 질문을 되돌려보냈다. 내가 한 결정 때문에 내가 어떤 사람들의 눈에는 아이를 낳은 사람들만큼 가치가 없는 여성에 속한다는 것을 알았기 때문이다. 한 지인은 내가 자전거를 타고 혼잡한 교차로를 건널 수 있는 것이 아이가 없기 때문이라고 농담했다. 그 말은 웃기지 않았다.

"모르겠어요." 도라가 대답했다. "그래도 우리는 좋은 관계를 유지하고 있는데, 왜 제가 이 이야기를 계속하는지 모르겠네요." 그녀는 대화를 그만두려 했지만, 나는 몸을 기울이고 귀를 쫑긋 세운 채 도라에게 계속하라는 신호를 보냈다. "하지만 제게 아이들은 모든 것이 아니었어요. 이렇게 말하긴 그렇지만, 아이들만으로는 충분치 않았습니다. 자랄 때 더 많이 옆에 있어 주지 못한 게 아쉽긴 한데, 그건 단지 제가 그러고 싶지 않았기 때문이에요. 아이들은 결국 잘 자랐습니다. 제가 있건 없건 상관 없어요." 도라는 이야기하는 동안 창밖을 바라봤다. "아이들은 제 삶의 중심이 아니었습니다." 그녀가 고백했다. "수십 년 동안 친구들이 거의 아이들 얘기만 하는 걸 들어왔죠. 저도 대화에 끼긴 했어요. 그러지 않으면 괴물처럼 보일 것 같았거든요."

도라는 세상에서 보낸 시간을 더 잘 이해하고자 노력했다. 그녀에게는 탐구되지 않은 관심사, 채우지 못한 호기심, 활용되지 않은 잠재력이 있었다. 그녀는 일을 제외하고는 아이들을 위해 자신이 원했던 많은 것을 제쳐 두었다고 설명했다. 생의 마지막에 이른 지금 그녀는 그 점을 후회했다.

이야기를 나누던 중 도라에게 어떤 변화가 생기는 것이 느껴졌다. 병 때문에 약해진 몸에도 불구하고 그녀는 더 똑바로 앉고 더 활기차게 변해가고 있었다. 사회적 기대의 중압감이 도라의 지친 몸을 조금씩 떠나는 것이 거의 눈으로 확인될 정도였다. 도라의 우선순위를 인정하지 않는 사회는 그녀에게 부끄러움을 강요했지만, 마음속으로 그녀는 자신이 시간을 쓰기로 한 방식을 부끄러워하지 않았다. 나는 도라가 죽기 전에 마음의 짐을 내려놓게 되어 기뻤다. 틀림없이 사람들은 더 이상 잃을 것이 없다는 것을 알게 되면 훨씬 더 솔직해졌다.

도라의 사례는 임종 도우미가 일반적으로 하는 일에 또 다른 차원을 제시했다. 가끔 서류, 계획, 문서가 이미 완벽히 처리되어 있고 눈에 띄는 누락도 없는 때가 있다. 하지만 때로 고객은 갈망을 느끼는 것이 분명한데 실체가 없고 설명하기 어려운 다른 무언가를 필요로 한다. 도라는 나를 고용했을 때 '그 밖의 것'이 무엇인지 정확히 알지 못했지만, 무언가를 간과하고 있다는 것을 알았다. 결국 그녀가 원한 것은 자기 삶의 목적을 명확히 하는 것이었다.

그러나 도라가 처음부터 그런 말을 했다면, 그녀를 도울 수 있다고 선뜻 제안하기는 어려웠을 것이다. 내게는 사람들이 삶의 목적을 찾도록 도울 수 있다고 자신할 만한 오만함이 없다. 목적이 있는 것이 중요한 사람들이 있다. 하지만 삶을 경험하는 것만으로도 충분히 의미가 있는 사람들도 있다. 근본적으로 이는 외부에서 보면 정답이 없는 문제다. 죽음은 우리가 삶에서 의미를 찾을 수 있는 맥락을 만들 수 있지만, 우리는 자신의 가치와 호기심, 만족에 집중하고 스스로 삶의 의미를 찾아야 한다.

대화를 통해 도라는 자기 삶의 목적(기쁨을 좇는 것)을 명확히 할 수 있었다. 도라는 아이들을 멋지게 키웠고, 사회적 기대와 달리 자녀에 의해 정의되지 않는 삶을 추구하는 엄마의 모습을 보여주었다. 그녀는 아이들이 자신에게 무언가를 가져다주기를 바라지 않았고, 엄마가 되는 것에서도 많은 것을 얻지 못했다. 그녀는 아이들이 자신의 길을 가는 사람이 되기를 바랐다. 도라는 아이들을 사랑했지만, 아이들은 그녀를 채우거나 '완성'하지 못했다. 하지만 그것은 괜찮았다. 이 깨달음은 도라에게 평화를 가져다주었다. 중요한 것은 그것이 전부였다.

도라는 우리가 만난 지 몇 달 만에 세상을 떠났다. 그녀는 마지막 몇 달 동안 진정한 기쁨을 가져다주는 사소한 것들에 집중했다. 수년간의 항암 치료로 미각을 거의 잃은 도라는 주로 후각에 의존해 음식에서 즐거움을 얻었다. 그녀는 먹었다. 많이. 아프고 죽어가는 상황에서 견딜 수 있을 만큼 많이 먹었다. 수년간 다이어트를 위해 피했던 패스트푸드가 대부분이었지만, 패션프루트 수플레와 키라임 파이(key lime pie, 연유와 라임으로 만든 미국 플로리다주의 명물 요리-옮긴이)도 먹었다.

도라는 자신이 재직하던 시절 인턴으로 근무했던 여성 후배 임원을 멘토링하여 젊은 엄마가 가정생활과 직장의 균형을 유지할 수 있도록 도왔다. 버섯에 관한 책을 읽기 시작하면서는 자연계를 지탱하고 지속시키는 균류의 네트워크에 경외감을 느꼈다.

자녀들과도 시간을 보냈다. 자녀들은 그들에게 기회를 마련해주기 위해 평생 열심히 일한 죽어가는 어머니를 사랑했다. 그녀는 자신의 한 번뿐인 삶의 목적을 분명히 알고 죽었다.

어니스트 베커Ernest Becker가 그의 저서『죽음의 부정(The Denial of Death, 한빛비즈, 2019)』에서 설명한 '영웅 프로젝트hero project'나 오프라 윈프리의 '아하! 순간'(aha moment, 자신이나 상황에 대한 깊은 통찰이나 깨달음을 얻는 순간-옮긴이)처럼, 우리 중 많은 사람이 우리 존재의 구체적인 이유를 알고 싶어 하며 삶의 마지막을 맞이한다. 마크 트웨인은 "인생에서 가장 중요한 두 날은 당신이 태어난 날과 왜 태어났는지를 알게 되는 날이다."라고 말했다. 이후 수많은 고등학교 졸업생들이 졸업앨범에 이 말을 반복해 인용했다. 하지만 얼마나 많은 사람이 트웨인의 말을 저 멀리, 먼 곳에 두고 살면서 그저 목적이 우리의 뺨을 때리기만을 기다리며 살아가고 있을까?

예전에는 나도 그랬다. 나는 내 목적을 너무나 열심히 찾았고, 그것이 실제로 예쁜 상자에 선물 포장되어 있을 것으로 생각했다. 마치 보물찾기처럼 그것이 내가 찾을 수 있는 곳에 있다고 확신했다. 나는 목적을 내 직업과 융합했고(안녕, 자본주의), 킵에게서 찾았으며, 목적이 출산에서 나오지 않기를 바랐다. 하지만 시간이 지남에 따라 내 인생에는 별다른 목적이 있는 것이 아니라는 것을 알게 되었다. 여러분도 다르지 않을 것이다. 목적 자체를 찾는 것, 즉 모든 것이 별안간 이해되는 어떤 화려한 미래를 동경하는 것은 눈을 멀게 할 수 있다. 내 경우, 나는 목적을 찾느라 너무 바빠서 목적을 알아볼 수 없었다.

그러나 이제 나는 임종 도우미가 되어 상상할 수 없을 정도로 삶에 충만함을 가져다주는 일을 하고 있다. 매일 이에 감사한다. 하지만 잠시나마 '완전한 인간'일 수 있는 작은 기회에 대한 감사만큼은 아니다. 추위와 슬픔을 느끼고, 혀끝에서 설탕을 맛보며 경외감을 느끼고, 햇살 아래 디스코볼의 반짝임을 볼 수 있는 기회. 이것은 중요하다. 삶에서 의미와 목적을 찾는 데 집착하는 동안 우리는 이 세계에서의 경험을 놓칠 수 있다. 우리는 대략 80년 넘게 깨어나고, 일하고, 먹고, 배변하는 삶에 맥락을 제공할 수 있는 의미 있는 이유를 찾아야 한다. 무언가가 당신에게 기쁨을 가져다준다면, 평범한 일상에서 의미를 만들어보라. 호기심과 행복을 찾을 수 있는 곳이라면 어디든 따라가는 것이 중요하다. 기쁨은 어디에나 있을 수 있다.

인생의 목적 중 하나가 정원에서 딴 라벤더와 블랙베리로 만든 맛 좋은 시럽을 즐기는 것이라면 어떨까? 아니면 마침내 매듭 공예를 배우는 것이라면? 시스코(Sisqó, 미국의 R&B 가수이자 배우-옮긴이)가 〈통 송Thong Song〉의 키를 바꿔 큰소리로 노래할 때, 혹은 래퍼 주버나일Juvenile이 본격적인 비트가 시작되기 전 "캐시 머니 레코드Cash Money Records가 1999년과 2000년의 음악계를 지배한다."라고 외치는 것을 들을 때 삶의 기쁨을 느낀다면 어떨까? 목적을 가져다주는 것이 삶의 신비와 자연의 단순함과 완벽함에 빠지는 것이라면? 이 정도면 충분할까?

많은 사람이 무엇이 자신을 설레게 하는지 알고 있다. 우리는 경이로움과 몰입과 편안함을 느끼게 하는 활동이나 그 일부를 정확히 알아볼 수 있다. 우연히 새로운 것을 발견했을 때, 우리는 이것들(사람이든, 아이디어든, 장소든, 자신을 보는 방식이든)을 경험해보라고 말하는 부인할 수 없는 본능을 느낀다. 그러나 우리 중 많은 사람이 그 본능을 향해 한 걸음 내딛기를 평생 미룬다. 우리는 내일까지 기다리지만, 누구도 내일을 보장받을 순 없다. 기다림의 결과는 돌이킬 수 없을지 모른다.

12장

쳇바퀴에서
내려오기

버닝맨에서 나는 무엇이 나를 진정으로 설레게 하는지, 내 인생에 존재한다는 것이 어떤 느낌인지 마침내 기억해냈다. 그리고 이제 그러한 것은 마냥 기다리지 않기로 했다. 나는 치료사에게 긴급 전화를 걸어 '던전'으로 돌아가라는 요청을 받았다고 울먹이며 설명했다.

"돌아갈 수 없어요. 전 죽고 말 거예요. 못하겠어요. 전 죽을 거예요." 나는 흐느끼며 같은 말을 되풀이했다. 그리고는 차가운 욕실 바닥에 엎드려 피부가 벗겨질 때까지 손가락을 그라우트(욕실 등의 타일 사이에 바르는 회반죽-옮긴이)에 문질렀다. 나는 내가 하는 말이 진실임을 알고 있었다.

그로부터 하루가 안 되어 나는 임상 우울증으로 90일간의 병가를 냈다.

말로 다 할 수 없는 안도감과 부끄러움을 동시에 느끼며 나는 그 기회에 매달렸다. 일의 쳇바퀴에서 내려오는 것은 호사스러운 일이지만, 이는 무거운 직업적 낙인을 수반한다. 변호사들은 쉬지 않는다. 확실히 정신 건강을 이유로 휴가를 내진 않는다. 나는 아직 정신 건강 문제로 휴가를 떠나거나 일을 그만둔 변호사를 단 한 명도 보지 못했다. 내가 알기론 많은 변호사에게 휴식이 필요한데도 말이다.

단지 머리를 비우고 관점을 되찾기 위한 휴식이 필요했기 때문에 당시에는 나도 90일이 지나치게 길다고 생각했다. 하지만 죽는 것보다는 우울증이라는 꼬리표를 다는 것이 나았다. 이것이 우울증의 가혹한 현실이다. 내가 가진 선택지는 '우울증'이냐 '죽느냐' 이 두 가지가 전부였다. '희망'을 위한 여지는 없었다. 우울증은 희망을 옥죄었다.

사무실에 내가 임신했다, 거짓말이다, 가족을 돌보기 위해 휴가를 낸 거다 등의 소문이 돌았다. 법률지원재단에서 친구가 된 동료들도 내게 전화를 걸어 무슨 일인지 물어보았다. 내 정신 건강이 장애의 수준까지 악화했다는 사실을 믿는 사람은 아무도 없는 것 같았다. 솔직히 나도 그랬다. 그러니 그들이 알 도리가 없었다. 나는 미소로 병을 감추고 관심을 돌리는 데 아주 능숙했기 때문에 가족과 친구들조차도 나를 도울 수 없었다.

우울증은 나의 작은 비밀이 되었다. 나를 가장 잘 아는 사람들에게 이를 숨기고 싶었지만 마음처럼 잘되지 않았다. 가족들은 다가오려고 했지만 나는 그들을 멀리했다. 부모님이 내게 뭔가 잘못했다고 생각하거나 나를 충분히 살피지 않았다고 스스로를 탓할까 봐 걱정됐다. 아이들은 많고 돈이나 시간은 많지 않은 환경에서 나는 귀찮은 존재가 되고 싶지 않았다. 어쩌면 이는 셋째인 아호바와 내가 공유하는 '둘째 아이 증후군 middle-child syndrome' 같은 것일지 몰랐다. 이 증후군이 있는 아이들의 대표적 사고는 이런 것이다. "저는 괜찮으니 걱정하지 마세요. 저는 필요한 게 없고, 갖고 싶은 것도 없어요. 저는 신경 쓰지 마세요. 그렇다고 지나친 관심을 보이지도 마세요."

엄마가 내 안부를 물을 때마다 나는 괜찮다고 대답하곤 했다. 그러면 엄마는 "그게 다야?"라고 묻곤 하셨다. 엄마는 무슨 일이 있다는 것을 알고 계셨다. 나는 엄마의 목소리에서 더 많은 이야기를 나누고 싶은 마음을 느낄 수 있었지만, 내가 잘되기를, 더 훌륭히 되기를 바라는 엄마의 본능적인 모성 또한 느낄 수 있었다. 엄마가 마음 아파한다는 것을 알았기 때문에 울지 않으려고 서둘러 전화를 끊었다. 아빠는 우리가 성공하길 원하셨고, 엄마는 우리가 행복하길 원하셨다. 나는 두 분 모두에게 상처를 주었다.

모두 내 잘못이었고 내가 '자초'한 일이었다. 부모님은 나와 자매들에게 생명뿐만 아니라 좋은 삶까지 모든 것을 주셨다. 안전, 사랑, 인정, 생리 중에 엄마와 함께한 은밀한 데이트, 아빠가 모는 차를 타고 디즈니랜드로 떠난 여행. 비록 중고 매장에서 새 옷을 사야 하더라도 부모님은 우리에게 필요한 것을 모두 해주려고 열심히 애쓰셨다. 그렇다면 왜 나는 만족하지 못했을까? 가나에 사는 내 또래 여성들은 지루하거나 우울할 여유가 있었을까?

대가족이라면 흔히 그렇듯 소문은 퍼져나갔다. 한 자매가 내가 다른 자매에게만 말한 내용을 알고 있어 나는 가족 내에서 내 이야기가 퍼져나가고 있다는 것을 알게 되었다. 이야기를 나눌 때 자매들의 목소리는 걱정으로 무거웠고, 내가 화제를 돌리려고 하면 그들은 다시 내게로 화제를 돌리곤 했다. 아바는 유일하게 내 집 근처에 살았다. 가족들은 아바가 특사 역할을 하는 데 동의한 것 같았다. 아바가 나를 보러 오는 길이라고 말하면 나는 며칠 동안 소파를 떠나지 않으면서도 지금 집에 없다고 말했다. 그러고는 혹시 그녀가 집에 들를 경우를 대비해 주변의 다른 곳에 차를 갖다 두었다. 한 번은 망가진 창문 블라인드를 통해 그녀가 대문 너머를 바라보는 것을 훔쳐본 적도 있다. 나는 너무 자존심이 상해서 내가 상처받았다는 사실을 인정할 수 없었고, 어쨌든 가족들이 알고 있다는 사실이 부끄러웠다. 하지만 상황이 얼마나 심각한지 아는 사람은 아무도 없었다. 나는 완전히 뒤로 물러나, 내 계획과 무사히 도착한 것만 알리고 그 외에는 거의 아무것도 알리지 않았다.

물론 가족들에게 파스카 얘기는 하지 않았다. 며칠 후 나는 버닝맨에서 홀딱 반했던, 먼지 폭풍 속에서 길을 잃은 그 벌거벗은 남자를 찾았다. 그는 나를 찾아 생활정보지에 사람을 찾는 광고를 냈는데, 내 친구가 그 광고를 본 것이다. '안녕하세요. 당신의 이름은 A로 시작하고 가나 출신입니다. 제 이름은 P로 시작하고 켄터키 출신이죠. 제 인생에는 당신이 필요해요.

이 메시지를 보시면 연락주세요. 당신이 있던 캠프를 찾으려고 했는데 화이트아웃(눈이나 햇빛의 난반사로 방향 감각을 잃게 하는 기상 상태-옮긴이) 때 떠난 것 같더군요. 저는 당신이 있어 좋았고, 당신을 많이 원합니다. 지금은 안녕.' 아, 전형적인 방해물이, 내가 매우 불편한 자기 성찰에 착수하려던 순간 나타났다! 나는 그 기회에 뛰어들었다.

휴가를 받은 지 2주 만에 파스카의 생일을 맞아 그가 사준 편도 티켓을 들고 포틀랜드로 향했다. 나는 그에게 주는 생일 선물이었다. 우울증은 어디에서든 생길 수 있었기 때문에 이왕이면 포틀랜드에서 우울해지기로 했다. 적어도 파스카와 나는 서로를 알아갈 기회를 가질 수 있을 터였다. 여느 때와 마찬가지로 나는 그의 사랑으로 치유될 수 있기를 바랐고, 그가 나 자신으로부터 나를 구해주기를 바랐다. 완전한 디즈니식 해피엔딩이 되기를 바랐다.

하지만 현실 세계에서 우리의 연애는 4일밖에 지속되지 않았다. 슈퍼마켓을 돌아다니면서 머무는 동안 필요한 물건을 쇼핑하던 중, 나는 그와 재회한 지 몇 분 만에 분홍빛 열병의 구름에서 땅으로 떨어지고 말았다. 문득 내가 낯선 도시에서 함께 지내는 이 남자에 관해 아는 것이 전혀 없다는 사실이 뇌리를 스쳐 갔다. 블랙 올리브? 어린 시절의 트라우마? 부드러운 땅콩버터 아니면 씹히는 게 있는 땅콩버터? 체포 기록? 우리는 사소한 이야기로 대화를 이어가며 내가 그에 대해 아는 것은 버닝맨의 플라야 먼지를 뒤집어썼을 때 그의 나체가 어떻게 보이는지에 관한 것이 전부라는 사실을 감췄다. 우리는 성관계를 맺은 적이 없었다. 그런데도 나는 기꺼이 낯선 땅의 낯선 남자를 만나기 위해 편도 비행기에 올라탔다. 정욕은 강력한 마약이다.

파스카의 잘못은 없었다. 켄터키 출신의 흑인 시골 소년이었던 그는 자전거 배달원으로 유럽 전역을 돌아다니며 살았고, 그에 걸맞은 마르고 탄탄한 근육질의 몸을 가지고 있었다. 러시아어, 독일어, 플라망어, 스페인어를 모두 시골 사투리로 유창하게 구사했고, 대학에서 러시아어를 공부했다. 첼로도 연주했다. 나는 파스카의 매력에 완전히 사로잡혔다.

하지만 파스카는 스물네 살이었다. 어린 남자들을 자주 만나봤지만 내 기준으로도 스물넷은 너무 어린 나이였다. 그는 이동이 잦고 친구를 만들 만큼 한곳에 오래 머물지 않는 사람이었다. 그렇다 해도, 포틀랜드에서 그가 내게 보인 양면적 태도는 큰 상처가 되었다. 파스카는 내가 있는 동안 내 존재에 어찌할 줄 몰라 거의 말을 걸지 않았는데, 떠나야겠다고 말을 꺼냈을 때는 남아달라고 애원했다. 나는 그가 하는 것으로 보였던 밀고 당기기에 지쳤다. 나는 남자가 나를 좋아한다는 것을 알고 싶었다. 그는 사람과 대화하는 것보다 숲에서 버섯 따는 것을 더 좋아했다. 그의 방은 신발장만 해서 내 보석과 그의 첼로만 겨우 들어갈 정도였다. 하지만 나는 그 여행에서 파스카가 평생 가졌던 것보다 더 많은 물건을 포틀랜드로 가져갔다. 나는 그의 삶에 적응할 수 없었고, 내 삶에도 적응하지 못했다.

도착한 지 나흘 후 나는 근처 호텔로 옮겨 며칠 더 울었고, 그 눈물이 단순한 성적 좌절감 때문이길 바랐다(우리는 여전히 성관계를 맺지 않은 상태였고, 마음이 맞지 않았다). 파스카는 나의 머리를 식혀주는 방해물이어야 했지만, 그 방해물은 이제 효과가 없었다. 우울증이 깊어지고 있었다. 나는 처음으로 술을 마시고, 이동하고, 쇼핑하고, 섹스할 수 없었다.

한동안 포틀랜드에 머물 생각으로 로스앤젤레스에 있는 내 아파트를 다시 세놓은 참이었다. 다시 말해 병가가 끝날 때까지 원하는 곳은 어디든 갈 수 있었다. 하지만 어디로? 나는 많진 않지만 다양한 상황에서 활용할 수 있는 신발과 옷(마요르카 Mallorca에서 산 비싼 캠퍼 신발 한 켤레와 예쁜 옷을 입을 일이 있을 경우를 대비한 멋진 드레스 한 벌)을 챙겼다. 수년간 배낭 하나만 메고 여행을 다니면서 미니멀리즘을 이해하게 됐지만, 미니멀리즘은 내 취향이 아니었다. 어둠 속으로 다시 빠져들 것 같은 기분이 들 때 내가 의지하는 책 세 권, 일기장, 커다란 장미 수정도 챙겼다. 이 물건들은 내가 어딜 가든 따라다녔다.

다음에 어디로 가야 할지 몰라 기氣 치료사를 찾아갔다가 집으로 돌아가선 안 된다는 말을 들었다. 기 치료 중에 그녀는 "계속 앞으로 나아가세요."라고 말했다. 하지만 나는 내가 누구인지, 무엇을 원하는지도 모르는 채 길의 끝에 서 있었다. 우울증으로 감각이 무뎌져 아무것도 느낄 수 없었다. 나 자신조차도 느낄 수 없었다.

프로그램이 끝나고 호텔로 돌아오는데, 비가 내리기 시작했다. 처음에 가늘게 내리던 비는 금세 어마어마한 폭우로 변했다. 수중에는 비옷도, 머리를 가릴 만한 것도 없었다. 호텔이 멀지 않단 생각에 빗속에서 걸음을 재촉했지만, 어느 순간 인도도 사라졌다. 차가 물을 튀기거나 나를 치지 않기를, 또 『오즈의 마법사The Wonderful Wizard of Oz』속 에메랄드 시티처럼 호텔이 곧 나타나기를 바라며 나는 조심조심 도로 옆을 따라 걸었다. 마침 샤데이Sade의 〈솔저 오브 러브Soldier of Love〉 앨범이 막 나왔을 때라, 타이틀곡(가사는 이랬다. '내 심장은 쓸모가 없게 됐어. 하지만 나는 아직 살아있지')을 반복해서 들으며 빗속 거리를 걸었다.

나는 사랑에 베팅했지만 졌다. 커리어에, 기쁨에 베팅했지만 졌다. 비가 내리지 않는 오후에 베팅했지만 흠뻑 젖은 채 목적지가 보이지 않는 포틀랜드의 도로를 따라 방황했다. 하늘마저 열려 구름도 나와 함께 슬퍼했다. 빗물과 눈물이 섞여 다시 한 번 절망한 나의 턱을 타고 흘러내렸다. 귓속에서 샤데이는 내가 용감한 군인임을 상기시켰다. 그녀는 내게 단 한 번도 거짓말을 한 적이 없었지만, 그것은 억지소리처럼 들렸다. 나는 실패했다.

몇 번 길을 잘못 든 끝에 호텔로 가는 길이 다시 선명해졌다. 나는 방에 들어가 몸을 말리고, 데우고, 위스키를 두 잔 마시고, 선택 사항에 대해 생각했다. 엄마는 자기를 보러 오라고 졸랐지만, 엄마에게 이런 내 모습을 보이고 싶진 않았다. 나를 보면 엄마의 가슴이 찢어질 것이 분명했다. 자매들도 마찬가지였다.

모든 것이 자기 부정의 결과였다. 그때나 지금이나 가족들은 내게 가장 좋은 것을 원할 뿐이다. 하지만 가족을 자랑스럽게 만들고 싶은 내면의 욕구는 오히려 내가 가족으로부터 등을 돌리게 했다. 나는 자녀가 더 높은 사회 계층에 오르고 모든 면에서 뛰어나게 되는 이민자 부모의 꿈을 이루고 실현해야 한다고 느꼈다. 부모님은 내가 변호사가 된 것을 무척 자랑스러워하셨다. 로스쿨을 졸업했을 때는 파티를 열고 콜로라도에 있는 다른 가나인들을 초대해 우리의 성공을 공유했다. 급기야 부모님뿐만 아니라 그들 모두가 변호사를 갖게 되었고, 나의 성취는 지역사회 전체의 것이 되었다. 어떻게 내가 그런 그들을 마주보고 진실을 말할 수 있었겠는가? 변호사가 되는 것이 싫었고, 변호사의 삶이 서서히 나를 죽이고 있다고 말이다.

대신에 나는 천천히 걸으며 내 연애가 어떻게 되어가고 있는지 궁금해하는 친구 크리스틴에게 전화를 걸었다. 방금 길을 잃었고, 비를 맞았고, 울었다는 말은 하지 않았지만, 지금 바로 떠날 수 있다는 뜻을 내비쳤다. 나는 어디로 가야 할지 모르는 사람이 아닌, 매력적인 방랑자처럼 보이려고 노력했다. 그녀는 나를 콜로라도에 있는 자신의 집으로 초대했고, 나는 기꺼이 수락했다. 또 다른 모험, 또 다른 방해물. 언젠가는 나 자신과 마주할 것이다. 오늘은 아니다. 나는 아직 준비되어 있지 않다.

우울증은 거짓말쟁이다. 그것은 당신에게 희망이 없다고 말한다. 내일도 똑같을 것이라고 말한다. 당신이 짐이라고 말한다. 전염성이 있다고 말한다. 아무도 신경 쓰지 않는다고 말한다. 당신의 잘못이라고 말한다. 애초에 당신이 우울증을 피할 수 있을 만큼 강하지 않았기 때문에 다시 좋아지기 힘들다고 말한다. '건강'한 것이 무엇인지 모른다고 말한다. 당신은 자격이 없다고 말한다.

하지만 무엇보다 우울증은 아무도 당신을 이해할 수 없고 도울 수 없다고 말한다. 특히 가장 가까운 사람, 가장 사랑하는 사람조차도 말이다.

마사Martha가 내게 전화를 걸었을 때 그녀는 아직 말할 준비가 되어 있지 않았다. 나는 화요일 오후에 아파트를 청소하던 중 전화를 받았다가 수화기 저쪽에서 우는 소리를 듣고 대걸레를 떨어뜨렸다. 그리곤 바닥에 앉았다. 이런 전화를 받을 줄은 몰랐지만, 임종 도우미는 일반적으로 힘든 감정을 아무런 예고 없이 감당할 준비가 되어 있다. 질식할 듯한 흐느낌 사이로 그녀는 아들 션Sean이 방금 룸메이트에게 발견되었다고 말했다. 그에 따르면 션은 머리에 자해한 듯한 총상을 입은 채 침실 바닥에 죽어 있었다.

션은 서른한 살이었다.

당연하게도 마사는 자신이 들은 내용이나 이 현실이 무엇을 의미하는지 이해하지 못했다. 션은 그녀의 외아들이었다. 그는 야외 스포츠와 로스앤젤레스에서보다 느린 삶의 속도를 위해 몇 년 전 유타로 이사한 참이었다.

"죄송합니다. 나아지고 있다고 생각했는데." 마사가 한마디씩 할 때마다 침을 꿀꺽 삼키며 말했다. 마치 구슬을 삼키는 소리처럼 들렸다. 션의 룸메이트가 전화한 지 몇 시간도 채 되지 않은 상황이었다. 심지어 아들의 시신이 아직 아파트에서 검시관의 수습을 기다리고 있을지도 몰랐다. 나는 마사에게 션이 죽은 지 아직 얼마 되지 않았기 때문에, 션이 자신의 손으로 목숨을 끊은 것 같다는 소식을 그녀가 완전히 받아들일 시간이 없었다는 점을 상기시켜주었다. 몇 시간은 고사하고 수십 년이 지난다 해도 대체 그 사실을 어떻게 받아들일 수 있을 것인가? 그녀가 충격에 빠져 멍하니 앉아 있지 않은 것이 기적이었다. 그러는 대신 그녀는 도움을 요청했다.

사망 소식을 들었을 때 어떤 사람들은 무너지고 어떤 사람들은 행동에 나선다. 둘 중 어느 쪽도 낫다고 할 수 없다. 마사는 분명히 후자였다. 그녀는 션의 룸메이트에게서 전화를 받자마자 수십 년 전에 이혼한 션의 아버지와 형제들에게 연락했다. 그러다 그중 한 명이 도움을 받으라고 제안해 마사는 구글 검색을 통해 나를 찾았다. 나는 그녀가 다섯 번째로 전화한 사람이었다.

임종 도우미는 주로 자기 죽음이 다가오고 있다는 것을 아는 사람들을 돕기 때문에 갑작스러운 죽음 이후에 우리를 찾는 사람은 많지 않다. 그러나 우리는 죽음을 앞둔 사람들뿐만 아니라 그 주변인들을 모두 지원하므로, 예상치 못한 경우라 해도 죽음에 영향을 받는 모든 사람에게 도움이 된다. 적어도 우리는 그 여정 동안 편견 없는 지원을 제공한다. 몇 번의 심호흡 후 마사는 다음 단계로 나아갈 준비를 마쳤다.

"좋아요, 그럼 전 이제 뭘 하면 될까요?" 그녀가 물었다.

"일단 본격적으로 일을 시작하기 전에 하루나 이틀 정도 마음의 준비를 할 시간이 필요하신가요?"

"아니요, 괜찮습니다."

마사가 큰 목소리로 분명히 말했다. 비록 무엇이 최선인지에 대한 생각이 나와 다르다 해도, 나는 자신의 마음을 잘 아는 여성을 존경한다. 그녀에게 유타로 가고 싶은지 L.A에 남고 싶은지를 물었다. 당연히 마사는 아들이 있는 곳으로 가서 시신을 확인하고 그의 물건들에 둘러싸여 있고 싶어 했다. 아들이 남긴 작품을 보는 것에 대해 말할 때 그녀의 목소리가 갈라졌다. 하지만 아들이 소유하고 있는 줄 몰랐던 총에 대해 말할 때는 화를 내며 빠르게 이야기했다.

나는 그녀에게 앞으로 어떻게 하고 싶은지 물었다. 통화가 끝난 후 우리가 할 일은 마사가 얼마나 참여하고 싶으냐에 따라 달라졌는데, 이 마무리 작업은 마사의 개입을 최소화로 해도 괜찮기 때문이었다. 나는 상담 일정을 정해 전화로 그녀가 궁금해하는 사항에 대해 답해줄 수도 있었고, 유타에 있는 '고잉 위드 그레이스' 임종 도우미 교육 프로그램 졸업생에게 연락해 그녀에게 실질적인 도움을 주도록 할 수도 있었다.

"저는 모든 일을 직접 다 해야 해요. 그냥 여기 앉아 있을 수만은 없습니다. 전 단지 제가 해야 할 일을 말해주고 그 일을 하는 동안 의지할 사람이 필요할 뿐이에요. 괜찮을까요? 그래 줄 수 있어요? 절 도와줄 수 있겠어요?" 그녀의 목소리가 점점 더 가늘어지고 날카로워지고 높아져서 거의 애원조로 들렸다.

"최선을 다하겠습니다." '뒤에서는 강하게, 앞에서는 부드럽게.' 나의 스승 올리비아가 가르쳐 준 임종 도우미의 모토다.

우리는 다음 달로 전화 상담 일정을 잡은 후 전화를 끊었다. 마사가 며칠 시간을 두고 뒷정리에 대해 생각했으면 했지만, 그녀는 내게 며칠 후에도 생각은 변하지 않을 것이라고 자신했다. 사망 후 보통은 성급한 결정을 내리기가 쉬워 나는 마사가 계약서에 서명하기 전에 가능한 한 냉철한 사고를 할 수 있게 되기를 바랐다. 평소에도 고객들에게 이 점을 상기시키려고 노력한다. 사망 직후 고객들이 장례식장에서 빠르고 값비싼 결정을 내리는 경우가 많기 때문이다. 서두를 필요는 없다. 죽음이 조금은 끓어오르게 놔두길. 서비스는 제공될 것이고, 슬픔도 여전할 것이다.

선이 사망한 후 몇 주간 마사는 선의 아파트에서 약 800m 떨어진 솔트레이크시티에 아파트 하나를 빌린 뒤, 장례식장을 찾아 자신이 선의 시신을 볼 수 있도록 얼굴을 복원하게 한 다음, 장례식을 준비했다. 그리고 경찰서에 연락해 선이 자신의 목숨을 끊을 때 사용했던 총을 폐기해달라고 요청했다. 선의 아파트에 도착하기 전에는 카펫 서비스를 찾아 바닥의 혈흔이 보이지 않도록 모든 것을 거둬내게 했다. 또한, 선의 옷과 책을 포장했고, 우편물을 전달했으며, 등산 장비와 산악자전거를 팔았고, 그가 그린 그림을 액자에 넣었다. 선의 룸메이트가 그녀를 도우며 선의 유품 중 원하는 것을 말했다. 나머지는 기부했다. 슬픔은 누군가에겐 동력을 공급한다. 하지만 대개는 많은 사람을 무력화한다. '마무리해야 할 일'의 항목을 체크하는 것만 보면, 마사는 순항하고 있었다. 그러나 감정적으로 그녀는 거센 파도가 일렁이는 바다에 빠져 있었다.

"자꾸만 내가 그 애를 막을 수도 있지 않았을까 하는 생각이 들어요. 이게 정상인가요?" 선의 SNS 계정을 삭제하는 이야기가 나왔을 때 그녀가 물었다. 마사는 비밀번호를 걸어두지 않은 선의 컴퓨터에서 발견한 비밀번호로 아들의 핸드폰 잠금을 풀 수 있었다. 작은 승리였다. 마사는 선이 최근 이별을 암시한 한 여성과 주고받은 일련의 메시지를 발견했다. 그녀는 선이 누군가를 만나고 있다는 사실을 알지 못했다. 예상대로 그녀는 아들이 어떻게 이런 극단적인 선택을 하게 됐는지 알기 위해 애썼다. 하지만 찾을 수 있는 단서가 없었고, 얻을 수 있는 답도 없었다. 선과 함께 모든 답이 사라졌다.

약간 우울한 아이였던 선은 중학교에 가기 전까진 친구들에게서 사랑받았다. 하지만 중학교에 들어간 후 선은 마른 체격과 여드름, 그리고 흙, 돌, 농장 동물을 좋아한다는 이유로 친구들에게서 인정사정없는 괴롭힘을 당했다. 예전엔 열성적인 학생이었지만 곧 성적이 바닥으로 떨어졌다. 그는 마사와 이야기하길 멈췄다. 주말 내내 잠을 잤고 원하는 것을 전달할 때도 웅얼거리듯 말했다. 마사가 차려주는 음식을 먹지 않고 수도꼭지에서 직접 물을 마시기 시작했다. 그녀는 아들이 십 대 호르몬의 지배를 받고 있거나 우울한 것으로 생각했다. 어떤 경우 이 둘은 구분이 안 되었다. 그녀는 기다리기로 했다.

마사가 알기로 션은 '그러한 상태에서 벗어났다.' 그는 몇 년 간 지역대학에 다니면서 애니메이션과 암벽 등반에 대한 애호를 발견했다. 그러나 시각 예술가로는 생계를 유지하기가 힘들었기 때문에 식당 주방에 취직했고, 덕분에 계속 그림을 그리고 날씨가 허락하는 한 등반할 수 있었다. 그는 죽기 얼마 전 일자리를 잃었다. 하지만 엄마에게는 모든 것이 괜찮다고 말했고 마사는 그의 말을 믿을 수밖에 없었다. 나는 전화기 너머로 "그게 다야?"를 힘없이 반복하던 엄마의 걱정 어린 목소리가 떠올라 마음이 아팠다. 마사가 션의 옆에 있었다 해도, 션은 자기 병의 심각성을 감출 수 있었을 것이다. 정신 건강 문제와 싸우는 사람들은 이런 기술을 갖고 있기 마련이다.

어느 날 밤 맥주를 마시면서 션의 룸메이트는 션이 실직한 후 종일 소파에서 그의 그림에 영감을 주었던 비디오 게임만 붙들고 있었다고 마사에게 말했다. 션은 밤이 되면 침대로 들어가 오후 늦게까지 잠을 잤고, 그러다 다시 새벽까지 게임을 했다. 그는 암벽 등반 친구들과 더는 어울리지 않았고 방에는 설거지할 그릇들이 쌓여 있었다. 룸메이트는 지저분한 방 상태에 지치기 시작했지만, 션이 '무슨 일을 겪고 있다'는 것이 분명했기 때문에 그를 이해하기로 했다.

"하지만 그 애가 자살할 줄 제가 어떻게 알았겠어요?" 마사가 격분하여 내뱉었다.

"맞아요. 알 수가 없죠." 누가 어떻게 알 수 있을까?

특정한 상황, 고립, 정신 건강 지원의 부재를 고려하면, 꽤 많은 사람이 그와 같은 일을 저지를 수 있을 것으로 보인다. 나를 포함해 그렇게 보이지 않는 사람들조차도 말이다. 우리는 모두 우리 자신이 그러한 수준의 절망과 비관으로부터 안전한 것처럼 행동한다. 하지만 그렇지 않다. 우리는 모두 단 한 통의 전화, 한 번의 진단, 한 번의 화학적 불균형, 한 번의 파산, 한 번의 사고로 더는 살고 싶지 않게 만들 수 있는 신체적 또는 정신적 장애에 이를 수 있다.

실질적으로 내가 마사에게 해줄 수 있는 것은 많지 않았다. 그녀는 머리로는 선을 막을 방법이 없었다는 것을 알았지만, 마음속으로는 아들이 아파하는 것을 알았어야 했다고 생각했다. 또 자살을 선택한 선에게 화가 난다는 것에 죄책감도 느꼈다. 내가 할 수 있는 일은 그녀의 이야기를 들어주고, 그녀의 노력을 인정하고, 자원을 제공하고, 그녀가 고통스러워하고 혼란스러워할 때 옆에 있어 주는 것뿐이었다.

마사는 좀 더 숙고한 끝에 자신의 부끄러운 생각을 털어놓았다. 목에서 구슬을 삼키는 듯한 소리가 다시 났다. 그녀는 아들이 이런 식으로 죽었다는 사실과 낙인을 걱정했다. "장례식은 어떤 분위기로 치러야 할까요?" "우리가 그 사실을 인정해야 할까요?" "장례식에 참석하는 사람들은 이미 다 알고 있어요." "부고에 그 사실을 언급해야 할까요? 그러면 온 세상이 알게 될 텐데요."

이러한 질문들은 내가 마사에게 시원하게 답할 수 없는 것들이었다. 정신 건강에 대한 그녀의 수용 수준은 나와 달랐기 때문에 그녀가 자신의 필요를 존중하고 우선시하는 것이 중요했다. 장례식은 죽은 사람의 삶을 기리는 것만큼이나 산 사람들을 위한 것이기도 하므로, 나는 마사와 선이 의사 결정의 중심에 설 수 있도록 그녀를 격려했다. 무엇이 마사에게 가장 도움이 되고 무엇이 해가 되는가? 어떤 상황에서 그녀는 사람들이 그의 사망원인을 알길 원하는가? 왜 원하는가? 혹은 왜 원하지 않는가?

자살 같은 결정은 우리가 어둠 속에 숨겨야 한다고 느끼는 것이라는 사실이 나를 슬프게 했다. 나는 비록 선이 자신의 손으로 죽음에 이르긴 했지만, 그 죽음은 여전히 다른 죽음과 마찬가지로 슬픔, 상실, 경건함을 느낄 가치가 있는 죽음이라는 것을 마사에게 상기시켜주었다. 만약 선이 병에 걸렸는데 낫지 못하고 사망에 이르렀다면 부끄러울 것은 없었을 것이다. 우리는 고통스러운 질병으로 사망에 이른 사람에게는 쉽게 '괴로움과 고통'에서 벗어났다고 말하지만, 자살로 죽음에 이른 사람에게는 그것이 사실이라 해도 같은 말을 하지 않는다. 선은 마음의 병을 앓고 있었다. 하지만 우울증의 극심한 고통 속에서 그 병은 질병으로 느껴지지 않고 절대적인 진실처럼 느껴진다. 선을 죽음에 이르게 한 것은 심각한 우울증이었다. 대부분의 자살은 질병의 결과이다. 하지만 우리는 자살을 그런 식으로 이야기하지 않는다.

임종 도우미 일의 모든 부분이 사랑과 빛으로 이루어진 것은 아니다. 죽음을 다루는 일에는 믿어지지 않고, 불쾌하며, 무섭고, 고통스러운 죽음도 포함된다. 심지어 아기가 죽는 일도 있다. 사람들은 작별 인사를 하고 죽음을 삶의 자연스러운 부분으로 여길 기회가 있는 질병뿐만 아니라 다양한 사유로 인해 죽는다. 피비린내 나는 살인, 약물 과다 복용, 예방할 수 있는 사고, 충격적인 상황 등이 그것이다. 모든 죽음에는 관심과 슬픔, 관대함, 자비가 따를 가치가 있다. 신성하지 않은 죽음이란 없으며 모든 죽음이 명예와 존엄함을 누릴 자격이 있다.

최근까지 자살로 인한 사망을 분류할 때 흔히 사용되는 언어는 그 사람이 자살을 '저질렀다committed'는 것이었다. 자살이 세계 여러 지역에서 범죄 행위로 여겨졌기 때문이다. 가나에서는 지금도 그렇다. 자살은 성공했을 때 분명히 기소할 사람이 없으므로 죄를 물을 수 없다. 미국에서 자살은 적어도 법적인 의미에서 더는 범죄로 여겨지지 않지만(일부 주에 여전히 '자살미수' 법이 남아 있긴 하다), 오명은 여전하다. 스스로 목숨을 끊은 경우, 보다 정확한 표현은 사람들이 죽는 또 다른 방법이라는 점을 반영하는 '자살로 인한 사망'이다. 암으로 인한 사망, 익사로 인한 사망, 성난 황소로 인한 사망처럼 말이다. 자살은 범죄가 아니라, 고통스러운 삶에서 벗어나는 한 방법이다.

사회적으로 우리는 그 슬픔은 잘못되었고, 나쁘고, 가치가 없으며, 그 슬픔을 '더 나은' 것으로 만들어야 한다는 우울증의 거짓말을 믿어왔다. 우리는 잘 지내는 것만 중요시하며, 실제로 삶이 복잡하고 고통스럽고 힘들어도 슬픔, 비통함, 비애, 혹은 '난 괜찮아요.'라는 말 외에 다른 어떤 것을 위한 여지를 남기지 않는다. 인간은 누구나 다양한 감정을 느끼지만, 우리는 그중 절반만 칭찬하고 부정적으로 인식되는 감정은 비난이 두려워 깊은 곳에 숨긴다. 그곳에서 감정은 더 악화하고 강해져 결국 우리는 그러한 감정을 더욱더 숨기게 되는 것이다.

사람들은 늘 '당신은 혼자가 아닙니다.'라고 말하지만, 우울증의 외로움은 동굴처럼 깊고, 압도적이며, 귀청이 터질 정도이다. (외부의 목소리보다 훨씬 더 시끄럽다. 아이러니하게도 우리는 가장 힘든 순간에 외로움을 느낀다.) 그래서 우리는 숨고, 숨고, 또 숨는다. 더는 내면의 목소리를 견딜 수 없을 때까지 숨는다. 걸어 다니는 유령이 되고, 바닥을 치고, 누군가가 우리의 상처를 알아볼 때까지 숨는다. 그들의 도움을 허락할 때까지 혹은 거절할 때까지 숨는다. 그리고서 우리는 죽는다.

13장

골치 아픈 유산

때로 해결되지 않은 갈등, 오랫동안 품고 있던 후회, 어두운 비밀과 같이 살면서 숨기려 노력했던 일들은 죽음과 함께 드러난다. 이 악마들로부터 아무리 멀리 도망쳐도 이들은 대개 우리가 죽음을 맞이할 때 다시 돌아와 우리를 괴롭힌다. 아직 해결하지 못한 일들을 그대로 놔둔 채 죽으면 그것은 뒤에 남겨진 사랑하는 사람들의 짐이 된다. 죽어가는 사람이 낸 상처는 그들이 죽는다고 지워지지 않는다. 때로 그들은 더 깊은 상처를 남기기도 한다. 비밀에서 도망치고 싶은 충동은 그 비밀이 우리에게 미치는 힘을 강조할 뿐이다.

하지만 지금 바로 두려운 사실을 말하고, 불편한 진실을 인정하고, 어려운 일에 맞서기 시작한다면 어떨까? 다시 말해, 삶의 마지막에 해결하기에는 벅찬 이 일들을 살아있는 지금 해결한다면 어떨까? 죽음에 임할 때 가장 중요한 부분 중 하나는 사람들과의 관계를 해결하는 것이다. 임종 직전에 있는 자신의 모습을 상상해 보라. 주변에 누가 있는가? 누가 옆에 있기로 했고 누가 옆에 있지 않기로 했는가? 그 이유는 무엇인가? 우리가 맺어온 어려운 관계들과 그 관계들로 인한 복잡미묘한 감정을 인정하는 것은 중요하다. 첫 번째로 해야 할 일은 우리 자신에 대한 원망, 분노, 배신, 거부를 인정하는 것이다. 때로 너무 늦을 수도 있겠지만, 이러한 감정을 관련된 사람들과 함께 해결할 수 있다면 더욱 좋을 것이다. 삶의 마지막 순간이 가까워질수록, 나는 사람들이 이 세 가지 주요 질문에 대해 고민하는 것을 보았다.

나는 **누구를** 사랑했을까?

나는 **어떻게** 사랑했을까?

나는 사랑**받았을까**?

답은 각자의 삶만큼이나 다양하다. 하지만 그 대답은 진실을 가리킨다. 우리는 인간으로 인정되는 순간부터 (잉태한 순간부터든, 자궁에 있는 순간부터든, 출생한 순간부터든) 유산을 만들기 시작한다. 모든 말과 모든 미소, 모든 행동, 심지어 행동하지 않는 것으로도 유산을 남긴다. 이는 선택 사항이 아니다. 유산은 크거나 작을 수 있다. 중요한 것은 우리가 모두 누군가에게 영향을 미친다는 것이다. 어떻게 영향을 미치는가는 우리에게 달려 있다.

죽으면 그 유산이 드러날 것이다. 하지만 그로 인한 결과가 항상 긍정적인 것은 아니다.

몇 년 전, 나는 숨이 막힐 정도로 충격적인 한 부고를 읽었다. 세상을 떠난 한 여성의 생존한 자녀들이 부고 기사를 통해 어머니의 만행을 온 세상에 밝힌 것이다. 그녀는 어린 시절 내내 아이들을 괴롭혔고 성인이 되어서도 계속 학대했으며, 만나는 모든 사람에게 자신의 사악함, 폭력성, 범죄 행동, 상스러움, '온화하거나 친절한 인간 정신에 대한 증오심'을 드러냈다. 일부분을 보면 그들은 "우리는 그녀가 이 땅에서 죽은 것을 축하하며, 다음 세상에서 그녀가 자식들에게 가한 모든 폭력적이고, 잔인하고, 수치스러운 행동을 되새기며 살기를 바란다."라고 썼다. 나는 그때까지 그렇게 통렬하거나 깊은 고통에 뿌리를 둔 글을 읽은 적이 없었다.

해당 부고는 인쇄본과 온라인에 게재된 후 재빨리 삭제되었다. 삭제된 이유는 알 수 없지만, 잠깐이라도 그 글이 공개됨으로써 해당 여성의 자녀들이 어느 정도 후련함과 마음의 평화를 얻고 악몽이 끝났음을 실감하게 되지 않았을까 하는 생각이 든다. 부고가 삭제된 이유는 죽은 사람에 대해 나쁜 말을 해선 안 된다는 사회적 금기에 흥미를 집중시킨 자녀들의 신랄한 표현 때문일 수도 있다. 우리는 뭔가 좋은 말을 할 수 없을 때는 아예 아무 말도 하지 말라고 배우는데, 이는 어려운 관계에 있던 사람과의 감정을 정리하고 애도하려는 인간의 자연스러운 욕구를 억누른다.

임종 도우미로 일하는 동안 틀림없이 몇 번 보긴 했지만, 다른 사람에게 잘못한 것을 알면서도 어떤 식으로든 잘못을 수습하려 하지 않고 죽음을 맞이하는 사람은 흔치 않다. 하지만 안타깝게도 이런 수습을 하기에 시기상 너무 늦을 때도 있다.

화해의 시도가 있었음에도, 죽음을 앞둔 멀어진 가족에 대한 감정을 어떻게 다뤄야 할지 모르겠다고 눈물을 글썽이며 고백하는 고객들을 만난 적이 있다. 그들은 알고 싶어 했다. '누군가가 골치 아픈 유산을 남기고 이 세상을 떠날 때 우리는 어떻게 애도해야 하나요?'

자넷Janet이 처음 내게 전화했을 때 그녀는 쾌활했고, 전문적이었으며, 직설적이었다. 그녀는 분명히 어떤 일을 처리하고 싶어 했는데, 나는 그 일의 심각성을 알고 난 후 놀라움을 금치 못했다. 죽음을 앞둔 자넷의 아버지 제임스는 호스피스로 위탁된 후 그에게 자넷이 전혀 몰랐던 다섯 명의 자녀가 더 있다는 사실을 고백했다. 결혼한 엄마와 아빠의 외동딸이었던 42세의 자넷은 좌절과 상처, 분노에 휩싸였다. 제임스는 자넷이 새로 밝혀진 형제들과 협력해 자기 삶의 마지막에 필요한 일들을 처리해주길 바랐다.

내 반응은 이 한마디로 요약될 수 있었다. "으악!" 그처럼 얽히고설킨 가족 문제를 풀어달라는 요청을 받은 적은 처음이었다. 그 일은 내 업무의 범위를 훨씬 벗어나는 것 같았고, 임종 도우미보다는 중재자나 가정 전문 치료사에게 더 적합한 것 같았다. 생의 마지막에 가족 간의 분쟁은 늘 있는 법이지만, 그때까지 새로 나타난 형제, 비밀 정부情婦, 숨겨진 가족 문제를 다룬 적은 한 번도 없었다.

　그 형제들은 모두 제임스의 삶이 곧 끝날 것이라는 사실을 알고 있었다. 자넷에 따르면, 제임스는 평화(평생 간직해온 비밀을 털어놓은 자신 내면의 평화와 자녀들 간의 평화)를 원했다. 아이러니하게도 평화에 대한 그의 욕구는 자넷에게 혼란을 가져다주었다. 자넷은 자신이 아버지의 임종을 둘러싼 결정을 내리고, 재정을 관리하고, 매장 과정과 장례식을 계획할 것으로 생각했다. 하지만 이제 그녀는 이미 적대감을 품게 된 (그들 잘못은 아니었지만) 다섯 명의 낯선 사람들과 협력해야 했다. 자넷은 어머니와 이 모든 일을 의논할 필요가 없다는 사실에 감사했다. 어머니는 9년 전에 돌아가셨기 때문이다. 그녀는 아버지에게 화가 났다. 제임스는 자신의 결정을 설명하려 했지만, 당연하게도 그의 말은 그녀에게 전혀 와닿지 않았다.

　"이 일을 어떻게 해야 할지 모르겠어요, 알루아. 정작 일을 벌여놓은 아버지는 죽어가고 있고, 제가 이 엉망진창인 상황을 다 정리해야 해요." 대화를 나누는 동안 자넷은 줄곧 자신이 처한 상황에 대해 냉정하고 차분한 태도를 유지했지만, 이제 그 가면을 벗었다.

　무슨 말을 해야 할지 몰라 나는 스스로에게 상기시켰다. '인정하고 받아들여라.' 딸이 아빠에 대한 이런 사실을 알게 된다면 어떤 기분일까 상상해 보려고 했는데, 도저히 상상이 가지 않았다. 나는 공감에 의존하는 대신, 연민을 택했다. "정말 그럴 만도 하겠네요. 힘든 상황이에요."

"그들과 이야기를 해야 할 것 같은데 어떻게 해야 할지 모르겠어요." 자넷이 이어서 말했다. "그들과 엮이고 싶지 않고, 지금은 아빠와도 엮이고 싶지가 않아요. 하지만 어쩔 도리가 없어요. 임종을 앞둔 아버지를 그냥 버려둘 순 없으니까요. 우리가 이 일을 어떻게 하면 좋을까요?" 분노와 좌절 속에서도 그녀는 모두를 포함하는 우리라는 단어를 사용하고 있었다. 그리고 거기에는 나도 포함되는 것 같았다.

내 능력을 벗어나는 일이었다. 나는 자넷에게 중재자나 가정 전문 치료사에게 도움을 구할 것을 권했지만, 그녀는 계속 나와 함께 이 일을 처리하고 싶어 했다. 그래서 나는 내가 가진 기술을 제안했다. "제가 모두에게 임종 시 발생하는 의무들에 관해 설명하고 각자 어떤 일을 맡고 싶은지 결정하는 데 도움을 드리면 될까요?"

"네." 그녀가 잠시 생각하더니 말했다. "그럼 될 것 같아요."

우리는 형제들과 화상회의를 열었다. 회의를 통해 그들은 삶을 마무리하는 데 필요한 다양한 일들에 관해 듣고 누가 어떤 책임을 맡을지 결정할 것이었다. 바보같이 나는 이 일생일대의 일에 토요일 오후 한 시간만 할당했다.

회의의 목적이 정보 전달과 협력이었으므로 우리는 서로를 소개하는 것부터 시작했다. 형제 중 일부는 서로를 알고 있었고 몇 명은 만난 적도 있었지만, 아무도 친하지 않았다. 빠르게 계산해 본 결과에 따르면 그중 일부는 다른 형제가 배 속에 있거나 아주 어릴 때 태어났다. 그들의 나이는 30대에서 거의 50

대까지 다양했고, 모두 제임스가 자넷의 어머니와 결혼한 동안 태어났다. 어느 모로 보나 콩가루였다.

모두가 말할 기회를 얻기도 전에 긴장이 고조되었다. 서로 씩씩거리고, 콧방귀를 뀌고, 눈을 굴렸다. 슬픔 올림픽이 시작되었다. 슬픔 올림픽은 누군가 사망이라는 상황 때문에 자신이 다른 사람보다 더 많은 상처를 받았다고 주장할 때 발생한다. 그들은 일반적으로 "적어도 당신은….".으로 말을 시작한다.

적어도 당신은 지금까지 나만큼 오래 아버지를 상대할 필요가 없었어요.

적어도 당신은 생일과 명절이 아닐 때도 아버지와 함께할 수 있었죠.

적어도 당신은 그가 누군지 알았잖아요.

적어도 당신은 그가 당신이 생각했던 사람이 아니라는 것을 알게 될 필요가 없었죠.

적어도 당신은 그와 함께 살았어요.

적어도 당신은 그가 아파하는 모습을 지켜볼 필요가 없었습니다.

적어도 당신은 그가 아프다는 사실을 알았어요.

다음 사람보다 더 큰 소리로 후렴구를 부르는 원망의 합창이 계속되었다. 외부인인 내가 봤을 때 그들은 모두 있는 그대로의 슬픔을 누릴 자격이 있었다. 모두가 그랬다. 슬픔에 금메달은 없다. 재정비와 에너지 충전을 위해 나는 휴식을 요청했다. 회의가 시작된 지 20분밖에 지나지 않았는데 상황이 악화하고 있었다.

나는 곧바로 자넷에게 연락해 모든 것을 취소하고 싶을 경우를 대비해 내가 이전에 사용했던 중재자의 번호를 알려주었다. 전체적으로 이 일이 관음증적이고 내 능력 밖이라고 느껴졌지만, 이들을 그대로 놔둘 수는 없었다. 그들의 집단적 고통은 내가 감당할 수 있는 수준 이상이었고, 나는 내가 상황을 더욱 악화시키는 것은 아닌지 두려웠다. 자넷은 내 의견에 강력히 반대하며 내가 계속 대화에 참여하길 바랐다. 그녀는 다른 사람들이 아버지의 죽음에 대해 어떻게 생각하는지 듣고 싶어 했고, 아버지가 살아계시는 동안 하지 못한 일을 마무리하고 싶어 했다. 자넷은 아버지의 죽음을 혼자 견디고 싶지 않았다. 그리고 내가 모든 것을 감당할 수 있다고 믿었다. 팔벌려뛰기를 30번 한 후, 우리는 작전과 함께 화상 통화로 돌아갔다.

시작하면서 나는 각 형제에게 다른 형제 역시 슬픔을 겪고 있다는 사실과 우리에게는 공통된 목표가 있다는 것을 기억해달라고 부탁한 다음, 자넷에게 발언을 넘겼다. 자넷은 그들에게 참석해주어 고맙다는 뜻을 전했고 자신이 유일한 '법적' 자녀로서 우월감을 가지고 있었다는 점을 인정했다. 그때 가장 나이 많은 형제가 끼어들어 아버지와 가장 오랜 관계를 유지한 사람은 자신임을 주장했다. 그 바람에 슬픔 올림픽이 다시 시작될 위기에 처했지만, 자넷은 사과로 분위기를 누그러뜨렸다(완전한 영웅이었다). 긴장감이 가라앉았다. 그들은 자넷이 아버지의 임박한 죽음에 대해 느끼는 슬픔과 아버지를 보살펴야 하는 책임을 함께 짊어질 사람들을 마침내 만나게 된 것에 대해 느끼는 안도감을 이해했다. 외동 자녀는 부모님이 돌아가실 때 특별한 무게를 짊어진다. 그들은 서로 알고 지내지 못한 것에 대한 아쉬움과 더 일찍 그들을 소개해주지 않은 아버지에 대한 원망을 천천히 나누며 공통점을 찾았다. 회의가 시작된 지 1시간 20분 만에 우리는 드디어 모임의 목적에 대해 논할 기회를 얻게 되었다.

그들은 모두 집에서 죽음을 맞이하고 싶다는 제임스의 결정을 존중하고 싶어 했다. 자넷이 의학적 치료에 관해 제임스와 많은 대화를 나눴고 같은 도시에 살고 있었기 때문에 그녀가 제임스의 의료 위임장을 맡는 데 모두가 동의했다. 자넷은 사는 곳을 옮겨 아버지를 돌볼 것이었고, 이 과정에서 근처 마을에 사는 형제로부터 도움을 받기로 했다. 재정 위임장에 관한 이야기가 나오자 모두의 신경이 곤두섰지만, 그들은 회계사 형제를 공식 서류에 올리되, 모든 재정적 결정은 형제가 함께 내리는 것으로 합의했다. 나는 내 마음의 평화를 중요시했기 때문에 굳이 이러한 대화에는 끼지 않았다.

분배해야 할 사소한 일들이 많이 남아 있긴 했지만 두 시간 반이 지나자 마침내 일이 진전되는 것이 보였다.

화상회의가 거의 끝나갈 무렵, 한 형제가 어머니의 장례식 참석 가능 여부를 물었다. 제임스와 사랑하는 관계였던 그녀는 작별 인사를 하고 싶어 했다. 자넷의 속이 부글거렸다. 이제 겨우 다른 형제가 있다는 사실을 받아들이기 시작한 참에 자신의 어머니가 아닌 여성들까지 마주하고 싶진 않았다. 긴장된 대화 끝에 그들은 모두가 평화를 유지하는 조건으로 원한다면 참석해도 좋다는 데 합의했다. 어머니가 살아 계시지 않은 자넷에게 이는 특히 고통스러운 일이었다. 하지만 한편으로는 어머니가 남편의 불륜을 직접 확인하는 고통을 겪지 않아도 된다는 사실에 안도했다. 그 모습을 본다면 슬픔은 말로 표현할 수 없을 터였다.

틈틈이 간식을 먹고 팔 벌려 뛰기를 하면서 거의 4시간이 흐른 후, 작별 인사가 철 수세미만큼 거칠긴 했지만 적어도 우리는 할 일을 끝냈다. 어느 한 명 나가지 않고 그들 모두가 회의에 계속 참여했다는 사실이 놀라웠다.

이제 각 형제는 각자의 슬픔을 감당하는 것에 더해 회의 중에 할당받은 임무를 수행해야 했다. 또한, 아버지가 평생 숨겨 온 비밀을 받아들이고 용서로 가는 각자의 길도 찾아야 했다. 혹은 그렇게 하지 않을 수도 있었다. 자신에게 도움이 되지 않는데도 누군가가 죽었다고 해서 그들을 꼭 용서해야 하는 것은 아니다. 각자가 내린 선택에서 평화를 찾을 수 있다면, 중요한 것은 그것이 전부다.

2주 후 자넷이 내게 전화해 아버지가 여섯 자녀 중 네 자녀의 사랑과 웃음소리에 둘러싸여 영면하셨다고 알려주었다. 그들은 아버지의 서류 작업을 많은 부분 완료하지 못하거나 그가 남긴 모든 일을 처리하진 못했지만, 관계를 형성하기 시작했다. 자넷은 형제 중 한 명이 아버지의 걸음걸이를 흉내 내는 것을 보고 놀랐다. 그리고 한 조카에게 멘토가 되어주기로 했다. 그들은 그들에게 생명을 준 남자의 마지막 순간을 함께했다.

우리는 상처를 준 사람이 죽으면 비탄과 분노, 슬픔과 안도감을 어떻게 다스려야 할지 모르거나 혼란스러워한다. 이러한 감정을 다른 방식으로 느껴도 된다고 스스로에게 허락하는 것조차도 어렵게 느낀다. 누군가가 죽었을 때 모든 사람이 슬픈 것은 아니다. 안도하는 사람도 있다. 모든 상실이 상실인 것은 아니며, 비탄이 늘 슬픔의 모습을 하는 것은 아니다. 우리는 슬픔과 절망뿐만 아니라 죽음에 대한 다른 반응을 위한 여지를 만들어 인간 경험의 다양함을 존중할 필요가 있다.

고통과 상처의 유산이 항상 같은 모습으로 나타나진 않는다. 예를 들어, 내 고객인 88세의 잭은 굉장한 인종차별주의자였다. 하지만 그는 나를 고용한 가족들에게 사랑받았다.

잭의 아들인 앤드루와 존이 아버지에게 진통제가 더 필요한지 아닌지에 대해 합의점을 찾지 못하고 내게 전화를 했다. 내 의견을 들어보라고 권한 사람은 그들의 아내였다.

잭은 아들 존에게 통증에 대해 불평했고, 존은 아버지가 그저 편안하기를 바랐다. 그러나 앤드루는 아버지에게서 통증의 징후를 전혀 확인할 수 없었기 때문에 아편 중독의 가능성을 걱정했다. 두 사람 모두 진심으로 아버지를 걱정하고 상대방을 존중하는 것으로 보였지만, 어느 쪽도 고집을 꺾지 않았다. 전화기 너머로 잭이 좌절감에 신음하는 소리가 들렸다.

앤드루와 존에게 진통제 투여는 의료 행위에 속하기 때문에 임종 도우미는 진통제 문제에 관여하지 않으며 의사의 제안을 따라야 한다는 점을 분명히 했지만, 그들은 나를 고용하겠다고 고집했다. 앤드루와 존은 다음 단계에 대한 안내가 필요했고 같은 생각을 하고 싶어 했다. 나는 그들을 만나러 가는 데 동의했다. 하늘색 버튼다운 셔츠와 카키색 바지를 입은 앤드루가 철조망으로 된 울타리 밖에서 나를 따뜻하게 맞이해 주었다. 하지만 그의 겸연쩍은 표정에 나는 즉시 경계 태세에 들어갔다. "오시기 전에 진작 말씀드렸어야 했는데." 그가 말했다. "아버지가 약간 인종차별주의자라서요."

나는 멍하니 그를 바라보며 그가 언급하지 않기로 한 이 우라질 엄청난 사실을 받아들이려고 노력했다. 그는 내가 흑인임을 알고 있었다. 그는 내가 로스앤젤레스에서 한 시간 반을 운전해 오는 수고를 덜게 할 수 있었고, 이 일을 완수하기 위해 해야 할 감정적 노력도 하지 않게 할 수 있었다.

"약간 인종차별주의자요?" 내가 물었다. "제가 아는 한 약간의 인종차별주의자는 완전한 인종차별주의자죠. 저는 이런 상황에 동의한 적이 없습니다." 지구에서 보낼 수 있는 시간은 한정적이었기 때문에 나는 그 시간을 조금도 내 존재 자체가 증오심을 불러일으키는 사람들과 함께 보내고 싶지 않았다.

"알아요. 죄송합니다." 그는 진심으로 괴로운 듯했다. "저희는 달리 어떻게 해야 할지 몰랐고 도움을 줄 만한 다른 어떤 사람도 생각나지 않았어요. 그리고 저희하고만 이야기하시면 되지 않나요?"

나는 입을 오므리고 심호흡을 하며 생각을 정리했다. 나는 아들들을 도우러 여기 온 것이 맞았다. 더구나 이미 목적지까지 다 와버린 상태였다. 속이 부글댔지만, 일단은 안으로 들어가 앤드루와 존하고만 이야기를 나누기로 했다. 앤드루가 잭이 거실에서 자고 있으니 뒷문으로 들어가자고 제안했는데, 그 말은 그렇게 오래되지 않은 때 미국에서의 하녀를 떠올리게 했다.

"말도 안 돼요. 지금은 1929년이 아니에요. 전 앞문으로 들어갈 겁니다." 나는 퉁명스러웠고 이미 그들을 방문하기로 한 결정을 후회하고 있었다. 당황한 앤드루가 자신의 실수를 재빨리 알아차리고 사과했다.

그들의 집이 어땠는지는 잘 기억나지 않는다. 거실에 들어서자마자 내 눈은 거실의 침대를 향해 단검을 겨누며 그 잠자는 늙은 남자에게 초집중했다. 나는 그가 나와 같이 생긴 모든 사람을 싫어한다는 것을 알고 있었다. 임종 도우미는 라벤더와 레이스처럼 부드럽고 섬세하다는 인식이 있지만, 나는 아니다. 그보다는 청금석과 라메(금속사로 짠 직물-옮긴이)에 더 가깝다. 사람들은 우리가 하는 일 때문에 우리가 천사라고 생각하지만, 나의 자매들과 전 남자친구들은 내가 천사라는 말을 들으면 대놓고 웃을 것이다. 당신이 나를 엿 먹이지 않는다면, 나도 당신을 엿 먹이지 않는다. 쉽고 간단하다. 당신에게 사랑을 보내겠지만, 멀리서 보낼 것이다. 나 역시 인간이기 때문이다.

부엌에서 나는 창가 테이블에 앉아 화내지 않으려고 노력했다. 그들이 차를 권했지만, 거절했다. 어쨌든 이곳에 일하러 온 것이고, 볼일을 마치면 떠날 터였다. 식탁에는 레몬이 프린트된 식탁보가 깔려있었고, 오래된 과일이 담긴 그릇이 중앙에 놓여 있었으며, 종이와 메모장, 알약 병이 되는 대로 흩어져 있었다. 중병에 걸려 죽어가고 있는 사람이 있는 집이라면 흔히 발견될 법한 식탁이었다. 이러한 상황에 놓인 사람들은 일을 처리하느라 먹는 것을 잊는다. 화이트 버튼다운 셔츠를 제외하면 형과 똑같은 차림을 한 존이 나를 보더니 기뻐하며 똑같이 실없는 사과를 했다. 그는 그들이 한 짓이 비난받을 만하다는 것을 알고 있었다. 그들은 내게 폭력적인 공간으로 나를 초대했고, 내 안위는 전혀 고려하지 않은 채 자신들만의 이익을 우선시했다. 그들은 동의에 대해 들어본 적이 없거나 신경 쓰지 않는 것 같았다. 가장 기회주의적인 백인의 모습이었다.

나는 그 끔찍한 부엌에서 빨리 벗어날 수 있도록 바로 요점으로 들어가고자 했다. 그들에 따르면, 의사는 잭에게 약을 추가로 투여해도 괜찮다고 말했다. 하지만 잭은 이미 고용량의 아편제를 사용하고 있었기 때문에 앤드루는 중독을 걱정했다. 나는 그들에게 위험과 이점(중독의 위험(매우 낮음) 대 추가적 고통(높음), 합병증 대 편안함)을 설명했다. 마침 호스피스 간호사가 도착해 있던 터라, 나는 그녀에게 내가 아직 파악하지 못한 정보가 있는지 궁금했다.

앤드루가 잭에게서 호스피스 간호사가 나와 이야기를 나눠도 되는지 허락을 구한 후, 간호사는 내게 잭이 통증을 유발할 수 있는 장폐색을 앓고 있다고 설명했다. 나는 그녀가 잭의 복부를 촉진하는 것을 가만히 지켜보았다. 그는 거의 움찔도 하지 않았다. 그녀가 손을 움직여 배를 더 세게 눌렀다. 찡그림도, 끙하는 소리도 없었다. 그녀는 잭에게 어떻게 지내는지 물었다. 그는 잘 지낸다고 말하더니 바로 아편제를 언제 투여받을 수 있는지 물었다. 이런 식의 언어는 낯설었다. 대부분의 사람들은 그것을 보통 '약'이라고 부를 것이다.

호스피스 간호사가 통증의 정도를 묻자 잭은 바로 10점 만점에 9점이라고 대답했다. 나는 놀랐다. 그 인종차별주의자는 분명히 고통스러워 보이지 않았기 때문이다. 그러나 고통에 대한 사람의 주관적인 경험은 다른 사람이 판단할 수 있는 것이 아니다. 통증은 환자가 보고하는 그대로다. 보고된 통증을 믿지 않는 것은 흑인의 통증 관리 부족과 흑인 산모 사망률에 기여하는 주요 요인 중 하나이다. 누군가가 정서적으로나 신체적으로 고통스럽다고 말한다면, 그들을 믿어라. 나는 잭을 믿기로 했다.

간호사가 분주하게 경피 통증 패치를 준비하고 피부를 닦아낸 다음 잭의 복부에 패치를 붙였다. 나는 사생활 보호를 위해 눈을 돌렸지만, 그가 호텐토트의 비너스Hottentot Venus처럼 전시되었으면 좋겠다고 생각했다. 애초에 그의 아들들하고만 이야기를 나누기로 한 것과 달리, 나는 이왕 도움을 주기로 한 김에 가능한 한 철저하게 내 일을 하기로 했다. 그러니까, 그러지 않는 게 나을 것 같다는 판단이 들었음에도 잭과 이야기를 나누게 되었다는 뜻이다. 간호사가 자기 일을 마친 후 자리를 비켜주기 위해 잭의 아들들과 함께 부엌으로 갔다. 그들이 속삭이는 소리가 들렸다.

잭의 눈은 충혈되어 있었고 뺨은 수년간의 알코올 중독과 질병으로 불그레했다. 짙은 갈색과 보랏빛 기미가 그의 몸을 물들였고, 입술은 갈라지고 트고 약간 푸르스름했다. 나는 숨을 깊이 들이마셨다. "제가 여기 왜 와 있는지 아세요?"

그는 나를 경멸적인 시선으로 흘낏 보더니 눈길을 돌렸다. "알지. 하지만 당신이 날 위해 무엇을 해줄 수 있을지는 모르겠군." 평생을 위스키와 담배로 보낸 듯한 목소리였다. "애들이 그러던데, 당신이 내가 아편제를 쓸 수 있게 해줄 거라고. 하지만 당신이 유색인인 줄은 몰랐네." 붉은 반점과 보라색 반점이 가득하고, 입술은 푸르스름하고, 머리는 하얀 남자가 나를 유색인이라 부르다니 참 뻔뻔하다 싶었다. 나는 해가 비치지 않는 곳을 포함해 모든 곳이 짙은 초콜릿 갈색이다. 88세의 나이라면 그러한 언어와 용어가 그에게 가장 익숙한 것일 수 있음을 깨닫고 나는 이해심과 동정심을 발휘하려 애썼다. 하지만 여전히 너무 화가 났다. 그도 자신의 언어가 부적절하다는 것을 알긴 할 것이다. 그래야 한다.

"맞습니다. 전 흑인이에요. 그건 제가 일을 어떻게 하느냐와는 아무런 상관이 없고, 제 일도 당신이 약을 구하는 것과는 아무런 상관이 없어요. 전 의사가 아니고 방금 당신에게 패치를 준 간호사도 아니죠."

"그럼 지금 내 집에서 뭐 하는 거요?"

'숨 쉬어, 알루아. 얼굴 펴, 알루아.' 나는 겉으로는 침착해 보이려고 애썼지만, 속으로는 그와 싸우고 있었다. "아드님과 간호사가 당신이 고통스러워한다고 하더군요. 유감입니다." 거짓말이었다. 실제로는 그가 당나귀에게 무릎뼈를 걷어차이는 동시에 눈알에 바늘 백만 개가 찔렸으면 좋겠다고 생각했다. "그들은 당신이 죽음을 앞두고 있다고도 했죠. 죽음에 대해 많이 생각하시나요?"

그가 비웃었다. "어떨 것 같소? 나는 아무 데도 갈 수 없고, 아무것도 못 해. 종일 여기 누워 아무것도 안 하고 곧 죽을 거란 생각만 하지. 누구나 언젠가는 겪어야 할 일인데, 내 차례가 된 거야. 하지만 당신도 이미 아는 것을." 그는 다섯 살짜리 아이에게 말하듯 또렷이 발음했다. 그는 나를 돌아보지도 않았다.

'숨 쉬어, 알루아. 얼굴 펴, 알루아.' "물론 알고 있지만, 죽음을 앞두고 있다는 사실을 깨달으면 여러 가지 감정이 들 수 있고 그중 일부는 불쾌할 수 있다는 것도 알죠. 그런 감정이 드시나요?"

"웬 자기성찰적 헛소리야? 나는 내가 죽어가고 있다는 사실에 대해 생각하고 싶지 않아. 죽음에 대해 묻는 것도 싫고, 이야기하는 것도 싫어. 그리고 당신과 이야기하고 싶지 않아. 그냥 아편제나 줘." '또 그 단어가 나왔다.' "갖다 줄 수 없으면 내 집에서 그냥 꺼져." 혐오스러운 입에서 혐오스러운 말과 함께 침이 튀어나왔고, 그와 동시에 마침내 그가 몸을 돌려 나를 정면으로 바라보았다.

'숨 쉬어, 알루아. 얼굴 펴, 알루아.' 나는 다시 숨을 깊게 들이마시고 교전을 벌여야 할지 고민했다. 내가 아는 모든 흑인은 백인 미국인과 대화할 때 이런 저울질을 했다. 그에게 저주를 퍼붓고 저승으로 가는 길에 거시기로 가득 찬 자루를 보고 욕지기가 나오길 바란다고 말하고 싶었다. 하지만 나는 이 남자가 위협하고 있는 내 안의 평화를 지키고 싶기도 했다. 내가 떠나면 그가 이기는 건가? 아니면 여기 남아서 분노와 복수심에 불타 그와 교전을 벌이면 그가 이기는 건가? 그는 이길 수 없을 것이다. 오늘은 아니다, 사탄아.

잭에게 일어나고 있는 일과 아편제에 대한 그의 욕망이 이해되었다. 그는 깊은 정서적, 정신적, 실존적 고통을 겪고 있었다. 그는 죽음을 곁에 두고 싶지 않았다. 게다가 잭의 증오심은 나보다 그에게 더 해로웠다. 그것은 내부에서 잭을 산 채로 갉아먹고 있었다. 그의 장폐색을 고려했을 때, 그는 말 그대로 똥으로 가득 차 있었다.

나는 그에게 대답하지 않고 부엌에 있는 앤드루와 존에게로 돌아갔다. 식탁에 앉아 있는 그들은 길 잃은 의회 보좌관처럼 보였다. 나는 필요한 모든 정보를 얻었고 견딜 수 있는 모든 곤욕을 치렀다. 앤드루와 존이 갑자기 일어나 놀란 눈으로 나를 쳐다보았다. 아마도 내가 얼굴을 제대로 펴지 못한 것 같다.

"무슨 일이에요?" 존이 아연실색하여 물었다.

나는 그 집을 빨리 떠나고 싶어 최대한 빠르게 말을 쏟아냈다. "당신의 아버지는 증오에 차 있고, 화가 많고, 겁에 질려있어요. 자신이 죽어가고 있다는 것은 분명히 알지만, 그 과정에서 멀어지고 싶어 합니다. 아버지가 한국전쟁에서 돌아오셨을 때 아편에 중독되었다고 하셨죠?"

그들은 모두 말문이 막힌 채로 나를 쳐다보았다.

"맞아요?" 힘주어 다시 묻자 두 사람은 빠르게 고개를 끄덕였다. "그때는 전쟁의 고통을 아편제로 잊으셨고, 지금은 죽음을 맞이하는 고통을 아편제로 잊으시려 하는 것 같네요. 진통제가 아닌 '아편제'를 계속 요구하고 있어요. 아편제를 맞으려면 고통을 보고해야 한다는 것을 알고 있는 듯합니다." 나는 잠시 말을 멈췄다. "다른 하실 말씀 있나요?" 나는 가방을 집어 들고 테이블 위에 놓인 과일 그릇 옆에 앉았다. 초파리 십여 마리가 흩어졌다.

지긋지긋했고 화가 났다. 자신들의 아버지가 나와 같은 피부를 가진 사람들을 증오한다는 것을 알면서도 흑인인 나를 오게 한 것에 화가 났다. 이 나라에 화가 났다. 하지만 어쨌든 그 일을 하기로 한 나 자신에게 가장 많이 화가 났다.

"그럼 아버지에게 약을 드려야 할까요? 중독되지 않을까요?" 앤드루가 물었다.

나는 두 손을 들어 올렸다. "어차피 죽음을 앞둔걸요. 어떻게 하라고는 말씀드릴 수 없습니다. 하지만 제 생각은 말씀드렸죠. 이제 가야겠네요. 앞문으로요."

집으로 돌아오는데 눈물이 날 정도로 화가 났다. 나를 그 집으로 끌어들인 앤드루와 존의 이중성이 혐오스러웠고, 경계를 허문 나 자신에게 화가 났다. 내가 도우미라고 해서 도울 수 있는 모든 상황에 나서도 되는 것은 아니다. 그런 경우 때로는 득보다 실이 더 많다. 이 만남 전에 나는 인종차별주의자 고객을 상대하지 않겠다고 말했을 것이다. 하지만 그렇게 해버렸다. 나는 백인을 편하게 해주려고 또 한 번 무의식적으로 나 자신을 작게 만든 것은 아닐까 생각했다.

재빨리 고개를 저으며 거절의 신성함을 존중해야겠다고 다짐했다. 거절은 긍정의 답만큼이나 강력하다. 잭은 내게 큰 의미가 있는 이 일에서 나의 한계와 경계를 찾도록 강요했다. 거절은 죽음을 다루는 일을 선택하는 모든 이에게 중요한 조치다.

운전하는 중에 앤드루의 아내가 전화를 걸어왔다. 나는 그녀가 내 괴로움을 알아차리지 못하도록 목소리를 가다듬었다. 백인들이 인종으로 나를 상처 입게 했음을 알게 되는 것은 역겨웠다. 남편과 통화한 그녀는 시아버지가 나에게 한 말에 대해 사과했고 그가 어떤 사람인지를 말해주었다. 또 앤드루와 존이 잭에게 진통제를 더 주는 데 합의한 후 잭에게 그 소식을 전했다는 말도 해주었다. 내가 자신이 원하는 것을 주는 데 도움이 되었다는 것을 알게 되자, 화 많은 인종차별주의자 잭은 흑인인 나를 칭찬하기 시작했다. 그는 나를 천사, '착한 여자'로 불렀다. 그 집에 있을 자격도 없었던 사람이 그가 원하는 것을 얻게 해준 후 얼마나 빨리 칭찬할 사람이 된 건지. 늘 그런 식이었다.

그 후 나는 잭을 다시는 보지 못했고, 증오심을 신념 삼는 고객은 절대 받아들이지 않았다. 다시는 나 자신에게 그런 짓을 하지 않을 것이다.

나는 잭을 포함해 그가 나를 대하는 방식을 경멸했지만, 그가 얼마나 사랑받는지는 알 수 있었다. 내게 잭은 괴물이었다. 그가 군대에서 얼마나 많은 권력을 휘둘렀고 그 권력으로 무엇을 했을지를 생각하면 속이 뒤집혔다. 하지만 다른 사람들에게 그는 아버지였고, 할아버지였으며, 전우였고, 친구였고, 무엇보다도 인간이었다. 그의 유산은 흑인에 대한 증오보다 훨씬 대단한 것이었으나, 내가 만난 잭은 그런 잭이었다. 잭에 대해 개인적인 반감이 있긴 했지만, 잭을 증오에 찬 사람으로만 여기는 것은 전체적인 인간으로서의 밝고 어두운 면을 모두 축소하는 것이었다. 나는 인간을 완전히 버릴 수 있다고 믿지 않는다. 분노와 연민은 공존할 수 없다. 연민은 내게 그를 용서하라고 요구했다.

그 요구에 응하는 것이 내키지 않았지만, 나는 그의 모든 사연, 그의 역사, 장례식에서 사람들이 한 사랑의 말, 그가 떠났을 때 사람들이 느낀 깊은 슬픔을 알지 못했다. 하지만 우리에게 상처를 준 사람도 결국은 죽고, 그들이 지닌 최악의 면에도 불구하고 그들을 사랑했을 때, 때로 슬픔은 복잡해질 수 있다는 것은 알고 있었다.

이러한 모순을 이해하려고 노력하면서 스스로에게 물었다. 나는 죄책감을 느끼면서 다른 사람에게 상처를 주었을지 모르는 사람을 사랑한 적이 있었던가? 타인에게 상처를 줄 수 있는 능력은 결국 상처받을 수 있는 능력만큼이나 인간적이다. 우리는 모두 인생의 어느 시점에서 이 복잡한 사랑으로 인해 어려움을 겪는다.

말이 나와서 말인데, 마이클 잭슨은 나의 첫사랑이었다. 그는 내가 처음으로 영감을 받은 사람이었고, 나의 첫 우상이었다. 또한, 내가 처음으로 충격적인 죽음을 경험하게 한 사람이기도 했다. 가끔은 명실공히 팝의 제왕이라 불렸던 그를 향한 어린 시절의 사랑만큼 순수한 사랑을 느껴본 적이 없는 것 같다는 생각이 든다.

마이클 잭슨은 모든 것을 할 수 있었다. 그는 땅 위를 떠다녔고, 내딛는 모든 걸음이 땅을 밝게 빛나게 했다. 그의 멜로디는 목소리만큼이나 순수했다. 그는 사랑을 전했다. 그는 모든 곳에서 (거실의 TV에서, 활보하는 무대 위에서, 쇼핑몰에서, 티셔츠에서, 크게 음악을 튼 지나가는 차에서) 우리에게 다가왔다. 마치 마술로 만들어진 것 같은 그는 가는 곳마다 마법의 흔적을 남겼다.

그는 춤을 추었고 그의 움직임은 나를 매료시켰다. 다섯 살 때 나는 텔레비전에 착 달라붙어 무섭지만 짜릿한 기분이 드는 〈스릴러Thriller〉의 뮤직비디오에 빠져들었는데, 그러는 동안 언니인 보조마는 테이블 밑에 숨어 있었다. 자매들과 함께 부모님의 친구들을 위해 〈배드Bad〉 앨범에 맞춰 댄스 공연을 한 적도 있다. 비폭력적이었던 나는 강해지기 위해 〈빗 잇Beat it〉의 싸움 장면도 흉내 내 보았다. 하지만 별 효과는 없었다. 어렸을 때 딱 한 번 싸움을 벌인 적이 있었는데, 그때 나는 울면서 그 소년에게 나를 왜 때렸는지 물었다. 나는 그 아이를 이해하고 싶었다.

자라는 동안 마이클 잭슨은 늘 나와 함께였다. 1992년 아호바가 계단 아래에서 나를 향해 전화를 끊으라고 소리쳤던 기억이 난다. 내가 전 세계 최초로 공개되는 〈리멤버 더 타임Remember the Time〉 뮤직비디오의 도입부를 놓치고 있었기 때문이다. 나는 보수적인 기독교인 부모님이 너무 선정적이라고 생각한 〈인 더 클로젯In the Closet〉 비디오를 숨어서 봤고, 고개를 앞뒤로 움직이며 〈블랙 오어 화이트Black or White〉의 춤 동작을 따라 했다. 1999년 보조마가 웨슬리언대학교로 떠났을 때는 언니가 우리 없이 얼마나 외로워할지 슬픈 마음에 라디오에 〈유 아 낫 얼론You Are Not Alone〉을 신청했다. 이따금 나는 뮤지션에 대한 나의 사랑이 그에게서 연유한 것은 아닐까 하는 생각이 든다.

1993년 마이클 잭슨의 학대 혐의를 처음 접했을 때 나는 열다섯 살이었다. 그때 처음 든 생각은 이런 것이었다. '음, 이건 실수가 분명해. 아니면 오해겠지. 그는 유명인이잖아.' 그 정도가 전부였다. 그런 일은 늘 있었다. 나는 그에게 너무 깊이 빠져 있었고 흠모하는 마음에 눈이 멀어 다른 가능성은 고려할 수 없다. 그 의혹이 사실일 거란 생각은 단 한 순간도 해본 적이 없다. 사건이 해결되었을 때 나는 안도감에 어깨를 으쓱했다. '불쌍한 마이클.' 미디어는 그에게 너무나 잔인했다.

몇 년 후 파파라치들이 기다리고 있는 발코니 밖으로 그가 아들 블랭킷Blanket을 흔들어 대는 모습을 보고 나서야 나는 어떤 거북함을 느꼈다. 의혹이 커질수록 더욱더 절실하게 그것이 사실이 아니기를 바랐다. 너무 추악했고, 그 파장은 너무 컸다. 우상에 대한 내 이미지를 지키고 싶었기에 나는 현실을 외면했다. 마이클은 내가 보호해야 할 성자라는 방어적인 생각을 떨치기가 힘들었다. 인류 역사상 그렇게 강력한 현미경 아래 산 사람은 없었다. 그는 이해하기 어려운 방식으로 전 세계적으로 유명했다. 태국 치앙마이가 인기 여행지가 되기 훨씬 전에, 그곳에서 한 과일 장사꾼이 자신의 손가락을 핥은 다음 내 피부에 문댄 적이 있다. 그는 물을 더 많이 묻힐수록 내 피부색이 옅어지는지 보고 싶어 했다. "마이클 잭슨처럼요." 그가 덧붙였다. (그에게만 놀라운 사실이었지만, 내 피부색은 변하지 않았다.)

누구라도 그렇게 밝은 스포트라이트 아래에서 산다면 고통스러울 것이다. 그리고 천재는 보통 약간의 광기와 연결되지 않나? 그가 완벽하지 않은 다른 존재가 될 수 있었을까? 그를 둘러싼 의혹이 내가 마음속으로 품고 있는 그에 대한 이미지에, 또 피해 가족들에게 어떤 의미일 수 있는지를 재고하기까지는 몇 년이 걸렸다.

마이클 잭슨이 세상을 떠나던 날, 나는 법률지원재단 사무실에서 한 의뢰인을 위해 가정폭력 접근금지 명령 진술서를 작성하고 있었다. 우리는 서류 서명과 제출을 위해 다음날 만나기로 되어 있었다. 비서인 베로니카가 늘 열려 있는 내 사무실 문으로 급히 들어왔다.

그녀가 곧장 물었다. "들으셨어요?"

"뭘요?" 나는 쓰던 문장을 마저 다 쓴 다음 그녀에게 주의를 돌렸다.

"마이클 잭슨이 죽었대요." 그녀가 마치 비밀을 말하듯 속삭였다.

"마이클 잭슨 누구요?" 나는 방금 그녀가 한 말을 이해하려고 애쓰며 믿기지 않는다는 듯이 물었다. "누가 그런 말을 해요?"

베로니카는 진주 목걸이를 만지작거렸다. "TMZ(미국의 연예 전문 매체-옮긴이)에 다 깔렸어요."

나는 비웃었다. 내게 그 출처는 믿을 만한 것이 못 되었고, 그러니 뉴스도 마찬가지였다.

"TMZ는 믿으면 안 돼요. 그건 사실이 아니에요. 파라 포셋 Farrah Fawcett도 오늘 죽었잖아요." 마치 유명인 두 명이 같은 날에 죽을 순 없다는 듯이 내가 말했다. 나는 그녀의 말을 믿고 싶지 않아 다시 컴퓨터로 몸을 돌렸다. 베로니카는 멋쩍어하며 사무실을 나갔다. 하지만 나는 일에 집중하지 못하고 책상에 앉아 내 어린 시절의 우상이 죽었을 가능성을 생각해 보았다. 죽지 않았다. 그럴 수는 없다. 그는 불멸의 존재여야 했다.

서서히 그것은 현실이 되었다. 그에 대한 나의 사랑을 아는 가족과 친구들이 내게 전화를 걸어와 한 명씩 이야기를 나누는 동안, 그들은 불가능한 일을 확인시켜주었다. 마이클 조지프 잭슨, 내가 8살 때 결혼할 거라고 생각했던 사람, 내 어린 시절

과 청소년기의 사운드트랙을 만들어준 사람, 표현력과 예술성
에 반해 우상으로 삼은 사람, 내가 공포에 떨며 그의 위신이 공
개적으로 실추되는 모습을 지켜봤던 사람, 그 사람이 정말로 죽
었다. 이 상상도 할 수 없는 진실에 망연자실하여 나는 책상에
서 꿈쩍도 할 수 없었다.

별안간 사무실을 나가야겠다는 생각이 들었다. 〈더 웨이 유
메이크 미 필The Way You Make Me Feel〉의 그 즐거운 기분을 느껴
야 했다. 베로니카에게 얼른 인사를 하고 진술서도 미완성으로
남겨둔 채 나는 주차장에 있는 지프에 올라탔다. 음향 시스템
이 썩 좋진 않았지만, 한 달 전에 업그레이드한 스피커와 뒤쪽
에 설치한 베이스 튜브가 도움이 되었다. 보조 케이블은 내 핫
핑크색 아이팟 셔플iPod Shuffle에 이미 연결되어 있었지만 배터
리가 방전되어 있었다. 좌절감에 아이팟을 흔들다 뒷면에 있는
나비 스티커를 발견했다. 〈버터플라이Butterflies〉의 멜로디가 팡
하고 머릿속에 떠올랐다.

마이클 잭슨은 안 돼.

나는 창문을 내리고 시동을 건 다음 서둘러 집으로 향했다.
어서 내가 가장 좋아하는 곡들을 들어야 했는데, 선곡이 불가능
할 것 같았다. 다 좋아하는 노래들이었지만 그 순간의 무게에
충분한 곡은 없었다. 로스앤젤레스 한복판에서 신호가 바뀌기
를 기다리는 도중, 희미하게 음악 소리가 들려왔다. 누군가 내
오른편에 있는 쇼핑몰 앞 주차된 차에서 〈빌리 진Billie Jean〉을
큰 소리로 틀어놓고 있었다. 심장이 쿵쾅거렸다. 나는 계속 차

를 몰았다. 신호가 바뀌고 워싱턴 대로에서 서쪽으로 집을 향해 달리던 중 워싱턴 대로와 크렌쇼^{Crenshaw} 대로의 코너에 있는 우체국 주차장에 사람들이 모여 있는 것이 보였다. 이런저런 멜로디가 섞여 울려 퍼졌다. 모두 마이클 잭슨의 음악이었다. 나는 사람들에게 합류하기 위해 브레이크를 밟고 급히 좌회전했다. 그들이 무엇을 하는진 몰라도, 그중 일부가 되고 싶었다. 의아하게도 슬픔은 고독과 공동체를 모두 갈구한다. 슬픔은 그 자체로 수수께끼다.

주차장으로 들어가자 카 스테레오에서 음악이 퍼져 나왔다. 〈락 위드 유^{Rock with You}〉, 나는 이 영상에서 그가 입고 나오는 반짝이는 점프 슈트를 갖고 싶었다. 〈PYT〉, 주로 연하의 남자와 데이트하는 경향이 있는 내게 주제곡 같은 노래였다. 〈맨 인 더 미러^{Man in the Mirror}〉, 모든 변화는 내면에서 시작된다는 것을 자주 내게 상기시켜주었다. 사람들이 표연히 돌아다녔다. 우체국을 드나드는 사람은 아무도 없었지만, 그중 우체국 유니폼을 입은 사람들은 몇 명 있었다. 그들도 나처럼 그저 슬픔의 순간을 함께하기 위해 그곳으로 흘러들어온 것 같았다. 나는 가장 먼저 보이는 곳에 차를 세웠다. 내 옆으로 한 남자가 주차된 차 안에서 운전석 문을 열고 머리를 손에 얹은 채 앉아 있었다.

라디오를 통해 마이클 잭슨의 시신이 안치된 병원에서 소식을 전하는 기자의 목소리가 흘러나왔다. 내가 가까이 가니 남자가 고개를 들었다. 그리곤 고개를 저으며 야구모자를 벗자 자를 때가 다 된 반백의 반삭 머리가 드러났다. 그는 그저 "마이클 잭슨, 이 친구야."라고만 말했다. 그리고 잠시 멈추었다. "마이클 잭슨." 그의 눈이 충혈되고 젖어 있었다. 녹색 세단에 앉아 마이클 잭슨의 죽음을 두고 눈물을 흘리는 이 나이든 흑인 남자의 모습에 나는 급기야 무너지고 말았다.

"같은 심정이에요." 뒤늦은 눈물을 흘리며 내가 말했다. 어린 시절의 우상을 잃은 슬픔, 죽음으로부터 안전할 것이라는 순수함을 잃은 슬픔, 그리고 추행을 견디고 그에 대한 언론의 미화에 다시 상처를 입은 모든 사람을 위해 울었다.

마이클 잭슨이 죽던 날, 나는 해가 질 때까지 그 주차장에 남아 춤을 추고, 노래를 부르고, 울면서 좋든 나쁘든 그 누구보다 더 큰 유산을 남긴 한 남자를 향한 생판 모르는 사람들의 슬픔을 목격했다.

어떤 사람들은 아름다운 야생화와 치명적인 독소가 모두 가득한 초원처럼 복잡한 유산을 남긴다. 각자 비율은 다르지만 사실 우리 모두가 그렇다. 우리는 앞으로 다가올 시대에 우리 자신이나 풍경이 어떻게 변할지 알지 못한다. 내가 사랑했던 마이클 잭슨은 떠난 지 오래지만, 그가 만들어낸 것은 여전히 내 안에 남아 있다. 그것은 죽을 때까지 나와 함께 할 것이고, 이는 부인할 수 없는 사실이다. 왜 우리는 사람들을 그들이 한 최악의, 또는 최고의 행동으로 축소할까? 언제 누군가가 더는 아버지가 아니라 간통자로만 기억되게 되는 걸까?

사랑하는 사람에 관해서는, 우리는 대부분 그들이 우리 삶에 가져온 마법 안에서 그들을 기억한다. 그래서 어떤 사람들은 슬픔이 사랑의 대가라고 말하기도 한다. 하지만 슬픔은 그보다 훨씬 더 복잡하다. 우리는 우리가 사랑하고 그리워할 것들을 자유롭게 슬퍼한다. 우리 모두가 그러하며, 나는 일터에서 그런 모습을 흔히 목격한다. 이후에 일어난 모든 일에도 불구하고 나는 여전히 마이클 잭슨의 마법에 매료되어 있다. 그런 일들은 우리의 슬픔에 복잡한 층을 만들어내는데, 그렇다고 슬픔이 축소되진 않는다. 그는 우리가 결코 알 수 없는 사연, 고통, 기쁨을 지닌 온전한 인간이었고, 그를 잘 아는 사람들은 그의 죽음을 깊이 슬퍼할 것이다. 우리는 그들에게 그러한 감정을 갖지 말라고 할 수 없다. 앤드루와 존도 인종차별주의자인 아버지에 대해 분명히 비슷한 감정을 느꼈을 것이다.

모든 복잡함 속에서 사람들을 애도하고, 그들의 빛을 존중하고, 어둠을 인정하고, 결함이 있는 전달자라 해도 그로부터 메시지를 받아들이는 것은 괜찮다. 우리 중 가장 나쁜 사람조차도 떠난 후에는 누군가에게 그리움과 감사, 사랑의 대상이 될 것이며, 어떤 일로 인해 좋게 기억될 것이다. 그것이 인류애가 작동하는 방식이다.

14장

사람이 필요한
사람들

2012년 9월 포틀랜드와 파스카를 뒤로 하고 덴버 국제공항에 도착했다. 나는 괴로웠고, 초췌했으며, 상처 입었고, 불안정했다. 병가를 낸 상태였음에도 자유롭기보다는 그냥 여기저기 떠도는 기분이었다.

L.A에 있는 집으로 돌아갈 왕복표가 있는 것도 아니었고, 행선지가 있는 것도 아니었다. 덴버 공항은 내가 어린 시절 대부분을 보냈던 콜로라도에 계신 부모님을 뵙기 위해 수백 번 찾아왔던 곳이다. 하지만 이번에 이곳을 들른 이유는 뜻밖의 전화한 통으로 포틀랜드에서 무너지기 일보 직전이었던 나를 구해준 크리스틴을 만나기 위해서였다.

크리스틴과 나는 로스쿨 1학년 때 친한 친구들로 구성된 스터디 그룹을 통해 만났다. 우리는 금세 친해졌다. 레이첼 맥과 이어Rachel MacGuire, 제니 코헨Jenni Cohen, 크리스틴 바우어스 톰

킨스Kristin Bowers Tompkins, 제스 커티스Jess Curtis는 내가 만나 본 여성 중 가장 똑똑했고 가장 히스테릭하게 엉뚱했다. 크리스틴이 로스쿨에서 만난 남자친구와 헤어졌을 때 우리는 당근 케이크를 구운 다음 앉은 자리에서 한 판을 다 먹어치웠다. 제스의 처녀파티가 있던 날은 술집에서 쫓겨났다. 옆 테이블에 있던 한 여성이 내가 뚱뚱하다고 모욕했는데, 그때 기껏해야 163cm밖에 안 되는 크리스틴(그리고 160cm의 레이철)이 순식간에 테이블을 뛰어넘어 그녀에게 아주 본때를 보여주었기 때문이다. 머리에는 여전히 남근 장식에 불이 켜지는 머리띠를 하고서 말이다. 제스의 결혼식에서는 우리 모두가 신부 들러리 드레스를 입고 수영장으로 뛰어들어 다른 손님들을 겁에 질리게 했다. 또 언젠가 크리스틴이 뉴멕시코주 산타페에서 검은 베일을 쓰고 결혼을 취소했을 때 우리는 그녀를 축하해주었다. 그날 밤 나는 처음으로 결혼하고 싶지 않은 마음을 조용히 인정했다. 그리고 그녀의 아버지가 돌아가셨을 때 우리는 함께 울었다.

덴버 공항에서 내 큰 배낭이 지퍼가 열린 채 컨베이어 벨트를 돌고 있었다. 뭐 상관없었다. 친구를 만나 또 다른 모험을 할 생각에 나는 들뜬 마음으로 터미널을 빠져나왔다. 가방을 트렁크에 싣는 것을 도우면서 크리스틴이 걱정스러운 표정을 지었다. "너무 말랐는데." 그녀가 말했다. 나의 엄마와 자매, 그리고 가장 친한 친구들만이 내 건강을 염려해 할 수 있는 말이었다.

"고맙다고 해야 하나? 난 괜찮아!" 내가 대답했다. 크리스틴은 살이 빠진 것을 축하하는 사람이 아니었다. 그녀는 내게 무슨 일이 있다는 것을 눈치챘다. 나는 생각만큼 그렇게 아프지 않다는 것을 그녀에게 납득시키고 싶었다.

웃음기 없이 주저하던 그녀는 내게 빠르게 고개를 끄덕이고는 차를 출발시켰다. 우리는 비행과 파스카와 함께한 포틀랜드에서의 내 최근 모험에 관해 가벼운 이야기를 나눴다. 크리스틴은 내가 알게 된 지 겨우 몇 시간 된 남자를 만나러 비행기에 올랐단 사실에는 놀라지 않았지만, 내가 누누이 그랬듯 사랑에 빠지지 않았다는 사실에 상당히 놀랐다.

한 시간 후 우리는 크리스틴의 집에 도착했다. 그녀는 내게 남는 방을 하나 내주었다. 크리스틴과 그녀의 파트너 루크는 여행을 위해 마련한 대형 SUV에서 자면서 2년 동안 국립 공원을 여행하고 덴버로 막 돌아온 참이었다. 여분의 방에는 서류로 가득한 책상과 그들이 파코Paco라고 이름 붙인 매트리스가 있었고, 바닥에는 캠핑 장비가 놓여 있었다. 그리고 그들이 나를 위해 준비한 산더미 같은 이불이 있었다.

"지금으로선 이게 전부야." 그녀가 전혀 미안해하지 않으며 말했다. 크리스틴은 좀처럼 세상에 사과하는 일이 없었는데, 나는 그녀의 그런 점을 존경했다. 나도 그녀의 그런 면을 닮고 싶었다.

작은 방에서 크리스틴과 함께 신나게 이야기를 나누며 반쯤 열린 가방의 짐을 풀기 시작했을 때, 나는 여행용으로 샀던 멋진 캠퍼 신발 한 짝이 사라진 것을 발견했다. 눈물이 터져 나왔다. 내게 신발은 두 켤레(따뜻한 곳으로 갈 경우를 대비한 샌들과 매일의 달리기로 이미 너덜너덜해진 정신 건강을 유지하기 위한 러닝화)뿐이었다. 장애 수당과 법률지원재단에서 파트타임으로 일하는 동안 모은 적은 돈만으로 생활하던 내가 새 신발 한 켤레를 225달러에 산 것은 엄청난 사치였다.

슬픔을 가눌 수가 없었다. 우울증으로 비례감이 흐려져 작은 일이 큰일처럼 느껴졌고 큰일은 그야말로 극복할 수 없는 일처럼 느껴졌다. 신발을 잃어버린 것은 아주 큰 일처럼 느껴졌다. 하지만 내가 우는 이유는 분명히 신발 하나 때문만은 아니었다. 파스카와 함께한 포틀랜드는 엉망이었고, 병가를 냈지만 나는 내가 무엇을 하고 있는지 어디로 가야 할지 몰랐다. 아파도 여행할 수 있음을 보여주는 겉모습을 유지하려 애썼으나, 신발 한 짝이 사라지는 바람에 그 가면은 완전히 벗겨졌다.

2시간의 비행으로 지쳐있었지만, 나는 안 그래도 지쳐있었다. 우울증은 그 자체로 사람의 진을 뺀다. 젖은 벨벳 망토처럼 온몸을 무겁게 짓누르며 바깥 세계와의 연결을 차단한다. 바닥에 놓인 매트리스 파코가 내게 가까이 오라고 손짓했다. 크리스틴은 방을 나가기를 주저했다. "정말 괜찮겠어?" 그녀는 나의 이런 모습을 본 적이 없었다. 아무도 없었다. 나는 내가 붙들고 있던 가면이 벗겨진 것을 깨닫고 약하게 고개를 끄덕였다. 그녀가 문을 닫았고 나는 부끄러움에 다시 울었다.

아침이 되자 작은 방으로 빛이 쏟아져 들어왔다. 콜로라도는 일 년 중 300일 동안 해가 내리쬐는 것으로 유명하다. 나는 그 빛이 다시 나를 행복하고 밝게 만들어주기를 바랐지만, 배낭 옆에 놓인 신발 한 짝은 내가 얼마나 실망스러운가를 다시금 상기시켜주었다. 침대에서 일어났지만 어떻게 행동해야 할지 알 수 없었다.

"안녕 여러분!" 복도에서 부엌으로 들어서며 내가 말했다.

"안녕! 잘 잤어?" 크리스틴이 물었다.

나는 기분이 좋은 척했다. "응! 방에 빛이 많이 들어와서 정말 좋아!" 사실 나는 신발에 엄청나게 많은 돈을 쓰고도 신발을 챙기지 못할 만큼 덜렁댄 자신에게 너무 화가 나 계속 침대에서 뒤척였다.

크리스틴이 내 쪽으로 걸어오기 시작했을 때 나는 그녀가 전날 밤 얘길 꺼낼까 봐 도망치고 싶었다. 그녀에게 부은 눈을 들키기 싫어 고개를 숙였다. 크리스틴은 내게 말을 거는 대신 루크의 옷장에서 후드티를 하나 꺼내주었다(내 배낭은 그런 편안한 옷이 들어갈 만큼 크지 않았다). 남성용 스웨트셔츠는 안아주는 것 같은 느낌이 들어 내가 정말 좋아하는 옷이었다. 그때의 나는 최대한 많은 포옹이 필요했다. 그녀를 따라 옷장이 있는 곳으로 가서 얻은 흰색 퀵실버Quiksilver 후드티는 내가 그곳에 머무는 동안 제2의 피부가 되었다. 옷장 앞에 서서 빨래통에 넣기 위해 옷을 벗자 크리스틴이 놀란 표정을 지었다. 그녀의 눈빛으로 보아 내 몸이 내 기분을 그대로 반영하고 있음이 틀림없었다. 내 몸은 빛이나 생명은 거의 찾아볼 수 없는 텅 빈 껍데기 같았다.

일 년 만에 나도 모르는 새 약 18kg이 빠졌다. 성인이 되면서 젖살은 자연스럽게 빠졌지만, 허리띠 위로 튀어나오는 뱃살이나, 서로 자꾸 닿아 쓸리는 허벅지나, 겹치는 등살에 대한 걱정은 평생 나를 떠난 적이 없었다. 하지만 우울증이 찾아오자 내 안에 자리 잡고 있던 비만 공포증은 사라졌다. 나는 하루하루를 버텨내느라 너무 바빴다. 곧 탄탄했던 모래시계 체형이 연필처럼 변하기 시작했다. 가슴이 꺼졌고 엉덩이의 곡선이 사라졌다. 어깨에 움푹 들어간 부분이 생겼고 가슴과 등에서 갈비뼈가 보였다. 광대뼈가 날카로워졌고 쇄골이 드러났다. 나는 수척했다. 내 몸은 유령 그 자체였다.

"알루아." 크리스틴이 속삭였다. "너 좀 먹어야겠다. 제발, 아침을 만들어줄게."

"아, 걱정하지 마!" 나는 여전히 기분이 좋은 척 대답했다. "일하러 가면 내가 알아서 챙겨 먹을게." 거짓말이었다. 식사를 준비한다는 것은 내게 상상도 할 수 없는 일이었다. 눈치를 챈 크리스틴이 나를 그냥 내버려 두지 않았다. "내가 만들어줄게. 뭐 먹고 싶어?"

"아니야, 그러지 마. 정말 괜찮아." 나는 고집했다.

크리스틴은 포기하지 않았다. "뭐 대단한 것도 아니야. 그냥 배고플 때 가볍게 먹을 만한 걸 만들어줄게."

"그러지 마, 알았지? 그냥 그러지 마." 나는 그녀가 나를 내버려 두길 바라며 눈을 굴렸지만, 크리스틴은 자신이 좋다고 믿는 것에 관해서는 놀라울 정도로 완고했다. 그녀는 다시 부엌으로 돌아갔다.

"샤워할래? 끝났을 때쯤엔 내가 나가 있을 테니 편하게 먹을 수 있을 거야."

나는 씩씩대며 욕실로 향했다. '내가 싫다는 걸 어쩜 저렇게 강요할 수가 있지?' 그러나 거울에 비친 내 모습을 보니 그녀의 마음이 이해가 안 가는 것도 아니었다. 뼈와 늘어진 살이 보였다. 부끄러웠다. 샤워하는 동안 나를 너무 잘 아는 그녀를 큰 소리로 욕했다. 어쩌면 그녀와 함께 지내기 위해 콜로라도에 온 것이 잘못이었는지도 몰랐다. 사랑하는 사람들의 감시하는 눈을 피해 계속 숨을 수 있는 어딘가로 떠날 수도 있었는데 말이다. 빌어먹을 사람들, 그리고 그들의 걱정. 나는 괜찮았다.

크리스틴은 조리대 위에 잉글리시 머핀으로 만든 달걀 치즈 샌드위치와 잘게 썬 딸기가 담긴 접시를 올려 두고 나갔다. 접시 오른쪽에는 핫소스 한 병이 놓여 있었다. 그리고 왼쪽에는 사과로 눌러 놓은 메모지가 한 장 있었는데, 메모의 내용은 이랬다.

오전 8시 30분: 아침 먹기! 아침은 샌드위치야. 네가 핫소스를 좋아했는지가 기억이 안 나네. 미안.

오전 10시 30분: 간식 시간! 팬트리를 뒤져봐!

오후 1시: 점심 먹기! 냉장고 두 번째 선반에 참치와 빵 두 장이 있어. 채소 칸에 미니당근이 있고, 팬트리에 먹음직한 감자칩도 있단다.

오후 3시: 또 간식 시간! 이 사과에 땅콩버터를 듬뿍 발라서 먹어봐.

오후 5시: 저녁으로 피자를 주문할 거야!!

좋은 하루 보내! 내가 확인할 거야. 제발 좀 먹어.

나는 파란색과 흰색으로 꾸며진 주방을 왔다 갔다 하며 먹을지 말지를 고민했다. 먹는다는 것은 내가 그녀의 도움을 받아들인다는 것을 의미했다. 반면 먹지 않는다는 것은 도움을 거절하고 음식도 낭비한다는 것을 의미했다. 아프리카인임에도 불구하고 우리는 자라면서 미국의 모든 굶주리는 아이들을 생각하라고 배웠다. 그들에게 몹쓸 짓을 할 수는 없었다. 나는 마지못해 샌드위치를 먹었다. 크리스틴이 내 강인한 겉모습 안에 감춰진 내면을 꿰뚫어 볼 수 있다면, 다른 사람들도 그럴 수 있을까? 내가 고통받고 있다는 것을 알 수 있을까? 생각만으로도 나는 더욱 부끄러워졌다.

어렸을 때부터 자매들과 나는 강인함과 회복력을 우선시하는 법을 배웠다. 내가 아는 한, 취약함은 미덕이 아니었다.

부엌에 앉아 샌드위치를 씹으면서 생각에 잠긴 동안 나는 내 안에서 이처럼 엄격한 면을 발견하곤 깜짝 놀랐다. 이런 자신에 대한 엄격함은 어디에서 온 걸까? 나는 다른 사람들에게까지 이런 엄격함을 적용하진 않았다. 법률지원재단 변호사로서 내 업무의 핵심은 도움이 필요한 사람들에게 도움을 제공하는 것이었다. 나는 배우자의 손에 폭력을 당한 의뢰인을 조금도 업신여긴 적이 없었다. 끼니를 해결할 돈이 없는 사람들을 함부로 판단한 적도 없었다. 나는 의뢰인들이 처한 상황에서 그들의 잘못은 하나도 없다는 것을 본능적으로 이해했다. 계급 차별, 인종차별, 무너진 시스템, 어린 시절의 트라우마가 그들을 그렇게 만들었다. 설령 그들에게 그러한 상황에 대한 책임이 있다 하더라도, 그들은 여전히 누군가의 도움을 받을 자격이 있었다.

그렇지만 우울증은 내게 개인적인 실패로 느껴졌다. 마치 내가 행복하고 건강하게 지낼 만큼 충분히 강하지 않은 것 같았다. 나는 결정적인 시험에 실패했다. '강한' 상태를 유지하지 못했다.

'강인함'은 내 유전적 구성에 내재되어 있다. 어머니는 나의 절대적인 기둥이다. 아버지가 콜로라도 스프링스에서 직장을 잃을 때까지 어머니는 집에서 나와 자매들을 돌보며 하느님의 말씀을 전파하셨다. 고급 정규 교육을 받지 못한 어머니의 선택은 스프링스에 있는 철강 공장에서 야간 조로 일하는 것이었다. 가끔 팔뚝에 화상을 입고 밤 11시쯤 귀가해서도 우리의 아침 식사와 숙제를 챙기기 위해 아침 일찍 일어나시곤 했다. 엄마는 밤을 새워 여행 짐을 챙기셨고, 사소한 이유에서 또는 아무런 이유가 없어도 친구들을 위해 요리하셨으며, 할 수 있다는 이유만으로 약 21㎞를 걸어 다니셨다. 낮잠은 거의 주무시지 않았는데, 엄마는 이 사실을 무척 자랑스러워했다.

아프리카 여성은 오랫동안 가족의 중추 역할을 해왔고, 이는 아프리카계 미국인의 문화적 규범으로 이어졌다. 흑인 여성은 가족과 세상의 무게를 짊어지면서 그와 동시에 우아하게 그 역할을 해내야 했다. "내 일은 내가 알아서 해!"라고 외치는 여성을 위한 노래인 R&B 그룹 데스티니스 차일드Destiny's Child의 〈인디펜던트 우먼Independent Woman〉은 우리에게 호의적이지 않았다. 물론 나는 여전히 이 노래를 목이 터져라 부르지만, 정말 터무니없는 노래다. 비욘세 여왕에게 악한 감정이 있는 것은 아니지만, 그들(그리고 사회)은 우리를 부당하게 취급했다.

누군가를 필요로 한다는 것이 뭐가 그리 잘못된 걸까? 그렇다면 우리는 여성으로서 실패한 걸까? 우리는 더 이상 사랑받을 가치가 없는 걸까?

도리어 나는 크리스틴에게서 많은 사랑을 받았다. 크리스틴은 나를 집으로 초대해 그녀와 내가 거의 알지 못하는 그녀의 배우자와 함께 지낼 수 있도록 해주었다. 머무는 동안 편하게 입을 옷을 내주었고, 식사도 만들어주었다. 심지어 내가 신발을 잃어버렸다고 주체할 수 없이 울 때도 내 말에 귀 기울여 주었다. 나의 취약함은 그녀가 내게 품고 있는 사랑의 깊이를 드러내는 듯했다.

크리스틴에게 나를 보여줬을 때 나는 마침내 사랑을 저지하고 있던 나의 일부를 죽게 내버려 두었다. 나는 너무 '강해서' 어린 시절 외에는 누구도 나를 돌보도록 허용하지 않았다. '해냈어'와 '난 괜찮아'는 주문이 되어 직장에서의 번아웃과 진정한 친밀감의 부재로 이어졌다. 하지만 나는 온화한 삶을 원했다. 강해져야 하는 삶이 아니라, 다정하고 풍요롭고 푹신한 삶을 원했다. 그런 삶을 위해 나는 항복해야 했다.

크리스틴이 아침에 만들어준 샌드위치를 먹으면서 내내 찌푸린 얼굴을 했다. 한 입 먹을 때마다 나는 나 자신을 제대로 돌볼 수 없음을 인정하고 있었다. 샌드위치가 목구멍으로 사포처럼 넘어갔다.

우리 중 어떤 사람들은 평생 도움이라는 것을 모르고 살아간다. 많은 고객이 내가 그들을 만났을 때쯤엔 이미 스스로 만든 섬이 되어 있다. 이따금 임종 도우미로서 나는 해변으로 떠밀려온 병 속의 메시지가 되어 당신 앞에 있는 빈 공간에 손을 뻗어 과감하게 도움을 요청해도 늦지 않다고 말하곤 한다.

죽음은 우리가 경험할 수 있는 가장 친밀한 행위이다. 죽음은 우리 자신, 우리 몸, 우리 삶, 그리고 현재 순간과 친밀해지도록 요구한다. 다시 말해, 우리는 사랑하기 어렵다고 생각하는 부분, 다른 사람을 향해 쓰고 있는 가면 아래의 얼굴, 상처와 흉터를 지닌 취약한 부분을 드러내야 한다. 그 외의 모든 것은 쇼이다. 도움을 받는다는 것은 자아가 약간 죽도록 하는 것이다. 사랑을 허용한다는 것은 우리의 완전하지 못한 인간으로서의 모습을 전면에 내세우고 자아와 외부 세계에 의해 무너진 자리에 사랑이 쏟아지도록 초대하는 것이다.

고객이었던 클라우디아 이야기를 해보겠다. 폐색전으로 3주간 병원에 입원한 후 그녀는 내게 전화를 걸어 곧 닥칠지 모를 죽음을 어떻게 준비할지에 관해 이야기했다. 57세의 그녀는 혈전으로 죽을 수도 있다는 사실에 충격을 받았다. 감정적으로나 현실적으로나 그녀는 준비되어 있지 않았다. 그녀에게 죽음은 갑작스러운 것이었다.

누군가가 갑작스럽게 죽었을 때 우리는 자주 그 죽음이 예상치 못한 것이었다고 말한다. 마치 언젠가는 죽음이 찾아온다는 사실을 우리가 예상할 수 없는 것처럼 말이다. 더할 나위 없이 건강할 때 돌연사하지 않는 한, 대다수 사람은 결국 나이가 들면서 허약해지고 쇠약해진다. 대부분의 경우 죽음은 우리가 준비되었다고 느끼기 훨씬 전에 찾아온다. 느닷없이 어떤 진단을 받을 수도 있고, 앓고 있던 질병이 예상보다 빨리 진행되기도 한다. 우리의 몸은 유약하다. 녹슨 칼날로 인한 상처나 심장 판막의 흠만으로도 스물한 살의 건장한 청년이 시체로 변할 수 있다. 신용 카드나 운전 면허증을 소지할 수 있는 나이라면 누구든 자기 죽음에 대비해야 한다. 어떤 사람들은 자신이 질병으로 죽게 된다는 것을 아는 것을 은혜로 여긴다. 그것이 자신에게 닥친 상황을 받아들일 기회를 주기 때문이다. 죽음은 친구로 다가올 수도 있고 낯선 사람으로 다가올 수도 있다. 어느 쪽이 되느냐는 우리에게 달려 있다.

"임종 도우미와 상의를 하기엔 너무 이르지 않나요? 그러니까, 제가 곧 죽을 것 같진 않은데요." 매우 연로한 사람들을 제외하고는 말 그대로 모든 사람이 이렇게 말한다.

"모르죠." 나는 대개 반농담으로 대답한다. "언젠가 닥칠 일에 대비해 계획을 세우는 데 너무 이른 때라는 것이 있을까요? 당장 내일이라도 죽을 수 있는데."

"음, 그렇게 말씀하신다면 지금부터 계획을 세워야겠군요."
늘 효과가 있다.

클라우디아와는 이미 좋은 관계를 구축한 상태였다. 그녀는 임종 도우미가 하는 일에 대해 수많은 질문을 해왔고 그것이 그녀의 필요에 부합한다는 것을 확인했다. 폐색전으로 긴 병원 생활을 한 터라 클라우디아는 도움의 필요성을 잘 알고 있었다. 누군가는 그녀의 개를 돌보고, 화분에 물을 주고, 청구서를 처리하고, 우편물을 챙기고, 냉장고를 정리해야 했다. 그녀는 모든 사람에게 끝내 어떤 일이 일어나는지를 맛보았다. 우리가 죽으면 누군가는 우리 삶의 모든 부분을 샅샅이 뒤져 계좌를 해지하고 우리가 살았음을 나타내는 대부분의 물리적 증거를 버릴 것이다. 클라우디아는 이 사실을 깨닫고 이에 대비하기로 했다.

클라우디아와 나는 필요한 모든 일을 정리하기 위해 포괄적인 임종 계획 문서를 작성하기로 했다. 우리는 직접 만나 세 시간가량 이야기를 나누었다. 갈색 피부의 니카라과 출신인 그녀는 키가 작고 통통했으며 유쾌했다. 클라우디아와의 포옹은 특히 내가 몸을 굽혀 그녀를 안아야 했기 때문에 익숙한 욕조에 들어가는 것처럼 느껴졌다. 그녀의 집은 아늑했고 식물이 가득했으며 노란색과 갈색 톤으로 꾸며져 있었다. 벽난로를 마주 보는 창가에 커다란 적갈색 소파가 놓여 있었고 벽난로 옆에는 노령견을 위한 방석 두 개가 놓여 있었다. 초콜릿색 래브라도들은 내가 도착했을 때 내 존재를 거의 알아차리지 못하는 것 같았다. 그곳의 색깔들은 그녀의 탄력 있는 곱슬머리 단발(뿌리 부분에 흰 머리카락이 군데군데 보이긴 했지만)과도 잘 어울렸다. 주황색 양초가 켜져 있어 4월인데도 집에서 정향과 크리스마스 냄새가 났다. 그녀가 내게 허브 티 한 잔을 가져다주었다. 나는 소파의 긴 쪽에 앉았고 클라우디아는 구석에 자리를 잡았다.

우리는 내가 가져온 사전 계획 문서와 연필, 몇몇 명함에 관해 간단히 이야기를 나누었다. 일단 문서는 작성되면(변경될 가능성이 많이 있으므로, 수정이 가능하도록 연필로 작성된다) 법적 구속력이 생길 것이었다. 클라우디아는 그 무게에 깜짝 놀랐다. 많은 사람이 죽음을 준비하는 데 필요한 일의 양에 놀란다. 이런 일에는 길잡이가 있으면 도움이 된다.

각자 고유한 필요 사항이 있기 때문에 임종 계획은 사람마다 다르다. 하지만 일부 사항은 모든 사람에게 필요하다. 사전의료의향서는 이러한 계획에서 현명한 시작점이 된다.

가장 중요한 결정은 의료 대리인을 선택하는 것이다.

클라우디아와 나는 문서를 열고 시작했다. 첫 번째로 살펴볼 것은 의료 의사 결정이었다. 나는 의료 의사 결정권자가 하는 일을 설명하고 우리가 능력을 잃었을 때 그들에게 부여하는 권한에 관해 설명했다. 의료 대리인(지역과 기관에 따라 부르는 이름은 다를 수 있다)으로 불리는 이 사람은 누군가가 스스로 결정할 능력이 없다고 여겨질 때 결정을 내리는 사람이다. 이 일에는 깊은 신뢰와 상호 존중이 바탕이 되어야 한다. 이 사람은 목숨을 좌지우지할 수도 있기 때문이다.

첫 질문으로 클라우디아에게 누가 의사 결정권자가 되었으면 좋겠냐고 묻자 그녀는 우물쭈물하며 아직 제대로 시작도 안 한 논의를 잠깐 쉬었다 하자고 청했다. 그리고는 다른 방에서 한숨을 쉬며 무언가를 뒤적거렸다. 그녀가 방에서 빈손으로 나왔을 때 나는 같은 질문을 다시 했다. 그녀는 눈을 가늘게 뜨고 페이지를 넘기면서 이 부분은 건너뛰면 안 되겠느냐고 물었다. 나는 그녀가 불편해하는 부분을 기억해둔 다음, 생명 유지 장치 사용에 관한 2장으로 넘어가는 데 동의하고 이 부분으로 다시 돌아올 것을 제안했다.

거의 세 시간에 걸쳐 그녀는 반려견을 돌볼 사람을 정하고, 연명 치료에 대한 희망 사항을 기술하고, 비밀번호 목록을 만들고, 유언장 작성을 도와준 변호사에게 (내일!) 연락하겠다고 약속했다. 우리는 은행 계좌와 연금 계좌를 나열하고, 시신 처리에 대한 요구 사항을 적고, 장례식장에서 원하는 것을 몇 가지 적었다(그녀는 곳곳에 수선화가 있었으면 좋겠고 마음이 가벼워질 수 있도록 모두가 울어야 한다고 했다). 그리고 다음 만남에서 다시 살펴봐야 할 부분을 상기시키기 위해 몇 가지 메모도 했다.

상담이 진행되는 대부분 시간 동안 클라우디아는 지친 내색 하나 보이지 않았다. 그녀는 일반적으로 사람들을 불안하게 하는 생명 유지 장치 사용에 관한 내용도 순조롭게 통과했다. 나는 아직 아무 반응 없는 자신의 몸이 죽음을 앞두고 오로지 기계 장치에 의해 유지된다는 생각에 기뻐하는 사람을 본 적이 없다. 임종을 준비할 때 숙고해야 할 질문 중 하나는 "어떤 삶의 상태가 죽는 것보다 나쁜가?"이다. 나는 임종 계획의 마지막 단계에서 고객이 연명 치료에 대해 가치에 기반한 결정을 내릴 수 있도록 이 질문을 한다. 그러면서 눈앞에 닥친 죽음을 미루기 위한 연명 치료를 받고 싶은지에 대해 고객에게 무조건 '예' 또는 '아니오'를 택하게 하는 대신, 그러한 결정의 '이유'를 파악할 수 있도록 돕는 것이 유용하다는 것을 알게 되었다. 지금 우리의 관점에서 생명 유지 장치가 필요할 수 있는 수많은 상황을 예측하기란 불가능하다. '만약에' 시나리오가 통제 불능으로 치달을 수 있다. '내가 95세라면?' '임신 중인데 혼수상태라면?' '눈이 하나뿐이고 발의 일부만 있다면?' 우리는 자신이 중요시하는 가치를 기초로 삼아 욕망의 범위를 좁혀야 한다. 그래야 우리 대신 결정을 내려야 하는 사랑하는 사람들이 정보에 입각해 연명 치료 여부를 선택할 수 있다.

많은 사람이 가치에 관한 질문에서 사랑하는 사람에게 짐이 되고 싶지 않다고 답한다. 자세히 살펴보면 이 말은 때로 시간이나 돈에 기반한 가치 체계를 반영한다. 즉 그들은 사랑하는 사람이 자신을 살리기 위해 많은 시간과 돈을 써야 하는 것을 원하지 않는다. 하지만 생명의 금전적 가치는 얼마나 될까? 사랑하는 사람을 돌보는 데 시간은 얼마나 할애해도 괜찮을까? 나는 종종 호기심에서 좀 더 분명히 하기 위해 고객에게 자기 삶의 가치가 얼마나 된다고 생각하는지 물어보곤 한다. 마치 사랑하는 사람이 돈이 많이 든다고, 또는 저녁을 먹으러 가야 한다고 기계를 꺼버릴 수도 있는 것처럼 말이다. 그런데 나는 아직 얼마나 많은 돈이나 시간이 드는지만을 바탕으로 연명 치료를 결정하는 가족을 본 적이 없다. 죽음을 앞둔 시점에 이러한 치료에는 엄청난 비용이 들지만, 연명 치료 중단 결정의 대부분 이유는 사랑하는 사람이 기계에 연결되어 살기를 원하지 않는다는 것을 알기 때문이다.

많은 사람이 생명 연장을 위한 조건으로 다른 사람과 의사소통할 수 있기를 바라지만, 의사소통의 수준은 매우 다양할 수 있다. 건강하고 튼튼한 대부분의 사람들은 이런 상황을 상상하기가 어려우며, 여기에는 장애인 차별의 뉘앙스가 존재한다. 뇌와 척수의 운동 신경 세포가 파괴되는 질환을 앓는 사람들은 말을 어눌하게 하거나 아예 말을 할 수 없게 되더라도 창의적인 의사소통 방법을 개발해왔다. 손짓과 표정, 심지어 일부 첨단 기기도 그들의 소통에 도움이 된다.

무슨 이유에선지 클라우디아에게는 자신이 결정을 내릴 수 없을 때 대신 결정해줄 사람을 지정하는 것보다 생명 연장 부분이 더 쉬웠다.

"직접 결정을 내릴 수 없을 때 그 결정을 대신해줄 믿을 만한 사람이 있나요?" 내가 세 번째로 물었다.

"아니요." 클라우디아가 짧게 대답했다. 하지만 뭔가 말이 되지 않아서 나는 조심스럽게 좀 더 밀어붙였다.

"동생들은 어때요?" 5남매 중 장녀인 클라우디아는 니카라과에서 그들이 모두 함께 자랄 때 동생들 돌보는 일을 도왔다. 그리고 미국으로 이주한 후에도 가족들을 돌보기 위해 계속해서 니카라과에 돈을 보냈다. 결과적으로 그녀 덕분에 그중 몇 명이 미국으로 이주할 수 있었는데, 여전히 재정과 육아 면에서 그녀에게 의존하고 있었다. 클라우디아가 그중 단 한 명의 이름도 밝히지 않는 것이 놀라웠다. 그녀는 그저 고개를 흔들 뿐이었다.

"알겠습니다." 점점 커지는 호기심에도 불구하고 나는 목소리를 고르게 유지하려 애쓰며 말했다. "필요할 때 나타나서 도와줄 친구들은요?"

클라우디아는 잠시 생각하다 다시 고개를 저었다. 벽난로에 가족 나들이, 생일 파티, 친구들과의 밤, 아이들의 스냅사진이 가득했다. 휴가, 결혼식, 졸업. 클라우디아는 결코 고독 속에 파묻혀 사는 여성이 아니었다. 클라우디아의 따뜻함은 그녀가 어두운 면을 숨기는 데 매우 능숙하지 않는 한, 그녀가 호감 가는 사람임을 암시했다. 틀림없이 내가 놓치고 있는 부분이 있었다.

"병원에 있을 때 개를 산책시키고 화분에 물을 준 사람은요?"

"돈을 주고 산 사람이에요." 클라우디아가 시선을 피하며 대답했다. 힐끗 보니 그녀의 눈이 젖어 있었다. 그녀는 마스카라가 번지기 전에 얼른 눈물을 닦았다.

클라우디아는 많은 친구가 도움이 필요할 때 자신에게 연락한다고 설명했다. 그녀는 다른 사람들을 돕기 위해 자신의 계획과 우선순위를 내려놓았다. 병원에 있을 때 많은 사람이 도와주겠다고 나섰지만, 그녀는 아무것도 필요 없다는 말만 반복했다. 삶에서 주는 것과 받는 것의 균형이 너무 어긋나 더 이상 보살핌을 받는 방법을 모르게 된 것이다. 그녀는 독할 정도로 자립적이 되었고 필요할 때 다른 사람들이 자신을 돕지 않을 것이라고 믿게 되었다. 그리고 그것은 자기실현적 예언이 되었다.

이처럼 독한 자립심은 임종이 가까워졌을 때 흔히 드러난다. 평생을 치열하게 독립적으로 살아온 고객들은 인생의 마지막 계획을 세우는 대화에서 "내가 내 뒤처리도 못 하게 되면 끄집어내서 쏴 버려!"와 같은 거친 말을 하는 경우가 많다. 이들은 일반적으로 전형적인 미국 신화의 한 버전을 믿는다. 즉 자신들이 '무'에서 시작해 다른 사람의 도움 없이 스스로 '무언가'를 만들어냈다는 것이다. 그들은 내게 자신을 어떻게 스스로 일으켜 세웠는지에 대한 이야기를 들려준다. 이러한 이야기는 그들이 의지했던 특권이나 배고플 때 샌드위치를 건네주고, 집세를 며칠간 연장해주고, 커피숍에서 화장실을 사용하게 해준 수많은 사람을 간과한다.

사회에 존재한다는 것은 다른 사람들과 함께 살아간다는 것을 의미한다. 그들의 생각과 달리 고립되어 살 수 있는 사람은 아무도 없다. 현대 사회에서 죽음은 공동체 안에서 일어난다. 죽음에는 의사, 간호사, 간병인, 음식 준비, 육아 등 많은 것이 필요하다.

우리 대부분은 질병으로 죽을 것이다. 이는 우리가 천천히 무기력해진다는 것을 의미한다. 모두 언젠가는 누군가를 필요로

하게 될 것이다. 심지어 '끄집어내서 쏴 버려!'와 같은 요청에도 다른 사람의 도움이 필요하다. 처음부터 우리의 삶은 협력이다. 정자와 난자가 만나는 그 순간부터.

다른 사람에게 자신을 맡기는 것, 즉 우리의 마음과 두려움, 어둡고 그늘진 부분을 다른 사람에게 맡기고 우리가 보살핌을 받고 여전히 사랑받을 것이라고 믿는 것이 얼마나 어려운지 안다. 취약한 존재로서 항복하는 것은 힘든 일이다. 클라우디아는 자신이 그랬듯 다른 사람들이 자신을 위해 나타나지 않아 실망할까 봐 스스로 요새를 쌓았다. 그렇게 클라우디아는 자신이 죽음을 맞이할 때도 다른 사람들이 그녀를 돕지 않을 상황을 만들어가고 있었다. 그녀는 말 그대로 심각한 질병에 걸렸을 때나 죽어갈 때 자신을 대신해 결정을 내릴 수 있는 사람을 한 명도 생각해내지 못했다. 자신을 누구에게도 맡기지 않았기 때문에 자신에게만 의지할 뿐이었다.

클라우디아가 조용히 우는 동안 그녀의 곱슬머리가 어깨를 따라 움직였다. 그녀는 여동생에게 자신이 병원에 있었던 이야기를 하고 그것을 단초로 죽음에 관해 이야기해보겠다고 말했다. 자매 중 이 동생은 클라우디아의 의사를 존중하고 서로 원하는 것이 다를 때 클라우디아가 원하는 것을 해줄 가능성이 가장 큰 사람이었다. 클라우디아는 대화에 대한 생각만으로도 몸을 비틀었다. 다른 사람이 자신을 필요로 하는 데만 집중하면 자신의 필요를 인정하는 것이 어려워진다. 우리는 모두 자존심을 제쳐 두고 누군가에게 의지할 수 있어야 한다.

클라우디아가 안타까웠다. 하지만 수천 번 다른 사람들의 도움을 거절한 나 역시 안타까웠다. 나는 그들에게 나를 돌봄으로써 나를 사랑할 기회를 주지 않았고 돌봄의 선물을 거부함으로써 자연스러운 주고받음의 흐름을 방해했다. 사회는 여자다움의 전형이 이타적인 것이라고 말한다. 가부장제가 모든 것을 차지할 때까지 우리는 주고 또 주어야 하며, 순하고 통제될 수 있어야 한다. 우리는 어떤 필요도 가져선 안 된다. 다시 채워지지 않고 끝없이 고갈되기만 하는 우물이다. 누가 우리를 다시 채워줘야 할까? 우리는 그 물을 받는 방법을 어디에서 어떻게 배워야 할까?

클라우디아는 누구에게도 도움을 청하지 않으려는 나의 마음이 나를 고립시켰다는 것을 깨닫게 해주었다. 나는 가장 취약한 순간에 나를 돌보는 것은 물론이고 식료품을 나르는 것조차 누군가의 도움을 받는 것이 거의 불가능해진 이른바 외로운 늑대였다.

도움이 필요한 사람에 대한 부정적인 메시지는 어디에나 있다. 사람들은 애정에 굶주린 파트너에 대해 불평하고 고향 친구들은 너무 자주 전화를 거는 한 친구에 관해 불평한다. 하지만 나도 친구의 긴 포옹이 필요하거나 자매 중 한 명과 함께 울고 싶거나 내 남자와 시간을 보내고 싶을 때가 많았다. 나는 '도움이 필요한' 사람이었을까? 하지만 도움이 필요하다는 것이 뭐가 그리 나쁠까? 이것은 인간의 기본적인 욕구일 수 있지 않을까? 엄마나 친구들이 전화를 걸어 안부를 물을 때마다 내 필요를 표현하는 것이 얼마나 어려웠는지가 기억난다. 나는 짐처럼 느껴지는 게 싫어 스스로 움츠리고 혼자서 얼마나 견딜 수 있는지로 내 강인함을 측정했다.

나의 가장 깊은 핵심적 욕망 중 하나는 사랑받고 인정받고 싶다는 것이다. 나는 아주 헌신적인 방식으로 다른 사람들을 돌봄으로써 이 욕구를 충족시킨다. 클라우디아와 함께 앉아 있는 동안, 나는 이런 태도가 내 죽음이 가까워졌을 때, 특히 내가 취약해질 만큼 바닥을 치지 않는다면, 내게 어떤 영향을 미칠 수 있을지 깨달았다. 나는 선택의 여지가 없을 때까지 도움받기를 거부했을 것이다.

15장

탈출

크리스틴과 함께한 콜로라도에서의 나날은 대부분 크게 다르지 않았다. 매일 아침 크리스틴은 식사를 준비해주었고, 루크는 그날의 계획을 알려주면서 그와 함께하고 싶은지 물었다. 나처럼 자전거를 좋아했던 그는 나를 위해 오래된 빨간 슈윈 Schwinn 10단 변속 자전거를 깨끗이 닦아두었는데, 자전거를 타러 가는 게 아니라면 나는 대개 그의 제안을 거절했다. 내 일상은 거실 창문을 통해 사람들을 구경하고, 오래 여유롭게 자전거를 타고, 왜 여전히 무력한 기분이 드는지 궁금해하는 것으로 채워졌다. 그러던 중 나는 예전에 잠깐 만났던 조슈아를 떠올렸다. 그는 환각제를 융통할 수 있었다. 어쩌면 그 약이 이러한 기분을 떨쳐내는 데 도움이 될지도 몰랐다. 적어도 오후를 보내는 재미있는 방법이 될 수 있을 것 같았다. 나는 그에게 전화를 걸었다.

그때까지 나는 환각제를 주로 치유 목적으로 썼었고, 가끔은 대학 시절 핼러윈 기간(끔찍한 선택)이나 버닝맨 축제(그때나 지금이나 훌륭한 선택) 때 오락용으로 사용했었다. LSD, 실로시빈, 아야와스카, 케타민, DMT를 경험하면서 나는 환각적 경험을 통해 잠재의식 속에 숨겨진 진실을 들여다볼 수 있다는 것을 알게 되었다. 오락용으로 사용하는 것에도 나름의 치유 효과가 있었다. 환각성 및 향정신성 약물은 약이다.

조슈아와 나는 로스쿨 재학 시절에 사귀었던 사이였고, 이후 계속 아는 사이로 지냈다. 나는 내심 새로운 관계를 기대했지만 (남자를 통해 마음을 딴 데로 쏠리게 하는 것을 끝내지 못했기 때문에) 그에게 끌리는 마음이 약해졌다는 사실을 깨닫곤 실망했다. 서로 떨어져 지낸 시간 때문인지, 그의 단정하지 못한 외모 때문인지, 아니면 내 우울증 때문인지 이유는 알 수 없었다. 그의 유혹에 응하지 않았는데도 그는 내게 버섯 초콜릿바 하나를 건네주었다. 손에 든 초콜릿을 뒤집어보았지만, 포장지가 가정용 프린터로 인쇄된 것처럼 보이는 것을 빼면 평범한 초콜릿과 다를 게 없었다. 그는 윙크하고 경고성의 미소를 지으며 돈을 받지 않았다. "현명하게 써." 그가 말했다.

어느 날 오후 나는 그 초콜릿바를 먹기로 했다. 루크와 크리스틴이 종일 집을 비울 예정이라 원하는 것은 뭐든 할 수 있었다. 크리스틴에게 나의 계획을 말했을 때 그녀는 잠시 머뭇거렸지만 나를 막을 수 없다는 것을 알았다. 나는 울타리가 쳐진 그들의 작은 집 뒷마당, 해가 잘 드는 곳에 의자를 놓은 다음 스트레칭을 하거나 구르고 싶어질 때를 대비해 요가 매트를 깔았다. 환각 버섯은 효과가 나타나기 시작하면 때로 메스꺼움을 유발할 수 있었기 때문에 페퍼민트 차도 준비했다. 그리고는 이를 위해 특별히 택한 네오 소울 장르의 곡들을 틀어놓고 이 환각 여정의 목적을 되뇌었다. "진실을 볼 수 있기를."

그다음 몇 시간은 모든 것이 흐릿했다. 나는 음악 소리를 견딜 수 없을 때까지 내가 좋아하던 노래에 맞춰 몸을 흔들었다. 마치 내 인생의 양식화된 영상을 보는 것처럼 색들이 소용돌이치고 가슴 아픈 기억들이 왔다가 사라졌다. 이따금 햇빛에 동요되어 밖에 머무는 것이 불안해지면 실내로 돌아가 거실 창가에 있는 커다란 파란색 소파에 앉았다. 크리스틴의 반려견 클로이Chloe가 내 마음이 여행을 떠나있는 동안 곁을 지켜주었다. 여느 날과 마찬가지로 나는 창밖을 멍하니 바라보았다.

다른 점이 있다면 이번에는 내가 울기 시작했다는 것이다.

밖에 있는 사람들은 로웰 스트리트Lowell Street의 황갈색 집 안에서 무슨 일이 벌어지는지 모른 채 편안해 보이는 일상을 살아가고 있었다. 그들은 아이들과 함께 개를 산책시키거나, 차를 타고 심부름을 가거나, 우편물을 받았다. 몇 달 동안 나는 이런 기본적인 일 중 어느 것도 할 수 없었지만, 할 수 있는 내 모습을 기억한다고 생각했다.

그녀는 어디로 갔을까? 그녀를 놓치기란 불가능해 보였는데, 나는 그녀를 찾을 수 없었다.

나는 텅 빈 집이었다.

기쁨이 없었다.

희망도 없었다.

나 자신을 느낄 수 없었다.

세상에 도움이 되지 않았다.

나에게도 도움이 되지 않았다.

나는 아무것도 아니었다.

내가 붙들고 있던 가식이 아크로폴리스의 벽처럼 무너져내렸다. 그리고 나 자신과 세상에 대한 신념도 함께 무너졌다. '옳은' 일 즉 좋은 변호사가 되고, 좋은 딸이 되고, 결혼하고, 재능을 봉사에 이용하고, '해야 할' 일을 하면, 좋은 삶을 살 수 있을 것이라 믿었다. 나는 완벽하고, 행복하고, 성취감을 느끼고, 완전할 것이었다. 좋은 삶을 만드는 조건들에 좌우되지 않을 때의 나는 누구일까? 나의 어떤 부분이 트라우마를 감추고, 가치 있다고 느끼고, 무장을 유지하고, 비난을 피하도록 발달한 걸까? 나의 어떤 부분이 진실일까?

눈물이 계속 흘러 마침내 내가 무너진 것은 아닐까 하는 생각이 들었다. 최선을 다했지만 수문은 닫히지 않았다. 몇 시간 동안 눈물을 멈출 수 없어 나는 필사적인 심정으로 일하는 중인 크리스틴에게 전화를 걸었다.

그녀가 전화를 받았을 때 나는 눈물을 참으려 애쓰며 말했다. "뭔가 잘못됐어."

크리스틴이 다급하게 물었다. "괜찮아?"

"아니, 아니, 아니, 아니. 아닌 것 같아." 나는 끝내 패배를 인정했다.

그녀가 평정심을 유지하려 애쓰는 것이 들렸다. "그래, 무슨 일이야?"

크리스틴은 침묵하고 흐느꼈다. 그리고 물었다. "자살할 거야?" 그에 대한 생각을 안 해본 것은 아니지만, 어디까지나 생각에 그쳤을 뿐 행동에 옮긴 적은 없었다. 꼭 죽고 싶지는 않았다. 단지 이런 기분을 더는 느끼고 싶지 않을 뿐이었다. 너무 고통스러웠다.

"아니, 안 그럴 거야." 진심이었다.

"약속해." 그녀가 사정했다. "30분 내로 갈게. 네 담당 치료사에게 연락하고 나한테 바로 연락해줘. 알았지? 약속해!"

나는 L.A에 있는 심리치료사에게 연락했다. 그녀는 내가 언제 버섯 초콜릿을 먹었고 지금 기분이 어떤지에 대한 기본적인 질문을 했다. "무너졌어요." 내가 말했다. "결국은 무너지고 말았어요." 내 상황과 멈추지 않는 울음소리를 들은 후 그녀는 입원 시설을 제안했다. "안 갈 거예요." 나는 망설임 없이 단호하게 답했다. 그리고 잠시 생각했다. 하지만 여전히 마음은 변하지 않았다. 절대 안 됐다. 법률지원재단에 스스로 만든 감옥에서 9년을 있었고 독방과도 다름없는 던전에서 6개월을 있었다. 내가 시설에 갈 가능성은 죽어도 없었다.

나는 다른 곳에 나를 맡기지 않을 것이다.

치료사는 나의 헛소리와 자기 정당화에 아주 익숙했기 때문에 그리 놀라지 않았다. 그녀는 친절하게 시설에 대해 생각해

보라고 권하고 그냥 넘어가 주었다. 나는 도움이 필요한 사람은 거기 있는 사람들이지 내가 아니라고 생각했다.

하지만 나도 '그런 사람들' 중 하나였다. 나는 내 삶을 스스로 감당할 수 없었다. 일하러 갈 수 없었다. 압박감 없이는 먹지도 않았기 때문에 나는 나를 대신해 식사를 준비해줄 사람이 필요했다. 내 옷을 세탁해 줄 사람이 필요했다. 청구서를 처리해 줄 사람이 필요했다. 나를 지탱해줄 사람이 필요했다. 심부름해 줄 사람이 필요했다. 눈물을 닦아줄 사람이 필요했다. 내가 그렇게 무력하고 작게 느껴진 적은 없었다. 왜 그런 기분이 드는지도 몰랐다. 내가 아는 것은 그 기분이 압도적이란 것뿐이었고, 그것은 내 인생에서 좋은 것과 내가 될 때의 좋은 느낌을 모두 차단했다.

크리스틴이 내가 치료사와 통화를 마치기도 전에 문을 열고 급히 들어왔다. 그녀는 옷을 갈아입지도 않은 채 나와 함께 몇 시간 동안 소파에 앉아 내가 마침내 털어놓는, 내가 실제로 얼마나 아픈지에 관한 이야기를 들어주었다. 루크가 집에 들어오자 크리스틴이 그를 한쪽으로 데려갔고, 곧 그는 다시 사라졌다. 그날 밤 나는 내 안에 남아 있던 모든 것을 쏟아냈다. 그러는 동안 내 다정한 친구는 밤새 옆에 앉아 내 작은 죽음을 목격했다. 나는 무너져 내렸다.

어떤 사람들에게는 이 환각적인 경험이 '나쁜 여행'으로 분류될지 모르지만, 내게는 가장 생산적인 경험이었다. 우울증이 내 마음과 몸을 황폐화하는 동안 억지 미소를 짓고, 마지못해 무언가를 하고, 괜찮은 척하는 것은 큰 타격이 되었다. 나는 우울증에 맞설 힘이 없었다. 하지만 이 경험을 계기로 마침내 나 자신을 분명히 볼 수 있었고 내가 극심하게 아프다는 사실을 인정할 수 있었다.

"널 어떻게 치료할지 얘기 좀 해보자." 다음 날이 되자 크리스틴이 다정하게 말했다. "내가 좀 아는데, 넌 입원하지 않을 거야. 그렇지?"

나는 힘주어 고개를 끄덕였다.

"좋아, 그럼 약은 어때?"

"약은 안 할 거야." 내가 불쑥 내뱉었다.

크리스틴의 눈이 커지고 입이 벌어졌다. 우리는 둘 다 웃기 시작했다. 나는 바로 전날 환각제를 사용한 참이었고, 크리스틴은 나를 알고 있었다. 나는 의식 상태를 변화시키는 물질을 사용하는 데 익숙했다. "무슨 말인지 알잖아!" 내가 웃으면서 말했다. "그런 종류가 아니야."

우울증 치료를 위해 약물을 사용한 후 좋은 결과를 얻은 사람들이 많이 있었다. 내 담당 치료사도 우울증을 앓는 사람들에게 여러 번 약을 권해왔다. 그러나 나는 늘 약에 대한 거부감이 있었다. 단언컨대 그 거부감은 강인함에 대한 내 왜곡된 생각의 고집스러운 잔재였다. 또 서구 의료 시스템에 대한 흑인으로서의 건전한 불신에서 비롯된 것일 수도 있었다. 다결절 갑상선 질환으로 갑상선 호르몬 대체재를 매일 복용하고, 자궁 내막을 탈락시키기 위해 폭력을 선택한 것으로 보이는 자궁을 진정시키려고 한 달에 한 번 이부프로펜 800㎎을 복용하는 것을 제외하면, 나는 다른 약은 전혀 먹지 않았다. 따라서 놀랍지 않게도 나의 임종과 관련된 결정은 대부분 자연적 방법을 따른다. 우리는 삶에서 중요하게 여겨온 가치를 죽음의 순간까지 가지고 간다.

게다가 나는 내 우울증이 화학적 불균형 때문인지 확신할 수 없었다. 이미 너무 오랫동안 마리화나, 와인, 여행, 연애를 통해 자가 치료를 해왔고 스스로를 무감각하게 만들었다. 분명히 나 자신에게로 돌아오라는 부름이 있었고, 이제 그 부름에 응할 때였다. 버섯은 내가 보아야 할 것을 보여주었다. 이제는 선택을 내려야 했다.

"그럼 뭐가 남았지?" 크리스틴이 간절한 어조로 물었다.

나는 어깨를 으쓱했다. 그 어떤 누구도 내가 낫거나 살려면 무엇을 해야 하는지 말해줄 수 없었다. 답을 가진 사람은 오직 나뿐이었다.

나는 그동안 소홀히 했던 명상을 다시 해보기로 했다. 나의 진짜 생각, 진짜 이유, 진짜 욕망, 근본적인 목적, 진실 등 나에게 다시 귀를 기울여야만 했다. 잠재의식을 통해 문제를 확인했으니 이제 나는 의식적인 주의를 기울여 문제를 해결해보고 싶었다.

물론 명상이 모든 사람에게 좋은 선택인 것은 아니다. 나는 이것이 나에게 '올바른' 조치인지도 확신할 수 없었다. 하지만 해봐야 한다는 생각이 들었다. 성인이 된 이후 거의 매일 명상에 전념해왔었다. 그러나 이번에 나는 힘들어지자 명상에 더욱 몰두하는 대신 그냥 그만두었다. 나 자신(좋은 것, 나쁜 것, 불편한 것, 숨겨진 것)과 함께하는 것이 너무 힘들었다. 그림자, 괴물, 악귀, 비밀이 나타났다. 특히 나처럼 달리기에 능숙한 사람이라면 가만히 앉아 있는 것은 무섭게 느껴지기도 한다. 나는 경계 공간(liminal space, 시간적 혹은 공간적 변화에 맞물려 있는 경계 지점-옮긴이)으로 들어가야 했다.

가만히 있는 것은 내 특기가 아니다. 나는 돌이 되기 전부터 걸었고 그 이후 계속 움직였다. 가만있는 것처럼 보여도 늘 반지나 손, 옷을 만지작거렸다. 카페인은 섭취하면 오히려 더 초조해져서 피한다. 운동으로 과도한 에너지를 소모하지만, 명상은 내 몸이 다른 방법으로는 찾을 수 없는 고요함을 엿볼 수 있게 해준다. 나는 한 곳에 너무 오래 있으면 좀이 쑤시는데, 아버지는 항상 어디로 갈지 모를 때는 가만히 있어야 한다고 말씀하셨다.

본격적으로 진짜 명상을 하기 시작한 때는 로스쿨을 졸업하고서부터였다. 나는 대학에 다니면서 담배와 대마초를 피우기 시작했는데, 덕분에 시끄럽고 자극적인 파티에서 벗어나 잠시 숨을 돌릴 수 있었다. 의도치 않은 나의 첫 번째 명상이었다. 하지만 마음 챙김 명상을 시작한 지 얼마 안 되었을 때는 내가 가만히 앉아서 아무것도 하지 않을 만큼 마음을 가라앉힐 수 없다는 사실에 좌절하곤 했다. 숨을 들이마시고, 내쉬세요(꼼지락거리고, 안절부절못하고, 시계를 보고, 다리를 움직이고, 머리를 만졌다). 꼼지락. 1학년 때 내가 홀딱 반했던 아이는 지금 뭘 하고 있을지 궁금했다. '채드, 지금 어디에 있니?' 꼼지락.

내가 할 일은 명상가들이 '원숭이 마음(시끄럽고 집중을 못 하는 마음)'이라고 부르는 것을 억누르는 것이 아니라 관찰하는 것임을 깨달을 때까지 나는 거의 포기할 뻔했다. 명상은 내 마음이 어디를 향하는지 어떤 패턴을 따르는지에 주의를 기울이는 연습을 하는 것이다. 명상은 결국 연습이다. 마음을 가라앉히는 연습이 아니라 알아차리는 연습이다. 경계 공간, 두 호흡 사이의 공간에서 고요함을 찾는 연습이다.

우리는 살면서 많은 경계 공간을 경험한다. 계단과 엘리베이터, 겨울 방학, 비행기, 출입구, 맥스웰Maxwell의 앨범 〈어번 행 스위트Urban Hang Suite〉의 간주곡, 브루클린 다리, 황혼, 새벽, 고통을 통한 탈출. 탄생은 전형적인 전환점이다. 사춘기를 거칠 때 우리는 아이와 성인 사이에 놓인다. 약혼했을 때는 미혼자도 기혼자도 아니다. 죽음의 문 앞에 서 있을 때는 더 이상 이 세상에 속하지도, 다음 세상에 속하지도 않는다. 문화적으로 이러한 경계 공간을 기리는 통과 의례들이 있지만, 서양 문화에서는 경계에 있는 사람을 기리는 의식이 거의 존재하지 않는다. 죽어가는 사람과 밤새 함께 앉아 있는 것은 그러한 의식 중하나이다. 인간은 경계 공간에 있는 것을 무척이나 불편해하기 때문에, 때로 함께 앉아 있어 줄 안내자를 필요로 한다.

서머Summer라는 한 젊은 여성이 세상을 뜨기 3개월 전 내 삶에 들어왔다. 말기 유방암을 늦게 진단받고 곧 죽을 것이라는 사실을 알게 된 그녀는 친구들에게 짐이 되는 것이 싫어 집에서 장례식을 치르고 싶어 했다. 또한, 그녀에게는 원하는 종류의 장례식이 있었다. 스물여섯 살의 서머는 최근까지 가족과 소원하게 지내던 참이었는데, 임종 도우미에 대해 듣고 인스타그램에서 나를 찾아냈다. 소셜 미디어는 그녀가 다른 젊은 암 환자들과 소통하고, 대중문화와 연결되어 있다고 느끼고, 죽음을 맞이하는 동안 도움을 받을 수 있는 수단이었다.

　서머를 만났을 무렵 그녀는 이미 빠르게 다가오는 죽음을 받아들이고 있었다. 그녀가 말했다. "전 죽기엔 너무 어려요! 하지만 어쨌든 죽음은 다가오고 있죠!" 그녀는 놀라울 정도로 담담했다. 특히 그녀의 나이를 고려하면 더욱 그러했다(서머는 의사들이 일반적으로 유방 촬영을 권하는 나이보다 열다섯 살이 어렸고, 사람들이 보통 유방암에 걸릴 것으로 '예상'되는 나이보다 서른 살이나 더 어렸다). 일 년 전 서머의 전 남자친구가 유방에 혹이 있는 것을 발견했을 때 그녀는 이를 무시했었다. 주치의도 그녀의 나이와 특별할 것 없는 가족력을 고려해 이를 대수롭지 않게 생각했다. 하지만 결국 조직 검사를 마친 후 모든 것이 바뀌었다. 화학요법, 방사선 치료, 양쪽 유방 절제술 등 치료 계획은 공격적이었다. 치료가 단기간 효과가 있었기 때문에 서머는 병의 차도에 기뻐했다. 하지만 곧 림프절에서 암이 재발하여 몸의 다른 부분으로 빠르게 퍼져나갔다. 이후 남자친구가 그녀의 곁을 떠나는 데에는 오랜 시간이 걸리지 않았다.

서머가 내게 이 소식을 어찌나 차분하게 알리는지 감탄스러워 그러한 생각을 그녀에게 전했는데, 그 순간 내가 큰 실언을 한 것은 아닐까 하는 생각이 들었다. '용감하다'라는 단어를 사용하지 않으면서 내가 그녀에게 '용감하다(말기 암 환자들에게 불편할 수 있는 단어)'라고 말한 것은 아닐까? 질병은 실재하며, 암은 사람들에게 엄청난 재앙을 안겨준다. 이를 극복하는 방법에는 여러 가지가 있지만, 단순히 병과 함께 살아간다고 해서 누군가가 용감하거나 영웅적이 되는 것은 아니다.

많은 고객이 자신의 용기와 영웅심을 북돋우는 사람들 때문에 두려움이나 분노를 표현하기가 어렵다고 말했다. 사람들의 그러한 말은 죽어가는 이들이 미소를 짓고 모든 것이 괜찮은 척하도록 부추겼다. 아픈 사람은 그렇게 하고 싶지도 않고 그럴 필요도 없다. 나의 우울증은 솔직함이 질병의 흔한 희생양이 될 수 있다는 것을 보여주었다. 나는 용감한 미소를 장착하기가 얼마나 쉬운지, 그리고 그 미소 뒤에서 얼마나 외로울 수 있는지 알고 있었다.

서머도 다르지 않았다. 그녀와 나의 관계는 편하고 즉각적이었다. 서머는 바로 원하는 것을 말했다. "그건 그렇고, 아무도 제가 암과의 '싸움'에서 '졌다'라고 이야기하지 않게 해주세요. 알겠죠?" 그녀가 눈을 굴렸고 나는 동의하며 과장된 한숨을 내쉬었다.

전쟁 비유는 질병에 관한 우리의 언어에 매우 깊숙이 자리 잡고 있다. 우리는 마치 우리의 몸이 탄생과 쇠퇴, 그리고 결국 죽음이라는 규칙적 순환에 관여하는 자연 그 자체가 아닌 것처럼, 사람들이 암과 '싸우거나' 목숨을 '잃는다'라고 말한다. 질병을 전투로 규정할 때 사랑하는 사람들은 승자와 패자가 된다. 실제로는 그들의 몸이 치료에 반응하거나 반응하지 않는 것뿐인데 말이다. 암과 싸워 '이기고' 싶었던 많은 사람이 여전히 죽음을 맞이한다. 그들이 충분히 열심히 '싸우지' 않은 걸까? 그들은 '영웅'이 아닐까? 어떤 이들은 전쟁 비유로 힘을 얻기도 하는데, 그들에게는 이러한 비유가 유용할 것이다. 그러나 가장 좋은 것은 전사나 용맹한 군인, 또는 용감하다고 느끼지 않는 사람들이 소외감을 느끼지 않도록 그러한 언어를 사용하기 전에 먼저 허락을 구하는 것이다. 어떤 사람들은 그저 아프고, 아픈 것에 지쳤을 뿐이다. 그들은 싸우고 싶어 하지 않는다.

비록 죽어가고 있지만 내가 보기에 서머는 암을 '이기고' 있었다. 코가 작고 둥글고, 입술은 도톰하며, 깃털 같은 질감의 어깨까지 오는 금발 가발을 쓴 그녀는 여전히 치어리더처럼 귀여웠고, 자신의 시간이 얼마 남지 않았다는 것을 아는 사람답게 진짜 자신의 모습을 당당하게 드러냈다. 치료를 통해 호전되었다고 느꼈을 때 그녀는 승마 수업을 계속했고 자신이 늘 원했던 34D-플러스 사이즈로 가슴을 재건했다. 그녀가 말했다. "아무도 이 문신한 젖꼭지를 가지고 놀지 않아서 아쉬워요." 그녀가 내게 가슴을 보여주겠다고 제안했을 때 나는 킥킥대며 기꺼이 수락했다. 서머는 리한나 티셔츠를 들어 올려 자신의 신상 가슴을 보여주었다. 유두 문신은 분홍빛이 도는 갈색 유륜과 몽

고메리선Montgomery gland의 작은 갈색 점 덕분에 입체적으로 보였고 흉터를 교묘하게 감춰주었다. 백인 여성의 가슴을 가까이에서 본 적이 몇 번 없긴 했지만, 가슴은 꽤 진짜처럼 보였다.

"이 슈퍼 가슴이 정말 맘에 들어요." 그녀가 천천히 어깨를 흔들고 가슴을 꽉 쥐면서 말했다. 서머가 여전히 살아있는 다른 세상이 있다면, 후터스(노출이 있는 옷을 입은 여성들이 음식을 나르는 미국의 유명 레스토랑 체인점-옮긴이)의 손님들은 그녀에게 열광했을 것이다.

서머는 다시 말을 탈 수 없다는 얘기가 나올 때면 슬퍼했다. 그녀는 수십 년을 더 산 사람들도 하기 힘든 방식으로 기쁨과 슬픔 사이를 오가며 감정을 다스렸다.

서머의 작은 집은 서늘했고 창문 두 개가 열려 있었다. 캐러멜과 약을 섞은 것 같은 역한 단내가 희미하게 풍겼다. 주변을 둘러보니 그녀가 자신의 물건을 어떻게 처리하고 싶어 할지 궁금해졌다. 그녀는 L.A의 샌 페르난도 밸리San Fernando Valley에 있는, 정원이 있는 약 39㎡의 게스트하우스에서 살고 있었다. 주방에 요리를 위한 도구는 냄비 하나가 전부였지만 다양한 모양과 크기의 접시 그리고 작은 유리잔들이 가지런히 놓여 있었다. 그녀는 모자와 캘리그라피 문구가 적힌 목판으로 집을 장식했다. 목판에는 '살고, 웃고, 사랑하라'와 같은 문구는 없었으나 여러 명언이 적혀 있었다. 벽에 걸린 콘서트 포스터 액자, 침대 뒤의 반짝이는 조명, 벼룩시장에서 공짜로 얻은 올리브색 중고 소파 등 전반적으로 젊은이의 첫 집 같은 느낌이었다. 그녀가 새 소파를 사거나 콘서트 포스터를 미술품으로 바꾸기 전에 그녀의 삶이 끝날 것이라 생각하니 깊은 슬픔이 밀려왔다.

나는 다시금 스스로를 단속했지만, 이번만은 개인적인 판단과 나이에 따른 차별이 내 속에서 고개를 들고 있었다. 내가 의미 있다고 여기는 식으로 그녀가 아직 어른이 되지 않았다고 해서 그녀의 죽음을 더 슬퍼해도 되는 걸까? 서머의 죽음이 다가오자 젊어서 죽는 사람들에 대한 내 마음속 깊은 곳의 위험한 믿음 중 하나가 도드라졌다. 사람들은 자주 죽음에 대한 자신의 두려움을 다른 사람에게 투사한다. 어른이 되는 것이 늘 신나는 일은 아니지만, 서머가 어른으로서 많은 경험을 하지 못한 것이 슬펐다. 그녀는 열일곱 살에 집을 떠나 직장을 구하고, 세금을 내고, 꽤 괜찮아 보이는 가성비 좋은 가구를 낚아채면서 자신의 삶을 일구었다. 반면 열일곱 살에 나는 키스도 못 해봤고 영화관에서 시간당 6.25달러를 받고 일했을 뿐이었다. 어쩌면 그녀는 내 생각보다 훨씬 더 어른스러울지도 모른다. 나는 다른 사람의 인생 경험을 함부로 판단하지 말자고 (또다시) 되뇌었다.

나이에 따른 차별은 죽음과 애도 과정에서 흔히 나타난다. 그러한 차별은 선의라 해도 그렇게 바람직하진 않다. 우리는 흔히 젊은 나이에 죽는 사람을 더 강조하고, 그러한 죽음을 더 큰 불행으로 여기며, 동시에 젊은이들도 죽는다는 현실을 간과하는 경향이 있다. 젊은 사람이 죽었을 때 우리는 그들이 '앞으로의 온전한 삶을 앞두고' 떠났다 하여 그것을 비극으로 부른다.

그러나 서머의 온전한 삶은 그녀가 그때까지 살아온 삶이었다. 이를 부정하는 것은 죽음의 절대적이고 본질적인 타이밍을 부정하는 것이다.

"제 물건들 대부분 어떻게 되든 상관없어요. 이미 친구들에게 원하는 것은 가져가고 나머지는 버려도 된다고 말해뒀어요." 서머가 말했다. 나는 그녀가 소중히 여기는 물건에 관해 물었지만, 그녀에게는 그런 물건이 많지 않았다. "그래도 제 언니는 핑크P!nk 티셔츠를 가져도 돼요." 핑크 콘서트는 그녀가 처음 가본 콘서트였다. 그녀는 의붓아버지의 성적 학대를 주장하고 도망칠 때 어린 시절의 물건을 살던 집에 두고 나왔다. 그 후 그녀의 어머니가 의붓아버지의 편을 들자 서머는 영화와 TV 업계에서 자신의 외모를 이용해 돈을 벌 수 있길 바라며 중서부에서 L.A로 이사했다. 하지만 에이전트를 찾거나 엑스트라로 출연하는 것 외에 다른 일을 찾는 것은 쉬운 일이 아니었다. 그녀는 가족과 연락을 끊기로 했다. 하지만 임종의 순간이 다가오면서 서머는 마음을 바꾸고 엄마인 벳시Betsy와 동생인 조지아Georgia에게 다시 연락했다. 이들은 서머가 암으로 세상을 떠나게 될 것이라는 소식을 듣고 서머를 돌보기 위해 L.A로 와 그녀가 죽을 때까지 함께하기로 했다. 내가 방문하던 날, 벳시와 조지아가 서머와 내게 시간을 주기 위해 자리를 비켜주었다. 그들은 우리가 곧 해야 할 장례식에 관한 대화를 솔직하게 나눌 준비가 되어 있지 않은 것 같았다. 서머는 대안적인 장례식, 그러니까 가정 장례식을 원했다.

서머는 세상을 떠난 후 몇 시간은 집에 머물고 싶어 했다. 그녀는 가정 장례식에 관한 영상을 본 적이 있었고 치료를 받기 시작하면서 L.A에 있는 친구들도 많이 줄었기 때문에 화장되기 전에 가장 가까운 사람들이 자신의 시신 곁에 얼마간 있어 주기를 바랐다. 치료받는 동안 이 친구들에게 크게 의지했던 그녀는 그 밖의 다른 비용을 위해 또 다른 모금 운동이 시작되는 것을 원치 않았다. 그녀의 유골은 엄마와 함께 집으로 보내질 것이다. 이상적인 임종을 상상하면서 서머는 그녀가 가장 좋아하는 꽃인 주황색 장미에 주목했다. 이 세부 정보를 통해 우리는 주황색 장미가 침대와 시신에 놓이고 그녀의 아파트를 장식하는 임종을 상상했다. 그녀가 사랑하는 몇몇 사람들이 모여 있을 때 루미니어스Lumineers의 노래 〈돈 워너 고우Don't Wanna Go〉가 재생될 것이다.

그녀가 나를 위해 이 노래를 틀어주었다. 가사를 듣고 있으니 눈물이 흘러나왔다. 많은 고객을 상대해봤음에도 나는 생을 곧 마감할 사람을 만날 때면 늘 강렬한 감정을 느낀다. 그렇다고 내가 덜 프로다워지는 것은 아니다. 그저 인간다워질 뿐이다.

이 일을 통해 나는 세상을 떠나는 사람들을 사랑하게 되었다. 일종의 직업병이다. 필연적으로 그들은 죽는다. 그것이 지금 우리가 함께 있는 이유이기 때문에 나는 죽음이 다가오고 있다는 것을 알지만, 그렇다고 마음이 더 가벼워지진 않는다. 어떤 면에서는 더 힘들다. 그들의 죽음에 대한 두려움, 가족들에 대한 걱정, 남겨질지 모를 혼란한 상황에 대한 우려를 모두 알기 때문이다. 게다가 그들이 어쨌든 그 세계로 곧장 여행을 떠난다는 것도 안다. 어쩔 수 없이 나는 그들을 더 사랑하게 된다.

서머도 감정적이었다. 그녀는 죽고 싶지 않지만 죽을 때가 가까워졌다는 것을 알았다. 그녀는 아팠다. 우리가 함께한 몇 달 동안 그녀의 외모는 변해갔다. 볼이 움푹 팼고, 안색이 창백해졌으며, 움직임이 느려졌고, 말투가 어눌해졌다. 피부 아래, 특히 그녀의 새로운 가슴 위로 푸른 정맥이 보였다. 생명의 빛이 희미해지고 있었다. 그녀는 그 빛이 어떻게 꺼지길 원하는지 확실히 알고 있었다.

우리는 그녀가 사망한 후 시신을 직접 화장할 업체를 정하고 화장에 들어가기 전 임플란트를 제거해야 한다는 이야기를 나눈 뒤, 종교에 대해 잠깐 이야기했다. 나처럼 서머도 복음주의 기독교인으로 자랐다. 또 나처럼 그녀도 천국과 지옥의 개념을 믿지 않았다. 그녀는 집을 떠난 후 기독교를 거부했고 뒤도 돌아보지 않았다. 그때까지는 그랬다.

"제가 틀렸으면 어떡해요?" 그녀가 음절을 늘이면서 천천히 물었다.

"그렇죠? 일요일마다 교회에 갔어야 했던 거라면 어떡하죠?" 나는 장난스럽게 대답했다.

"아님 욕을 하지 말았어야 했던 거라면!"

"흠, 젠장 이제 곧 알게 되겠네요! 저한테도 좀 알려줘요, 알았지요?"

우리는 웃었지만, 그녀가 종교를 마음에 두고 있는 것 같아서 나는 그에 관한 이야기를 계속 이어나갔다. 죽음을 앞둔 순간은 우리의 마음을 가장 무겁게 누르고 있는 것이 중심을 차지하는 가장 중요한 시간이다. 곧 마음의 짐에 관해 이야기할 시간은 더 이상 없게 될 것이다. 이야기가 끝날 무렵, 서머는 기독교 신앙의 어떤 부분을 따르고 싶은지 정했고 세례를 받기로 했다. 혹시 모르는 일이니. 서머는 기독교를 거부하고 세속적으로 살면 지옥에 갈 거라고 믿진 않았지만, 여전히 좀 찜찜해 했다. 어쨌든 영원한 지옥에서 불타는 것보다는 나을 것이었다. 나는 그녀가 이슬람교도, 불교도, 힌두교도, 또는 빙글빙글 돌며 춤추는 탁발 수도승이라도 그랬을 것처럼 그녀의 선택을 축하했다.

임종 도우미로서의 내 방식은 중립성을 핵심에 두는 것이다. 종교는 다양해도 대체로 고객들의 요구는 보편적인 경향이 있어서 나는 그들이 죽음을 준비하도록 돕는 동안 중립적인 태도를 유지할 수 있다. 우리는 죽음 이후에 관해 믿는 바를 제외하면 일반적으로 모두 똑같이 죽는다. 나는 나의 믿음을 개입시키지 않고 고객이 믿는 바에 집중할 수 있도록 지원할 수 있다. 게다가 나의 믿음은 내가 죽음을 목격할 때마다, 그리고 살아있는 날마다 끊임없이 변하고, 바뀌고, 재정의되기 때문에 언제든 불확실한 것으로 남아 있다.

나는 호스피스 사제와 서머의 선택에 관한 이야기를 나누었다. 그는 서머가 마지막 순간에라도 마음을 바꾼 것을 기뻐했다. 나도 그랬고, 서머가 집을 떠난 후 교회에 다시 나가라고 사정했던 서머의 어머니도 그랬다. 그녀는 마침내 자신의 믿음대로 소원을 이뤘다. 딸은 천국에 갈 것이다. 이는 그녀에게 큰 의미였다. 내 부모님도 이 소식을 알면 아마 열광하셨을 것이다. 조^{Joe} 목사가 세례 의식을 맡아 서머의 머리에 물을 뿌리고 서머의 죄를 용서해주신 하나님께 감사기도를 드렸다. 그가 떠나자 서머가 말했다. "그 죄들 중 몇 가지는 지을 때 정말 재미있었어요. 그 죄를 뉘우치지 않아도 괜찮을까요?" 그녀의 경박함이 내 영혼에 위로가 되었다. 나는 그녀를 대신해(그리고 나도 좀 대신해) 조 목사님께 여쭤보겠다고 대답했다.

서머의 죽음이 가까이 다가온 것 같아 다음날 오후 그녀를 다시 찾았다. 큰 유리문을 통해 그녀의 방으로 들어가자 뭔가 다른 분위기가 느껴졌다. 서머가 침대에 앉아 힘겹게 시트를 잡아당기면서 발을 드러내고 몸을 일으키려 애쓰고 있었다. 몸무게가 내 왼쪽 다리만큼밖에 나가지 않았지만 서머는 병 때문에 근력이 약해져 스스로 일어날 수 없었다. 그녀는 반복해서 여행 가방이 필요하다고, 떠나고 싶다고 중얼거렸다. 이전에 왔을 때와는 확연히 다르게 좌절한 모습이었다. 그녀의 행동에는 죽음을 앞둔 고객들에게서 본 적 있는 특징이 있었다. 나는 발에서 시트를 치워주겠다고 말했지만 아무런 소용이 없었다.

일단 서머의 행동을 말기 동요(말기 불안이나 과잉 행동 섬망이라고도 함)로 본 후, 내가 틀렸을 경우를 대비해 그녀에게 어디로 가고 싶은지 물었다. 서머는 주로 혼잣말로 중얼거렸지만 이렇게 대답했다. "모르겠어요. 어딘가 다른 곳으로요. 여기만 아니면 돼요. 떠나고 싶어요. 도와주세요." 하지만 갈 곳이 없었다. 죽음이 코앞으로 다가왔다. 말기 동요는 삶의 끝에 나타나는 불안, 초조, 혼란을 특징으로 하는데, 임종에 수반되는 기분 변화보다 더 또렷하게 나타난다. 죽어가는 사람은 화를 내고, 괴로워하고, 참지 못하고, 불안해하고, 긴장을 풀지 못하는 것처럼 보일 수 있다. 신체 시스템이 멈추는 동안 겪는 신진대사 및 생리적 변화가 원인 중 하나일 수 있지만, 실제 원인은 아무도 모른다. 나로서는 그저 죽음에서 벗어나기 위한 최후의 노력이 아닐까 하는 짐작만 할 뿐이다. 항불안제는 증상을 완화할 수 있으며 가능한 경우 보통 호스피스 팀에서 처방한다.

벳시는 서머가 얼마 전에 진통제를 투여받았기 때문에 통증이 조절되지 않아 괴로워하는 것은 아닐 것이라고 말했다. 조지아는 언니가 자신에게 못되게 대하는 것에 화가 났다. 얼마나 도움이 될진 모르겠지만, 나는 조지아에게 서머의 행동이 죽어가는 과정 때문일 수 있다고 설명했다. 간호사가 다른 고통의 원인이 있는지 확인하기 위해 곧 올 예정이었다. 간호사를 기다리는 동안 나는 벳시, 서머, 조지아와 함께 앉아 서머가 정서적 고통에 도움이 될 것이라고 말했던 음악들을 이용해 그녀를 진정시키려고 노력했다. 서머의 재생 목록은 수면 요가 수업에서 들을 수 있는 음악들과 비슷했다. 음악 선택은 고객과 함께 임종 계획을 시작할 때 기본적으로 하는 것 중 하나로, 우리는 함께 죽음의 정서적 고통을 통과하는 데 도움이 될 수 있는 간단한 위로, 의식, 달래는 말, 음악, 시, 종교적 구절의 목록을 만든다.

간호사가 도착해 서머의 증상을 확인했다. 서머는 아무런 고통도 호소하지 않았다. 간호사는 내게 앞으로 있을 일에 대비해 벳시와 조지아를 준비시켜달라고 부탁했다. 우리 사이가 좀 가까워진 참이었기 때문에 간호사는 이 새로운 소식의 전달을 내게 맡겼다. 나는 그들에게 앞으로 일어날 일을 설명하고 밤사이 필요한 것이 있으면 바로 나타나겠다고 말했다. 물론 그들은 서머의 고통에 괴로워했지만 곧 편안해지는 순간이 찾아올 것이라는 소식에 감사해했다. 비록 그 편안해지는 순간이 죽음일지라도 말이다. 서머가 깊은 잠에 빠져든 후 나는 휴식을 취하기 위해 집으로 향했다. 앞으로 며칠 큰 변화가 있을 것이다. 죽음의 각 단계에서.

나는 고객이 죽음을 코앞에 두고 있을 때만 벨소리를 켜고 잠을 잔다. 하지만 어차피 내가 보살피게 된 사람이 죽음의 여정을 시작했다는 것을 알면 수면의 질은 떨어진다. 이날 밤도 다르지 않았다. 일반적으로 임종이 가까워진 순간에 내가 현장에 있기를 바라는지 아닌지는 가족에게 맡긴다. 어떤 사람들은 내가 그곳에 함께 있어 주길 바라고 어떤 사람들은 그저 누군가 신경을 쓰고 있다는 사실만 알고 싶어 한다. 또 어떤 사람들은 궁금한 것에 대한 답변을 원하고 어떤 사람들은 죽음이 발생한 후에 전화를 건다. 그들이 도움을 받는다고만 느끼면 어떤 것이든 괜찮다. 서머는 자신이 죽을 때 내가 곁에 있길 바랐는데 벳시도 기꺼이 동의했다. 그런 경우가 아니라면 나는 고객들의 타고난 사망 능력을 믿는다.

아침 7시, 요란하게 울리는 전화벨 소리에 정신없이 잠에서 깼다. 그리곤 벨소리를 마을에 전쟁이 났음을 알리는 군용 트럭 소리처럼 들리지 않는 소리로 바꿔야겠다고 마음먹었다. 서머의 호흡이 의미심장하게 달라져 벳시는 한숨도 자지 않고 오로지 그녀의 들숨과 날숨에 집중했다. 지난 한 시간 동안 호흡이 들쭉날쭉했고 점점 느려지고 있었다. 곧 죽음이 찾아올 터였다. 나는 재빨리 찬물을 얼굴에 끼얹고 이를 닦은 후 단백질 바를 하나 집어 들고서 경계 공간에 있는 서머 곁을 지키러 출발했다.

임종이 임박한 방에 들어갈 때는 들어가기 전에 잠시 멈춰 모든 죽음을 첫 죽음처럼 대할 것을 다짐한다. 의식적으로 문틀을 만지며 문턱을 넘고 있음을 상기한다. 반대편에서 만나는 사람은 누구든 나를 변화시킬 것이다. 들어가는 알루아는 떠날 때의 알루아가 아닐 것이다. 죽음은 모두를 변화시킨다. 나는 이 일에서 나 자신을 위해 채택한 주문을 조용히 반복한다. '진실을 말할 수 있기를. 사랑을 말할 수 있기를. 최고의 능력을 발휘할 수 있기를.'

분만 직전의 단계처럼 죽음 직전의 단계도 전적인 신성함과 명예를 누릴 자격이 있는 축축한 경계 공간이다. 결국, 죽음은 이곳과 저곳(저곳이 어디든) 사이의 공간이다. 대부분의 자연사에는 죽음이 가까이 왔음을 알 수 있는 몇 가지 징후가 있다. 죽기 며칠 전과 몇 시간 전 죽어가는 사람은 보통 주변 사람들과 단절되어 내면에 집중하기 시작한다. 신장 기능이 둔화하여 소변량이 감소하고 색이 어두워진다. 혈압과 체온이 떨어진다. 사지를 만지면 차갑고 피부가 얼룩덜룩해지는데 이를 반점 형성mottling이라고 한다. 이러한 현상은 피부색이 어두운 사람에게도 나타난다. 경계 공간에 있을 때 눈꺼풀은 살짝 열리지만 더는 눈앞의 자극에 반응하지 않는다. 그런 다음 입이 벌어지고 호흡 패턴이 불규칙해진다. 목숨은 단 한 번의 호흡에 달려 있다.

방에 들어서자 기운의 변화가 느껴졌다. 고요함이 내려오기 시작했고, 서머가 떠나면 그 고요가 방을 뒤덮을 터였다. 앞으로 있을 일에 대비해 나는 스스로를 중심에 두었다. 해야 할 일은 단지 자리를 지키고 이 심오한 순간을 목격하는 것이 전부였다. 존재의 문에 서서 그사이를 오가고 삶과 죽음의 힘에 의해 변화할 수 있다는 것은 행운이다.

문턱을 넘어서면서 나는 이런저런 물건이 담긴 나의 임종 도우미 가방을 문 옆에 두었다. 멋진 모로코 낙타 가죽 더플백에는 시집, 명상 주발, 백지, 양초, 에션셜 오일, 향, 성냥, 코오롱, 홈 주머니, 찻잎 주머니 등 의식을 위한 몇 가지 물품과 면봉, 매트리스 보호용 패드, 수건, 머리끈, 휴지, 로션, 비누, 머리빗, 세척을 위한 작은 그릇 등 가족들이 자연스러운 죽음의 과정에서 사용할 수 있는 물건들이 들어 있었다. 또한, 수분과 균형을 유지하는 데 도움이 될 물 한 병, 사과 한 알, 치즈 크래커, 핸드폰 충전기, 당시 읽고 있던 흥미로운 소설책이 들어 있었다. 혹시 모를 경우를 대비해 공간을 꾸밀 수 있는 다양한 종류의 천도 있었다.

벳시는 한 손에는 닳아서 면 흔적만 남은 얇은 직물을, 다른 한 손으로는 딸의 왼손을 잡고 있었다. 눈이 충혈되었고 머리카락도 흐트러졌다. 얼핏 봐도 서머는 죽음을 바로 눈앞에 두고 있었다. 그녀의 약하고 불규칙한 맥박이 이를 증명했다. 나는 낮은 목소리로 그녀에게 키스하겠다고 말한 다음, 이마에 입을 맞췄다. 작고 둥근 코의 끝부분이 푸르스름해지기 시작했다. 이는 청색증cyanosis이란 것으로 임박한 죽음을 알리는 또 다른 신호다. 갈색 눈은 살짝 열린 상태였지만 어떤 자극에도 반응하지 않았다. 입이 벌어졌고, 호흡이 비인간적으로 변해 분당 7~10회 정도로 느려졌다. 몸은 스스로를 멈추기 위해 제 일을 하고 있었다. 나는 서머가 좋아하는 주황색 장미를 밖에서 가져와 협탁 위에 두었다. 그리고 그녀의 부탁에 따라 꽃 한 송이를 그녀의 손에 쥐여주었다. 서머에게 다시 키스한 후 잘하고 있다고 속삭였다.

이후 세 시간 동안 나는 벳시의 등을 쓰다듬고, 노래를 불러주고, 조지아를 안고서 숨 쉬라고 일깨워주고, 서머의 손을 잡고 호흡수를 세었다. 호흡이 1분에 여섯 번 정도로 느리게 진행되다가 빨라졌다. 체인스토크스Cheyne-Stokes 호흡이라고 불리는 호흡 패턴일 가능성이 컸다. 들숨과 날숨 사이의 간격이 짧고 분명하지만, 그 사이에는 영원한 시간이 흐른다. 우리는 서머와 함께 이 경계 공간에 매달려 그녀가 다시 숨을 들이마시지 않을 때까지 함께 숨을 참았다.

서머가 죽었다. 성스러운 고요가 우리 모두를 품고 감쌌다. 삶과 죽음의 경이로움이 충만했다. 벳시와 조지아는 내 설명에 따라 눈물을 흘리며 경건하게 라벤더 오일 향이 나는 물에 적신 수건으로 서머의 얼굴과 팔, 몸통, 다리를 닦았다.

우리는 함께 서머가 죽기 전에 택한 흰색 뜨개 원피스로 그녀의 옷을 갈아입혔다. 그리고 주황색 장미를 그녀 주위에 흩뿌렸다. 서머가 연락해달라고 부탁했던 친구들이 흰옷을 입고 집으로 찾아왔다. 서머는 친구들이 그녀가 수집한 모자를 써주기를 바랐다. 그래서 친구들은 트럭 운전사 모자, 카우보이 모자, 중산모, 페도라 등 가지각색의 모자를 하나씩 썼다. 한 명씩 서머에게 작별 인사를 했고, 그러는 동안 다른 사람들은 근처에서 간식을 먹고 서로를 위로했다. 서머는 또한 친구들이 각자 한 잔씩 마신 후 잔을 가져가기를 바랐다. 나도 한 잔을 마셨지만, 잔은 다른 사람을 위해 남겨두었다.

한 시간쯤 지난 후 조 목사가 와서 짧은 설교를 포함한 기독교 장례식을 이끌었다. 최근에 개종하고 죽은 기독교인의 속뜻을 이해한 그는 이를 예배에 반영했고, 우리는 서머가 택한 세속적인 노래를 불렀다. 예배가 끝나고 루미니어스의 노래가 재생되는 동안 우리는 서머의 시신을 둘러싸고 손을 잡았다.

서머가 죽고 난 후 사람들이 애도하는 모습은 노인이 죽었을 때와 다를 것이 없었다. 주위를 둘러보니 떨군 고개, 중얼거리는 목소리, 조용한 눈물 등 연로한 조부모의 장례식에서 볼 수 있는 것과 같은 애도의 장면이 눈에 들어왔다. 그러나 문화적으로 우리는 서머가 젊었기 때문에 슬픔이 더 클 것으로 생각한다. 죽음에서의 연령 차별은 애도를 표할 때도 나타난다. 노인들의 죽음에 관해 이야기할 때, 설령 그 세월이 거지 같았다 해도, 사람들은 "그분은 길고 충만한 삶을 사셨습니다." 또는 "그분과 함께 65년을 잘 사셨잖아요."와 같이 말한다. 하지만 죽은 사람이 '길고 충만한 삶'을 살았다고 말할 때 우리는 본의 아니게 노인의 죽음을 애도하는 사람의 슬픔을 최소화한다. 할머니가 나이들었다 해도 그 죽음이 슬프지 않을 수 있을까? 어떤 사람이 너무 일찍 죽었다고 누가 말할 수 있을까? 혹은 인생에서 바라던 것을 모두 이루었다고 누가 말할 수 있을까? 어쩌면 할머니는 마지막으로 사랑에 빠지고 싶었지만 97세까지밖에 살지 못해 그럴 기회를 놓쳤을지도 모른다. 아무리 오래 살았어도 가슴은 아프다.

사망 시 서머는 젊었고 그녀의 몸은 더 이상 치료에 반응하지 않았다. 하지만 그녀는 치유되고 있었다. 우리는 흔히 건강을 죽음의 반대 개념으로 보는데, 죽음에는 일종의 치유 기능이 있다. 치유라는 단어는 일반적으로 무언가가 더 나은 방향으로 변하고 나아질 수 있음을 뜻한다. 그러나 모두 알다시피 죽음은 '치유'될 수 있는 것이 아니다. 누군가 죽어갈 때 우리가 할 수 있는 최선은 죽어가는 과정을 위로하고 정서적, 영적 상처를 낫게 하는 데 도움을 주는 것이다. 때로 '치유'는 아픈 몸을 떠나는 것이다.

서머는 죽음을 맞이하면서 자기 몸과의 관계를 치유했다. 이는 그녀가 선택한 은유(그녀는 암과 '춤'을 추었고 자신의 병을 악당으로 만들지 않았다)와 새로 문신한 젖꼭지를 보여주는 자부심에서 분명히 드러난다. 그녀는 죽음을 통해 가족과의 관계 그리고 종교와의 관계를 치유했다. 또한, 자신이 살았던 삶과 원했던 삶을 받아들였다. 서머는 많은 사람이 꿈꾸는 좋은 죽음을 맞이했다. 비록 어떤 사람들은 그녀가 더 오래 '살았어야' 한다고 생각할지 몰라도 말이다. 하지만 이 모든 과정 끝에 그녀가 죽었을 때 그녀의 삶은 결국 완성되었다.

16장

쿠바가 기다린다

모든 것을 아는 창조주, 달, 왕자, 오리샤(Orishas, 요루바 종교의 신령-옮긴이)에게 물어볼 수 있는 단 한 가지 질문이 있다면, 나는 이렇게 물을 것이다. "왜?"

왜 마음이 아픈가? 왜 우울증인가? 왜 모기인가? 왜 모든 고통, 불안, 불확실성, 무엇보다도 왜 삶인가? 왜 죽음인가?

삶의 '이유'를 찾고 싶은 마음은 죽음에 직면했을 때 특히 강렬해진다. 답을 알고 싶은 충동은 강하고, 그에 대한 우리의 감정적 욕구는 매우 시급하고 압도적인 것으로 느껴질 수 있다. 이따금 어떤 고객은 마치 내가 돈을 받고 삶의 모든 위대한 신비를 밝혀주기라도 할 것처럼 직설적으로 답을 요구하기도 한다. 나는 그런 고객들에게 연민을 느낀다. 그런 경우 내가 할 수 있는 일은 그들이 미지의 세계를 응시할 수 있도록 돕고 자신의 삶이 충분히 괜찮았는지에 대해 두려워하고 의심하는 사람들을 보듬어주는 것뿐이다. 나 자신도 그 두려움을 잘 안다.

　레슬리를 만났을 때 그녀는 숨을 헐떡이며 소박한 아파트 입구 계단에서 나를 맞이했다. 67세의 그녀는 몇 달 동안 계속 그녀 곁을 지키는 산소호흡기에 의존해오고 있었다. 폐 질환 말기로 기도가 굳어져 안락의자에서 현관문을 열기 위해 몇 걸음만 걸어도 숨이 찼다.

　레슬리의 아파트는 도자기 부엉이, 액자에 넣은 장식용 숟가락, 러시아 인형, 외동딸 캐슬린^{Kathleen}의 사진 등 다양한 장식품으로 꾸며져 있었다. 캐슬린은 자신의 삶을 마감할 병을 받아들이려 애쓰고 있는 어머니를 도와달라며 내게 전화해왔다. 나는 레슬리가 다시 안락의자로 가는 것을 도왔다. 안락의자는 그녀가 주로 생활하는 공간에 있었고 문과 창문을 모두 마주 보고 있었다. 현관문에서 의자까지 열두 걸음을 걷는 동안 우리는 두 번 멈춰야 했다.

　레슬리가 의자에 자리를 잡고 사이드 테이블에 손을 뻗었다. 테이블에는 종일 그녀를 안정시키는 데 필요한 모든 것이 있었다. 리모컨, 약, 일간 기독교 묵상집, 핸드폰과 일반 전화기, 티슈, 아몬드 한 봉지, 딸의 사진, 아침 식사 흔적이 있는 지저분한 접시, 레슬리가 방금 집어 든 노트와 펜 한 자루.

　우리는 사교적인 인사를 주고받았다. 그리고서 레슬리는 바로 요점으로 들어갔다. "죽는다는 것은 어떤 기분인가요?"

　그것이 레슬리의 첫 번째 질문이었다. 이 일을 해온 수년간 그런 질문을 그렇게 직접적으로 한 사람은 그녀가 처음이었다. 나는 당황해서 더듬거렸다. "아, 글쎄요. 저도 잘 모르겠네요. 하지만 죽음을 앞둔 사람들 곁에 여러 번 있어 본 터라, 그들이 아직 소통이 가능할 때 그러한 경험에 대해 해준 이야기를 들려드릴 순 있습니다. 그게 도움이 될까요?" "음, 그다지." 레슬리가 대답했다. "나는 죽음의 순간에 실제로 어떤 느낌이 드는지 알고 싶어요."

난처했다. "모르겠네요. 저도 아직 죽어본 적이 없어서 뭐라 답변을 드릴 수가 없어요."

레슬리는 고개를 옆으로 기울이곤 나를 의아하게 바라보았다. "좋아요, 그림 다음으로 넘어갑시다." 그녀는 방금 물어본 질문에 줄을 긋는 것 같았다. 그리곤 다시 질문 리스트를 훑어보았다. "우리는 죽으면 어떻게 되나요?"

약간의 안도감이 느껴졌다. 물론 내가 답을 알아서가 아니라, 그 질문을 끊임없이 받아봤기 때문이었다. 우리 중 대부분이 죽으면 어떻게 되는가에 관한 어떤 믿음을 갖고 있지만, 삶의 가장자리에 선 사람들은 이 문제를 특히 더 고심한다. 대체로 믿음은 이제 막 절벽에서 뛰어내리려 하는 사람들에게는 흐릿한 호수와 같다. 바닥에 무엇이 있는지는 곧 드러날 것이다. 내가 할 수 있는 최선은 사람들이 자기 생각을 명확히 할 수 있도록 돕는 것이다. 나는 우리 중 가장 종교적인 사람들조차도 곧 답을 알게 될 것이라는 사실을 알면 조용히 자신의 신념을 의심하기 시작한다는 것을 알았다.

레슬리에게 말했다. "그것도 잘 모르겠네요. 저는 아직 살아서 여기 있으니까요."

원칙적으로 나는 고객과 사후세계에 관한 의견을 많이 나누지 않는다. 그것은 사적인 것이다. 또한, 나는 임종을 앞둔 사람들이 자기 생각을 정리하는 동안 그들에게 편견 없는 거울이 되고 싶다. 그것은 그들의 죽음이고 나는 나중에 내 죽음을 맞이하게 될 것이다. 임종 도우미답게 나는 그 질문을 다시 레슬리에게 돌렸다. "우리가 죽으면 어떻게 될 거라고 믿으세요?"

"실제로 무슨 일이 일어나는지가 알고 싶을 뿐 내가 무엇을 믿는지는 중요하지 않아요." 레슬리가 대답했다. "도와줄 수 있겠어요?" 그녀는 다시 한번 가쁜 숨을 몰아쉬었다. 옆에 있던 산소호흡기가 부드럽게 윙 하는 소리를 냈다.

"아무도 거기까지 갔다 다시 돌아와서 우리한테 말해준 적이 없으니 저로서도 확실하게 말씀드릴 수 있는 것은 없어요." 내가 말했다. 그리고는 우리가 종교, 과학, 문화, 영화, 두려움을 통해 조금씩 알게 된 내용이 있으니, 그녀가 믿게 된 것에 관해 이야기하는 것이 좀 더 도움이 될지 모른다고 말했다. 하지만 레슬리는 내 말을 끊고 고집을 부렸다. "알아맞히기 놀이 같은 건 하고 싶지 않아요. 그저 알고 싶을 뿐. 지금 답을 모른다는 거예요?"

그녀가 실망할 것이 염려되었지만 다른 방법이 없어 나는 고개를 끄덕였다. "맞습니다. 저는 정답을 몰라요. 죽을 때까지 알 수 없을 겁니다."

"알았어요." 레슬리는 다시 노트로 돌아가 종이에 힘겹게 줄을 하나 더 그어 방금 한 질문을 지우더니 다음 질문으로 넘어갔다. "죽음은 고통스러운가요?"

마침내 내가 어느 정도 확실히 답할 수 있는 질문이 나왔다. "제가 알기로, 죽는 것 자체는 고통스럽지 않아요. 임종 시 사람들이 겪는 고통은 일반적으로 질병이 진행되는 과정에서 기인하는 것이지 죽음 자체에서 기인하는 것이 아니죠. 레슬리가 죽음을 맞이하는 동안 고통스럽지 않도록 호스피스팀이 진통제를 투여할 준비가 되어 있을 거예요."

"그럼 고통스럽지 않을 거란 거죠?"

"질병으로 인한 모든 고통은 의사가 잘 조절할 거라는 말씀을 드리는 거예요. 담당 의사에게 우려되는 사항을 이야기하고 이를 해결하기 위한 계획을 세울 수 있어요. 그럼 마음이 좀 편해지실까요?"

"조금요. 죽을 때 고통스러운지 알고 싶어요."

"그렇지 않을 거예요."

레슬리는 몇 번 더 숨을 쉬더니 멍한 눈빛으로 노트를 응시했다. 생각을 정리할 시간이 필요한 것인지 아니면 내게 점점 더 짜증이 나는 것인지 알 수 없었다. 그녀는 페이지를 넘기고 펜을 아래로 끌며 페이지 중간쯤에서 잠시 머뭇거렸다.

"의식을 잃은 후 죽기까지는 얼마나 걸릴까요?"

젠장. 내가 무용지물이라는 생각이 들기 시작했다. "사람마다 달라요. 어떤 사람들은 마지막 순간에 눈을 감은 후 매우 빠르게 사망하고, 어떤 사람들은 며칠 동안 그 사이에 머물러 있죠. 아쉽지만 레슬리가 어떤 과정을 거치게 될지 확실히 알 방법은 없어요."

레슬리가 숨을 크게 내쉬었다. 질병 때문일 수도 있었지만 확실히 조바심에 내는 소리 같았다. "죽은 후에도 딸과 소통할 수 있을까요?"

내가 조금이나마 도움이 될 수 있는 부분이었다. 나는 레슬리와 그녀가 사후에도 존재한다고 믿는 의식의 일부에 관해 이야기할 수 있었다. 딸과만 할 수 있는 사소한 농담에 관해서도 이야기할 수 있었다. 어머니가 돌아가신 후 캐슬린이 어떤 키워드나 이미지를 접했을 때 어머니와 연결되어 있다고 느낄지 알아낼 수 있었다. 슬픔에 빠진 사람들의 곁을 떠나지 않는 벌새와 나비에 대해 들었던 이야기를 해줄 수 있었다. 하지만 나는 이 모든 것이 레슬리의 질문에 적절한 답이 될 수 있을지 확신할 수 없었다.

우리의 대화가 좀 더 깊어지기 시작했다. 레슬리는 죽음이라는 커다란 미지의 세계와 그것이 요구하는 항복과 씨름하고 있었다. 그녀가 던진 대부분 질문에는 그야말로 적합한 답이랄 것이 없었다. 레슬리도 마음속으로는 그 사실을 알고 있는 것이 아닐까 궁금했다. 아마도 영적 조언자가 그녀에게 더 도움이 될 수도 있었기에, 나는 그녀에게 호스피스팀의 사제에게도 그러한 질문을 해보라고 권했다. 어쩌면 나는 레슬리에게 다 아는 뻔한 이야기를 늘어놓거나 뭐가 됐든 그녀가 듣고 싶어 하는 말을 해줄 수도 있었을 것이다. 가끔은 그게 더 온정적인 행동이 아닐까 하는 생각을 한다. 하지만 죽음에 관한 대부분의 질문에 대한 진정한 대답은 '모른다'이다.

레슬리에게 이미 세상을 떠난 사람들과 소통했다고 느낀 적이 있는지 물었다. 그녀는 죽은 이모가 정말로 좋아했던 장식용 숟가락이 가끔 벽에서 유일하게 떨어지는데, 이모가 아직 자신이 거기 있다고 조용히 말해주는 것이 좋다고 말했다. 나를 대하는 태도가 약간 부드러워진 그녀가 다시 노트를 넘겼다. 잠시 무겁고 불편한 침묵이 이어진 후 그녀가 머뭇거리며 물었다. "내게 남겨진 시간이 얼마나 될까요?"

가슴이 아팠다. 나는 부드러운 미소를 지으며 용감하게 그녀와 시선을 마주쳤다. 그리고는 아무런 말도 하지 않았다.

레슬리가 말했다. "맞춰볼게요. 당신은 몰라요." 그녀가 숨을 내쉬었고, 나는 숨을 죽였다.

마침내 레슬리가 약간 힘을 주면서 노트를 덮었다. 짜증이 나고 있었던 게 분명했다. "그럼 아는 게 뭐예요?"

"분명히 많진 않아요!"

우리는 편치 않은 마음으로 웃었다.

"그럼 여긴 왜 온 거죠?" 레슬리가 한숨을 쉬며 물었다.

나는 동반자로서의 내 역할을 설명했고 그녀가 통제할 수 있는 일 내에서 그녀를 돕겠다고 제안했다. 그리고 그녀가 하는 모든 질문이 합당하며 힘든 일을 잘 견디고 있다고 안심시켰다. 이어 레슬리의 질문들은 이 세상 누구도 대답할 수 없는 것임을 상기시키면서 그 의문점에 대해 계속 생각해 보라고 격려했다. 어떤 질문들은 답이 필요하지 않다. 또 어떤 질문들은 아예 답이 없다. 이것이 죽음의 어려운 부분이고, 삶의 어려운 부분이기도 하다. 내일이 있을지 없을지 모르는 상황에서 우리는 어떻게 오늘에 충실할 수 있을까?

초등학교에서 우리는 언제(when), 어디서(where), 누가(who), 무엇을(what), 왜(why)라는 다섯 가지 기본적인 w 질문에 답하면 문제 해결에 도움이 될 충분한 정보를 수집할 수 있다고 배웠다. 그러나 죽음에 관한 한 이것은 전혀 도움이 되지 않는다. 죽음에는 초등학교에서 배운 다섯 가지 w 공식을 적용해봤자 아무런 소용이 없다.

누가 죽는가? 모든 사람이 죽는다. 역사상 누구도 죽음을 피한 사람은 없다.

죽음이란 무엇인가? 인류가 축적해온 과학과 경험에 따르면 죽음은 생명을 유지하는 데 필요한 모든 중요한 신체 기능과 활동이 멈추는 것이다.

언제 죽는가? 사람이 죽는 날짜와 시간을 선택하지 않는 한, 마지막 숨을 거둘 때까지는 알 수 없다.

어디에서 죽는가? 위의 '언제' 질문을 참조하라.

왜 죽는가? 아주 오랜 시간 동안 주요 종교인과 철학자, 의식 상태의 변화를 경험한 사람들이 이 질문에 대해 고심해왔다. 하지만 누구도 우리의 궁금증을 해소하기에 충분한 답을 갖고 있진 않은 것 같다.

죽음이 이처럼 우리를 불편하게 만드는 것도 당연하다. 우리는 정보를 수집하는 데서 안전함을 느끼는데, 죽음에 관해서는 많은 정보를 수집하기가 어렵기 때문이다. 죽음에 관한 생각은 곧바로 '모르겠다'라는 불편함으로 이어진다. 죽음을 앞둔 사람들을 돕는 동안 만난 많은 사람이 삶에서 가장 큰 '미지의 것'에 굴복하지 않기 위해 자신이 통제할 수 있다고 생각하는 것에 집착했다.

이 일을 하는 동안 '모른다'에 익숙해지는 것은 나를 겸손하게 했다. 죽음을 다루는 일에는 확실성이 존재하지 않는다. 그래서 가끔은 고객 앞에서 무력감을 느낀다. 나는 불확실성에 대한 고객의 불편을 해결해줄 수도 없고, 죽음을 좀 더 편안하게 받아들일 수 있는 정보를 제공할 수도 없다. 공포감을 해소해줄 수도 없다. 내가 할 수 있는 최선은 그들이 스스로 답을 찾으려 노력하고 미지의 것에 항복하는 연습을 하는 동안 그저 함께 있어 주는 것뿐이다. 한편 우리가 통제할 수 있는 일들도 있다. 예를 들면 살아있는 동안 처리해야 할 일이나 '사랑해', '상처받았어'라고 말하는 것이 그것이다. 하지만 큰 질문들은 언제까지나 답이 없는 채로 남아 있을 것이다.

사는 동안 '모른다'에 익숙해지는 것도 나를 겸손하게 했다. 삶은 '모르는 것'이다. 우리는 다음 순간에 무슨 일이 일어날지 모른다. 이런 상황에 있을 때 우리는 하찮고, 한심하고, 무력한 기분을 느낀다. 그래서 우리는 집안일, 과제, 중독, 일, 섹스 등 불편함을 피하기 위해 할 수 있는 모든 일을 바삐 하며 실존적 공포를 모면한다.

모른다는 불편함에 마음을 열 때, 우리는 그곳에서 진정한 풍요를 발견할 수 있다. 하지만 안다고 생각할 때 우리는 정체되어 계속 그 자리에 머물게 된다. 모른다는 불편함에 마음을 여는 것은 가능성의 마법, 즉 무엇이든 가능한 무한한 잠재력의 공간에 마음을 여는 것을 뜻한다. 일단 그렇게 마음을 열고 나면 그 과정에서 만나는 사람들이 우리가 우리 자신과 각자의 진실로 돌아갈 수 있도록 안내해준다. 삶은 우리 앞에서 펼쳐진다. 이것이 우리가 아는 유일한 진실이다. 미지의 것이 정확히 우리를 인간으로 만든다. 나는 모든 고객과 함께 이 진실에 의존한다.

레슬리는 우리가 만난 지 채 1년이 되지 않아 이 세상을 떠났다. 첫 만남 이후 레슬리가 세상을 뜨기까지 나는 몇 번 더 그녀의 집을 방문해 그녀와 함께 시간을 보냈다. 큰 질문은 여전히 남아 있었지만, 그녀는 내게 답을 구하기보다 모르는 것에 익숙해지고 자신만의 진실(유일하게 중요한 진실)에 귀를 기울였다. 임종 도우미로서, 그리고 인간으로서 내가 해야 할 일은 무슨 일이 일어날지 몰라 불안해하고 약한 모습을 보이는 그녀를 지켜보며 스스로 진실을 알아낼 때까지 그녀를 묵묵히 지지하는 것뿐이었다.

내가 좋아하는 영화 속에서 주인공은 늘 눈부신 계시를 경험한다. 셀리는 〈컬러 퍼플The Color Purple〉에서 자신의 힘을 발견하고 미스터Mister를 저주한다. 셰어 호로위츠Cher Horowitz는 〈클루리스Clueless〉에서 그녀의 의붓오빠인 조쉬Josh를 사랑한다는 사실을 깨닫는데, 그때 큰 불꽃이 터지고 분수가 솟아오른다.

하지만 현실 세계에서 우리가 누구인지, 무엇을 원하는지에 대한 진실은 대부분 어떤 절정의 순간에 드러나지 않는다. 개인적 진실을 향한 길은 더 느리고, 사람을 미치게 하고, 몹시 고통스럽고, 단편적이다. 삶은 우리에게 따라야 할 빵 부스러기를 남긴다. 이 빵 부스러기를 하나씩 차례로 따라가는 것은 우리에게 달려 있다. 그것들은 우리를 마침내 집처럼 느껴지는 어딘가로 인도할 수 있다. 결국, 우리는 "조쉬를 사랑해!"라고 말하는 순간을 맞이하게 될지도 모른다.

나는 레슬리의 빵 부스러기 중 하나였다.

그리고 누구보다도 엘리안 곤잘레스Elián González는 내 빵부스러기 중 하나였다.

크리스틴의 집에서 명상 수행에 적응하려고 애쓰며 몇 주 동안 힘든 시간을 보낸 끝에(시간이 기어가는 듯했고 내 마음은 끊임없이 방황했지만) 내 수행은 자리를 잡기 시작했다. 마치 오래된 선로를 습관적으로 따라가는 기차처럼 내 마음은 끊임없이 내 병과 다시 건강해질 수 있을지에 대한 생각으로 돌아갔다. 나는 내가 어떻게 여기까지 왔는지, 내가 어떤 선택을 하며 살았는지 궁금했다. 내가 저지른 실수와 상처를 준 사람들도 궁금했다. 전 남자친구들, 그리고 그들이 내 변덕스럽고 애매한 성격을 어떻게 견뎠는지 궁금했다. 가족들이 내가 견뎌온 고통에 큰 충격을 받을지도 궁금했다.

어느 날 아침 명상을 하던 중 내 마음은 엘리안에게로 향했다. 쿠바 시민인 그는 어머니와 함께 튜브를 타고 미국으로 탈출했다. 하지만 어머니는 도중에 익사했고, 당시 여섯 살이었던 엘리안은 미국에 있는 친척과 쿠바에 있는 아버지 사이에서 국제 양육권 분쟁에 휘말리게 되었다. 틀림없이 깊은 슬픔에도 잠겨 있었을 것이다. 엘리안의 이름이 뉴스를 도배했다. 주유소에 들어가도 온통 그의 소식뿐이었다.

2000년 6월 미국 항소법원이 엘리안을 쿠바로 돌려보내야 한다는 판결을 내리면서 그는 친척 집에서 강제로 쫓겨나게 되었다. 모든 신문 1면에는 국경 순찰대가 삼촌과 함께 옷장에 숨어 있는 겁에 질린 어린 소년에게 총을 겨누고 있는 사진이 실렸다. 나는 아이를 데려가기 위해 동원된 무력에 충격을 받았고, 그 이미지는 몇 달 동안 나를 괴롭혔다.

그로부터 12년 후 명상 중에 엘리안의 얼굴이 다시 떠오른 것이다. 나는 그를 떨쳐낼 수가 없었다.

엘리안이 어떻게 되었는지 너무도 궁금했다. 나는 그가 쿠바 군대에 들어갔다는 사실을 알게 되었고, 그때부터 토끼굴 속으로 빠져들었다. 미국의 금수 조치, 쿠바 미사일 위기, 냉전, 쿠바 리더십의 역사에 대해 읽었고, 쿠바의 지리와 문화를 속속들이 살펴봤다. 가장 좋아하는 밴드 중 하나인 부에나 비스타 소셜 클럽Buena Vista Social Club이 쿠바 출신이라는 사실도 떠올리게 되었다.

나는 내게 익숙한 방식으로 강한 호기심을 느꼈지만, 내 성향역시 경계했다. 인생에서 가장 힘든 순간에 내가 또 다른 방해물을 찾고 있는 것은 아닐까? 왜 그렇게 그가 궁금할까?

확실한 답을 찾지 못한 채 나는 컴퓨터에서 몸을 일으켜 그날 아침 크리스틴이 나를 위해 조리대에 준비해둔 미니당근과후무스를 먹었다. 그런 다음에는 루크의 빨간색 슈윈 10단 변속 자전거에 올라 페달을 밟고 머리칼에 바람을 맞으며 도서관으로 향했다. 『그리고 모든 것이 변했다(Dying to Be Me, 샨티, 2022)』라는 책을 반납할 예정이었는데, 이 책은 암과 춤춘 후(싸운 후가 아님) 장기가 기능을 멈춘 아니타 무르자니^{Anita Moorjani}의 회고록이다. 그녀는 자신의 임사 체험을 설명하고 자기 질병의근원을 인식함으로써 스스로를 치유하게 되었다. 며칠 전 도서관에 갔을 때 선반에서 이 책이 눈에 들어왔다. 책에서 영감을받은 나는 나 역시 병의 근원을 찾아 스스로 치유할 수도 있지않을까 생각했다.

도서관에 도착하니 몇몇 사람들이 내가 별로 서명할 기분이아닌 탄원서를 들고 서성거리고 있었다. 자전거를 탔고 쿠바와엘리안에 깊이 빠져 아침 내내 부에나 비스타 소셜 클럽을 들었는데도 화가 났고 짜증이 났다. 우울증 때문이었겠지만 몇 달째 그랬다. 하지만 도서관은 내 영혼을 고양해주는 몇 안 되는장소 중 하나였다. 나는 안으로 들어가기를 고대하고 있었다.독서는 여전히 나 자신에게서 벗어날 수 있는 확실한 방법이었다. 나는 무르자니의 책을 반납하고 파울로 코엘료^{Paulo Coelho}의

『포르토벨로의 마녀(The Witch of Portobello, 문학동네, 2013)』, 조디 피코Jodi Picoult의『마이 시스터즈 키퍼(My Sister's Keeper, 웅진 바로보네, 2017)』, 디팩 초프라Deepak Chopra의『양자 치료법Quantum Healing』등 몇 권을 더 집었다.

도서관을 나서자 키가 껑충한 한 청년이 클립보드를 들고 내 눈길을 끌려 했다. "잠시만요!" 그가 내 쪽으로 다가오며 목소리를 높였다.

나는 땅만 보면서 계속 걸었다. 이런 행동은 나를 방해하지 말라는 만국의 공통 언어가 아닌가? 분명히 그는 그 언어를 모르고 있었다.

"안녕하세요, 환경을 위해 잠깐 시간 좀 내주실래요?"

"아니요, 지금 정말 바빠요." 몇 달 동안 갈 데도 하나 없었으면서 나는 거짓말을 했다. 남자가 나를 따라왔다.

"몇 분이면 됩니다. 그린피스에 대해 들어보셨어요?"

내 의사는 중요치 않았다. 어차피 그는 계속 말을 걸 생각이었다. 큰 키에 근육질인 체격과 어울리지 않는 새된 목소리로 환경 단체의 선행을 열심히 설명하는 모습을 보고 있자니, 어느새 마음이 한결 누그러졌다. 일에 대한 그의 열정이 내 걸음을 늦추게 했다. 기후 변화의 위험성과 기후 변화가 열대우림에 미치는 영향에 관해 이야기한 뒤, 그가 제안했다. "그럼 기부를 고려해보시겠어요?"

나는 쓸 수 있는 돈이 많지 않다고 말했고 대신 서명할 것이 있는지 물었다. 하지만 그가 계속 압박을 가해오자 내 인내심도 바닥나기 시작했다. '그 설명은 다시 듣기 싫다고!' 마침내 내게서 돈을 기부받지 못할 것이란 사실을 깨달은 그가 그린피스 팸플릿을 이별 선물로 주었다. 그는 진한 파란색의 낡은 가죽 메신저 백에서 팸플릿을 꺼냈는데, 가방의 하나뿐인 어깨끈이 갈라져 있었고, 몇몇 끈도 다 해져 있었다. 가방의 앞면에는 쿠바 테 에스페라Cuba te espera라는 스페인어가 빨간색으로 새겨져 있었다.

나는 그의 가방을 급하다는 듯이 가리켰다. "그게 무슨 뜻이에요?" 스페인어를 조금 할 줄 알았기 때문에 이미 답을 알고 있었지만, 나는 여전히 외부에서 답을 찾으려 했다.

청년은 당황스러워했다. "이거 말이에요?" 그가 슬로건을 가리키며 물었다. "'쿠바가 기다린다'라는 뜻이에요."

나는 숨을 죽였다. 눈이 가늘어졌고, 소름이 돋았다.

듣자 하니 '쿠바 테 에스페라'는 쿠바가 미국 관광객에게 널리 개방되었던 시절의 광고 슬로건인 것 같았다. 오늘날 미국인들은 합법적인 학습 목적이 없는 한 (적어도 공식적으로는) 쿠바에 들어갈 수 없다. 지침은 엄격해 보였고 모험심이 강한 사람들만이 이를 위반했다. 아니면 어리석은 사람들이나 절박한 사람들. 나는 이 세 가지 모두에 해당했다.

"쿠바에 가 본 적이 있어요?" 호기심이 점점 커지고 있었다. 그는 자신은 아니지만, 친구들 몇 명은 가 본 적이 있다고 대답했다. "멕시코나 카리브해 섬 중 하나를 거쳐야 뭐가 됐든 그곳에서 원하는 것을 할 수 있죠." 그가 말했다. "또 거기 도착하면 여권에 도장을 찍지 말라고도 말해야 해요. 들키면 규정을 어겼다고 엄청난 벌금을 물 수 있거든요."

나는 천천히 고개를 끄덕이며 그에게 몸을 기울이고 그가 하는 모든 말에 귀를 기울였다. "오늘 아침에 쿠바를 조사하고 있었어요." 내가 조심스럽게 말을 꺼냈다. 그리고 엘리안 곤잘레스와 좀 전에 읽은 그의 생애에 관한 몇 가지 소식을 언급했다.

하지만 이 청년은 엘리안을 기억하기에는 너무 어렸다. 그는 눈을 가늘게 뜨고 나를 바라보았는데, 정말로 아무것도 이해하지 못한 것 같았다.

나는 그의 가방을 향해 고개를 까딱했다. "이게 계시일까요?" 그리고는 한 손으로 해를 가리며 클립보드를 들고 있는 그 아이의 대답을 기다렸다. 나는 너무나 절박했기 때문에 쿠바에 가는 것이 옳은 선택이라는 증거로 어떤 신호든 받아들였을 것이다. 모든 것이 우울증에서 벗어날 방법에 대한 단서로 보였다.

청년은 어깨를 으쓱했고, 그러는 동안 나는 내 안에서 솟구치는 흥분을 무시하려고 애썼다. "그럴 수도 있겠네요." 그가 말했다.

그거면 충분했다.

책으로 가득한 배낭을 짊어진 후 자전거를 타고 집을 향해 질주했다. 심장이 터질 것만 같았다. 그렇게 빨리 달린 적은 몇 달 만에 처음이었다. 집에 도착해서는 나의 든든한 매트리스 파코에 가방을 던져놓고 겨우 한 시간 전에 떠났을 뿐인 책상에 서둘러 다시 앉았다. 쿠바 미사일 위기를 알아보다 열어둔 페이지가 그대로 열려 있었다.

몇 시간 뒤 나는 칸쿤을 통과하는 경로, 그리고 교육 목적의
허점을 이용해 합법적으로 입국하기 위해 필요한 공식 서류 작
성에 도움을 줄 여행사를 찾았다. 이 투어는 미국의 여행 규제
를 엄격히 준수했지만, 나는 처음 3일만 지나면 무리에서 벗어
나 혼자 여행할 계획이었다. 여행사를 통해서는 그저 쿠바에
입국하고 소중한 여권 도장을 합법적으로 받기만 하면 될 뿐이
었다.

계획은 순조롭게 진행되었다. 우울증 진단을 받았고 6개월
동안 한 끼도 스스로 만들지 않았으며 삶을 위해 필요한 기본적
인 것들은 크리스틴에게 의존하고 있었지만 말이다. 이런 상태
로 혼자서 어떻게 해외로 나가 돌아다닐 수 있을까? 나도 몰랐
지만, 신경 쓰지 않았다. 나는 여전히 멍청한 짓을 하고 있었다.
그러나 쿠바가 기다리고 있었다.

크리스틴이 직장에서 돌아와 가지 말라고 나를 설득하기 전
에 서둘러 그날로부터 2주 후에 칸쿤으로 떠나는 항공편을 예
약했다. 그 정도의 시간이면 기본적인 생활 기술을 다시 익히
고, 스페인어도 좀 배우고, 혼자 여행해도 괜찮다고 가족과 친
구들을 설득하기에 충분할 것 같았다. 그렇지 않을까?

세상의 그 어떤 법률 교육도 내가 혼자 쿠바에 간다고 말했을
때 사람들이 내게 보인 투지에 나를 대비시킬 순 없었을 것이
다. 나는 그들에게 15년 동안 혼자 해외여행을 다녀왔다고 항
의했다. 크리스틴은 내가 사라진 신발 때문에 몇 시간 동안 울

었던 날을 상기시켰다. 치료사는 내가 그곳에서 그녀에게 어떻게 연락할 수 있는지를 물었다. 어차피 내가 해외여행을 떠난다면 늘 긴장하는 엄마는 목소리에서 좀처럼 걱정을 감추지 못하셨다. 전화로 엄마의 찌푸려진 미간과 굽은 어깨가 보였다. "그래, 알았어." 내 터무니없는 생각에 대한 엄마 특유의 반응이었다.

자매들은 내년에 가라고 나를 설득했다.

아빠는 쿠바가 미국과 끔찍한 국제 관계에 있다는 것을 다시 한번 일깨워주셨다.

모두가 옳았다. 그것은 끔찍한 생각이었다. 나는 나 자신을 찾아 전 세계를 돌아다니며 나를 나아가게 했지만 끝내 아무것도 찾지 못했던 그 목소리와 똑같은 목소리를 듣고 있었다. 결국은 지난 10년 동안 힘든 시기를 겪을 때마다 한 탈출구에서 다른 탈출구로 옮겨 다녔을 뿐이었다. 내게 필요한 것이 제자리에 머물면서 도전에 맞서고 평화를 찾는 것이었을 때, 엘리안과 그의 가슴 아픈 이야기가 결국에는 내가 혼란을 일으키고 내삶에서 도망치기 위해 만들어낸 변명이 아니라고 어떻게 확신할 수 있을까?

나는 명상 수행을 통해 얼마간의 평화를 찾았다. 하지만 우리를 우리 자신으로부터 도망치게 만드는 뿌리 깊은 충동은 이 짧은 평화의 순간보다 훨씬 더 굳건하다. 때로 이러한 충동은 우리를 자신과 직접 부딪히게 하고 우리가 늘 알고 있지만 인정하기 두려워하는 무언가를 직면하게 한다.

당시 내가 아는 것은 내가 정말로 오랜만에 들뜨고 흥분했다는 것뿐이었다. 그런 기분을 느껴본 적이 언제인지조차 기억나지 않았다. 그때 내 인생은 모든 것이 '아니오'였지만, 쿠바는 굉장한 '예'처럼 느껴졌다. 나는 나 자신과 싸우는 한이 있더라도 가야만 했다. 매일 밤 아무도 나를 구해주지 않는 낯선 나라에서 길을 잃는 악몽에 시달리며 뒤척였다. 실제로 가능한 일이었다. 예전의 습관과 패턴으로 돌아가는 것은 아닐까? 전에도 이런 '여행 치료'를 시도해봤지만 효과는 전혀 없었다. 광기의 정의에 대한 그 말이 무엇이었더라? ('광기란 같은 일을 계속 반복하면서 다른 결과를 기대하는 것'이라는 아인슈타인의 유명한 말을 말한다-옮긴이) 이번엔 뭔가 다를 거라 확신하는 이유는?

하지만 내 안에 남아 있던 작은 빛, '쿠바가 기다린다'라고 속삭이는 조용한 선동은 두려움보다 더 강력했다. 나는 부모님께 메일 이메일을 보내겠다고 말씀드렸다. 부모님이 자매들에게 내 소식을 전할 터였다. 일주일에 한 번 치료사와 긴 이야기를 나누기로 했다. 명상 수련을 계속하기로 약속했다. 스스로 답을 얻지 못해도 된다고 허락했다. 여유를 갖고, 실수하고, 내 감정을 솔직하게 말하고, 자주 나 자신을 용서해도 된다고 허락했다. 새끼 새를 다루듯 나 자신을 안아줘도 된다고 허락했다. 그때 나는 정말로 그런 기분이었다. 연약했고, 걸어 다니는 신경 말단이 된 기분이었다.

크리스틴의 집은 자궁과도 같았다. 6주 동안 나는 나 자신을 궁핍하게 내버려 두었다. 크리스틴에게 내 망가진 부분들을 모두 보여주고 그것들을 다시 이어붙이는 일을 돕게 했다. 이제 나는 준비가 되었든 안 되었든 다시 세상으로 걸어 들어가고 있었다.

공항에서 마침내 그녀를 떠나 터미널로 들어가는데 몸이 떨렸다. 밥 먹는 것을 잊어버리면 어떡하지? 터미널에 서서 '칸쿤' 표지판을 바라보았다. 나는 똑같은 슬픈 원을 그리며 맴도는 똑같은 사람일까 아니면 이번에는 뭔가 다를까? 뭔가 다르다면 변한 것은 나일까 아니면 상황일까? 확신할 수 없었다.

어쨌든 나는 다시 이곳에 있었고, 다시 달리고 있었다. 내가 또다시 지루함과 불안감에 굴복하고 있는 것일까? 나는 내 불안을 아킬레스건, 즉 나를 불행하게 만드는 치명적인 결점으로 생각하게 되었다. 불안은 내게 서류를 내려놓으라고, 연인과 헤어지라고, 의심스러운 지역으로 가는 표를 예약하라고 악을 썼다. 그 목소리는 내가 학교에서 몰입하지 못하게 했고, 직장에서 신뢰를 잃게 했으며, 사랑에 빠졌을 때 변덕을 부리게 했다. 나는 그 목소리와 너무나도 오랫동안 치명적인 전투를 벌여왔고 그러면서 너무나 많은 고통을 겪었다.

하지만 어쩌면 그 목소리는 내 고통의 원인이 아니었을 수도 있다. 오히려 고통은 그 목소리에 귀를 기울이지 않은 데서 비롯되었을 수 있다. 나는 그 목소리가 보내는 다급한 메시지에 맞서 싸우느라 계속 안절부절못하고 있었는지도 모른다. 결국 내게 필요한 것은 내 안의 목소리를 깨우고 그 목소리가 내게 말하려는 바를 마침내 완전히 인정하는 것이었는지도 모른다.

그러니까, '넌 언젠가 죽을 것'이란 사실을 말이다.

이는 가장 단순한 진실이지만 우리가 가장 힘들게 싸우는 진실이기도 하다.

우리는 죽음을 밀어내고 미룬다. 죽음은 다른 사람들에게 일어나는 일이거나 우리에게는 '결코' 오지 않을 먼 미래에 일어나는 일이다. 우리는 대체로 가장 중요한 것을 희생해가면서 크게 중요하지 않은 일에 집중한다.

사람들은 아파서 여행할 수 없을 때까지 만리장성을 보려고 평생을 기다리며, 아파서 마실 수 없을 때까지 비싼 술을 아껴둔다. 중요한 전화를 내일로 미루고, 보라색 립스틱 바르기를 금요일로 미루며, 아이들을 위한 클럽하우스 공사를 여름으로 미룬다. 그러다 미처 깨닫지 못하는 사이에 병을 얻고, 진단을 받고, 죽음의 문을 두드린다.

삶은 지금, 바로 여기에 있다.

과거는 해마에 코드화된 일련의 기억일 뿐이다. 영원히 하루를 앞둔 내일은 신화이며 선형적 시간에 대한 우리 뇌의 믿음이 만들어낸 환상이다. 유일하게 존재하는 순간은 지금 이 순간이다. 바로 다음 순간 우리는 다른 사람의 해마 속 기억으로 사라질 수도 있다.

지나고 나서 보니 나는 열정적이고, 세심하고, 창의적이고, 호기심 많고, 변덕스러운 내 성격 덕분에 이 진리에 유별나게 깨어있을 수 있었다. 변호사로 일할 때 관료주의에 대한 조바심과 더 깊은 진실과 연민에의 관심은 나를 매우 불편하고 견딜 수 없게 만들었다. 하지만 죽음을 다루는 일에서 이러한 관심은 내가 고객과 함께하고 그들이 현재에 머물도록 하는 데 도움이 되었고, 내 몸에 깊이 뿌리내렸다. 또 찾을 수 있을 거란 보장도 없이 늘 무언가를 찾는 나의 성향은 고객들이 미지의 두려움을 극복하게 하는 데 도움이 되었다. 영원한 '왜'에 대한 답이 있다 해도 나는 그 답을 바라지 않을 것이다. 그래야 삶의 모든 부분에서 맛있는 신비를 계속 맛볼 수 있을 테니 말이다. 내가 누구인지는 결함이 아니다. 내가 누구인지는 선물이다.

쿠바행 비행기를 기다리는 동안 나는 무언가로부터 도망치고 있었다. 하지만 또한 무언가를 향해 달려가는 중이기도 했다. 그 이유나 정체는 아직 몰랐지만 그녀(진정한 나 자신)가 어딘가에 있다는 것은 알고 있었다. 나는 쿠바에서 비아술 버스 안, 자궁암으로 생을 마감하기 전 최대한 많은 것을 보기 위해 전 세계를 여행하는 독일 여성과의 짜릿한 동행 속에서 그녀를 발견했다. 생애 처음으로 임종하는 나 자신을 상상하며 그녀를 찾은 것이다. 나는 내 죽음을 길잡이 삼아 마침내 나 역시 죽을 때까지 나의 호기심, 진실, 행복을 따라가며 계속해서 그녀를 찾을 것이다.

내게 죽음을 향해 동행할 수 있는 영광을 누리게 해준 모든 사람이 삶에 대한 귀중한 교훈을 남겼고, 어떻게 살고 어떻게 죽을 수 있는지를 수많은 방식으로 보여주었다. 그들은 모두 내 안에 살아있으며, 그들의 교훈 역시 살아있다.

하지만 두려워하지 않고 자신의 진실을 따르는 데 관해서는, 아니라는 사람들도 있겠지만, 바비Bobbie 여사만큼 나를 감동시킨 사람이 없다.

바비 여사를 만난 것은 임종 도우미를 시작한 지 몇 년이 지나서였다. 그녀의 딸이 내게 일주일에 한 번 자신과 언니가 엄마 곁에 있을 수 없는 날에 그녀와 함께 있어달라고 부탁했다. 바비 여사와 함께 있을 때의 내 역할은 그녀의 긴 삶을 되돌아보고, 기억을 되짚고, 그녀의 삶에 어떤 맥락을 만드는 것이란 사실이 금세 분명해졌다. 나는 이를 바비 여사가 들려주고 또 들려주는 이야기를 통해 깨닫게 되었다. 그녀는 과거와 자신이 구축한 삶을 마무리하는 데 전념하고 있었다. 그녀의 인생에서 완성되지 않은 과제는 없었고, 해결해야 할 과업도 남아 있지 않았다.

1923년에 태어나 막 94세가 된 바비 여사는 혼자 생활할 수 없게 된 이후 로스앤젤레스에 있는 한 노인 돌봄 시설의 침대 신세가 되었다. 그녀의 침대는 어둑한 방에 커튼으로 구분된 세 개의 침대 중 첫 번째 침대였는데, 오른쪽 상부 모서리에 볼트로 고정된 박스형 텔레비전에서 가장 멀리 떨어져 있었다. 파킨슨병으로 인해 손이 쪼글쪼글했고 다리는 더 이상 그녀의 몸무게를 지탱할 수 없었다. 하지만 그녀는 정신만은 멀쩡했고 사람들과 함께 있는 것을 매우 좋아했다. "아가씨 멋지다! 예쁘게 하고 왔구나!" 내가 문에 들어설 때마다 그녀가 눈을 반짝이며 나를 칭찬해 나는 그녀를 위해 옷을 차려입고 뽐내며 걸었다. 그녀는 내 옷과 인간관계와 보석에 관해 물었다. 그러면 나는 보통 그녀에게 반지 하나를 끼우고, 그녀의 울퉁불퉁한 관절을 지나도록 반지를 움직였다. 그녀는 반지를 보고 웃으며 포즈를 취하는 시늉을 했다. 바비 여사는 또한 새로운 청취자에게 자신의 삶에 관한 이야기도 들려주고 싶어 했다. 이런 이야기를 수십 번은 들었을 가족들은 어쩌면 지겨울 수도 있겠다는 생각이 들었다. 나는 크림색 커튼에서 떨어진 그녀의 왼쪽에 자리를 잡았다. 커튼에는 프라이버시를 위해 종일 반복해서 잡아당기는 바람에 생긴 손때가 약간 묻어 있었다.

시설을 방문해 그녀의 여윈 손에 로션을 바르고, 손톱을 자주색으로 칠하고, 방치되어 뻣뻣해진 턱의 털을 뽑는 동안 바비 여사는 나를 즐겁게 해주었다. 침대 옆 탁자 위, 평생의 추억이 담긴 고동색 벨벳 사진첩에서 희미하게 샬리마^{Shalimar} 향수 냄새가 났다. 파견 간호사였던 그녀는 흑인임에도 불구하고 흑인 차별 정책이 있던 시대에 여행할 수 있는 권리를 부여받았다. 그녀는 친구들은 들어본 적도 없는 곳을 가봤다고 자랑했다. 예를 들어 중국에 가 본 적이 있었는데, 그 증거로 자신이 산 진주를 보여줄 수 있었으면 하고 바랐다. 하지만 그 진주들은 돌봄 시설 비용을 충당하는 데 쓰였다. 그녀는 남편이 바람을 피운 사실을 알게 된 후 총으로 그를 쫓아낸 이야기를 해주었다. 또 총 네 번 이혼했는데, 그사이에 많은 연인이 있었다는 이야기도 해주었다. 머리를 빗겨주는 동안에는 자신이 미국에서 프렌치롤 헤어스타일(머리카락을 모아 비교적 느슨하게 비틀어 말아 올린 스타일-옮긴이)을 한 최초의 흑인 여성 중 한 명이라고 주장했다. 파리에서 그런 머리를 본 적이 있다는 것이 그 이유였다. 로스앤젤레스에서 스물여섯 번 집을 옮겨 다닌 그녀는 몇몇 동네에서 최초의 흑인 주민이 된 데 자부심을 느꼈다. "일요일 아침에 가운을 입고 헤어롤을 만 채 신문을 가져오려고 걸어 나갔을 때 사람들의 그 허연 얼굴을 봤어야 하는데." 증손자가 몇 명이나 있느냐는 질문에는 콧방귀를 뀌며 이렇게 대답했다. "아가씨, 셀 수가 없어요."

인생의 끄트머리에 다다랐지만 그녀는 여전히 최고의 삶을 살고 있었다. 대개는 한 이야기를 하고 또 했지만, 세부사항에 대한 바비 여사의 기억력은 여전히 날카로웠다. 일 년에 걸쳐 나는 그녀의 건강이 서서히 쇠퇴하는 것을 지켜보았다. 그녀는 전보다 이야기를 더 짧게 했고, 주유소에서 내가 몰래 사다 주는, 이가 없어도 씹을 수 있을 정도로 부드러운 오트밀 크림 파이를 빼곤 먹는 것에 흥미를 잃었다. 머리를 빗고 손톱을 칠하는 것에 대한 흥미도 줄어들었다.

알고 보니 마지막에서 세 번째 방문이 되었던 날, 나는 바비 여사를 휠체어에 태우고 작은 마당으로 나가 그녀가 아주 좋아하는 난초를 구경했다. 난초가 드디어 꽃을 피웠는데, 바비 여사는 꽃의 색깔(가운데는 자홍색, 바깥쪽 부분은 흰색)에 깊은 감명을 받았다. 나는 아흔넷이라는 나이가 그녀에게 어떤 의미가 있는지 물었다. 바비 여사는 복잡한 삶을 살았다. 보통 그녀 세대의 여성은 결혼한 후 그 상태를 유지하며 일을 하지 않고 아이를 가졌다. 하지만 바비 여사는 자신만의 길을 개척했다. 그래서 나는 그녀에게서 내가 여전히 잘못 살고 있는 게 아닌가 하는 마음속 깊은 두려움을 달래줄 마법의 말을 기대했다. 가령 그 두려움은 이런 것이었다. '법률 지원 재단에 남았어야 했는지 몰라. 킵과 결혼 생활을 유지했어야 했는지 몰라. 아이를 가졌어야 했는지 몰라.'

바비 여사가 무심하게 말했다. "아가씨, 난 아무것도 알아낸 게 없어. 내 인생은 정말 엉망이었지. 하지만 빌어먹을, 하나도 바꾸고 싶지가 않아." 그녀는 잠시 멈춰서 입술을 오므리고 턱을 앞뒤로 움직이며 잇몸으로 오트밀 크림 파이를 으깼다. "와, 정말 힘든 여정이었어."

3주 후, 바비 여사의 딸 중 한 명이 내게 전화를 걸어 그녀에게 심장 문제가 있었다는 소식을 전해주었다. 나는 딸에게 위로를 건네며 언제든 괜찮다면 소식을 계속 들려달라고 말했다. 개인적으로 나는 이 일을 사소한 사건으로 여겼다. 바비 여사는 인생에서 훨씬 많은 일을 겪었고 늘 그에 관한 이야기를 가지고 나타났기 때문이다. 하지만 몇 분 후 현실이 시작되었다. 바비 여사의 힘든 여정이 곧 끝날 것으로 보였다. 그녀는 빨간 스팽글 드레스를 입고 프렌치롤 헤어스타일을 할 계획이었던 아흔다섯 번째 생일을 며칠 앞두고 이 세상을 떠났다.

바비 여사의 장례식에 손님으로 초대받게 되어 영광이었다. 임종 과정에서 고객은 물론 그 가족들과 가까워지는 것은 흔한 일이지만 이 경우는 좀 달랐다. 나는 바비 여사의 가족을 한 번도 만난 적이 없었다. 전화로 서비스 계약을 했고, 전자 서명을 했으며, 바비 여사와 일대일로 만났기 때문이었다. 이름과 사연은 알았지만 내가 아는 얼굴은 40~50년 전에 찍힌 낡고 노랗게 변한 사진 속의 얼굴이 전부였다. 나는 장례식장에서 바비 여사를 느낄 수 있었다. 많은 사람이 그녀와 친인척 관계다 보니 대부분 사람이 서로 비슷해 보였다. 그녀의 큰 손자는 추도사를 통해 매우 개인적이고 내가 들은 것보다 더 터무니없는 이야기를 들려주었다. 추도사는 삶이 찍어낸 듯했던 시대에 자신만의 방식대로 살기 위해 싸웠던 한 여성의 많은 면을 드러냈다. 그것은 그녀의 유산이었고, 그 유산은 정말로 놀라웠다. 나는 그녀가 보여준 모범에 감사하는 마음으로 마지막 줄 좌석에 앉아 조용히 눈물을 흘렸다.

'모든 것을 가져야 한다'는 사회적 신화가 있다. 우리가 삶의 목적으로서 열망하는 훌륭한 직업, 눈에 띄는 복근, 성공한 자녀, 깨끗한 집, 헌신적인 배우자, 완벽한 눈썹을 가져야 한다는 생각이다. 하지만 2000년대 초에 유행을 따라 너무 과하게 뽑은 눈썹은 완전히 다시 자라지 않는다. 인간은 완벽할 수 없다. 어느 순간 우리는 모두 약해지고, 무너지고, 죽을 것이다.

많은 사람이 인생의 끝자락에 다다라서도 우리가 '해야 한다'고 믿었던 일들을 곱씹는다. 하지만 인생에 안내서란 없다. 우리는 그저 물질로 도착하여 삶이 알아서 하기를 기다릴 뿐이다. 많은 사람이 방향을 바꾸기에는 너무 늦었을 때인 임종 직전이 되어서야 인생의 안내서 같은 것은 없음을 깨닫는다. 살아있는 동안 우리는 평화롭게 떠날 수 있는 삶을 만들 수 있다.

나는 인생에서 많은 시간을 타인의 기대라는 덤불에서 빠져나오기 위해, 또 삶이 어떤 모습이어야 하는지 사회가 내게 부여한 기준을 잊기 위해 노력하는 데 썼다. '그래야만 하는' 삶을 살다 보니 성취감보다 고통이 더 컸고 만족감보다 슬픔이 몇 곱절은 더 컸다. 내가 여전히 두 번째로 자주 하는 질문은 "내가 잘 하고 있는가?"이다(첫 번째로 자주 하는 질문은 "나는 의욕을 불태우고 있는가 아니면 지루한가?"이다).

대답은 늘 '그렇다'이다. 나는 의욕을 불태우고 있으며 잘 하고 있다. 누가 뭐라고 생각하든 상관없다. 내 인생이고, 죽음을 맞이할 때 내가 한 선택에 직면하게 될 사람은 나 자신이다.

결말을 알게 된 후에야 우리는 그것이 어떤 종류의 이야기인지 깨닫는다. 우리는 모두 할리우드식 결말을 바란다. 인생이 엉망진창일 때조차 모든 것을 반짝이는 리본으로 포장하고 싶어 한다. 하지만 삶은 그런 식으로 흘러가지 않는다. 죽음도 마찬가지다. 복잡하고, 고통스럽고, 갑작스러운 우여곡절로 가득할 수 있다. 어쩌면 인생 위에 놓일 예쁜 리본은 나타나지 않을 수도 있다. 관 위에 놓이는 화환이라면 몰라도.

우리가 아는 것은 모든 것이 끝난다는 사실뿐이다. 집단적인 죽음 부정은 우리가 마치 영원히 살 수 있는 것처럼 행동하도록 부추긴다. 하지만 우리가 원하는 삶을 만들 시간은 영원하지 않다.

충만한 삶을 위해, 냉동고에 바나나를 가득 채워둔 채 죽지 말라. 바나나 빵을 만들어라. 베개에 대고 소리를 질러라. 낮잠을 자라. 케이크를 먹어라. 자신을 용서하라. 신발을 사라. 상처 준 사람들에게 사과하라. 새들이 둥지를 짓는 것을 지켜보라. 진실을 말하라. 사랑하는 사람들에게 사랑한다고 말하라. 섹스하라. 많이. 사랑을 나누라. 일을 그만두라. 아니면 일을 하라. 삶과 죽음을 조화시키기 위해 해야 할 일이 무엇이든 하라. 오늘 당장 하라. 그리고 만족할 때까지 멈추지 마라.

반짝이는 파도

나는 거의 매일 내 죽음에 대해 생각한다. 가끔 부엌에서 롤러스케이트를 타는 것 같은 말도 안 되는 일을 하는데, 그러다 중심을 잃고 미끄러져 카운터에 부딪치는 상상을 하는 것이다. 이 세상과 다음 세상의 관문에 서서 다른 사람의 죽음을 목격할 때도 내 죽음에 대해 생각한다. 여전히 인간이 어떻게 생명의 불꽃을 품고 있다 한 줄기 연기처럼 증발할 수 있는지 생각한다. 그리고 가끔은 내 삶 전체가 바로 그 신비로운 순간으로 이어지고 있기 때문에 내 죽음에 대해 생각한다.

삶이 끝나면 어떻게 되는지 아는 사람은 아무도 없다. 당연하지만 많은 사람이 자신이 경험한 유일한 장소를 떠나는 것에 대한 두려움 때문에 그 미지의 공간을 불안으로 채운다. 그러나 우리는 살면서 한 번도 가 보지 않은 곳으로 여행을 떠난다고 생각할 때 기쁜 마음으로 그 여정을 고대한다. 원한다면 우리 자신의 죽음도 같은 방식으로 접근할 수 있다. 뼛속 깊이 느낄 수 있을 만큼 감각적인 디테일을 더해 상상함으로써 말이다.

내가 상상한 나의 죽음은 이렇다.

죽음을 앞둔 순간, 나는 바깥 테라스에 있는 내 침대에 누워 있다. 그리고 죽어가는 몸이 감당할 수 있는 한 모든 감각을 총동원하고 있다. 이것이 내가 소중히 여기는 풍경, 소리, 냄새, 촉감을 받아들일 수 있는 마지막 시간이기 때문이다. 내 눈이 마지막 일몰을 만끽하도록 허락하여, 나무 꼭대기 위로 낮이 밤으로 바뀔 때의 주황빛, 아름다운 분홍빛, 생생한 자줏빛을 보고 싶다. 수십 년 된 나무들이 함께 움직이며 춤을 추는 동안 나뭇잎 사이로 바람이 나부끼는 소리를 듣고 싶다. 하지만 들리는 것은 사랑하는 사람들의 조용한 말소리와 바로 아래 개울에서 부드럽게 흐르는 물소리뿐이다.

주황과 노랑이 어우러진 해바라기가 테라스에 있는 나를 둘러싸고 있고 작약도 몇 송이 피어 있는데, 내 자리에서도 그 향이 느껴진다. 향냄새가 콧속으로 부드럽게 흘러든다. 나무와 함께 축축하고 퀴퀴한 흙냄새도 느껴진다. 마지막 식사는 잘 익은 플랜틴 튀김이면 좋겠지만, 쇠약해진 몸은 몇 주간 음식을 거부했을 것이다.

친구들과 가족들은 내 주위를 맴돌진 않지만, 내가 중요한 말을 할 경우를 대비해 계속 나를 지켜보고 있다. 내 운과 욕설에 대한 성향을 고려하면 내가 남기는 마지막 말은 "이런 젠장!"이 될 것이다.

나는 부드러운 플리스 담요를 덮고 포근한 양말을 신고 있다. 발이 차가운 것이 싫고 그 차가움이 지상에서의 내 마지막 느낌 중 하나가 되는 것이 싫다. 입술과 피부는 내가 건조한 상태로는 어디도, 특히 죽으러 가지 않는다는 것을 아는 간병인들 덕분에 촉촉하다. 내 피부는 최대한 초콜릿색으로 유지되어야 한다. 그리고 분명히 브래지어는 안 할 것이다.

처리해야 할 일이 마무리되었고 내 재산과 유해를 어떻게 처리할지는 사랑하는 사람들이 알고 있다. 나는 친환경 장례를 원한다. 벌레가 내 셀룰라이트를 맘껏 먹어치우고 내 몸이 자연스럽게 처리될 수 있도록 핫핑크색과 주황색 생사 수의만 덮은 채로 약 1m 아래 땅에 내 시신을 직접 묻어달라. 장례식에 대한 지침도 있다. 장례식은 낮은 나뭇가지에 내 보석들이 장식된 야외에서 치러져야 한다. 참석한 사람들이 보석을 하나씩 집어 착용하고 집으로 돌아가게 하고 싶다.

밝은색의 거베라 데이지꽃이 테이블에 놓여 있고 내가 여행을 다니며 찍은 사진들이 곳곳에 놓여 있다.

조문객들이 스스로 가장 멋지다고 느끼는 옷을 입고 테킬라를 잔뜩 마시고 춤추고 울고 노래하고 웃고 서로를 위로했으면 좋겠다.

사랑하는 사람들에게 남긴 아주 중요한 부탁이 있다. 바로 내가 누구인지에 대해 진실을 말해달라는 것이다. 광활한 우주 속 작은 행성에서 작은 몸으로 찰나의 순간을 살았을 뿐이지만, 나의 풍요로운 인생 경험을 있는 그대로 존중해달라. 그들이 이러한 경험의 엄청남과 미미함을 모두 인정해 주었으면 한다.

사랑하는 사람들이 내가 사랑하며 살았고 내 일을 했다고 말해주길 바란다. 그들이 내가 그들 삶의 한계를 탐험하도록 격려했고 인색하지 않았다고 말해주길 바란다. 나를 성자로 만드는 것은 바라지 않는다. 나도 똑같은 죄인일 뿐이다. 그들이 내게 인간일 수 있는 은혜를 준 것에 대해 자랑스러워하길 바라며, 최고가 아니었을 때의 나를 인정해 주길 바란다. 나는 마음을 바꾸고, 실수를 인정하고, 신념을 바꾸고, 죽을 때까지 성장할 권리가 있다. 관대하고, 사랑스러우며, 직관적이고, 단호하고, 대담하고, 어리석을 수 있다. 하지만 또한 정의롭고, 옹졸하고, 탐욕스럽고, 비판적이고, 충동적일 수도 있다. 나는 온전한 사람이다.

몸과 마음이 편안한 채로 죽고 싶다. 불편함과 두려움이 생길 때 자유롭게 표현할 수 있고, 사랑하는 사람들이 나를 지탱해줄 것을 알아서 안심하고 죽고 싶다. 그들 역시 편안하다. 그들은 나의 임박한 죽음에 대해 느끼는 슬픈 감정을 나와 허심탄회하게 이야기하고 나 자신도 떠나는 것에 대한 슬픔을 느낄 수 있게 해준다. 눈물이 흐르지만 닦을 필요는 없다. 만약 살면서 이렇게 하는 법을 배우지 못했다 해도, 나는 죽음을 맞이하는 자리에서 내가 느끼는 감정의 깊이에 대해 부끄러워하지 않을 것이다.

내가 알고 사랑했던 모든 것을 뒤로하고 떠나는 것이 아마도 두렵겠지만, 준비는 되어 있다. 죽기 전까지 갈고 닦은 모든 기술과 재능을 다 쏟아낼 것이다. 그리고 마침내 지칠 것이다.

감사한 마음으로 죽고 싶다. 평생 쉴 틈 없이 바쁘게 살아왔지만, 술에 취한 여자가 어두운 방을 가로질러 연인에게 걸어가듯 죽음으로 천천히 걸어 들어가고 싶다. 나는 항복한다.

삶에 대한 모든 의문이 사라졌다. 내가 있는 그대로 사랑받을 만큼 충분히 괜찮은 사람인지 더는 고민할 필요가 없다. 나는 내가 충분히 괜찮았다는 것을 알고 있다.

내가 한 선택을 다른 사람이 어떻게 생각하는지도 더는 걱정할 필요가 없다. 시간을 어떻게 쓴 것인지에 대해 가졌던 모든 의심이 사라졌다.

우울증, 의심, 혼란스러운 충동과의 끊임없는 사투가 드디어 끝났다. 더는 내가 만들어낸 짐에서 도망치지 않아도 된다. 모든 것이 끝났다.

완벽한 사이즈와 능력을 지닌 내 몸 덕분에 나는 이 삶을 헤쳐 나갈 수 있었고, 이제 죽음의 순간에 이르렀다. 몸은 죽는 법을 알고 있다.

호흡이 상당히 느려졌고, 약해진 심장은 제 기능을 못 하는 장기에 혈액을 공급하기 위해 최선을 다하고 있다. 중추 신경계도 둔해졌다. 하지만 도파민, 세로토닌, DMT, 기타 기분 좋은 화학 물질이 몸속을 흐르자 내 몸의 지도를 그리는 신경과 정맥, 동맥이 따끔거리기 시작한다. 죽을 때 나쁜 기분이 들지 늘 궁금했는데, 사실 이건 좋은 기분이다.

감각적 경험이 점점 희미해지고 있지만, 몸 안에서는 살면서 경험했던 모든 감각과 감정들이 모이기 시작한다. 그런 것들이 천천히 고조되면서 나는 지금까지 느꼈던 모든 기쁨, 슬픔, 흥분, 비탄, 당혹감, 오르가슴, 수치심, 자유, 죄책감, 환희를 느끼기 시작한다. 나이로비에서 맨발로 개구리를 밟았을 때의 물컹거림, 여름날 창문이 닫혀 있던 차에 탔을 때의 열기, 스티비 원더가 부른 〈As〉의 도입 음과 같은 사소한 것들도 느껴진다. 무엇보다도 나는 그 따끔따끔한 아름다움에서 사랑을 느낀다. 나 자신, 불완전한 내 삶, 나와 함께 여행한 인간, 동물, 식물, 곤충에 대한 사랑을 느낀다. 그것뿐이다.

의식이 몸 안에서 소용돌이치고 심장 가운데를 향해 움직이기 시작하면서 나는 외부 세계와 단절된다. 내 곁을 지키기 위해 모인 사랑하는 사람들이 나의 모든 숨에 주목한다. 오래 기다릴 필요는 없다. 나는 마지막으로 부드럽게 숨을 내쉰다. 폐가 휴식을 취하고 나의 몸은 물질로 돌아간다.

내 부탁에 따라 사랑하는 사람들은 내가 사랑한 삶과 그 삶을 놓아준 은혜를 기념하며 손뼉을 친다. 하지만 아주 희미하게만 들릴 뿐이다. 내 감각은 무뎌졌다.

의식이 더는 인간 경험의 깊이와 폭을 담을 수 없는 내 몸의 가장자리를 넘어 바깥으로 확장된다. 더는 외부 자극에 반응하거나 나 자신을 다른 사람과 분리된 존재로 인식하지 않는다. 몸속 세포들이 죽어감에 따라 의식은 헬륨 풍선처럼 커지고 또 커진다. 나는 죽음의 자유를 경험하기 시작한다. 아무것도 모르는 상태에서 어쨌든 그 자유를 즐긴다. 나의 인간 몸이 느껴본 감각을 모두 느끼고 더는 찰나의 순간도 견딜 수 없을 때, 내가 아는 '나'는 밝은 색상의 반짝이는 색종이 조각으로 눈부시게 폭발한다. 그것은 상상할 수 있는 모든 색상의 조각으로 대기를 가득 채운다.

색종이 조각들이 정점에 이르면 그것들은 내 생명력의 영향으로 대기 중에 퍼졌다가 부드러운 눈처럼 천천히 떨어진다. 이 조각들은 인간으로서의 나, 즉 내가 지금까지 만난 모든 사람과 내가 한 모든 경험의 집합체로서의 나를 나타낸다. 색종이 조각들은 나를 사랑했던 사람들에게 더 집중적으로 떨어지고 내가 영향을 받은 사람들에게는 덜 집중된다. 그것은 반짝이처럼 그들에게 달라붙어 그들 존재의 모든 틈새에 갇힐 것이다. 이것이 죽은 자들이 우리와 함께 머무는 방식이다.

하늘에서 떨어지는 반짝이 조각들 속에서 아빠가 골판지 맛이 나는 베지 버거를 먹는 모습과 엄마가 내 버닝맨 부츠에 별을 붙이는 모습이 보인다. 그 반짝이 조각들은 금색이다.

〈스릴러Thriller〉 뮤직비디오가 재생되는 동안 테이블 아래에 숨어 있는 여섯 살 보조마와 조카 자시르를 임신한 귀여운 아호바가 보인다. 조카의 발도 보이는데, 통통하고 올록볼록했던 작은 발은 내가 지켜보는 동안 13사이즈(약 310㎜)까지 자랐다. 각각 청동색, 빨간색, 남색이다.

장미색 색종이 조각에서 아바의 사려 깊고 배려하는 성격이 반짝인다.

파란색 반짝이 조각에서는 킵이 크게 웃는 모습이 보인다.

노란색 조각에서는 친구와 전 파트너들이 보인다. 우리는 살아가며 함께 웃었고, 서로에게 거울이 되어주었으며, 서로를 위해 고생했다.

위를 올려다보고 주변을 둘러보니 오트밀 크림 파이를 먹고 있는 바비 여사, 켄의 금색 스커트, 나타샤의 작은 치아 틈, 낸시의 머리핀이 보인다. 잭의 아들들에 대한 사랑, 저스티나의 포메라니안, 도라의 기념패, 제임스의 베이비 마마(baby mama, 배우자는 아니지만 자기 자식의 엄마인 여자를 일컫는 표현-옮긴이), 서머의 세례, 아쿠아의 춤추는 팔, 레슬리의 장식용 숟가락이 모두 화려한 색종이 조각에 나타나 있다. 그 외에도 많고 많은 조각들이 있다.

사방에서 피터가 보인다. 그가 어디든 넣어 먹는 가나 조미료 시토shito에 대한 사랑과 그의 멋진 가죽 재킷이 보인다. 주황색 색종이 조각에서 라엘을 공중으로 던지는 모습과 라엘이 기뻐하는 모습이 보인다. 내가 제안하는 어떤 도전도 거절하지 못하는 모습과 보스턴 스포츠팀에 대한 사랑이 보인다. 그러한 색종이 조각들은 청록색이다. 하지만 진한 자홍색 조각에서는 그의 죽음이 불러온 고통과 그가 없는 동안 내가 평생 안고 살았던 구멍이 보인다.

나의 비밀과 낡은 보닛처럼 누구에게도 붙지 않은 나의 모든 조각이 흘러내리고 서로 부드럽게 부딪쳐 거대한 반짝임의 물결을 형성한다. 가장 밝고 생생한 색채의 커다란 물결이 내가 느낄 수 있는 한 영원을 가로질러 물결치며 내 걸음걸이만큼이나 익숙한 리듬으로 움직인다.

서서히 알루아 애드워바 아서Alua Adwoba Arthur의 평범하면서도 마법 같은 지상에서의 경험을 보여주었던 반짝이는 색종이 조각들이 파도 속으로 다시 합쳐진다. 아주 작은 조각들까지도 삼켜지고 또 삼켜져 다시 한번 광대한 우주의 일부가 된다. 그리고 '나'는 더 이상 존재하지 않는다.

나는 과거에 있었던 모든 것, 그리고 앞으로 있을 모든 것으로 돌아갔다. 모두 끝났다. 나는 편안하다.

기쁨이 있다.

평화가 있다.

황홀함이 있다.

순수하고 변치 않는 사랑이 있다.

나의 개인적인 삶이 있었지만, 이제 사라졌다. 그 삶은 이전에 왔었고 이후에 죽을 수십억 사람의 삶과 구별할 수 없다.

이것이 내가 죽을 때 바라는 것이다.

죽음이 반짝이는 파도를 타는 것처럼 느껴진다면 좋겠지만, 알 수 없는 일이다. 마지막 순간에 그런 경험을 할 수 있을지 없을지 모르기 때문에 나는 내 삶에서 그와 같은 기쁨을 만들어 나가려고 한다. 나는 모든 것에서 반짝이를 찾는다.

우리는 죽음에 대해 조바심치며 살 수도 있고, 짧은 시간을 이용해 좋고 힘들고 덧없는 인간으로서의 경험에 더 깊이 빠져들 수도 있다. 우리는 언젠가 죽음이 찾아올 것이라는 사실을 인정하고, 그 지식을 이용해 매우 온전하고, 정직하고, 풍요로운 삶을 만들어감으로써 안심하고 떠날 수 있다. 나는 인생의 마지막 순간에 있는 사람들이 개인적 심판을 내리는 모습을 수없이 봐왔다. 그러면서 궁금해졌다. 지금 이 순간을 살고 우아하게 죽을 수 있도록 내 안에서 평화를 찾으려면 무엇을 해야 할까?

죽음이 없다면 그 어느 것도 중요하지 않을 것이다. 우리가 하는 일은 어떤 의미도 갖지 못할 것이다. 우리가 우리의 필멸성과 관계를 맺으며 살아갈 때, 그것은 우리의 행동에 방향성을, 우리의 말에 진실함을, 우리의 경험에 황홀함을, 우리의 존재에 진정성을, 어쩌면 우리의 엉덩이에 무게를 더해줄 것이다. 우리는 사회적 기대와 타인의 판단에서 벗어나 우리의 진정한 자아를 반영하는 선택을 할 수 있다.

우리의 삶과 선택은 크게 보면 중요하지 않아 보일 수 있지만, 그렇지 않다. 태어나기 위해 일어나야 하는 놀라운 우연을 고려하면, 우리가 살아있다는 사실은 기적이다. 할 수 있는 일이라곤 침대에서 뒹구는 것뿐이라 하더라도, 죽음의 관점에서 그 선택과 평화를 이루는 한, 그것은 여전히 축하할 만한 일이다. 매일 죽음과 함께하는 연습은 우리에게 우선순위를 재정비하고, 가치를 재정의하고, 이 거친 우리 삶의 여정에 경이로움과 신비로움을 더할 영광스러운 기회를 제공한다. 이를 통해 우리는 완전히 지치고, 충분히 만족하고, 삶에 취한 채로 인생의 종점에 도달할 수 있다. 하지만 파티는 끝났고 발도 아프기 때문에 집에 돌아갈 준비가 되어 있는 상태다.

기적처럼 느껴지는 삶과 만족스러운 문장의 마침표 역할을 하는 죽음, 이것이 내가 우리 모두에게 바라는 것이다. **우리는 살기 때문에 죽는다. 그것은 선물이다.**

감사의 글

책을 쓴다는 것은 죽음이자 탄생이다. 책 자체가 태어나기 위해 노력했고, 이를 위해 작가인 나의 일부는 죽어야 했다. 나는 내 삶에 마음을 열고서 삶과 가까워졌다. 죽음에 많이들 그러하듯, 나는 삶에 저항했고, 화를 냈으며, 현실을 받아들이는 것만 빼고 모든 것을 시도했다. 하지만 우리 모두가 그래야 하는 것처럼 결국은 항복했다. 나를 봐주고 줄곧 곁을 지키면서 내가 잘 하고 있다고 말해준 사람들이 있다. 그들은 나와 책을 응원해주었다. 이름이 언급되지 않았다 해도 용서해주시길. 여러분의 사랑은 여전히 느껴진다.

누구보다도 먼저 내 가족에게 감사하다. 아피안다 아서 박사, 아바 에님, 보조마 세인트 존Bozoma Saint John, 아호바 아서Ahoba Arthur 박사, 아바 아서Aba Arthur, 피터 세인트 존, 라엘 세인트 존,

그리고 자시르 머피Jahcir Murphy. 여러분은 끊임없는 영감과 웃음의 원천이며, 잊고 있을 때 내가 어떤 사람인지 상기시켜줍니다. 네가 남자아이였으면 좋겠다고 생각해서 미안해, 아바. 네가 지금의 네가 되어주어서 정말 고마워.

열세 살의 알루아에게 고맙다. 머리를 땋은 알루아는 스케이트보드를 타고 백인 동네를 돌아다니며 재활용 프로그램을 시작했다. 많은 집이 문을 열었다 닫아도 캔 하나 얻지 못한 채 계속 집마다 찾아다니던 알루아, 그래도 스케이트보드를 계속 타줘서 고마워. 최선을 다해 자신에게 충실해 줘서 고마워. 아직 좀 평탄치 않긴 하지만 우린 잘 하고 있어. 무릎뼈를 보존하고 싶어서 이제 스케이트보드는 타지 않지만.

내 비전을 옹호해주고, 책이 빛을 볼 수 있도록 끊임없이 노력해주고, 내 얼굴이 그려진 티셔츠를 선물해주고, 내 부주의함을 포용해주고, 분리 부정사를 경멸해준 편집자 라키아 클라크Rakia Clark에게 고마운 마음을 전한다. 라키아와 함께 이 책을 열정적으로 가슴에 품고 다니며 책이 필요한 곳이면 어디든 나타나준 린지 케네디Lindsey Kennedy와 타비아 코왈추크Tavia Kowalchuk에게도 고맙다. 최고의 표지를 만들어준 마크 로빈슨Mark Robinson에게 감사하다. 이 초보 작가가 해낼 수 있다고 믿어준 출판사의 모든 팀에게 감사하다. 내 손을 잡아주고, 이야기에 귀 기울여 주고, 모든 실제적인 질문에 답해주고, 나만이 가진 답을 위해 나 자신에게로 돌아가도록 인도해준 에이전트 안나 스프룰-라티머Anna Sproul-Latimer에게 감사하다. 책을 완성하기 위해 나와 함께 참호로 들어가 나를 더 나은 작가이자 더 자비로운 인간으로 만들어준 제이슨 그린Jayson Greene에게, 이 책의 초안을 지도하고 격려해준 김 그린Kim Green에게 감사하다. 김은 처음으로 "뭔가 될 것 같아요!"라고 말해준 사람이다.

책을 완성하기 위해 잠시 자리를 비우고 나 자신을 들여다 보는 동안에도 비즈니스를 성공적으로 이끌어준 '고잉 위드 그 레이스'의 핵심 팀원들에게 감사의 뜻을 표한다. 아바(다시 한 번), 앨리카 포네렛Alica Forneret, 사라 웨스트폴Sara Westfall, 트레 이시 워커Tracey Walker, 코리 맥밀란Corie McMillan, 니콜 브릭스 개 리Nicole Briggs-Gary, 발렌카 발렌주엘라Valenca Valenzuela, 섀넌 크랜 즐러Shannon Kranzler, 여러분의 헌신, 열정, 탁월함을 향한 의지, 그리고 '왜'에 대한 상기는 제게 큰 힘이 되었습니다. 백슬리 안 드레센Baxley Andresen, 무한한 보라색 하트를 드립니다. 코린 보 웬Corinne Bowen과 코린 컨설팅Corinne Consulting, 제 아이디어가 현 실이 될 수 있도록 도와줘서 고마워요. 에밀리 마르케스(Emily Marquez, 일명 에메랄드 필즈 포에버Emerald Fields Forever), 당신이 없 었다면 나는 길을 잃었을 겁니다. 비즈니스가 지금과 같은 모 습으로 성장할 수 있는 환경을 마련해줘서 고마워요.

'고잉 위드 그레이스' 임종 도우미 교육 과정의 지금과 과거의 수 강생들에게: 와, 최고입니다. 여러분은 제가 아는 사람들 중 가장 도발적이고, 사려 깊고, 재미있고, 창의적인 사람들입니다. 여러분 덕분에 저는 이 일을 계속해서 다듬고 개선해나갈 수 있었습니다.

애니 조지아 그린버그Annie Georgia Greenberg에게: 〈리파이너리

Refinery29〉에 내 이야기를 널리 알리는 것을 주저할 때 당신은 사람들이 메신저의 이야기 때문에 메시지를 듣는다는 점을 상기시켜주었습니다. 그 강력한 격려가 없었다면 저는 결코 이 일을 하지 못했을 것입니다.

죽음과 임종 커뮤니티에게: 우리는 모두 메신저입니다. 여러분의 대열에 합류하게 된 것을 영광으로 생각합니다. 특히, 이 모든 것을 너무 심각하게 받아들이지 않고 생을 가볍게 여겨 주신 B. J. 밀러Miller 박사, 케이틀린 다우티Caitlin Doughty, 클레어 비드웰 스미스Claire Bidwell Smith, 라샤나 윌리엄스Lashanna Williams, 미셸 아키아바티Michelle Acciavatti, E. E. 밀러Miller, 카트리나 스페이드Katrina Spade, 엘리자베스 에르브레히트Elizabeth Erbrecht, 나린더 바젠Narinder Bazen, 쇼샤나 운거라이더Shoshana Ungerleider 박사, 템비 로케Tembi Locke에게 감사합니다. 올리비아 배어햄Olivia Bareham, 당신은 선구자이자 나의 영원한 스승입니다.

우리가 어떻게 죽는지에 대해 이야기하고 글을 쓰는 것이 널리 받아들여지기 오래전부터 그렇게 함으로써 길을 열어준 모든 이들에게 무한한 감사의 뜻을 표한다.

LP123, 당신은 리더십과 포기하지 않는 자세의 빛나는 본보기입니다. 저를 잡아줘서 고마워요. 제시카 블루Jessica Blue, 당신의 유머, 진정성, 그리고 수년에 걸친 저에 대한 믿음은 매우 소중한 것이었습니다. 마고 마즈디Margo Majdi, 제가 상상도 하기 전인 5년 전에 책을 쓰라고 말씀해주셨고 그렇게 제 능력을 넓혀주셨죠. 마지막 순간까지도 제게 가르침을 남겨주신 것에 대해 영원히 감사드립니다. 편히 잠드시길.

모든 것이 엉망으로 치닫는 것 같을 때 안식처를 제공해준 나의 법률지원재단 친구들에게: 지란 장Ji-lan Zang, 캐롤리나 셰인펠드Carolina Sheinfeld, 바네사 리Vanessa Lee, 페이스트리와 웃음으로 나를 살려주었지. 말콤 카슨Malcolm Carson, 칼라 배로우Karla Barrow, 데브라 수도 마Debra Sudo-Marr, 조 코친Joe Kotzin, 그리고 견딜 수 없는 것을 견딜 수 있게 해준 모든 법률지원재단 직원들. 실비아 아구에타Silvia Argueta, 네 말이 맞았어. 잉글우드 자립센터(일명 던전)에 간 것은 내게 일어난 최고의 일이었어.

이 과정을 헤쳐 나가면서 겪은 어려움에 대해 쉴새 없이 떠드는 내게 귀 기울여 준 많은 친구들에게: 우리가 해냈어!!! 내 평생 친구인 마그다 라봉테 블레이즈Magda Labonté-Blaise, 김 벨레즈Kim Velez, 리처드 프랭크Richard Frank, 오로라 콜린드레스Aurora Colindres, 아나스타샤 바라노바Anastasia Baranova, 제시카 아미시알Jessica Amisial, 쾀 오헤멩Kwame Ohemeng 박사, 파티마 코몰라밋Patima Komolamit, 사촌 자매인 조앤 소그바카Joanne Sogbaka와 도리엔 아그야폰Dorien Agyapon, 브리다 데스몬드Breeda Desmond, 폴라케 올로군자Folake Ologunja, 브루클린 반힐Brookelin Barnhill, 아리안 오몬트Ariane Aumont, 앨리슨 쿠나스Allison Kunath, 재키 루이즈Jacqui Ruiz, 로스쿨 친구이자 영원한 친구인 크리스틴 바우어스 톰킨스Kristin Bowers Tompkins, 레이첼 맥과이어Rachel MacGuire, 제스 커티스Jess Curtis, 제니 코헨Jenni Cohen에게 특별한 고마움을 전합니다.

책 집필진에게: 칼라 페르난데스Carla Fernandez, 스콧 시게오카

Scott Shigeoka, 리즈 트랜Liz Tran, 여러분은 슈퍼스타입니다.

내 마음의 사탕이자 최고의 안식처인 우리 쿠마 토피kumah toffee에게: 고맙다는 말로는 충분하지 않을 거예요. 당신은 나를 활짝 웃게 하고, 내가 아무에게도 보이고 싶지 않고 사랑하기 어렵다고 믿는 부분까지도 사랑해주죠. 당신은 나의 균형을 잡아주고, 지지해주고, 의심을 거둬줘요. 당신이 문에 들어설 때마다 혹은 당신의 셔츠 냄새를 맡을 때마다 나의 심장은 쿵쾅댑니다. 제가 온몸으로 당신을 사랑한다는 것을 항상 알아줬으면 좋겠어요. 죽음에 관한 대화에 지치지 않아 줘서 고마워요.

제게 무대를 제공해주시거나 간단히 '당신의 일은 중요하다'라고 말씀해주신 모든 분에게: 덕분에 저는 계속 앞으로 나아갈 수 있었습니다.

자기 삶의 이야기를 공유해주신 나의 고객들에게: 여러분은 모두 제가 새로 태어날 수 있도록, 그리고 인생의 아름다운 기묘함과 한 인간의 이야기가 가진 힘을 더 잘 받아들일 수 있도록 도와주셨습니다.

이 책에도 감사하고 싶다.『죽음이 알려주었다 어떻게 살아갈 것인지』에게: 태어나기 위해 애써주고, 내 손이 항복하게 하고, 죽는 것에 대해 가르쳐줘서 고마워. 넌 내 엉덩이를 걷어찼지. 두려움에서 나를 밀어내고 길을 보여줘서 고마워. 내가 너를 책임질 수 있도록 허락해줘서 고마워.

독자에게: 제 삶과 죽음을 여러분과 나눌 수 있게 해주시고, 또한 온전한 인간으로서의 저를 허락해주셔서 감사합니다.

죽음이 알려주었다
어떻게 살아갈 것인지

1판 1쇄 인쇄 2024년 12월 6일
1판 1쇄 발행 2024년 12월 13일

지은이 알루아 아서 번역 정미진
펴낸이 김기옥

경제경영팀장 모민원
기획 편집 변호이, 박지선
마케팅 박진모 경영지원 고광현 제작 김형식

표지 디자인 블루노머스 본문 디자인 디자인허브
인쇄·제본 민언프린텍

펴낸곳 한스미디어(한즈미디어(주))
주소 04037 서울시 마포구 양화로 11길 13(서교동, 강원빌딩 5층)
전화 02-707-0337 팩스 02-707-0198 홈페이지 www.hansmedia.com
출판신고번호 제 313-2003-227호 신고일자 2003년 6월 25일

ISBN 979-11-93712-67-2 (03840)